# 失われた町

三崎亜記



集英社文庫

# 失われた町　目　次

# 失われた町

# プロローグ、そしてエピローグ

「システム、オールクリア」

12号の乾いた声が、監視車両内に響く。

壁面に据え置かれた二十台以上あるモニタには、そのすべてに町の暗視映像が粒子粗く映し出されていた。いずれも人影は無く、夜の交差点や町並みが、静止画のように並ぶ。

「3号、二十秒後に十四番モニタ前を通過予定。十秒前……、五、四、三、二、通過確認」

「了解、画像解析、透過開始します」

狭い車両内で、6号は静かにため息をついた。

人生の二十年近くを、システム構築に費やしてきたのだ。それが役立つかどうかが今夜判明する。そう思うと、重圧に押し潰《つぶ》されそうだった。胸の内ポケットから手紙を取り出す。すっかり色褪《いろあ》せ、ぼろぼろになった手紙は、お守りのようにいつも彼女の手元にあった。

「十四番モニタ、画像解析完了。消滅所見無し。システムオールクリア」

「了解。システムオールクリア」

ターミナル系統のアクティングエリアだけを残し、他を通常モードに切り替える。車両内部の高まっていた内圧が一気に平常に戻る。6号は壁に据えられた時計を見上げた。並び置かれた二つの時計は、一つは短針のみが八時を示し、もう一つは長針のみが三十五分を指していた。

三十年前のケースの推定時刻は午後十一時前後。今回も同時刻とすれば、あと数時間の余裕はあった。

「次期通過は八番モニタ前、二十分後となります。6号、しばしの休憩を」

12号が、ターミナル端末を見つめたまま、感情抑制された声で告げる。まだまだ夜は長い。6号は黙って頷《うなず》き、キャスティング・レシーバを外した。

今夜、本当に町の「消滅」を防ぐことができるのだろうか。

◇

監視車両を一歩出ると、四月とは思えぬ夜の冷気に取り巻かれた。寒さで涙のにじんだ眼で、分厚い雲で狭められた陰鬱な空を見上げる。

「雲が低い……」

6号こと由佳《ゆか》は、棘《とげ》を飲むような冷気を深く吸い込みながら、幾層にも施した

「抑制」の遮幕を解いた。車両をすっぽりと覆うようにアーチ状に設置されたロールオフ・フィルターの影響域から離脱する。

眼下に町の光が広がっていた。

すでに住民の撤退が完了した町には、人の営みを示す暖かな明かりは灯《とも》らず、街灯の白々とした光が規則正しい配列で光っていた。無人の町にすら秩序を強いるかのように、信号が一定時間ごとに色の変化を繰り返す。音も無く輝くその光からは、「町」の意識を感じ取ることはできなかった。

町の消滅には、一切の衝撃も振動も、音も光も伴われない。ただ人だけが消滅するのだ。

三十年前の月ヶ瀬町の消滅とは違い、今回は、人は消滅しない。それ故、消滅の時点を判断することは難しかった。人の想いが消えない以上、町に「残光」が光ることも無いからだ。

「『町』を恐れることはない。心を自由に飛ばす者には、『町』は決して怖い存在ではない。由佳なら、できると思うよ」

彼女を導いた潤《じゅん》の言葉は、今も胸の中にある。町の光を見下ろしながら、今日この場

に至るまでの、さまざまな人との出会いの軌跡を改めて思う。

二十七歳のまま記憶を留《とど》めてしまった和宏《かずひろ》さん。彼が描き続けるのは、失われた月ヶ瀬町であった。しかもそれは、思い出の中の風景ではなく、閉鎖され、誰も立ち入ることなく朽ち果てようとしている現在の町の風景だったのだ。

彼は「町」から受けた「汚染」により、何らかの形で「町」と繋《つな》がっていた。管理局は、彼の描く絵を注意深く観察し続けていた。

二年前のある日、彼の描く絵に変化が訪れた。風景は朽ちた建物ではなくなり、人の姿も描かれるようになったのだ。次に失われる町の風景だと結論づけ、管理局では、新たな消滅予想地を五箇所に絞り込んだ。

そして、消滅地を確定させたのは、一年前に描かれた印象的な城跡と二本の煙突のシルエット。そう、まさに今この丘から俯瞰《ふかん》する風景だった。

消滅地の確定を受け、当初からの計画通り、「別体」のひびきが町に住み、「町」の意識の動向を探った。あまりに早く住民を退去させては、「町」の気が変わり、他の町へと消滅が遷移してしまう。かといって、住民たちが「消滅順化」により、町と共に失われることを受け入れてからでは遅かった。タイミングを慎重に見極めなければ、すべてが水泡に帰してしまう。

「町」による消滅順化が始まったのは、二ヶ月前のことだ。「町」は、町に生じるすべての音の中に、人々を消滅へと従わせる音を配していた。それらに取り込まれながらも、「別体」のひびきは、消滅順化に抗《あらが》い、分離者特有の「呼び合い」を利用して、町の外で待機する「本体」のひびきに、「町」の動きを伝えた。

消滅順化の兆しを受け、「消滅対抗音」が、町に向けて一斉に配信された。潤が、失われる直前に由佳に託した「音の種」から、二十年近くかけて醸造してきた音が、町の人々の消滅順化を中和した。強制的に町の外へと連れ出し、すべての住民の退去が終了したのは、ほんの三日前のことだった。

今、町には、消滅耐性を持ち、消滅に対して親和性があるのぞみが、調査員3号としてただ一人残り、町の様子を探っていた。

「潤、これで良かったのかな」

由佳は、自ずとそう呟《つぶや》いてしまう。心に浮かぶ潤の姿は十五歳のままだ。髪に白いものが目立ち出した由佳だったが、心の中で彼と向き合う時には同い年のままだ。

三十年前の月ヶ瀬町の消滅で潤は失われた。彼に託された、「消滅の連鎖を断ち切る」という願いを、かなえることができたのだろうか。

「町」が管理局の抵抗をどこまで察知し、どれだけ触手を伸ばし得るのか。それは誰にも予測がつかなかった。今この瞬間も、「町」と管理局は、音も無く静かに、それでいて熾烈《しれつ》な戦いを繰り広げているのだ。

「『町』を侮るべからず。されど、恐るるべからず」

由佳自身はほとんど接することのなかった前回消滅時の統監の言葉が浮かぶ。過去、単なる消滅汚染物の回収という役割しか担っていなかった管理局を、来るべき消滅を予知し、戦略的に消滅に対処する組織へと変革する礎を築いた、伝説とも言える存在だ。

町の消滅を防ぐことができたとしても、やるべき事、考えるべき事は無数にあった。人が消滅しなかった町も余滅を起こすのか？　退去させた住民をいつ町に戻すことが出来るのか？　そして最も大きな問題は、消滅が遮られたことによる「町」の反作用の予測がつかないことだった。ここから先はすべてが未知なる領域なのだ。

消滅の回避のために行ったことが、もしかすると最悪の消滅の連鎖につながってしまうかも知れない。「町」の力の前に、あまりにも眇《びょう》々《びょう》たるわが身を思った。

前統監である白瀬《しらせ》さんの言葉がよみがえる。

「もしも明日失われるのであれば、私はその瞬間まで想いを伝え続けます」

彼女は町の消滅阻止の目鼻がついたのを確認するようにして、昨年亡くなった。六十二歳だった。長年町の消滅にかかわり続けた彼女は、消滅耐性を持っているとはいえ、汚染によってその身はずたずたに蝕《むしば》まれていたのだ。彼女の遺志を継ぐためにも、今回の作戦は成功させなければならなかった。

「由佳さ……、あ、ごめんなさい。6号。どうしたんですか？」

振り向くと、本体のひびきが立っていた。うっかり名前で由佳を呼ぼうとしたため、小さく舌を出していた。

「いよいよこの時を迎えるんだって思うと、何だか、ね」

「そうですね……」

言葉少なくひびきがこたえる。

「彼の容態は？」

「まだ、意識が戻らないようです」

別体のひびきは、「町」の意志に逆らい、消滅の時を本体のひびきに伝えたことで、汚染にさらされていた。最後の交信とともに昏倒し、以後二ヶ月間意識が戻らずにいる。言葉にせずとも、二人とも理解していた。別体のひびきは、このまま意識が戻らないか、意識を取り戻したとしても、和宏さんのように記憶に障害が生じるであろうことを。そして、そのことを承知の上で、彼は町に潜入したのだ。消滅の連鎖を断ち切るために。

彼だけではなかった。由佳も、本体のひびきも、そして管理局の誰もが、汚染の恐怖と闘いながら、人々に「穢《けが》れ」として忌み嫌われている消滅に関わってゆくことを、自らの道としていた。すべては、望みを明日《あす》へと繋げていくためだ。

「6号、まもなく八番モニタ前です。待機をお願いします」

監視車両から漏れ出す光にシルエットだけになった12号が、由佳を呼ぶ。

「了解」

ひびきと共に車に向けて歩き出した。再び抑制の遮幕を重ねようとして、前髪を揺らす風を感じ、町を振り返る。

「風……？」

「風が吹いてきましたね」

ひびきも立ち止まり、向かい来る冷気に眼を瞬かせる。風は町の方角から丘の稜線を駆け上り、由佳たちに向かってきた。この風は、果たして未来へと向かって吹く風となりうるのだろうか。

星のない暗黒の夜空を見上げながら、由佳は三十年前に失われていった月ヶ瀬町を思った。

◇

お湯を沸かしながら、茜《あかね》は壁のカレンダーを見つめる。今日の日付は赤い丸で囲われていた。今頃、由佳たち管理局員は、新たな町の消滅に静かな闘いを挑んでいるのだろう。

「あれから三十年か……。私も五十五だよ。早いもんだね、まったく」

三十年という年月。それは、この都川に移り住んでからの時間であり、和宏と共に生きた日々をも表していた。腕組みしたまま鏡に視線を移す。目じりに浮かぶ小ジワが改めて月日の流れを感じさせ、茜は顔をしかめた。四月の夜とは思えぬ冷気に身震いし、ストールを羽織る。

今夜はペンションの客もいない。そんな日は、お茶でも飲んで早く寝てしまうに限る。明かりをすべて消し、離れの和宏のアトリエに向かう。彼はいつものように絵に集中し、自分の世界に入り込んでいるようだ。振り向きもせずカンバスに絵筆を走らせている。茜はお茶のお盆を持ったまま、しばらくその姿を見守り続けた。

邪魔にならぬよう背後から覗《のぞ》いてみる。カンバスに描かれた絵を見て、茜は息を呑《の》んだ。

この三十年間、和宏は「町」に汚染された二十七歳のままに記憶をとどめ、意識だけを自由に飛ばして失われた町の風景を描き続けてきた。

汚染を嫌う人々から「穢れた絵」と蔑《さげす》まれ、同時に失った悲しみを表立って表現できない人々にひそかに愛好された彼の絵。それが、この三十年間彼女が守り続けたものだった。

だが、今夜和宏が描いたのは、町の風景ではなかった。肖像画、しかも茜の姿だったのだ。

ようやく気配に気付き、筆をとめた和宏は、振り返ったとたん、けげんな表情になる。

「茜……?」

空耳かと思った。だが和宏はにっこりと笑って、もう一度口を開いた。「茜」と。茜はしっかりと、その声を心に響かせた。三十年の時を経て年相応のものへと変わっていたが、まぎれもなく、なつかしい和宏の声だった。

ずっと、「町」に声を奪われていた和宏がしゃべったのだ。最初に口にするのは茜の名前と決めていたのだろう。確かで、迷いのない声だった。

「和宏……」

茜は信じられない思いで、その場に立ち尽くした。

和宏の確かな声。それは、彼が「町」の影響から解かれたことを意味していた。新たな消滅を控え、「町」が和宏を汚染の呪縛から解放したのだ。

「戻ってきたよ」

未だ身動き取れずにいる茜を、和宏が抱きしめた。三十年もの間、声を発せず、記憶もとどめることができなかった自分を支えてくれた感謝をこめるように、強く、強く。目の前に存在し、触れることも、笑顔を交わすこともできるのに、記憶を共有することができなかった和宏との日々。彼は、失われたものを取り戻そうとするかのように、茜を抱き締めて離さない。三十年にわたる茜の喪失感を充足して余りある力強さだった。

茜の瞳《ひとみ》はとめどない涙であふれた。

濡れた瞳を開けると、窓の外には雪が降っていた。四月の雪。失われた町、月ヶ瀬には、光るものとてなく、漆黒の闇《やみ》が広がっていた。

# エピソード1　風待ちの丘

作業は二人一組で行われる。

今日最初に割り当てられた家は、木造モルタル二階建ての一軒家だった。築三十年ほどだろうか。板塀に囲まれた庭では、伸びるにまかせた木々の緑が外まで侵出し、五月の午後の太陽が若葉の上で鈍くきらめいていた。

No.34は、女性には少し大きい作業着のズボンに回収用の布袋をセットし、帽子を深くかぶり直した。午後の作業の開始だ。

パートナーのNo.9は四十代の男性で、作業も三週間目を迎えたことから、互いに声をかけあうまでもなく作業手順や分担は頭に入っていた。

門柱の、埋め込み式の住居表示を見て、No.9が舌打ちした。

「やっかいだな」

「工具、借りてきましょうか？」

「いいよ、取ってくるよ。バールで何とかなるだろ。先に中をやっといて」

「了ー解っ！」

No.９に玄関をまかせ、No.34は作業靴のまま中へ入る。鍵《かぎ》はかかっていない。それは今まで作業してきた家も同様だったので、もはや驚きは無い。すべての家がこうして、鍵を閉めることもなく開け放たれているのだ。

「さぁて、始めますか」

作業はいつも、時間のかかる部屋から済ませることにしていた。まずはリビングに足を踏み入れる。他人の家に土足で上がりこんで私物を物色することへの罪悪感も、すっかり麻痺《まひ》していた。

初めに見るのは状差しだ。送られてきた葉書、手紙、郵送された領収証のたぐい。それらはすべて回収の対象物だ。腰にさげた分厚い布袋の上で状差しを逆さにして、中身をすべて放り込む。

続いて電話機が置かれた小さな机。三冊あった電話帳を入れると、袋はずっしりと重くなった。

「さて、次は……と」

No.34は周囲を見渡す。五十軒以上の家を見てきたので、どこに何が収納されているのかはおおよそ見当がつくようになっていた。ほんの数分で金目の物すべてを奪っていく空き巣の手際の良さというものが、今ではよくわかる。

「この仕事が終わったら、私たち空き巣になってもやっていけるよね」

「じゃあ鍵の開け方も習っとかなきゃなあ」

No.34は、そんな風にNo.9と冗談を言いあったものだ。

引き出しを順に開けていく。預金通帳が見つかった。給料の振込み、公共料金の引き落とし、三万、五万といった額の引き出しが、生活の影を色濃く残していた。思わず周囲を見渡す。もちろん誰の姿もなかった。通帳には四百万円の残高があった。この家族にとっては決して小さな金額ではないだろう。だが、最初の頁の「月ヶ瀬中央支店」の文字を見て、迷わず回収袋に入れる。

外での作業を終えたNo.9が姿を見せ、回収作業に加わる。彼が見つけ出した紙袋からは、領収証やレシートの束が出てきた。家計簿でもつけようとしていたのだろうか。

「うわ、これを選別するのか。やっかいだな」

顔を見合わせ、溜息を飲み込んで、仕分けをはじめる。町の住所が書いてあるものは回収し、町以外の住所のものは紙袋に戻す。面倒な作業ではあったが、程なく二人ともその機械的な単純作業に没頭してしまうのはいつものことだった。

一階の回収を終え、二階に上る。六畳の部屋が二つと、八畳の部屋が一つ。二人でそれぞれ六畳の部屋を分担しあう。No.34が担当したのは子供部屋で、机に貼られたシールや、散らばったゲームソフトからすると、部屋の主は小学生の男の子のようだ。子供部屋というのはそれほど回収の手間はかからない。

まずはランドセルから教科書やノートをフローリングの上にぶちまける。

――月がせだい二小三年四組きたむらたくや――

稚拙な文字で名前が記されていた。

彼あてに来た友人からの年賀状。幼稚園の卒園アルバム。学校からの通知文。それらを回収袋に入れる。

「忘れるところだった」

No.34は一人呟《つぶや》き、クローゼットを開く。独り言が多くなったと改めて思う。突然失われた人々の想いの残った品々に触れる作業のせいだ。姿の見えぬ住人たちの影に取り込まれてしまいそうで、そんな思いを振りきるためにも無意識に何かを口走ってしまうようになっていた。

忘れていたのは服のチェックだ。子どもの場合、服にも名前が書かれていることがあるからだ。思ったとおり、体操服と、水泳パンツの裏側と、それから数枚の下着にも、たくや君の名前を発見した。

すべてを回収し終え、やれやれと腰を伸ばしていると、No.9が姿を見せた。

「この部屋、回収終了です。完了確認をお願いします」

腕組みをして部屋を見渡したNo.9は、少し意地の悪い笑顔を見せて壁を指差す。虫歯予防ポスター入賞の賞状が飾られていた。そこには、「月ヶ瀬町教育委員会委員長柿原孝三郎」の文字があった。

最後に二人で夫婦の寝室の回収を終え、その家での作業は終了した。腰に下げた袋はずっしりと重くなっていた。

◇

集積ポイントは、百メートルほど先の信号のある交差点だった。交差点名の表示はすでに取り外されていた。名も無き交差点まで、回収物の重さによろけながら歩く。

いつも通り、トラックと高所作業車が止まり、簡易テントの下に管理局の係員が数人待機し、作業の進捗《しんちょく》を管理していた。

No.34は、二人で集めた回収物を、紙類、布類、金属類、ガラス類、その他に分けてトラックに積み込む。

「えーっと。第十一班、回収対象D―256終了しました」

作業工程表を係員に渡す。

「領収証が多くて大変でしたよぉう」

濃紺の作業服を着た管理局の男性係員は、No.34のおどけた言葉を完璧に無視した。工程表を一瞥《いちべつ》して赤鉛筆でチェックすると、他の班から提出済みの工程表に重ね、青いファイルを開く。

「お疲れ様です。それでは三時四十分より、次の回収対象C—34での作業を行ってください。それまで二十分間、休憩をどうぞ」

係員は一度も顔を上げず、次の作業工程表を事務的に手渡す。No.34は、「お疲れ様です」の、あまりの感情のこもらなさに、多少むっとしながら受け取った。

「やぁれ、やれ、っと」

No.34こと茜は、道路の上に大の字になった。車が来ないことはわかっている。五月の空は、透明さを内に秘めて眼に痛い程青く、くっきりとした輪郭の雲がゆっくりと流れていく。

「だいぶ疲れてるな」

No.9と呼ばれる信也《しんや》さんが、配給されたペットボトルの飲み物を茜に手渡し、隣に座った。

「そりゃ疲れますよう。ご一緒にどうぞ」

「そうかい。じゃあ、お言葉に甘えて」

二人で大の字になって眼をつぶる。通常の町であれば車の音でかき消されてしまうであろう、大地を渡る風の音が聞こえた。

「静かですねぇ」

「そうだね、誰も住んでいない町ってのは、人のいない自然の中よりもかえって静けさを感じてしまうね」

茜たちは、この町のすべての地名、そして住んでいた住民の痕跡を消し去ろうとしている。それが、消滅の「余滅」を食い止めるために行われるということは、この国の誰もが知っていた。光を灯《とも》さない信号機を見ながら茜は思う。失われた人々は、いったいどこに行ってしまったのだろうと。

この「月ヶ瀬」の消滅は一ヶ月前。茜はその情報を新聞によって知った。より正確に言うならば、「新聞でしか知ることができなかった」のだ。

消滅管理局からのお知らせ
成和三十三年四月三日午後十一時頃（推定）、月ヶ瀬町が消滅しました。消滅地に関する回収は各自治体、管理局地方事務所より追って通知するため、指示を待つ事。なお、国選回収員に任命された者は、速やかに移動準備をする事。

数万人の人々が瞬時に失われたのだ。それは新聞の一面トップに値する事件だろう。だが、記事は管理局広報だけで、新聞独自の記事としては一行も載っていなかった。テレビ報道も同じで、ニュースとして扱われることはなく、CMの合間に管理局から静止画像のお知らせが流されるばかりだ。言うまでもなく、管理局による規制のためだ。

消滅に不必要に興味を持つことで、消滅の余滅を引き起こすことを避けるためであったが、同時に「失われた町」に関わることが、一種の「穢れ」として人々に認識されているからでもあった。

町の消滅は、何百年も前から起こっていると言われている。原因がわからず、本当の事が知らされぬ中で、町の消滅に関わることや話題にすることを忌み嫌う「穢れ」の意識が、国民の中に広く浸透していた。

消滅から間を置かず茜に届いたのは、「国選回収員」への任命通知だった。茜自身も、自分が回収員の資格適合者である自覚はあったが、まさか自分にふりかかってくるとは思ってもいなかった。

回収員になるにはいくつか条件がある。消滅地から五百キロ以上離れた場所に住んでいること。過去に消滅地に行ったことがないこと。そして、失われた町に親戚、友人、知人が一人もいないこと。それに加えてもう一つ条件があり、要は、町に最も「汚染」されにくい者が適合者だった。町の消滅を悲しむことは、すなわち汚染にさらされることに他ならない。

国選回収員は国民の義務行為であり、拒否することは基本的に出来ない。また、選抜者の職場や学校なども、選抜者が消滅地に赴くことや、半年間の回収期間終了後の職場復帰に最大限の協力をすることが暗に求められていた。

そうして今、茜は失われた町、月ヶ瀬に入り、回収の日々を送っている。

「それにしても、あの管理局の人たち、もう三週間も一緒に仕事してるんだから、少しは打ち解けてくれてもいいと思いません？」

茜は寝転んだまま管理局のテントを横目で見て、聞こえないように悪態をついた。

「何だ、知らないのかい？　彼らは感情抑制してるんだよ」

「カンジョウヨクセイって、何ですか？」

「我々は、この町に関わるのは半年間だけだろう？　だが彼らは仕事として失われた町にずっと関わっていかなきゃならないんだ。町から受ける汚染も積もり積もれば莫大《ばくだい》なものになる。だからああやって感情抑制することで、汚染を極力受けないようにしてるんだよ」

「はぁ、そんな理由があったんですね」

「だから、彼らも好き好んであんな仏頂面してるわけじゃないし、誰もが避けて通りたい仕事をしているんだから、勘弁してやりなよ」

「ふぅん」

茜は片肘《かたひじ》ついてテントを見やった。係員たちは、相変わらず表情を変えずに黙々と作業を続けていた。

「そんなことなら、まぁ、許してやるか」

「何だかえらそうだね。さぁて、そろそろ次をやっつけるかな」

「了ー解っと！」

◇

一日の任務を終えて、回収員たちが三々五々、集積所に集まって来た。今この町では、茜たちを含めて十五組、三十名の回収員が任務に従事していた。受任期間は半年。茜たちが第一期で、半年後には第二期の回収員が選ばれ、この月ヶ瀬町にやってくる。手近な家に入り、作業服から私服に着替える。

五時のサイレンが鳴り響く。一日の仕事を終えた倦怠《けんたい》も相まって、その音は物憂く響いた。回収員たちは一様に、サイレンの鳴る空を見上げる。町の中央の小高い丘では、高射砲塔がシルエットとなって静かに町を睥睨《へいげい》していた。

回収員送迎用のトラックが何処《どこ》からともなく現れ、荷台の口を広げていた。送迎といえば聞こえはいいが、乗せられる身にとっては、「輸送」以外の何物でもなかった。

「この時間ってのは、いつまでたっても慣れない。苦行だな」

「仕事が終わっても、最後にこれがあるって思うと、気が休まらないですね」

荷台はコンテナを思わせる密閉構造で、後部ハッチ以外に出入りする場所はない。中はシンプルという言葉すら恐縮してしまうような殺風景なつくりだ。側面に沿って、ちょうど腰掛ける高さに段が作られ、回収員たちは、無言で横並びになって座る。扉が閉まると、窓の無い車内は、天井に一つだけ据え付けられた黄色の薄暗い非常灯に支配された、陰鬱な閉鎖空間となる。

クッションもなく直接響く振動に身をゆだねながら、茜は考えていた。本当に自分は失われた町にいるのだろうか？　ということを。

普通なら、たとえ景色が見えずとも、車の動きは感覚でわかるはずだ。だが、このトラックに乗って自分の感覚に身を委ねてみても、どのように走っているのかがさっぱりわからないのだ。

確かに走っているような振動は常にあった。過剰なほどに。だがそれは、もしかすると何かを押し隠すためのものなのだろうか。そう考えると、話すことも出来ぬほどの騒音も、回収員たちを謀《たばか》るためにあえて出されているようでもあった。

町の消滅は、意識を持った「町」により引き起こされると言われている。だとすれば、町を出入りする際に、回収員たちが「町」の意識と接触するのを避けるための措置なのかもしれない。

衝撃とともにトラックが停止する。外からハッチが開かれ、光が差し込んだ。回収員たちは、まぶしげに顔をゆがめて地面に降り立つ。今日の解放ポイントは、かつて鉄道施設が建っていたのであろう、雑草の生えるに任せた線路脇の空き地だった。

降ろされる場所は一定していない。駅前広場の場合もあれば、スーパーの駐車場の場合も、農道のど真ん中の場合もある。その意味も茜にはよくわからなかった。だが、どこで降ろされる場合でも、車に乗っている時間はきっかり十七分と十五秒だった。

回収員たちは連れ立って歩くことはせず、それぞれ違う方向に足を向け、たちまちに四散してしまう。茜も信也さんに挨拶《あいさつ》をして、商店街へと歩きだす。

都川市は、消滅した月ヶ瀬町の隣に位置する、どこにでもある地方小都市だった。市内の北寄りの私鉄駅を基点として、南に向けてこぢんまりとした繁華街が広がっていた。駅前大通りから一本外れた道はアーケードで覆われ、「都川駅前商店街すずらん通り」

という、没個性化を目的にしたようなありふれた名前がつけられていた。

買い物の中年女性が、この時間帯の主役だとばかりに、華やかさとは無縁の服装で自転車を押して闊歩《かっぽ》する。スカート丈の短い女子高生が雑貨店やファーストフード店にたむろし、仕事を早仕舞いした会社員が連れ立って裏通りの飲み屋へ繰り出そうとしている。どこにでもある地方都市の夕方の賑《にぎ》わいだ。

スーパーに立ち寄り、冷蔵庫の食材を頭に描きながら、今夜の献立を考える。

「卵は、まだあったよねぇ」

相変わらず独り言は続いている。今日回収を行った家の主婦も、消滅することがなければ、今頃こうして買い物をしているのだと思うと、自然にそんな言葉が出てしまう。

一人分のわずかな量の買い物袋を提げて、部屋への道をたどる。駅前へ出て、小さなバスターミナルの脇を抜けると、線路をまたぐ歩行者用の古びた跨線橋《こせんきょう》がある。無骨なコンクリート製の階段は、長年の人々の歩みによって段がすり減っていた。茜は、この磨耗に至るまでの無数の人々の往還を思った。

跨線橋の中央で、いつものように市街地を振り返る。二階建ての住宅や、高層ではないアパートが建ち並ぶ眺めは、どこにでもある風景だからこそ、なぜかしら不安にさせる。

「私は今、ここにいる……」

自らに確認するように呟く。そうしないことには、立っている場所が確認できないような覚束無《おぼつかな》さを感じた。短大を出てからずっと、一処《ひとところ》に住むのを拒むように地方都市を転々としてきた。それらの都市の風景は、茜の中で重なり合い、いずれことも区別のつかない「どこかの都市の風景」となっていた。茜は今、その風景の中のどこにも居場所を持っていないように感じていた。

駅裏の六畳一間のアパートが、半年間の回収員受任期間中の住まいだ。狭い部屋だが、仮住まいには充分な広さだ。費用はすべて管理局の負担であるから贅沢《ぜいたく》もいえない。ただいまとも言わず、玄関からひと目で見渡せる部屋を前にたたずむ。

「ううん、なんだか……」

自分でもどう続くのかわからず呟く。自分がもし今いなくなっても、痕跡すら残すことなく、生きていた証《あかし》は消えていくのだと思った。

悲しみの感情ではなかった。命の重さと言われるものと、現実世界で日々あっけなく奪われてゆく命の存在の軽さとの折り合いがつかないことは、茜自身も自覚していた。数万の人々が一瞬で失われたというのに、自分はその隣の、一人の知り合いすらいない都市に住み、夕食の準備をしている。

「アンバランス、なんだよなぁ」

キャベツの千切りのリズムを崩さずに、茜は呟いた。

◇

その日、茜たちが降ろされたのは、都川の河川敷の駐車場だった。信也たち他の回収員は、堤防を登り帰路についたが、茜は気候のよい時期の河川敷を離れがたく、日が暮れるまでのわずかな時間ではあったが、川沿いを散歩して帰ることにした。

都川は、失われた月ヶ瀬町からこの都川市を抜けて海へと注ぐ川だった。河口まではまだ距離があり、見通すことはできなかったが、夕日が紅を添える西の空の下には海が広がっているのだろう。

夕暮れの匂《にお》いを吸い込んだ茜は、上流へ向けて歩きながら、流れ来る先の月ヶ瀬を見やる。夜を控え、うっすらと霞がかる町は、薄墨を重ねたようなシルエットの中に、町民ホールの三角屋根と高射砲塔とが、特徴的な姿を見せていた。

すでに下流域にあたる川は、広々とした川幅を持ち、流れを感じさせない。風のままに行方の定まらぬ波をみせる川辺を、のんびりと歩き続けた。

「ああ、ちょっと」

不意に、ベンチに座った男性に声をかけられた。

「ここは緩衝地帯ですから、戻られたほうがいいですよ」

最初「感傷地帯」と勘違いし、ややあって、男性が「消滅緩衝地帯」のことを言っているのだと理解した。

消滅は町という行政単位で起こる。隣り合って建った家であろうと、そこに町境があれば、失われるという運命を分かつ線が、厳然と存在することになる。

だが、消滅直後の町は非常に不安定だ。町は人々の悲しみを吸収し、消滅を広げようとする。その結果、町の範囲外に余滅が起こると言われている。それ故、消滅した町の周囲一キロは、消滅緩衝地帯に指定され、住民は退去を命じられるのだ。もっとも、命じるまでもなく住民たちは汚染を恐れて逃げ出していたが。

「あ、そうなんですか。すみません。知らなくって」

「いえいえ、咎《とが》め立てしたわけではないんですよ。ただあなたが汚染されてはいけないと思いまして」

六十代と思《おぼ》しき銀髪の男性だった。穏やかな口調と、スラックスにカシミアカーディガンという品のよい格好が、落ち着いた物腰を感じさせた。

「隣に座ってもいいですか?」

人見知りしない茜は、親子ほど年の離れた男性に親しみやすさを覚え、返事も待たずに座った。

「ええ、もちろん結構ですが」

再び汚染のことを言いたげではあったが、穏やかな瞳で茜を見やり、月ヶ瀬の方へ顔を向けた。

「あの、失礼ですけど、どなたかご家族を、あの町で？」

遠慮がちに尋ねてみる。緩衝地帯に好き好んで入り込む者はそう多くはない。

「ええ、妻と、娘夫婦、そして孫娘を……」

かけるべき言葉を失い、茜は黙り込んだ。消滅した人々は、亡くなったのではなく、失われたのであるから、悲しむことは許されない。何よりここは消滅緩衝地帯なのだ。「町」は悲しみを敏感に察知し、汚染を広げてくる。「失った人を悲しんではいけない」という不文律は、教えられるまでもなく忌避すべきこととして身についていた。

「あなたは、こちらの方ではないようですが？」

話題を変えるように、男性は茜に尋ねる。

「やっぱり、わかっちゃいますか」

「言葉に少し、南の方の名残があるようだ」

「ええ、そうなんです」

「都川には、旅行か何かで？」

少し躊躇《ちゆうちよ》する。身分を隠すようにとは言われていなかったが、表立って口にしたこともなかった。だが、失われた町で家族を失ったこの男性なら、月ヶ瀬に入る自分を蔑むこともないだろう。正直に告げることにした。

「実は私、回収員として都川に来ているんです」

男性の表情が、わずかに曇る。

「そうですか。ではあなたは、今の町の様子をご存知なのですね」

「ええ、今日も、ついさっきまであの町に」

宵に向けて踏み出した空が、町の輪郭を夜の闇に溶かそうとしていた。

中西と名乗る男性は、それ以上町について語ることは無かった。彼は、このあたりのことを知らない茜に、近くの観光名所や都川の歴史を教えてくれた。

もちろん、失われた町を「悲しみ」によって語ってはいけないという暗黙の了解はある。だがそれ以上に、語りだせばあふれてしまう思いをせきとめようとする悲しい意志が伝わってくる。

「少し肌寒くなってきましたね。そろそろ帰った方がよいようだ」

「そうですね」

立ち上がって伸びをする茜を見守るように、やさしい瞳が向けられる。失われた娘さんは、茜と同じくらいの年齢だったのかもしれない。

彼は、顎《あご》に手をやって何かを考える様子だった。

「あの、丘の中腹にある建物がわかりますか?」

指差す先は、都川市の南に広がる丘陵地帯の一角で、斜面に沿って住宅街が広がっていた。住宅街は丘陵の半ばまでを侵食していたが、その上には自然のままの木々が残っていた。木々に埋もれるような白い屋根の一軒家を確認することができた。

「私は、あの場所で小さな、数組しか泊まれないペンションを開いています。いや、開いていた、と言うべきかな。今は少し休業中だからね。でも、あなたが遊びに来てくれたら、いつでもお茶くらいはお出ししますよ」

茜にとって、それは素敵な提案だった。

「じゃあ私、土曜日がお休みだから、お邪魔しますね」

「ええ、もちろん。大歓迎です」

◇

黒のカットソーとベージュのスカート、その上に薄いジャケットというでたちで、茜はお昼すぎにアパートを出た。線路を跨線橋で渡り、駅前商店街のアーケードを歩く。

土曜の午後まだ早い商店街は人通りもまばらで、時代を経たアーケードが商店街にくすんだ印象を落とし込んでいた。パチンコ店の電飾だけが不釣合いに光っている。

洋菓子店で手土産を買いアーケードを抜けると、そのあたりは古くからの住宅街だった。歩道のない道路沿いに軒を連ねるように、間口の狭い家が並ぶ。

人通りが途絶える。ふっと、風が止《や》むのを感じた。初夏の日差しが木々や建物を明るく照らし、濃い影を地面に落としていた。思わず周囲を見渡す。そんな風景の中に、ただ一人で立っている自分がいた。

失われた町に入り込んだような錯覚に襲われる。うっすらとした恐怖に鳥肌立つ。今この瞬間に、この場所も失われてしまうのではないか？　そんな錯誤に陥るほど、明るさに満ちているが故の異世界だった。辻を曲がって軽トラックが顔を出し、小学生の集団が自転車で茜を追い抜く。やっと茜は自分を取り戻した。

再び歩き出すと、都川の堤防が行く手を阻む。少し上流に階段が見えたが、かまわず草むらの斜面を登る。茜にはそんな向こう見ずなところがあった。自分でも理解しているし、失敗したなぁと思うエピソードも多々あったが、二十五になって今更性格が変わるわけじゃないし、と半分は開き直っている。

「キモチいい、なぁ」

わずかな雲がくっきりとした白さで浮かび、空の青さを一層鮮明にしていた。河川敷の草野球のかけ声が響く。前髪を揺らす心地よい風を感じながら、行進するように大きな歩幅で橋を渡る。

おおよその方角の見当だけで歩いてきた茜は、丘のふもとの四つ角ではたと考え込んだ。四つ角から左折する道は、カーブの先でのぼり坂になる気配だ。おそらくペンションに続いているのだろうが、蛇行している分、時間がかかりそうだった。

まっすぐ丘を登る道は、大手私鉄が開発した新興住宅街の入口だった。おとどい河原から見た時には、ペンションは住宅街の真上に見えた。何とかなるかもしれないと、またもや茜の気性が顔を出す。

「行ってみますか、ねぇ」

とりあえず、住宅街の整備された道をゆっくりと登っていく。道路にそって区画割りされた分譲地に、同じような大きさの真新しい家々が建ち並んでいた。

おそらく数年前には、このあたりは森の中だったのだろう。そんな場所にひとつの町ができ、人々が暮らしている。何もないところに町ができるのであれば、今まであった町が失われるのも不思議ではないように思えてしまう。

住宅街の最も高い位置で、予想通り道路は終わっていた。最上部の一区画に、まだ家が建っていない空き地があるのを見つけた。そこから森へ抜けられそうだった。

人の入らぬ森は、絡まった蔦《つた》と下草が行く手を阻み、油断すると蜘蛛《くも》の巣にひっかかる。今更ながらに自分の性格を反省しだした頃、登り詰めてやっと平坦な場所についた。

そこはすでにペンションの敷地で、中西さんがテラスから不審げに見下ろしていた。

「こ、こんにちは」

「おや、おもしろい所から登場ですね」

「近道しようとして、かえって時間かかっちゃったみたい」

「でもまあ、無事に着いてよかった。ペンション『風待ち亭』へようこそ。まずは、顔を洗った方がいいようだね」

建物に入り、洗面所に案内された。鏡の中の茜はひどい有様だった。頭についた蜘蛛の巣や葉っぱを取り、手を洗わせてもらう。

「娘もよくああやって、林の中を無茶して登ってきたものですよ」

洗面所の外で、中西さんが楽しそうに笑っていた。

◇

風待ち亭は、普通の民家を一回り大きくしたほどの母屋と、隣接して中西さん夫婦が住んでいた離れがあった。言われなければその建物がペンションであるとは気付かなかっただろう。

母屋は二階部分が客室となっており、月ヶ瀬を見下ろす北東に面して四つの客室が配されていた。一階には客人に食事を供するダイニングと、交流スペースの居間、そして厨房があった。ダイニングに面した庭には、板張りの小さなテラスがあり、晴れた日にはお茶を飲む場所として使っているそうだ。

ペンションの内部は、自然な色の土壁と使い込まれた色合いの柱が目に馴染《なじ》む、落ち着いた配色だった。二階までの吹き抜けとなった居間で、大きな梁《はり》を見上げる。田舎のお婆ちゃんの家に遊びに来たような居心地の良さがあった。

「ペンションは、いつ頃からはじめたの？」

「十五年前です。五十歳を機に、少し早めにサラリーマンを引退しましてね。妻と二人で素人同然ではじめて、最近ようやく経営が安定してきたところでした」

中西さんは、声に悲しみを含ませず、淡々と語った。慰めの言葉を探す暇も与えぬように、穏やかな表情に切り替える。

「さて、それでは約束どおり、お茶を用意しましょう。実はこのペンションは、妻がもてなす各国のお茶が名物になってましてね。まあ、お茶だけは残りましたので、私も見よう見まねで、お茶を淹《い》れてみましょう」

「あ、はぁい、お願いします」

かしこまって差し出されたメニューには、茜の知らないお茶が並んでいた。大いに迷った末、結局飲みなれたプーアル茶を選んだ。

「今日は天気もよいことだし、テラスでくつろぎましょう。用意しますから外で待っていてください」

ダイニング脇の木戸を抜けてテラスに出る。板張りのテラスは、半ば剝《は》げかけた白いペンキがいっそ使い込まれた雰囲気で、居心地が良かった。

庭に植えられた樫《かし》の木が影を落とし、テーブルの上に葉影を揺らす。四脚の椅子《いす》は、いかにも手作りの不揃《ふぞろ》いなものだったが、不恰好《ぶかっこう》な姿とは裏腹に、座ってみると奇妙な安定感があった。順番に座り心地を確かめていると、茶器を載せたお盆を手に中西さんがやってきた。

「テーブルと椅子は、娘婿の手作りなんですよ」

慣れた手つきで茶器を並べ、小ぶりなポットからお茶を注ぐ。茜はゆっくりと味わいながらお茶を飲んだ。

中西さんは、自分の飲むお茶を用意しだした。丸い陶筒の容器を開け、食用銅片を取り出す。大ぶりな磁杯に重ねられた生葉の上に銅片を置き、お湯を注いだ。生葉ならではの、蒸れた「葉立ち」があたりに立ち込める。

「そのお茶は？」

「これはジャイナ茶ですよ。茜さんも飲んでみますか」

茜はのけぞるように身を離して首を振った。

「子どもの頃、父が飲んでるのを無理矢理飲まされて、あまりの苦さに吐き出しちゃったんだ。それ以来トラウマになってジャイナ茶は飲めないなあ」

大仰に顔をしかめる茜に穏やかに笑いかけ、中西さんはお茶を飲んだ。

二階の客室のカーテンは閉ざされたままだった。

「今は、ペンションはお休み中なの？」

「ええ、たった四組しか泊まれないペンションですが、やはり一人では限界があります。以前は妻もいたし、忙しいときには娘夫婦も手伝いに来てくれましたからね」

中西さんは茶器を両手で持ち、その中に思い出を封じ込めるような話し方をした。

「まあ、消滅基金からの配当も半年間ありますので、もうしばらく、ゆっくり考えてみようかと思います」

気を取り直したように中西さんは茜に尋ねた。

「茜さんは、南の方から来たといっていたね？」

「あ、出身が南の方なの。それからいろんな都市を転々としてきたんだ」

「それは、仕事の都合か何かで？」

「ううん、住む場所を変えていったのは自分の意思。だから仕事もその時々でさまざまなんだ。派遣会社に登録して事務の仕事をすることが多かったんだけど」

「この都川は、住んでみてどうですか？」

茜は空を見上げて考えをめぐらし、首を振る。

「どうだろう。まだ住みだして一ヶ月くらいだけど、住みやすいところだとは思う。だけど、正直いって私は色々な都市を転々としてたんで、どこに住んでも『仮住まい』って感じが拭《ぬぐ》えないんだ」

「どこに住んでも仮住まい、ですか」

何か感じるところがあったのか、中西さんは小さく繰り返した。

結局、居心地の良さに居座ってしまった茜は、夕飯までご馳走になった。もてなされた夕食は、近所の懇意な農家から直接買い付けたという野菜を使った煮物やサラダだった。ありあわせの材料とは思えないできばえで、初めて野菜のおいしさというものに触れた気がしたほどだった。

◇

二人で手早く夕食の洗い物を済ませ、お茶を用意して再びテラスでくつろぐ。

テラスからは、月ヶ瀬の風景が見下ろせた。徐々に蒼《あお》の層を重ねていく空を無言で見ていた中西さんは、お茶を飲む手をとめた。

「もうすぐ、始まりますよ」

「え？」

茜の疑問にも、彼は重ねて説明することなく、何かを待つように月ヶ瀬を見下ろしていた。

やがて、空の際が夜の色を深め、宵の明星が光る頃、それは始まった。

「あ……、光」

月ヶ瀬に、一つ、また一つと、明かりが灯り始めたのだ。光は、まるで一日の終わりの夕餉《ゆうげ》の明かりのように広がっていった。誰一人住む者のいない町に。

「これは、残光、なの？」

茜も言葉としては知っていた「残光」現象だ。住む者もおらず、灯るはずの無い光。この光の謎《なぞ》は解明されていないと聞く。時の経過とともに辺りは夜の空気に満たされ、残光も町全域へと広がっていった。

「残光、という現象は、知識としては知っていましたが、実際に目の当たりにすると……、最初はとても幻とは思えなかった」

等間隔でまっすぐに並んでいるのは、街灯の光だろう。一定時間ごとに、赤、青、黄と変わるのは信号の光だ。そして、町の中央部には密集し、周縁へと遠ざかるに従い疎《まば》らになるのは、紛れも無く、失われた町の家々に灯された光だった。

町は電力の供給が断たれていた。人工の光が灯るはずはない。だが、眼下の光景は、町に人々が戻り、そこに暮らしが息づいているかのように、確かで、そして暖かかった。

「光がはじめて現れたのは、町が失われてから五日後のことでした。我を忘れて双眼鏡を手にして娘夫婦の家を探したのですが、双眼鏡の視界の中では、一つの光も灯っていないのです」

「あの光は、写真にも、映像にも写らないんだってね」

「ええ、こうして見ている私たちにしか見えない。見えているのに、そこに存在しない光」

失われた人々の想いはしばらく町に漂い続け、残光は、想いが残る間は光り続けるのだと言われていた。茜は改めて、消滅の不可思議さを目の当たりにした。それと同時に、消滅について噂《うわさ》以上の真実を何一つ知らない自分を思い知らされる。

「茜さんがいてくれてよかった。いつもはこの光が見え出すと、カーテンを閉めて極力見ないようにしているからね」

町で誰かを失った者にとって、この光は残酷だろう。悲しみを表に出せない残された人々の心を逆なでするように、静かにそこに存在し続ける光。

「茜さんは、一体誰を失ってここに来たんだい？」

「え？」

「私も知っているよ。回収員に選ばれる場合の、表には出ない条件については」

茜は、視線を落として力なく笑う。テーブルに両肘をついたまま、深く溜息をつく。

回収員に選ばれる際の最も重要な条件は、最近身近な肉親を亡くしていることだった。

つまりは、「町」の汚染を寄せ付けぬだけの悲しみを心の内に持つ人物、というわけだ。

「すまないね。悪い干渉癖だとは思うが。茜さんがいろいろな都市を転々としていたことと関係してるのかと思ってね。もちろん、話したくなければ……」

「ううん。そうじゃないよ。私は父を失ったの。昨年。私のたった一人の肉親だったんだけど」

「たった一人というと、お母様は？」

「母は……、私が高校生の頃に他界したの」

茜の気持ちを察したのか、彼はそれ以上を尋ねようとせず、立ち上がってテラスの柵《さく》に身体を預けた。

「管理局も残酷ですね。茜さんも含めて、回収員たちは皆、何かを失った痛みを抱えているというのに。追い討ちをかけるように、人々が消滅した現場を毎日見ろというのだから」

「あ、誤解しないでね。私は父の死を悲しんでなんかいないから」

語気の強さに、中西さんは気圧《けお》されたように振り向いた。茜はこわばった笑みを浮かべる。

「母は、父の身勝手の犠牲になったようなものだから。私は自業自得としか思ってないの。でも、管理局って単純だな。肉親を失くした人間が、だれでも悲しみを抱えてるって思ってるんだから」

激しい口調に、中西さんは真意を測りかねているようだった。

「茜さんは、お父さんには長く会っていなかったのかい？」

「ええ。短大を卒業してから、家出同然で飛び出しちゃったから。それから四年間ずっと音信不通だったんだ。だからお葬式が久々のご対面」

冗談めかして言うと、茜は肩をすくめた。中西さんは、しばらく黙って町を見下ろしていたが、やがて茶器に手を伸ばした。

「お茶をもう一杯、いかがかな。少し冷えてきたようだ」

しばらくして、新しいお茶を手に戻ってきた中西さんは、ストールを肩にかけてくれた。

「娘のストールですが。使うといい」

そうして、温かな湯気を漂わせる茶器を置く。茜は茶器を傾け、お茶をひと口含んだ。

「不思議な味……。なんて言うんだろう、苦味はあるけど全然嫌味がなくって、口の中で膨らんでいく感じ。こんな表情豊かなお茶って初めて。これは、何ていうお茶なの？」

「茜さんの苦手な、ジャイナ茶ですよ」

茜は驚いてお茶を覗き込み、眼を丸くした。

「子どもの頃飲んだのとぜんぜん違う。こんな味だったんだ」

穏やかに笑う中西さんを、茜は上目遣いに睨《にら》んだ。

「中西さんって、結構意地悪なんだね」

「年月が経《た》たなければわからない味わい、というものもあるのかもしれない、と思ってね」

中西さんはそれ以上何も言わず、町の光が音も無く明滅する様を見下ろし続けた。茜は、山際から姿を見せたばかりの月を茶器の中に映し取って揺らした。月は、町の光を集めたかのように、静かに、冴《さ》えざえと輝いていた。

すっかり夜も更け、中西さんがアパートまで車で送ってくれた。車の赤い尾灯が見えなくなるまで見送って、大きく伸びをすると、部屋への階段を上った。

「年月を経ないと、わからないこと……」

郵便受けを開け、何も入っていないのを確認して、玄関を開ける。廊下のほの暗い電灯に照らされ、影が長く部屋の中へと伸びていた。

「ううん、なんだか……」

いつものように呟く。だが、その言葉の先は続かなかったわけではなかった。続きそうになる言葉を、茜は押しとどめた。

◇

それから茜は、土曜日には中西さんのペンションで過ごすようになった。樫の木の葉影が少しずつ移ろう午後のテラスで、二人は何をするでもなく、時の刻みを遠ざけたまま過ごした。薄雲は形を定めず町に向けてゆっくりと流れてゆく。

彼女が訪れたのは、いつものように二人がテラスでお茶を飲んでいたときだった。

「あの……」

声に振り返ると、高校生くらいの女の子が立っていた。同性の茜でさえはっとするほど美しい子だった。空色のワンピースに七分袖《しちぶそで》の白のカーディガンという姿が、初夏の青空を思わせて清楚《せいそ》に映った。手には旅行用の大きなバッグを提げている。

「ペンションの方ですか？　今夜、こちらに泊めていただくことはできますか」

少女は、身体の前で荷物を両手で提げ直し、瞳を瞬かせながらたずねた。思いつめた静かな強さが感じられた。

「今、ペンションは休業中なのですが」

「そうですか……」

少女が視線を落とす。あまりの落胆ぶりに、茜は立ち上がり、少女に近寄った。

「ねえ、よかったら一緒にお茶でも飲んでいかない？」

顔を上げた少女が浮かべた笑みには、大人びた美しさがあった。

「いいんですか？」

「ええ、どうぞ。いいよね、中西さん？」

「ああ、今お茶を用意するよ」

中西さんが厨房に向かい、茜は少女に椅子を勧める。

「すみません、おくつろぎのところ。おじゃまします」

少女は深くお辞儀をして、椅子に座った。節度をわきまえた立ち居振る舞いで、若い子には珍しい礼儀正しさを感じ、茜は好感を持った。

「由佳ちゃんっていうのか。よろしくね」

「よろしくお願いします。茜さんはこのペンションの方ですか？」

「ペンションの主はあの中西さん。私は……何だろう？ お客じゃないし、友達？ って感じじゃないし。もちろん愛人でもないし」

「微妙な関係なんですね。娘さんかと思ってたんですけど」

由佳は、少し緊張を解いて笑った。理知的な微笑《ほほえ》みが、高原に咲く花のほころびのように涼しげだった。

「おやおや、もう仲良くなったみたいだね」

「うん、姉と妹みたいでしょ？」

中西さんは、笑っただけで敢《あ》えてそれには答えず、白い薄成《うすな》りの茶器にお茶を注《つ》いだ。

由佳は、微細な音を聞き分けるような表情でお茶を飲んだ。

彼女は次第に打ち解け、会話に加わった。二人はすぐに、印象のままの由佳の聡明さに驚かされることになった。何気ない会話の中にも思慮深さが見え隠れし、中西さんと茜の会話をつなぐ橋渡し的な役を自然に担う。かといってでしゃばった印象はなく、年相応のものに抑えようとする意思すら感じさせた。

「やっぱり、ここからだと町がよく見えますね」

茶器を置いた由佳が、改めて町を見下ろす。

「由佳ちゃんは、月ヶ瀬に行ったことがあるの？」

「いえ。こちらに来たのは初めてなんです。友人があの町に住んでいたので」

由佳は、それ以上を語ろうとはしなかった。茜は、中西さんと顔を見合わせる。気持ちは伝わったようで、中西さんは黙って頷いた。

「よかったら、今夜泊まっていきますか？」

由佳は、驚いた表情で中西さんを振り返った。

「でも、休業中ではないんですか？　ご迷惑だったら……」

「かまいませんよ。もっとも、さっきまで休業中でしたから、たいしたおもてなしは出来ませんが」

「え、さっきまでって？」

中西さんが笑顔で告げる。

「今日が、風待ち亭の新装オープン一日目。あなたが最初のお客様ですよ」

由佳は、好意を受けていいものか迷った様子で、茜に助けを求めた。茜は中西さんと目配せして由佳の前に立ち、揃って深くお辞儀した。

「お客様。ようこそ風待ち亭へ。従業員一同、心からおもてなしいたします」

◇

長く閉ざされていた客室のカーテンを開き、窓を開けて風を通す。掃除機をかけた後、見よう見まねでベッドメイキングをする。中西さんが、庭から一輪の花を手折ってきた。薄い紫の釣鐘草《つりがねそう》だ。窓際の一輪挿しに生けて部屋の準備が完了した。

茜は、丘を少し登った場所の農家を訪れ、収穫したばかりの野菜を分けてもらう。中西さんからの使いだというと、人のよさそうなおばさんが、籠《かご》に野菜を山盛りにしてくれた。

「風待ち亭は、また営業はじめたのかい？」

おばさんが日に焼けた顔に皺《しわ》を寄せて笑いかけてくる。

「はい！　今日が復活第一日目です。今後ともよろしくお願いします」

夕食は、三人でテラスで取ることにした。豪華な食材は何もなかったが、取れたての野菜がふんだんに使われ、手料理らしい温かさにあふれていた。

食事を終え、中西さんは夕闇が迫る気配を待って切り出した。

「さて、由佳ちゃん」

「はい？」

「私は、今の若い人が、町の消滅のことをどれだけ知っているのかがわからないから、あえて忠告することになるけれど」

穏やかだからこそ感じられる言葉の重みに、由佳は自《おの》ずと姿勢を正す。

「由佳ちゃんがあの町で大切な友人を失ったのならば、今から見る光景はつらいものになるかもしれないよ」

真剣な表情で聞いていた由佳は、不安げに眼を瞬かせた。

「残光のことですね？」

「それがどんなものかは、わかっているね」

「はい。失われた人々の残された想いによって輝く、幻の光ですね」

中西さんは、ゆっくりと頷いた。

「知ってのとおり、失われた人々を悲しむことは禁じられている。私たちは、あるがままに受け入れていくしかない。その覚悟ができていないのならば、あの光は見ないほうがいいと思うんだが」

穏やかな言葉は、それ故の厳しさを湛《たた》えていた。だがそれは、同じ苦しみを受け入れてきた中西さんだからこその優しさだった。

立ち上がった由佳はテラスの柵に手を置き、町を見下ろした。宵待ちの空は周縁から徐々に蒼を重ねていた。宵の明星が光るころ、町の光も灯りだす。

由佳は振り返り、静かな笑顔を見せる。強い意志に裏打ちされていることが、二人にはわかった。

「お気遣いありがとうございます。でも大丈夫です。私は、あるべきものをあるがままに受け入れるためにここに来たんですから」

由佳の決意を確認した中西さんは、由佳の横に立った。

「では、私もご一緒しましょう」

テーブルに一人取り残されてしまった茜もあわてて立つ。

「あぁん、仲間はずれにしないで！」

薄暮を過ぎ、大地が闇に溶け込む時を待ち、町は静まっていた。人の気配の無い屋根の連なりが、荒波立つ海原を思わせた。

やがて、町民ホールや高射砲塔のシルエットすら判別できなくなる頃、町の中央に一つの光が灯った。それが呼び水となるかのように、一つ、また一つと音もなく光が増えていく。静謐《せいひつ》で、温かく、それ故悲しみを湛えた幻の光だ。月ヶ瀬に知り合いなど一人もいない茜にとってすら、痛く胸に迫った。

由佳は、大きな瞳を逸《そ》らすことなく光を受け止めていた。小さく唇を噛み締め、感情を押しとどめようとする様は、崇高という言葉すら浮かぶほどに、いっそ美しかった。

「どこに住んでいたのかなぁ」

独り言のように、由佳が小さくつぶやく。

「月ヶ瀬に住んでいたお友達って、男の子？　女の子？」

「男の子です。幼なじみでした。幼稚園から中学までずっと一緒で、ご両親の仕事の都合で月ヶ瀬に引っ越していたんです」

「じゃあ、仲良しだったんだ」

「将来を決めた相手だったんです」

茜は文字通り眼を丸くしてしまった。中西さんも表情に驚きをにじませて、話の推移を見守っていた。由佳は茜と視線を合わせて、小さく笑う。

「おかしいですよね、やっぱり」

「ううん。いいんだけどさ。高校生からそういうのって早いなって思って」

「結婚とか、そういう意味じゃないんです。もちろん恋愛感情が無かったわけではありませんけど、それ以上に考え方や将来のこと、生きていく道筋を考えていく上で、たとえ離れていてもずっと、絶対的に影響しあっていく存在だったんです」

若さ故の一途《いちず》な思い込みでは片付けられない、冷静で、迷いのない言葉だった。

「由佳ちゃんみたいに綺麗《きれい》で頭のいい子に、そんな風に思わせる男の子ってどんな子だろう。見てみたかったな。写真とか持って……」

失言に気付き、茜は口をつぐんだ。回収員が、失われた町の中で住んでいた人々の痕跡を消していくように、国民すべてが、自分の所有する失われた町や人々の名の残るものを「供出」する義務があった。きっと由佳も、手元に残しておきたいであろう彼に関する物すべてを、回収されてしまったに違いないのだ。

「ふふ。どうだろう。もしかすると茜さんとは、すぐ喧嘩《けんか》になっちゃうかもしれないな、潤は。あ、潤って、彼の名前です」

由佳は悲しみの一かけらも零《こぼ》そうとしない。大人びた気遣いが、今はいっそ悲しく感じられた。

「由佳ちゃんは、今の月ヶ瀬の姿を見て、どうするつもりだったんだい？」

二人のやり取りを見守っていた中西さんが口を開く。

由佳は躊躇していた。しばらく沈黙したのち、何かを決意したように小さく頷いた。

「中西さん。月ヶ瀬の町はなぜ失われなければならなかったんでしょうか?」

「それは……」

中西さんが言い淀《よど》む。消滅に意味を求めたり、理由を探ろうとする者はいなかったからだ。もちろん心の中では誰もが思っているが決して口にはしない「なぜ」。消滅とはすなわち穢れであり、避けて通るべきものとして人々の意識に染み付いていた。特に、三十年前の前回の消滅を経験した中西さんの世代にとっては。

「わかっているんです。考えちゃいけないってことは。だけど私はどうしても、彼が失われなければならなかった理由を考えてしまうんです」

堰《せき》を切ったように、由佳は話し出した。町が失われてからずっと、誰にも言わずに考えていたのだろう。

「町の消滅には不可解な部分が多すぎると思うんです。どうして消滅は、町という単位で起こるのか。消滅を悲しむと余滅が起こると言われているけれどそれは真実なのか。人々は自分が失われることを知っていて逃れられないというのは本当なのか。過去の消滅について調べてみようとしたけれど、無理でした。すべての書物は管理局に回収されていますし、電域の情報も規制されていますから」

中西さんは、由佳の言葉に不穏なものを察し、眉根《まゆね》を寄せる。

「もしかして、管理局に興味を持っているのかい」

「はい。管理局に入れば、消滅の意味もわかるし、人々が失われるのを食い止めることが出来るかもしれないですから」

「それはわかるが、しかし、思い切ったことを考えるね。もちろん、立派なことなんだが。管理局の仕事というのは、由佳ちゃんが思っている以上につらく、厳しいものかもしれないよ。こう言っては何だが、由佳ちゃんならもっと幸せな人生を歩んでいく選択肢もあるんじゃないかい」

遠まわしな諫言《かんげん》にも、由佳は躊躇を見せない。

「逆の立場だったら、私が失われたら、潤はきっと同じことをすると思うんです」

「彼のことを忘れてしまうのよりもつらい決断になるかもしれないよ。それでもいいのかい？」

由佳の定まった瞳は、動じることもなかった。

「私にとっては、理由もわからずに彼の記憶を失ってしまうことの方が、ずっとつらいことなんです。彼が失われたことに意味が無いのだったら、彼が生きていたことにも意味が無くなってしまう。だったら私は、潤が失われたことに意味を見つけ出したい。だから、この消滅のことをもっと知っておきたいんです」

「そうか」

決意の強さを感じたのか、中西さんはそれ以上何も言わなかった。見下ろす残光の中の、ひときわ明るく輝く光を指差す。

「あの明るい光、もしかすると潤君の光なのかもしれないね。ほら、あんなに輝いている」

「そうかな。そうだといいな」

由佳が、身を乗り出すようにして、届かぬ光に手を伸ばした。

◇

その夜は、茜も中西さんに勧められ、離れの娘さん夫婦の部屋に泊めてもらうことになった。繁忙期にペンションを手伝うときだけに使用していた部屋らしく、ベッドと机、そしていくつかの調度品があるだけの簡素なしつらえだった。

机の上の写真立てからは、写真は抜かれていた。そこにあったのは、娘さん夫婦のものだったろうか、孫娘のものだったろうか。

回収員である茜にはよくわかった。この部屋からは、持ち主の匂いが消えている。そのことが、より部屋の空気を空虚にしていた。中西さんは、どんな思いで家族に関するものを処分したのだろう。

残された者は、失われた人々を思い出の中にしか留め置けない。それは残酷なことでもあったが、同時にもしかすると優しいことなのかもしれなかった。理不尽に失われ、二度と戻らぬ人々の品を手元に留めておくより、いっそ奪われた方があきらめがつくだろう。

中西さんが、茜を宿泊者用の部屋ではなく、娘さん夫婦の部屋に泊めた理由を思う。茜が中西さんの中に無意識に父の面影を探してしまうように、彼もまた茜を通して、失われた娘さんの姿を見ているのかもしれない。

扉がノックされ、中西さんが茶器を手にやってきた。

「おやすみ前にお茶をどうぞ。ラベイカ・ティーです。誘眠作用があるから、よく眠れますよ」

「今日はジャイナ茶じゃないんだ？」

茜が疑わしげに茶器をのぞきこむ様子に、中西さんは笑って首を振った。

「もう意地悪はしませんよ」

茜は、お茶の温かさに誘い出されるように口を開く。

「私、わかってたんだ。母の死は父のせいじゃないってことも、母は父と一緒にいて幸せだったってことも。でも私は、誰かのせいにしないことには母の死を受け止めることができなかったんだ。母が死んだのを父のせいにすることで、きちんと死と向き合うのを避けてきたのかもしれない」

茜は大きく息を吸い込んだ。ともすれば溢《あふ》れそうな、混沌《こんとん》としたさまざまな思いを封じ込めるように。

「茜さんは、お母さんの死という大きな荷物を背負わなければならなかったんだからね。お父さんもきっとわかってくれていたと思うよ」

茜の肩に、中西さんがそっと手を置いた。

「茜さんは言っていたね、どこに行っても仮住まいみたいだって」

「うん」

「それはもしかすると、茜さんの中に、お父さんに反発しながらも、絆《きずな》を求める気持ちがあったからではないのかな。だからこそ、どこかに自分の居場所を定めてしまうと、お父さんとの絆が失われてしまいそうだって、無意識のうちにそんな思いが働いていたのかもしれないね」

中西さんの手のぬくもりは、茜を訳もなく安心させた。今になって茜は理解した。それは、ずっと反発しつつも、同じだけ強く求めていた「父のぬくもり」だということを。

茜は、肩に置かれた中西さんの手にそっと自分の手をあわせる。父の手に、たった一度でも、こうして触れることが出来たなら……。茜はクスンと鼻を鳴らした。

「両親を失って、帰る場所もなくなって、私はこれからも、ずっと仮住まいを続けていくのかなぁ」

「そんなことはないさ。私がこの場所を終《つい》の棲家《すみか》と決めたように、茜さんも根を下ろす場所がきっと見つかるよ」

「そうかなあ。そうだといいな。中西さんはこの場所が好きなんだね」

「ペンションを建てる場所を探していて、この風景を見て迷わずここに決めたんだよ。毎年、この場所から町の花火大会を家族で見るのが楽しみだったんだが」

「町の花火大会か。私も見たかったたな。もう見られないんだね」

「いや、いつか見られるさ、きっとね」

二人で、窓から町の光を見下ろす。由佳も今、一人でこの光を見ているのだろうか。

彼女は支えもなく、重い荷物を背負おうとしている。共に背負ってあげることはできない。背負うものは人それぞれに違い、分けあうことも、支えあうこともできないのだ。

だけど、時々は荷物を降ろしてお茶でも飲みなよ、そう言ってあげることはできる。

それは今の自分の役目のような気がした。

「ねえ、中西さん。もう一杯、お茶を用意して」

◇

由佳の部屋を訪れると、パジャマ姿で由佳は窓辺に立っていた。見下ろす町の残光は、テラスで見ていた頃より一層輝きを増していた。

二人は、ベッドに腰を下ろし、お茶を飲んだ。

「熱々のラベイカ・ティーは、誘眠作用があるんだ。だから、よく眠れるよ」

中西さんから教わったばかりの知識をひけらかす。由佳は、素焼の茶器を両手で包み込んで、恐縮したように肩をすくめた。

「すみません。いろいろと気を遣わせてしまったみたいで」

「ううん。気にしないで。まあ、私も中西さんも似たような境遇だから。それでちょっと心配で、ね」

お茶を冷ましながら、茜は問わず語りに中西さんの失われた家族のこと、自分の両親のことを語った。由佳は二人の痛みをわがものとするかのように、時折眼をつぶり、小さく頷きながら聞いていた。

「由佳ちゃんは頭のいい子だから、自分ひとりで悲しみを癒《いや》す方法を知っていると思う。話せばすっきりするなんて類《たぐい》のものじゃないしね。雑誌の人生相談みたいに通り一遍の回答をする気もないし、由佳ちゃんがそんなものを必要としていないのもわかってる。だけど、これだけは言わせて。人は理不尽なままに失われる、そこに意味が無いとしたら？」

由佳は、表情を無くして茜を見つめていた。茜は、痛みを共にしながらも、重ねて問う。

「理由も無く失われる命というものも、この理不尽な世界には存在するんだよ。それをわかった上で、選んだ道を歩いていける？」

時間すら失ったように、由佳は動きを止めていた。やがて口元にうっすらと笑みが浮かんだように見えた。その刹那《せつな》、瞬きもせぬ瞳にぷっくりと涙が浮かび、堰を切ったようにあふれ出した。

「それでも、私は」

堪《こら》えきれぬように由佳はうつむいた。フローリングの上に、一つまた一つと、涙がこぼれ、広がっていった。茜には、失われた町に広がる幻の光のように思えた。

「それでも、私は……」

うつむいたまま、由佳が繰り返す。その先は嗚咽《おえつ》となり続かなかった。

「大丈夫。いつでもここにおいで。中西さんも、私も待ってるよ」

茜にできるのは、しっかりと抱きとめてあげることだけだった。

失われたものへの癒しなど存在しない。人は皆欠落した断面の手触りを日々確かめながら、それを日常として歩き続けるしかないのだから。

◇

「お世話になりました！」

翌朝、由佳はすっかり元気を取り戻していた。

「よかったら車で駅まで送って行こうか？」

中西さんの申し出に、由佳はにっこりと笑って、元気よくかぶりをふった。

「いえ、歩きます。今は、自分の足で歩きたい気分なんです」

あふれる元気を持て余し、茜と中西さんにも分け与えようという勢いだった。来たときと同じように、荷物を身体の前で両手で提げ、深くお辞儀をした。そうして、二人に背中を見せて歩き出した。

峠越えの道に続く小路は、緩やかなカーブで森の中に続いていた。しばらく歩いた由佳が振り返り、まだ二人が見送っているのを確認すると、両手を口に当てて大きな声を出した。

「また、遊びに来てもいいですかー」

「ああ！　またおいで、いつでも」

中西さんも大きな声で返す。

「また来ます！　必ず！」

由佳が大きく手を振り、茜はその倍の勢いで手を振り返した。姿が見えなくなってからも、二人は名残おしく彼女が消えた砂利道を見つめ続けた。

「茜さんは、このペンションの名前の由来を知っているかい？」

「ううん。何か特別な意味があるの？」

「昔、まだ船が自然の風だけを頼りに航海していた頃に、新しい風が吹くまで錨《いかり》を下ろした港を、風待ちの港と呼んでいたんだ」

「風待ちの……港」

「風待ち亭も、訪れる人にとってのそんな港でありたいと思うんだ。それぞれの人生に新しい風が吹いてくるまで、しばしこの宿でおくつろぎくださいって、そんな想いから妻がつけた名前なんだ」

由来をきかせてもらい、単なる名前だったものが、温かな想いの詰まったものに変わる。

「いい名前だなぁ」

「そうだね。自画自賛にはなるけど、私もいい名前だと思うよ。由佳ちゃんにとっても、この風待ち亭が、新しい風吹く海への航海の一歩になったのならいいが」

「うん！　きっとなってるよ」

屈託なく笑う茜を見て、中西さんが目じりの皺を一層深めて微笑む。

「実は、土日だけでも、ペンションを再開しようと思うんだ。まあ、一人だからどこまでできるかはわからないが。ゆっくりゆっくり、歩き出さなきゃいけないんだ。由佳ちゃんみたいにね」

中西さんは、笑いながらも真剣な瞳で茜を見ていた。

「私にも新しい風が吹いてきた。その風を連れてきたのは、茜さんなんだよ」

面と向かってそんなことを言われて照れてしまったが、同時に、中西さんの想いに応《こた》えたいという気持ちが強く芽生えてきた。

茜は、新しい風を受け、帆を広げて進む船を思い浮かべた。口にはしなかったが、茜自身も、中西さんとの出会いで新たな風が吹いてきたのを感じていた。どこに住んでも「仮住まい」であった自分にとって、この場所がはじめての自分の居場所になるような予感がしていた。

私は今、ここにいる。心の中で茜は呟いた。それは今までの、アンバランスで不確かな日々の中で自分に言い聞かせてきた言葉ではなかった。しっかりと二本の足で大地を踏みしめるような、確かな気持ちで、茜は繰り返す。

「風が吹いてきたね」

雲の流れを追って、中西さんが眼を細める。晴れ空の下、月ヶ瀬は変わらぬ姿でそこにあり、町からの風が茜の前髪をそっと揺らした。

# エピソード2　澪《みお》引《び》きの海

窓のない管理局の廊下では、黄色いクラスト光が一定間隔を置いて点灯していた。桂子《けいこ》さんの影は、濃度を違《たが》えて幾重にも重なって廊下に描かれた。歩みにつれて影は移ろい、一つ消えるごとに新たな影が現れ、濃さを増す。

その循環を断ち切ろうとするように顔を上げ、歩みを速める。ヒールの靴音が閉ざされた空間で多重に響き、自分に向けて誰かが歩いてくるような錯覚が生じる。

「書籍対策第二係」の入口で、指紋照合をしながら感情抑制の遮幕を張る。一メートルの厚みを持つ汚染防御壁は、二重の扉で厳重に閉ざされている。首に巻いたスカーフの結び目に手をやり軽く咳払《せきばら》いする。二重扉が鈍重にスライドし、書籍対策係の雑然としたフロアが目の前に広がった。

「抑制」下にある係員たちは、最小限の首の動きだけで桂子さんを確認し、絵に描いたような無表情で一瞥すると、再び手元に視線を落とす。その間も、検索の手が休まることはない。

無表情という点では、同じく抑制下にある彼女も同様だった。本が堆《うずたか》く積まれた係員たちの机の背後を回り込み、書籍回収受任官の前に立つ。

「如何《いかが》でしょうか？」

受任官は検索システムから抽出した統計を前に、浮かない面持ちだった。

「うむ。進捗状況は予測の八割と言ったところか。検索システム導入当初のものは、すでにエフェクターが機能していない場合が多くてね。それで時間を食っているな」

第二係は、書籍対応の先鋒《せんぽう》であり、国内流通図書を検索し、汚染対象図書を判定することを使命としていた。第二係の判断を基に、実働部隊が、国内の書店、図書館を始めとして、最終的には国民一人ひとりの所有書籍まで、月ヶ瀬に関する記述すべてを回収していくのだ。

今後、十年、二十年をかけて、この国のすべての「月ヶ瀬町」に関する記述は消されていく。そんな名前の町など最初から無かったかのように。

前回の消滅の教訓から、国内統一規格としての検索システム準拠図書は、三度の大幅改訂を経て、国内流通書籍の九六％を占めるようになった。その意味では「裸眼検索」の労苦は大幅に軽減されていた。その代わり、三十年前と比べて書籍流通量は五倍になっているため、全体としての事務量では相殺されてしまうものではあったが。

国内発行書籍や雑誌は、「回収」という観点からは五種に分類されている。

第一種　書名に「月ヶ瀬」の表示のあるもの。即時回収対象。
第二種　書名や概要より、「月ヶ瀬」に関しての記述があることが明らかなもの。
第三種　明らかではないが、「月ヶ瀬」についての記述があることが疑われるもの。
第四種　その他の国内流通印刷物すべてのうち、検索システム導入済みのもの。
第五種　検索システムの網にかからないシステム導入以前のものや、地方流通本、自家本など。

第二係が対応するのは、主に第三種、四種の書籍である。

第二係は、管理局の中では閑職とも言える位置づけだったが、三十年ぶりの消滅により慌《あわただ》しさを増していた。感情抑制された検索士たちが、機械的に仕事を進めていく。検索棒の照射域を定め、書籍院から次々と運ばれてくる書籍を検索し、汚染危険度に従いランク付けする。

汚染とは即ち、「町」の意識が伸ばす眼に見えぬ触手に触れてしまうことによる、感覚器全般の減退、機能障害を指している。汚染イコール失明、という認識が広がっているのは、取りも直さず、失われた町に関する記述を「見る」ことによる汚染が、最も頻度が高いからだ。

検索士の仕事は、常に汚染との闘いでもある。もちろん、管理局の汚染防御壁と、自らの感情抑制により、汚染に対する幾重ものブロックは施されていた。だが、鉱山労働者が、防塵《ぼうじん》マスクによっても塵肺の危険を逃れられぬのにも似て、「町」による汚染は、抑制の隙間《すきま》を掻い潜《くぐ》り、体内に経年蓄積されてゆくのだ。

過去の検索士たちは裸眼検索を行っていたため、汚染による視神経の消耗も激しく、ほとんどが視力を失っていた。検索棒の使用によって検索は容易になり、危険性が減った現在でも、消滅の汚染に常時さらされていることに変わりはなかった。

「では、次回予知委員会で、経過報告をお願いいたします」

「ふん、今更予知委員かね」

受任官が抑制された声のままながら皮肉る。桂子さんは、「消滅予知委員会」のメンバーであった。月ヶ瀬の消滅を回避できなかったことから、委員たちはなし崩しに消滅後の対策にあたるため、管理局内を動き回っていた。

彼女が書籍対策係を訪れたのは、消滅予知委員会報告用の、回収状況の統計データを作成するためだった。失われた町に関する情報を早く回収することが、次の消滅を遅らせるためには必要であったし、今回の月ヶ瀬の消滅で多くの犠牲者が出てしまったことを、彼女は自分の責任のように感じていたのだ。

◇

桂子さんは「電子情報対策係」へ向かった。電域情報システムが一般に普及しだした十五年前に開設された係は、初めての消滅を迎え、想定外の問題に日々忙殺されていた。端末モニタの青白い光が、管制員たちの顔を病的に浮き上がらせる。

室内は、書籍対策係以上に雑然としていた。スイッチが入ったままの検索棒が床に転がっている。検索文字列すら入力されたままなのだろう。横に広げ置かれた書籍が反応して、該当文字列の存在する頁を順序良く開いていた。

検索棒を拾い上げた桂子さんは、スタッフの来島《くるしま》の様子がおかしいのに気付いた。彼は局外通信網の一部として機能しているため、通信網開放を知らせる壁面の赤色灯が赤黒く光る間は、有意識動作を抑制されているはずであった。

その彼が、通信網開放状態であるにもかかわらず、動作抑制に抗うように身動きしているのだ。通信異常かと思い、反射的に赤色灯を確認したが、光は点滅することなく正常対流を示していた。

検索棒を手にしたまま来島と視線を合わせる。ギギと音立てるように彼が首を捻《ね》じ曲げ、こちらに顔を向けた。異常な事態に、桂子さんは息を呑んで立ち尽くした。

彼は視線を向けてはいるものの、有意識視野で彼女を認識しているわけではないようだった。つまるところそれは視線ではなく、「線」を伴わぬ単なる「視」として彼の無表情な顔面にとどまっていた。

そのうち、彼の口元に痙攣《けいれん》が間欠的に生じる。内部から押し出されるものを、制御された意識のままに抑え込もうとしていることが読み取れた。顔面に生じる痙攣は、しばしの識閾下《しきいきか》での攻防を物語っていたが、やがて抑制を押しのけるように「それ」は発語された。

「ク……ク・ク……ク・ク・クラ・クラ……クラッ・クラッツ・ツジッ・ツジ・ジ……ジ」

うねりに似たコンプレッサーの作動音が通奏低音となって響くものの、基本的には静けさを保った執務室内に、無機質な声が響き渡った。

「クラ……ツジ……、倉辻？」

桂子さんはその発語を、指向性を持った単語として認識し、「倉辻」として脳内視野に映し出してしまった。間の悪いことに、彼女は検索棒を持っていた。照射範囲を確定していなかったばかりに、周囲の机の上のマニュアルが検索棒に反応し、バタバタと頁をめくり、「過去の消滅町一覧」の該当頁を開いて止まった。

「通信網を切断してください！」

桂子さんの叫びに、管制員が通信網を強制的に閉ざす。壁面の赤色灯が光を落とし、負荷が外れたコンプレッサーが音域を高音に移した。端末から一斉に鈍いエラー音が鳴り出す。

一同の視線が、来島と彼女に集まる。

「どうしたのかね。彼は？」

トラブル続きの係にとっても初めての事態だったらしく、奥田受任官がずり落ちてきた眼鏡を直しながら途方にくれた声を出す。

「おそらく、通信網開放状態にも拘《かかわ》らず彼の抑制が解除され、『自我』が剝《む》き出しになってしまったために、『町』の意識が一瞬ウイルス化して増幅し、彼に『逆流』してしまったようです」

桂子さんは動揺を抑え込み、簡潔に説明する。

来島の意識が回復した。感情抑制の遮幕を張らぬ「素」の状態で「町」の触手に触れてしまったのだ。かなりの汚染を受けてしまったであろうが、見た目には変わりはなかった。もっとも通信網切断後の磁場空域帯から機能復元を受けた彼に、急に人間性が宿るというわけでもなく、相変わらずの瞬きの少ない眼を眼鏡の奥で細めて、机上を見下ろしぼんやりとしていた。

「大丈夫ですか」

桂子さんが覗き込むが、来島は怯《おび》えたように首を振るばかりだ。

「こんな状態は初めてなのだが」

受任官の苛立《いらだ》ちは、明らかに桂子さんに向けられていた。その場にいる誰もが、彼女が来たことの影響を受けたのだと疑わなかった。

「彼を、浄化センターへ連れて行ってください。汚染洗浄が必要のようです」

それだけを言って、係を後にする。黄色いクラスト光に照らされた廊下を足早に歩く。まるで自分の足音に追いかけられているかのように。桂子さん自身もわかっていた。情報逆流が自分のせいだということを。

倉辻。それは三十年前に消滅した町の名前だった。「町」は、決して彼女を忘れようとしない。事あるごとに、引きずり込もうとする。彼女が抗うことで、周囲の人々が汚染の巻き添えとなる。それでもなお彼女が管理局にとどまり続けるのは、いつ終わるとも知れぬ町の消滅にピリオドを打つためだった。

記憶の奥底に閉じ込めた風景がよみがえる。彼女を導く海。あの海から彼女の人生は始まり、抗いようもない帰結として管理局に身を置いていた。今までも、そしてこれからも続いてゆく苦悩と重責に押しつぶされそうになる。立っていられなくなって、壁に寄りかかってうずくまる。

「海が……近い」

海は、自らの孤独の象徴であるとともに、存在の根源を示す場所でもある。寂寥《せきりょう》と郷愁とが、対となって彼女を襲う。

波音の残響がゆっくりと体内から潮引いてゆくのを待って、立ち上がった。「町」が伸ばす眼に見えぬ触手を断ち切ろうとするかのように、足を速めて次の部署へと向かう。

◇

その日、桂子さんが恋人と逢《あ》うことができたのは、約束の時間を二時間も過ぎた頃だった。待ち合わせの喫茶店はすでに店を閉じ、恋人は明かりを落とした店の前で待っていた。ヒールの靴に転びそうになりながら、彼に駆け寄る。

「ごめんなさい。連絡できなくって」

管理局は「町」の侵入を防ぐため、一切の外部との連絡手段を断たれていた。

「しかたがないよ。こんな時期だからね」

恋人はねぎらうように肩に手を置いた。少し甘えたくなって彼の胸にそっと身体を預ける。

「ごめんなさい。少しだけ……」

「どうしたんだ。めずらしいな」

桂子さんがそんな風に支えを求めるのは、めったにないことだった。彼は少し驚きながらも、抱き寄せて髪を撫《な》でてくれた。

時刻は九時を回っていた。二人は、近くのホテルの三十階にあるラウンジで、軽く食事をしながらお酒を飲んだ。大きな窓を配し、首都の夜景を見下ろせる店は、夜の賑わいをみせていた。黒いドレスを着た女性がピアノの前に座り、静かな曲を奏でる。

グラスの触れ合う音やシェイカーを振る小気味よい音に、穏やかな会話が重なり合う。それらに取り囲まれながら、窓の外を見下ろす。

オフィスビルはさすがに光はまばらだったが、ホテルの客室や高層マンションには多くの光が灯っていた。光の一つ一つに、誰かの生活がある。そのことを不思議に思いながら眺めていた。

失われるのは、なぜ町ばかりなのだろう。いつかこの首都が、一瞬にして失われてしまうことはないのだろうか？　窓の向こうの日常が、何の前触れもなく、必然性も無いままに失われる時を想像してしまう。

町が失われる理由は誰にもわからない。およそ三十年に一度、何の前触れも、因果関係もなく、一つの町の住民が忽然《こつぜん》と姿を消す。原因がわからぬ以上、消滅をとどめる手立てはなかった。人々に出来ることは、消滅の飛び火を抑え、次の消滅を少しでも遅らせるために、消滅した町の痕跡を消し去ることだけだった。だがそれとて、科学的な裏付けがあるわけでもなく、過去からの経験則により行われているだけだ。もしかしたら、まったく的外れなことをしているのかもしれなかった。

彼女には、まるで何かの代償として町が失われているように思えた。何の代償なのかと問われれば、答えるすべはないのだが。

「桂子、どうした？」

グラスを持ったまま動きを止めた彼女を見かねて、恋人がのぞきこむ。

「あ、ううん。ごめんなさい」

「最近なんだかぼんやりしてる時が多いけど、仕事、無理しすぎてるんじゃないか」

「ん……、まあ」

いつものように言葉を濁す。仕事の内容については、恋人や肉親であろうと語ることはできなかった。そのことに理解を示しつつも、彼が少しずつ不満をためていることは、彼女も感じていた。

「仕事を辞める潮時じゃないかと思うんだけど」

彼の言葉に、ワイングラスを下ろした。

「どういうこと？」

恋人の手が、テーブルごしにそっと伸び、彼女の手に重ねられた。

「君が管理局の仕事に誇りを持っていることはわかってる。誰もが避けて通ろうとする消滅に対して、汚染されることを恐れずに使命感を持って立ち向かうのは立派だと思う。だけど、新たに町が消滅して、君はますます汚染にさらされることになる。僕はこれ以上君がボロボロになるのを見てはいられないよ」

彼は眼をそらすことなく、真剣な表情だった。

「結婚してくれないか。そして管理局を辞めて、家庭に入ってくれないかな」

今までも遠まわしに言われてきた言葉だった。そのたびにあいまいな返事ではぐらかし続けていた。だが、ここまではっきり言われた以上、もう結論を出すしかなかった。

「ねえ、わかってないよ」

絞り出すように声を発した。彼にも、「あれ」を告げなければならないのだ。

「私は仕事に誇りなんか持っていない。使命感も持っていない。できれば逃げ出したい」

「じゃあ、僕にとっては好都合……というわけじゃないけど、真剣に考えてもらえるのかな」

対照的に、彼の声は明るさと意志を増す。

「何かあるんだったら言ってごらん。これからは君の問題は二人の問題として解決していかなくちゃならないんだから」

「あなたは、私がどんな生い立ちを持っていても、それでも私と一緒に生きていけるの？」

彼は、そんなことか、というように安堵《あんど》の表情を見せ、重ねた手に力を強めた。

「ご両親が事故で亡くなって身寄りが無いのは知っているよ。だから僕の両親も君を実の娘のように思っている。君はもう一人じゃない。家族ができるんだよ」

一人じゃない……。その言葉が胸を深くえぐった。目の前の育ちのよい恋人は、本当の「一人の孤独」をわかった上でその言葉を言っているのであろうか。

そう思ってしまうことで、自分がどうしようもなく「独り」であることを思い知らされる。見渡す限り誰もいない海原を見つめ、ただ一人立っていた記憶。あの時から、私はずっと「独り」なのだ。心の中でそう叫ぶ。

「私は、独りなの」

彼は何か言おうと口を開きかけた。追い討ちをかけるように彼女は続けた。

「私は、特別汚染対象者なのよ」

思慮深げに、優しく見つめていた恋人の顔色が変わった。重ねた手を、ゆっくりと自らの方へ戻す。覆い隠すことすらできない動揺が感じられた。

「それでもあなたは、私を愛することができるの？」

今度は桂子さんから、彼に手を伸ばす。指が触れる直前、彼はワイングラスを手にした。彼女の手は、テーブルの上で途方にくれてしまう。

「どうして今までそれを黙っていたんだ？」

「最初に話していたら、あなたは私と付き合う気になった？」

「僕は、そんなことを基準に恋人を選んだりはしないよ」

眼が泳ぐのを見逃さなかった。彼はそれきり、結婚の話を蒸し返そうとはしなかった。彼女もあえてその話題には触れずにおいた。

食事を終え、ホテルを出る。日付の変わる時刻だが、繁華街へと続く道路は、この時間になっても車が途切れることは無かった。

「今夜は、どうしますか？」

歩きながら、桂子さんの方からたずねる。二人とも明日は休みだった。

「そうだね、いつものホテルに行こうか」

恋人は足早に歩き出す。二人の靴音が、重なり合うことなく響く。

「だけど、毎日残業で疲れているんじゃないかい？」

計ったような切り出し方に、胸が痛んだが、おくびにも出さなかった。

「ん、そうでもないけど。あなたこそ大丈夫？」

のぞき込む彼女の視線から逃れるように、彼は空を見上げ、今気付いたというように明日の予定を「思い出す」。

「ん、んーと、あっそうか、明日は一回午前中早いうちに会社いかなきゃな。まあ、何とかなるか、な」

そう言いながらも、腕時計を難しそうな顔で見つめる。彼女に表情を見られるのを恐れるかのように。

「無理しなくていいですよ。今日はやめておきましょうか？」

彼女の側からそう言い出すしかない会話の流れだった。

地下鉄駅近くの公園で、二人は足を止めた。桂子さんは最終電車に乗り、方角の違う彼はタクシーを拾って帰ることになる。

沈黙が訪れた。いつもの彼なら、そっと肩を抱いて引き寄せ、触れるか触れないか、というほどの優しい口づけをして帰っていく。だが、今日の彼は棒立ちになったまま動きを見せる気配はなかった。

互いに、ぎこちなく時を待つ。桂子さんにとっては、彼との終わりを確認する時間であるとともに、かすかに残る希望をつなぎとめる時間でもあった。一歩を踏み出し、慣れ親しんだ彼の唇に、そっと唇を近づける。

彼は恐怖に顔を歪《ゆが》め、何事かを叫んで桂子さんを突き飛ばした。芝生の上に倒れこんだ彼女は、彼の行動よりも、その言葉が突き刺さり、立ち上がることが出来なかった。半ば公然と使われている、汚染者に対する蔑称《べっしょう》である「あの言葉」だ。

我に返った彼は、恐怖と拒絶から取ってしまった行動に呆然《ぼうぜん》として、助け起こそうともせず、自分の両手を見ていた。悪意から生じた行為ではないだけに、余計に彼女は打ちのめされた。

彼は打ち捨てるように背を向け、振り返りもせずタクシーに乗り込んだ。赤い尾灯が、あっけなく視界から消える。

彼女にはわかっていた。明日になれば、彼の携帯電話の番号が変わってしまうことを。そして家を訪ねても、彼は居留守を使い続けることを。過去、幾たびも経験してきたように。

「終わったんだ……」

自らに言い聞かせるように呟く。責める気はなかった。趣味や考え方、宗教や人種。元々は他人であった男女が永久《とこしえ》を誓おうとするのであるから、越えるべき障壁は無数にある。だが、失われた町にかかわる人間、それも「特別汚染対象者」を目の前にして、平静でいられる人間がいるだろうか。

それほどまでに汚染とは、人々にとって恐怖と忌避の対象だった。実態の見えぬまま疑心暗鬼から、憶測や風評が真実の顔をしてまことしやかに流布され、ウイルスのように増殖していた。

人々の無知のせいとばかりは言えない。汚染の全貌《ぜんぼう》は管理局にも摑《つか》めていないし、その不完全な調査結果さえ、十全に公開されているとはいえないからだ。

それは取りも直さず、汚染が、化学変化のような定まった由来と帰結とを持ってはいないからだ。彼女自身、自分がどんな影響を人に与えてしまうのかをきちんと把握できていない。

もっとも、幼い頃から「浄化センター」で、自身の身体で受けてきた人体実験ともいえる臨床検査により、汚染者の実態は大きく解明された。

特別汚染対象者とされる「消滅耐性」の体内汚染構成要素は、適切に「町」との距離を保っておけば、実は一般人とほとんど変わりはないということ、「体内珪化《たいないけいか》」が起こらない限り、危険量を放出することはないということも証明された。

だが、それを知る管理局の人間たちですら、桂子さんが姿を見せると、抑制の遮幕を即座に一層増やすのだ。消滅とかかわりを持たぬ一般の人々が、消滅耐性に対して過剰な反応を示すのも無理からぬことであった。汚染者保護の規定があるとはいえ、接触性の疫病の保菌者を見るかのような視線が変わることはない。

拭っても落とし得ぬ、汚染という見えない呪縛《じゅばく》。あがきようも無い現実の前に、芝生に座り込んだまま、放心して空を見上げていた。背後を、途切れることなく車が走り過ぎてゆく。近づいては遠ざかる車の音は、なぜか波音を思い起こさせた。耳の奥にしっかりと記憶されたあの波音を。

「海が……、近い……」

弱った心を見透かすかのように、「町」が自分を取り込もうと触手を伸ばす気配を感じた。だが今は、押し返すことさえ億劫《おっくう》に思えた。

消滅を食い止める意志は使命感のように携えていた。だが、これからも続く孤独な日々を思うと、心が折れそうになる。いっそ取り込まれてしまえば楽になるのかもしれない。気持ちにつけこむように、「町」の触手の先端が触れた。身体の深奥を氷柱で突き刺されたような悪寒が貫く。

三十年の時を経て、「町」が彼女を取り込もうとしていた。意識がゆっくりと遠のき、波音が包み込むように高まる。泥濘《でいねい》の中へ沈み込むような安らかな感覚、それは「町」が彼女を謀るためのものであるとわかっていたが、もう抗う術《すべ》を失っていた。

不意に、身体が持ち上がるのを感じた。誰かが自分を抱きかかえている。安らかな泥濘が、彼女を逃すまいと棘のごとく変貌する。これは現実？　そう訝《いぶか》りながら、薄れゆく意識の中で、彼女はその「誰か」に告げた。

「触っては、いけません。私は、特別……汚染……」

返事はなかった。しっかりと抱きとめられた暖かな感覚に、かすかにこの世界に留まる希望が生じた。最後に振り絞った力で、「町」の触手を打ち払い、桂子さんは意識を失った。

◇

第五会議室には「消滅予知委員会定例会」の文字が、消滅が起こった今となっては白々しく掲示されていた。入室条件のＬＥＤ表示は「抑制遮幕五層」と、高レベルの汚染対象物を扱うことを簡潔に、それ故厳然と表していた。

桂子さんは入口で立ち止まり、首に巻いたスカーフを整えながら、抑制の遮幕を一層ずつ重ねてゆく。多重遮幕は、解放後に猛烈な倦怠感を伴うため、いつもならば気乗りしないところであるが、落ち込んだ今の気分では、かえって好都合だった。

楕円《だえん》の円卓を囲んで、二十脚ほどの椅子が並ぶ。八割ほどの委員がすでに席に着き、抑制下の無表情で手元の資料を眺めていた。委員会のメンバーは、ほとんどが管理局の人間で、他院局から出席している委員も、元々は管理局からの出向者である。

数万の人々が一瞬で失われる消滅の対策会議としては、あまりにも小規模な組織だ。だが、消滅に対応するには、感情抑制の技術を習得せねばならぬという現実的な側面がある。消滅に関わることが、一種の蔑まれるべき行為であるということもあって、管理局は消滅に対応する特能集団と化し、他院局からは独立した動きを持っていた。

席に座り、奥の空席を見つめる。統監は月ヶ瀬町の消滅後、都川事務所長を兼任し、首都に戻ってくることは無かった。

会議開始のブザーが陰鬱な音で響き、二重扉が閉鎖された。部屋の内圧が高まり、鼓膜が鈍く圧迫される。委員たちが唾《つば》を飲む音が聞こえた。

今回の議論の中心となるのは、月ヶ瀬町から回収された防犯ビデオだ。回収員により消滅区域内で発見された防犯ビデオなどの監視機器の設置箇所は、四十二箇所に及んだ。コンビニエンスストアや駐車場、商店街や個人宅など、設置場所は様々だった。

もしその映像の中に、一つでも人の消滅の瞬間が記録されていたならば、今後の消滅予知のあり方が大きく変わってくる。前回の消滅は三十年前のため、映像資料というものは皆無だったからだ。

「実際に映像をご覧いただきましょう」

都川事務所の遠藤主事が、前面スクリーンに、準備されていた画像を投影した。

「これは月ヶ瀬町原田の、コンビニエンスストアの防犯ビデオの映像です。時刻は消滅推定時刻、午後十一時の十分前」

画像は四つに分割され、店内の防犯カメラ四台の映像が表示されていた。雑誌コーナーで立ち読みする学生、レジ前でおでんを選ぶカップル。何の変哲も無い夜のコンビニの風景だった。

突然画像が途切れた。後は砂嵐のような画像が延々と続くだけであった。

「以上です。最後の画像は十時五十三分。消滅推定時刻の七分前。他のビデオでもおよそ十分前から三分前に映像が途切れていました」

抑制したままの無表情な声で、遠藤主事は続けた。

「すべての画像を解析しましたが、消滅時に稼動していたと思われるものは一つもありませんでした。よって、消滅の瞬間の様子がわかる映像は存在しません」

説明がうつろに響く。委員たちは、画像が途絶えてもなお、砂嵐の画面を見続けていた。無表情な委員たちが無言で並ぶ様は、会議というより何かの儀式の一場面のようだった。

「どういうことだね」

室内が明るくなり、情報保全局への出向者である藤田氏が口火を切る。

「つまり、どのビデオも、消滅推定時刻の直前に、人為的な手段によって電源が切られているのです」

「それは、すべて、なのかね」

「はい。一つ残らず」

回答は簡潔だった。それだけに、揺るぎようのない現実を、委員たちは突きつけられた。

「消滅順化……」

委員の一人が、思わず口にする。皆の心に浮かぶ言葉を代弁するかのように。

住民たちは、自らの意思で電源を切っていた。消滅の瞬間を記録に残さぬためだ。「町」による「消滅順化」の影響に他ならない。人々は、知らぬ間に消滅に巻き込まれたのではない。自分たちが消滅することを知っていながら逃げなかった、もしくは逃げられなかったのだ。

一斉に消滅が起こるにもかかわらず、交通事故も火事も起こらないことから、過去より推論としては取沙汰《とりざた》されており、前回の消滅より正式に重点取り組み項目に昇格した理論だ。町の住民で、消滅時に町の外にいて消滅を免れた、いわゆる「免失者」に、決まって「記憶の欠落」が生じることも、この理論で説明がつく。

消滅順化に関しては、興味深い報告事例がある。倉辻の消滅時に報告された、「消滅対象町民Rニ関スル事例」だ。

消滅対象町民であるRは、倉辻の消滅時に、犯罪被疑者として身柄を拘束され、倉辻から首都へと強制的に搬送される途中だった。倉辻の消滅後、高速道路の路肩で発見された護送車からは、Rを含め同乗していた官憲四名すべてが姿を消していた。

管理局ではこの事象を、「消滅順化により消滅対象となった町民が町の外で消滅を迎えたことによる消滅の連鎖」と結論付けざるを得なかった。一度消滅順化状態になった町民は、町の外に避難させても消滅を免れ得ない。かえって周囲に消滅を広げてしまうのだ。

それ以後、消滅順化の中和策は、消滅の予知と並び、管理局の研究の主軸となっていた。消滅順化を中和し、対抗する手段が発見されれば、次の消滅を食い止める端緒とすることができるのだ。

◇

管理局には窓が無い。それは、本来ならば景色でも眺めながら仕事の疲れを癒す場所である休憩室も同様だ。もちろん外見は普通のオフィスビルと変わりはない。だがよく見れば、窓の中で忙しげに立ち働く人々の姿を見ることが出来ないのがわかる。

外から見える窓はすべてダミーで、建物の中に「入れ子」のようにもう一つ建物がある構造になっている。いわば、二重の障壁によって閉ざされているのだ。そんな気の休まらない休憩室で、桂子さんは給湯器の粉っぽい緑茶を飲みながら、ゆっくりと抑制の遮幕を解いていた。

いつものとおり、頭の中心が空洞になったような奇妙な浮遊感と、微妙な平衡感覚のズレ、そして全身の倦怠感に襲われる。

「今日は、もう帰った方がいいんじゃないかい？」

清掃員の園田《そのだ》さんがテーブルを拭《ふ》きながら覗き込む。

「そう、ですねえ……」

「ほら、シャンとしな！」

小さな身体には似合わぬ大声で叱咤《しった》して背中を叩《たた》く。桂子さんが管理局に入るより以前からこのビルの掃除を請け負っている、ビルの主とも言える存在だった。

「まあ、ここの統監も、若い頃にゃよくそうやって顔しかめながらお茶飲んでたけどね」

「統監にも、若い頃があったんですね」

桂子さんのセリフに、園田さんは豪快に笑った。

「そんなへらず口たたけるなら大丈夫だね。お茶飲んだらさっさと帰って寝ちまいな」

相変わらずの歯に衣着せぬ物言いだったが、それが園田さんなりの優しさの表現だということは管理局の誰もが知っていた。彼女は統監に対しても敬語を使わないのだ。

「園田さんは、管理局がまだ財団だった頃から、統監のことを知ってるんですよね」

「ああ、まだひよっこの頃からね。こんなとこにゃなかなか長続きする人間もいないから、私もこの年まで居座っちまってるが……」

「昔の統監って、どんな感じでしたか？」

「あんたと一緒だよ。責任感だけは人一倍強くって、空回りしちゃあ悩んで、一人で背負い込んじまうんだ」

「空回り……ですか」

紙コップの中で微細な茶葉が沈殿していく様を、ぼんやりと見つめながら呟く。

「ところであんた、あっちに行くそうじゃないか」

「ええ、統監からお呼びがかかりました。来週からしばらく都川です」

表向きは消滅現地調査という名目だったが、先日の「浄化センター搬送」に由来する措置であることは明らかだった。

あの日、識閾下での「町」との攻防の後、意識を失った桂子さんは、見知らぬ誰かによって病院に運ばれたようだった。管理局の局員証を持っていたことにより、速やかに浄化センターへと搬送されたのだ。助けてくれた人物についてはわからずじまいだ。

「まぁ、せいぜい統監に甘えてくるんだね」

「そんな、あの統監が甘えさせてくれるわけないじゃないですかぁ」

そう言いつつも、自然に顔がほころぶのを隠すことはできなかった。園田さんに対しても、つい甘えた口調になってしまう。汚染のことなど斟酌《しんしゃく》せずに接してくれるのは、統監と園田さん、たった二人だけだった。

◇

セキュリティーチェックを抜けて、外に出る。立ち止まって、数日ぶりの自然の光にしばし身を浸した。明るいうちに管理局を出たのは久しぶりだ。髪を揺らす風は都会のビル風だったが、それですら今は心地良い。

地下鉄の駅へと抜ける公園を横切る。一週間前、恋人と決別した場所だ。一瞬だけ胸の奥を痛め、記憶を過去に追いやった。結局のところ、彼女は「別れ」にすら慣れてしまっていた。

公園といっても遊具があるわけではなく、一面に敷き詰められた芝生とベンチが置かれているだけで、道路との境の柵すらない、ビルの谷間のわずかなオアシスだ。小型犬が紐《ひも》を外され、転がったボールを大喜びで追いかけていた。

ほっとした気分になり、わざと芝生の上を選んで歩く。足元の柔らかな感触が、抑制明けの虚脱感を和らげてくれる。

周囲を見渡し、自分に向けられた視線がないのを確認すると、桂子さんは靴を脱ぎ、素足で芝生を歩きだした。思いつきではなく、密《ひそ》かなお決まりの行動だった。強い抑制を解いた後は、なぜか足の裏の感覚が鋭敏になるのだ。

単純な「鋭敏」ではない。接した地面から、素足を通じてさまざまなことを「感じる」ことができる。眼をつぶると、左手を小型犬がボールを追って走るのがわかる。その一歩一歩、息遣いすら感じ取れる。例えば今、眼をつぶったまま全力疾走したとしても、芝生の途切れるぎりぎりの場所を踏み分けて止まることが出来るだろう。そういった類の「鋭敏」なのだ。

統監が、長年の裸眼検索によってほとんど視力を失いつつも、介助に頼らず歩けるのは、この感覚を利用しているからに他ならない。

歩く先に見慣れぬものがあるのを、視覚によらずに「発見」し、眼を開いた。

一人用の小さなテントが張ってあった。首都の真ん中であるから、ホームレスの仮住まいが青いビニールシートで並ぶ公園もあったが、この公園はあまりに開放的すぎるせいか、見かけたことが無かった。

必要も無いのに忍び足で近づいてみる。ふと、鋭敏な足が「何か」を感じた。テントの中に人がいる。それも、桂子さんを見ている。ほんの一瞬、大きく暖かな感覚に包まれるのを感じた。

テントの入口から姿をのぞかせたのは、カメラの望遠レンズだった。桂子さんに狙《ねら》いが定められた。普段であれば足を止めるところだが、今日の彼女はテントの中の人物の動きすら余裕を持ってわかってしまう。隙をついて横にずれると、被写体を見失ったレンズが探すように揺れた。その間にテントに近づき、至近距離で再びレンズの視界に戻る。シャッターを押す瞬間にレンズを手で覆い隠した。

「うわっ。ひどいな。せっかくのシャッターチャンスを」

テントの中から男性のぼやく声が聞こえた。

「断りも無く撮らないでください」

少し硬い声で彼女は牽制《けんせい》する。とはいえ、本心からではない。一瞬だけ感じた暖かさが、あの夜の「誰か」によく似ていたからだ。

「やっぱり怒らせちゃったよ。まいったな」

「とにかく、顔を見せてください」

レンズを押さえたまま、相手が出てくるのを待つ。観念したようにもぞもぞと姿を現したのは、五、六歳年上と思える男性だった。乱れた髪と無精ひげという風貌《ふうぼう》が、薄汚れた迷彩柄のTシャツに擦《す》り切《き》れたジーンズ、ワークブーツという格好と相まって、まともな人物とは思えなかった。だが、無造作に伸びた髪をかき上げて現れた瞳は、優しさと精悍《せいかん》さを備え、少なからず惹《ひ》きつけられた。

「何を撮っていたんですか」

ようやくカメラから手を離し、彼に尋ねる。管理局という仕事の性質上、機密は多く抱えている。用心に越したことはなかった。

「失礼。朝からずっと待ってたんでね」

「え？」

「朝、ここ通って仕事に行ってたろう？　こっちは寝ぼけててカメラ用意した頃にはもうあんたは遠くに行ってたからな」

「じゃあ、最初っから私を撮るつもりで？」

「ああ。やっと姿見せたと思ったら、いきなり靴脱いでニコニコしながら歩き出すから、写真撮るのも忘れて眺めちまったよ」

突飛な行動を見られていたことが恥ずかしくなり、頬《ほお》を赤らめた。

「でも、どうして私を？」

「まあ、お茶でも飲むかい」

返事も待たずに彼はお湯を沸かす準備を始めた。

「あ、いえ、結構です」

「まあまあ、大丈夫。コップはちゃんと洗ってるし、煮沸消毒するからさ。それに一番摘みの黒葉茶なんて、めったに飲めないんだぜ」

二人分のお湯は、小さなケトルの中でたちまちコトコトと音を立て始める。

「あなたは……」

「あ、脇坂《わきさか》って呼んで」

沸騰したお湯をアルミのコップに注ぐ。紐で縛られた黒葉茶の生葉が、器の中で黒い花弁のように広がった。

「脇坂さんは、どうしてこんなところでテントなんかに？」

「はは、さすらいの旅の途中だからさ」

「どちらからいらしたんですか」

「え〜っと、あっち！　かな？」

そちらを向きもせずに西の方を指差す。大雑把な答えに、少しむっとした。

「なんだか、ずいぶん気ままな人生みたい。楽しそうですね」

かすかな皮肉をこめて、わざとそう言ってみた。

「まあ、人生楽しく生きるに越したことはないし、苦しい顔してたってしょうがないしなあ」

皮肉がわからないのか、わからないふりをしているのか、彼は飄々《ひょうひょう》とした顔で、気にする風もなかった。最初に感じた暖かさというものがわからなくなる。

「さあ、お茶をどうぞ。居留地から届いたこの春一番摘みの黒葉茶だ。お口に合えばいいけどな」

真っ黒なお茶が、対照的な白い茶器へと注がれた。彼は、桂子さんに無理やり茶器を持たせた。

「でも……」

「まず、飲む！」

有無を言わせぬ口調に、恐る恐る口に運んだ。苦味がうっすらとした悪寒を誘うが、それを上回る勢いで、生葉ならではの癖の強いうまみが広がり、温かさが全身へと行き渡る。驚きに眼を見開かされる。

「苦味の中にもいろんな表情があるんですね。熱いお茶なのに涼しさが口の中に残る感じ」

「そうか。そりゃあよかった」

清明な飲み味に、抑制明けの虚脱感すら遠のいたようだ。

「なんだかすごい。身体の隅々までいきわたる感じ」

ため息まじりに感嘆の声を上げると、脇坂さんの顔もほころぶ。

「疲れた時にはそれが一番」

「え？」

「疲れてるだろ？」

「そんなに疲れた顔していますか、私？」

思わず頬に手をあてる。

「ああ。しかも性質《たち》が悪いことに、疲れてる人間の方が立派だって思い込む病気にかかってる」

さっきの皮肉は伝わっていたようだ。見事に意趣返しされた忌々《いまいま》しさと、初対面の男性にそんなことを言われた怒りとで、彼女は無言になった。

「怒らせちまったかな？」

「そのようですね」

脇坂さんは乱れた髪をごしごしと掻《か》きむしりながら、失敗したなぁという顔になる。

「興味ある人間ほど、怒らせちまう癖があってね」

彼女はそっぽを向き続けた。しばらく唸《うな》っていた脇坂さんは、いきなり立ち上がったかと思うと、土下座の格好で身を伏せた。

「ごめんなさいっ。許してくださいっ！」

あっけにとられて、すぐには言葉を発することができない。歩く人々が、何事かと一様に驚いた表情で通り過ぎる。散歩中の仔犬が脇坂さんに近寄り、不審げに匂いをかいだ。

「顔を……上げてください」

ようやく声を出すと、脇坂さんは、ひしゃげた蛙《かえる》みたいに地面にはいつくばったままで顔だけ彼女に向けた。

「話を聞いてくれるかい？」

「聞きますから、その格好はやめてください」

「オッケー」

今度は正座をしてかしこまる。芝まみれになった顔を見て、しばらく我慢していたが、ついに噴き出してしまう。

「初めて笑ったな。笑顔もなかなかいい」

臆面《おくめん》もない言葉に、面食らってどんな表情をすれば良いかわからなくなる。芝だらけの顔を見ながらでは会話もままならなかったので、バッグからハンカチを取り出し、顔の芝を払ってやった。彼は澄ました顔でされるに任せていた。

「怒らせるために声をかけたわけではないんでしょう？」

「そうそう。ようやく仕切り直しだ。実は、お願いがあるんだ」

「何でしょうか？」

「モデルになってもらえるかな」

「お断りします」

間髪を入れずに返答した。

「おいおい、もうちょっと考えてくれよ」

「こうやって何人に声かけたんですか？」

「へ？」

「今日は私で何人目なんですか、って聞いてるんです」

「おいおい、ナンパしてるわけじゃないんだぜ」

「似たようなものでしょう？　写真なんて口実じゃないんですか。それとも裸でも撮りたいんですか」

「そりゃあ、あんたが望むなら裸も撮らんでもないが……。だが、ヌードデビューには年齢が、その……あと十歳若けりゃなあ」

　真面目な顔で言うので、桂子さんはとうとう怒りを爆発させてしまった。

「いい加減な気持ちでやっていることにお付き合いする気はありません。さすらいの旅っておっしゃいましたけど、そうやって根無し草を気取っているだけではないんですか？　本当に帰る場所を失った人々の想いをあなたは理解したことがあるんですか？彼らは決してさすらう事に憧れたりしませんよ」

　日々、失われた町に関わり、帰るべき場所を失った人々を大勢知っているだけに、辛《しん》辣《らつ》な言葉になった。抑制明けで、神経過敏になっているせいもある。

　相手の軽薄さに、「人生ってそんなものじゃないでしょう」と、反感を覚えてしまったのだ。だが、彼女自身もわかっていた。それが八つ当たりに過ぎないことを。帰るべき場所も無い、かといって根無し草にもなれない自分の、憧憬《しょうけい》の裏返しであることも。

　彼は表情を曇らせた。落胆と悲しみが伝わってくる。単に断られたから、というわけではないようだった。彼の尊厳を損なってしまったようでいたたまれなくなり、眼をそらした。

「根無し草を気取ってる、か……。確かにそうかもしれないな。俺《おれ》には、帰るべき場所を失った人間の気持ちなんか、理解できないのかもしれない」

今までのおどけた言動とはかけ離れた呟きに、ただならぬものを感じた。見極めようとした刹那、彼はふっと表情を変え、かすかな笑みを浮かべた。

「すまない。忘れてくれ。時間を取らせて悪かったな」

「でも……」

躊躇する彼女に、彼は重ねて言った。

「行くんだ」

有無を言わせぬ静かな迫力が、二の句を継げさせなかった。彼女は唇を嚙んで立ち上がり、お辞儀をして公園を後にした。

◇

その日以来、公園を通るたびにテントはそこにあった。それとなく窺《うかが》ってみるが、脇坂さんが姿を現すことはなかった。もっとも、どんな顔で対面すればよいかわからなかったので、幾分ほっとしていたのだが。

金曜日の昼休み、桂子さんは一人でランチに出かけた。公園沿いの雑居ビルの二階にあるカフェ「リトルフィールド」に向かう。久しぶりにマスターの顔を見たかった。

横断歩道を渡り、離れた場所で公園を振り返る。脇坂さんの姿に動揺を覚えるが、心配は杞憂《きゆう》に終わった。どんな被写体を見つけたのか、望遠レンズがものものしいカメラを抱えて腹ばいになり、狙撃兵《そげきへい》が獲物を待つように身動き一つしなかったからだ。

カフェの扉を開けると、来店を知らせる涼やかな音色が響き、マスターが桂子さんを見て破顔した。

「あら、桂子ちゃん。ご無沙汰だったわね」

「ええ。最近忙しくって。マスターは元気そうですね」

女性っぽい話し方をするマスターは、デニム地のエプロンをつけた丸っこい身体をゆすって歓待した。窓際の席に座り、アルバイトの女の子にランチプレートを頼む。手にした雑誌を開こうとして、何かが変わっていることに気づき、周囲を見渡す。

今まで壁に掛けてあったポップアートがなくなり、代わりにモノクロの写真が位置を占めていたのだ。大きな写真というわけではない。にもかかわらず、店の雰囲気を変えるほどの存在感を持っていた。

雑誌を開くのも忘れ、魅入られたように写真から眼を離すことができなかった。決して心地良くはない、かといって不快というわけでもない、形容しがたい奇妙な感覚に支配される。

何かのオブジェか彫像を写した写真のようだった。審判の時を待つような孤高な荘厳さがあり、同時に、慈悲深きものの懐に包まれるかのような安寧も感じられた。

ハッとして窓の外に顔を向ける。そう、それは目の前の公園からの見慣れた風景を、まったく違う視点で切り取ったものだった。三本の柱のオブジェに見えたものは、首都環状防衛ラインの楔《くさび》としてそびえ立つツインタワーと、高射砲塔の三本のシルエットだ。

朝日の昇る前の一瞬だろうか。黒々とした威容の輪郭に、背後からの光が黄金の縁取りを施していた。その光が、「敵を待ち続ける三本の塔」を、悪の化身とも天使の顕《うつ》し身ともつかぬものに変貌させていた。写真をよく知らない桂子さんには、技巧を表現する術はない。だが、根源に訴えかける圧倒的な力が強く心を揺さぶる。

それは惑いであり、揺らぎであり、いつか消えゆく人の営みのはかなさを知る者の眼差しであった。と同時に、見る者を慄然《りつぜん》とさせるほどに、自己を律し、奮い立たせようとする超然たる姿、そんなものすら感じさせる。

「マスター。この写真って」

眼を逸《そ》らすこともかなわず、ランチプレートを持ってきたマスターに尋ねる。

「ああ、それ？　いいでしょ」

「いつもの風景がぜんぜん違って見える。これって、どなたの作品ですか」

「公園にテント張ってる人がいるでしょう？　あの人が撮ってくれたの。撮ってくれたって言うより、食事代がわりに置いていったんだけどね」

いかにも彼らしい図々しいエピソードだ。桂子さんは、ドリアのマッシュルームをフォークで突き刺しながら、公園を見下ろす。

一体どんな被写体を見つけたというのだろう。脇坂さんは、さっきの姿勢を寸分違えず、カメラを構えて腹ばいになったまま動こうともしなかった。

写真が、単に風景を切り取ったものではなく、対象に写り込んだ撮影者の姿をも表しているとするなら、彼はどんな思いを背負って写真を撮っているのだろうか。

かすかな興味が、桂子さんの中に芽生えた。

◇

「もっとゆっくりしていきなさいよぉ」と引き止めるマスターに謝って、桂子さんは早めに店を出て公園に向かう。脇坂さんは、やはり同じ場所でカメラを構えていた。かれこれ小一時間も同じ格好をしていることになる。

彼の横の芝生に座り、被写体を見定める。望遠レンズの向けられた方角は、高層ビルが林立しており、彼がどんな世界を切り取ろうとしているのかはわからなかった。彼は、桂子さんを視界に捉《とら》えたようだったが、集中した様子で、身じろぎ一つしなかった。声をかけることもできず、あきらめてお辞儀をして立ち上がろうとした。

「もうちょっと待ってな」

胸が圧迫される姿勢のためか、低い声で彼は言った。素直に従い、座りなおす。やがて何のタイミングか、彼は数度シャッターを切り、大きくため息をついてうつぶせのまま大の字になった。顔だけを彼女に向けて、穏やかに笑う。

「ありがとう。来てくれて」

素直に言われてしまうと、肩肘張った心も溶けてしまい、素直に謝ることができた。

「この前は、すみませんでした。失礼なことを言ってしまって」

「あの時は、君も不安定だったのはわかってたからな。気にしてないよ。それに、間違ったことは言っていないさ」

ようやく起き上がった彼は、胡坐《あぐら》をかいて大きく伸びをした。相変わらず芝草まみれだったので、彼女は笑いながら払ってあげた。再び暖かな感覚が伝わってくる。今日はそれを素直に受け止めることができた。

「何だか、脇坂さん、この前とずいぶん違う気がします」

「それはそっちもだろう？　この前はむき出しの神経を触ってるみたいだった」

「ちょっと仕事のことで……。すみません」

感情抑制の事を話すわけにもいかず、言葉を濁す。もう一つ、写真を撮られることに対して過剰に反応してしまう理由についても。

「まあ、黒葉茶と一緒だよ。その時々の気持ちや接し方によって、味わいはいくらでも変わるもんだ。お茶も人もね」

「そうですね。あの、脇坂さん……」

「そんなわけで！」

あの夜助けてくれたのは脇坂さんではないですか、と尋ねようとしたが、その声は、彼の大声にかき消された。彼はいきなり彼女の両手を握った。逃げる事もできず、温かな手に包み込まれてしまった。

「ようやく仕切りなおしだ。今日の君の様子を見て、ますますいろんな表情を撮りたくなった」

「そんなこと言われても……」

強く握られた手を振りほどくこともできず、困惑したまま俯《うつむ》く。

「日曜日は、仕事はお休みかい？」

もう相手にしないことにして、彼の腕を押し戻した。立ち上がって、膝《ひざ》についた芝を払い、管理局に向けて歩き出す。彼の大声が追いかけてくる。

「日曜日、朝十時にここで待ってるから」

「私、来ませんよ」

桂子さんは歩みを止めずに振り返った。彼は、意に介さぬように胡坐をかいたままニコニコと笑っている。彼女は足を止めて、もう一度大きな声で言った。

「私、来ませんから！」

◇

何度も逡巡《しゅんじゅん》した後、結局言われるままに公園にやってきた。目の前には、誰もいない芝生が広がるばかりだ。テントは跡形も無く消えていた。

そっと唇を噛み締める。今の時期、彼女をはじめ管理局の人間は休みを返上して働いていたのだ。無理して仕事を休んで、何を着ていくべきなんだろう、なんて真剣に考えてしまった自分が馬鹿《ばか》みたいに思えてくる。

目頭に熱いものがこみ上げてきた。自分でも不安定な感情を制御することができない。約束を反古《ほご》にされた事への怒りや悲しみの涙ではなかった。

今日ここに来たのは、脇坂さんに請われてではあったが、彼女自身も、彼に写されることを、心のどこかで望んでいたのだ。

もちろん写真に撮られることで、「自分を変えたい」なんて、ありふれた自己啓発本に出てくるようなフレーズを使う気はない。人の影響で変わりうる自分など、所詮《しょせん》本質的な変化ではない。

だが、脇坂さんの写真に感じた揺らぎや惑いが、彼自身の姿を投影したものであるならば、写真に撮られることを通して、彼の姿を見極めたかった。そして、彼に撮られた自分の姿を見てみたい気がした。

そうすれば、写真に撮られることを嫌悪する気持ちも、薄らぐのではないか、そう思っていた。子どもの頃、同級生の親たちが、汚染を恐れて桂子さんと共に写った写真をすべて処分していたと知った時から続く、その感情を。

だが、彼は姿を消してしまった。遊具も何も無いのっぺりとした芝生が、今日は一際空虚な広がりに感じられた。

「また、一人、か」

自分に納得させるように呟き、小さく頷く。この公園にまた悲しい思い出が増えちゃったな。そう思いながら踵《きびす》を返した。

止めた車に寄りかかる脇坂さんがそこにいた。

「ずいぶん険しい顔だ。もしかしたら、また怒らせてしまったかな？」

彼女は背を向けてハンカチを取り出し、気取られぬように涙をそっとぬぐう。

「いえ、テントがなかったから、てっきりもういらっしゃらないのかと……」

改めて脇坂さんの姿を見て、変貌ぶりに驚いてしまった。

髪はきちんとセットされ、無精ひげはトレードマークのように残っていたが、それとて不潔な印象はなく、精悍さと知性を備えた風貌へと様変わりしていた。

細身のシルエットの黒いジャケットが、引き締まった印象を与え、男性の成熟した色香が漂うようだった。変われば変わるものだ。桂子さんは見惚《みほ》れてしまいそうになり、慌てて表情を引き締めた。

背後では黒い車が、静かな、それでいて獰猛《どうもう》さを秘めたエンジン音を低く響かせていた。曇りなく磨き上げられた車体は、スポーツモデルであることを知らしめるように、流れるようなボディラインを誇示していた。

「友人から借りてきたんだ」

「ずいぶん高級そうな車ですね」

「それは、暗に俺には不釣合いって言ってるんだな」

大人げなく拗《す》ねる脇坂さんに、桂子さんは小さな含み笑いをして、あえて答えなかった。

彼は姿勢を正すと、正面に立って深く頭を下げた。

「ありがとう。来てくれて」

親しみを込めた笑顔が向けられる。この人は、本当に柔らかな笑い方をする。最初に感じた暖かさが、ようやく彼の実像と重なり合った。

「まだ、OKしたわけじゃないですよ」

素直に応えることができず、綻《ほころ》びそうになる口元を押さえながら硬い声で念を押す。

脇坂さんは、そんな彼女の思いを慮《おもんぱか》る表情だった。

「まあ、いいさ。来てくれただけでも。どうぞ、お乗りください」

日曜日の朝の首都の道路は混雑もなく、梅雨間近のこの時期には珍しい晴れ空が、街路樹の緑に鮮やかな光を落としていた。ガラス張りの高層ビルに柔らかな光が反射し、夏の気配が街のそこここに潜んでいるのを感じた。

サングラスをかけた脇坂さんは、以前とはうって変わった寡黙さでハンドルを握る。

勝手がつかめず、桂子さんはスカーフの結び目を意味もなくいじっていた。

「スカーフ。好きなんだな」

今日の桂子さんは、キャミソールにボレロ風のカーディガン、シフォンスカートという装いだった。スカーフは、普段は仕事の時にしかつけなかったが、鏡の前で散々迷った末、ネックレスをやめてスカーフにしたのだ。あまり着飾って行くのも面映《おもは》ゆいように思えたからだ。

「どんな格好をすればいいのか、迷ったんですけど」

「いや、それでいいよ。良く似合ってる」

素直に褒《ほ》められて、居心地が悪くなるようだった。

「今日は、どこで撮影を？」

「もしよかったら、撮影の前に少し時間をもらえないかな」

「時間？　ですか」

「そう、俺が君を受け止め、君が俺を受け止める、その上でしか俺は君を写すことはできない」

「それは、私を理解するための時間、ということですか？」

首都高速に入り、彼はスピードを上げた。活躍の場を与えられた大排気量のエンジンが、まだまだ余力を感じさせながら滑らかに車を加速させていく。

「厳密に言うとそうじゃない。出会ってほんの一日や二日で誰かを『理解』することはできないし、理解できたと思うのは傲慢《ごうまん》な行為だ。俺がやるのはあくまで、俺の視点から見た君の解釈でしかない」

「では、脇坂さんなりに私を解釈するための時間、ということですか？」

「君が、それを許してくれるならね」

スピーカーからは、耳慣れぬ音楽が流れていた。だが、独特の空奏域を持った旋律と、差し挟まれる古奏器の調べから、西域の音楽であることが知れた。その調べに乗るように、彼は速度を上げる。やがて、隆起溶岩の山並みが頂を雲に隠してカーブの先に姿を現した。

――海が近い――

スカーフにそっと手を添え、桂子さんはそう思った。

◇

海を見下ろす高台のリゾートホテルで、脇坂さんは車を止めた。勝手知ったる風にドアボーイに鍵を渡し、ロビーに向かう。

「お久しぶりでございます」

ホテルマン、というより執事とでも言ったほうが似つかわしい、黒服を着た初老の男性がにこやかに出迎える。脇坂さんが単なる「客」以上の存在であることが窺い知れた。

脇坂さんに向けた笑顔のままに桂子さんを見た男性は、ふと、虚を衝《つ》かれたような真顔になった。すぐに、接客のプロならではの「切り替えた笑顔」の下に隠されてしまったが。

レストランでは、海に面した窓際の席に案内された。

脇坂さんは、メニューも見ずにウエイターにオーダーを告げた。西域の言葉だった。

胸に抱えた革表紙のメニューを開く暇も与えられなかったものの、ウエイターは、納得した表情を見せて踵を返す。

役割を終えたというように脇坂さんは口をつぐんでしまった。ぎこちない沈黙が流れる。いつまでも景色を見ているわけにもいかず、彼女の方から口を開いた。

「あの、写真、拝見しました。リトルフィールドで」

「そうか……」

大した反応を示す風もなく、彼は背もたれに身体を預け、窓の外を見ていた。

「感想、聞かないんですか?」

彼は、ゆっくりと彼女に向き直った。たじろぎを覚えるほどに、深みを湛えた瞳があった。彼の中の底知れぬ深遠を見た気がした。だがそれも一瞬のこと、かすかな笑いを目元に浮かべ、穏やかな声で言った。

「君の表情を見ればわかるよ。少なくとも、悪い印象ではなかった。だから今日俺に会いにきた。違うかい?」

「いえ。その通りです」

「それで充分だよ」

ウエイターが現れ、優雅な円を描くような動作で二人の前にスープの皿を置き、去っていった。

「それで充分なんだ……」

彼は、自分に言い聞かせるように繰り返した。

料理は、食事の進み具合に合わせ、絶妙のタイミングで供された。過剰なサービスを感じさせない訓練されたウエイターに給仕され、二人は静かに食事をした。

「脇坂さんは、どうして写真家という道に進まれたのですか？」

鴨肉《かもにく》をフォークで切り分けようとして、途中で面倒くさくなったのか、そのまま口の中に放り込んでいた彼は、ちょっと待って、と手で制して、胸を叩いた。

「難しいな、その質問は」

ノンアルコールのビールでようやく肉を飲み下し、大きな溜息をつく。

「例えば俺が生まれてからの人生をなぞってみて、こういう人生の道筋をたどり、その帰結として写真家になった、と言うことはできる」

「そうですね」

「だが、俺は思うんだ。もし俺が、まったく違う人生を歩んできたとしたら、今頃何をやってるんだろうってね。それでもやっぱり俺は写真家になっていたと思うんだ。いや、写真家にしかなれなかっただろうね」

桂子さんは、その言葉に黙って頷く。管理局で働くしか人生の道筋の無かった身には、違う人生など思い描く術もなかったが、彼の言うことは理解できる気がした。

「どんな道筋をたどっても行き当たる場所があり、出会ってしまう人がいる。まるで海のミオビキみたいにね」

「ミオビキ……ですか？」

耳慣れぬ言葉に彼女は聞き返す。

「そうか。この国ではあまり使わないな。海に向かって開けた居留地では、海の民のコトバをよく使うんだ、ええっと……」

彼はポケットをごそごそと探って一枚の名刺を取り出し、その裏に文字を記して渡す。

——澪引き——

「海の中の見えない航路に導かれるように出会うことを、澪引きと言うんだ」

桂子さんは、名刺を手にして、彼の書いた文字を見つめた。異国の響きを持つ言葉を、心の中で繰り返す。

食事を終え、お茶が供された。薄い彩紋の入った西域の磁杯にお茶が注がれ、彩紋に紅がほんのりと色を注《さ》す。お茶の際立った「葉立ち」は、ホテルが居留地資本直営のものであることをうかがわせた。

彼は、相変わらず言葉少なだった。桂子さんは今朝からずっと感じていたことを率直に口にすることにした。

「私の解釈は、うまくいかなかったようですね」

沈んだ声にならないように注意しながら言った。脇坂さんがゆっくりと視線を戻す。

「どうしてそんなことを言うんだ」

「多分、思っていたものと違うから、撮る気を失ってしまったのかと思って。ごめんなさい、きっと私は幻滅させてしまったんですね。脇坂さんを」

彼は口を開き、何かを告げようとした。だが、その先を続けることはできないようだった。沈痛な面持ちでしばし眼をつぶった後、絞り出すように彼は言った。

「君が思っているのとは、正反対だ」

「正反対って？」

答えは返ってこない。それでも彼女から答えを待つ表情が消えないのをみて、彼は呟くように付け加えた。

「とにかく、興味を失ったなんてことはないから、安心してくれよ」

◇

ホテルを出て、脇坂さんは再び車を走らせた。五分ほどして、岬に程近い駐車場に車を止める。カメラを入れた機材バッグを担ぐと、彼は海へ降りる小路《こみち》に向かった。

後ろ姿を見せて大股《おおまた》で歩いていく脇坂さんを、桂子さんは半ば駆け足になりながら追いかける。凹凸のある道に足を取られそうになるが、彼は気遣ってくれる様子もなかった。

丈の低い海辺の植物に囲まれた小路は、やがて海を見晴らす小高い場所に行き着いた。眼下に砂浜が広がる。道路から離れているためか、大きく弧を描く砂浜に人の気配はなく、寄せ返す波音と舞い飛ぶ海鳥の鳴き声とが、周囲を満たしていた。

打ち棄てられたトーチカが、半ば砂に埋もれながらも等間隔に並び、いつ訪れるとも知れぬ「海からの敵」に備えた守りを固めている。

「ここは、撮影にはよく使うんですか？」

ようやく歩みを止めた脇坂さんの横に立ち、そう尋ねる。

「いや、撮影で使うのは初めてだな」

微妙なニュアンスを含んだ言葉だった。彼にとって、どんな意味を持つ海なのだろう。

海風に、足元の植物が乾いた音を立ててなびく。桂子さんは、砂に足を取られながらも、波打ち際に近づいた。幾層にも分かれた波の音に包まれる。

波音は、否応も無く彼女を過去の記憶へと導く。あの海辺の町で「発見」された時、彼女はこうして砂浜でぼんやりと海を眺めていたという。彼女自身には、当時の記憶はない。だが、網膜に焼きついたように、その海の光景は常に彼女の中にあった。あの日、倉辻の町の人々と共に失われるはずだった自分は、何を思って海に向かい続けたのだろうか。

脇坂さんと来ていることも忘れ、波頭の白波と、群れ飛ぶ海鳥たちを見つめ続ける。果てることなき濤声《とうせい》が、時の経過を忘れさせた。我に返り、乱れた髪を整えながら振り返ると、彼は構えたカメラを胸に落とし、虚脱したようにこちらを見ていた。

「どうされたんですか？」

「いや……」

彼らしくない、狼狽《ろうばい》した様子だった。

「今日は、不意打ちで撮ろうとはしないんですね」

非難めかした軽い口調で言っても、彼の調子は戻らなかった。彼女の方がとまどってしまうほどに。

「いや、撮ろうとしたんだ、そう思ってファインダーをのぞいたんだけど」

彼は、道を見失った子どものように途方にくれた表情で、カメラに視線を落とす。ようやく桂子さんは、今朝からの彼の態度がおぼろげに理解できた。彼は、律しようとしていた何かがあふれ出そうとすることに戸惑っているようだ。

「写真にしてしまったら、君の姿がそのまま消えてしまいそうな、そんな気がした」

「消えてしまいそうって、私が、ですか？」

失われるはずだった自分のことを考えていた桂子さんは、少なからぬ衝撃を受けてしまう。それが、彼なりの「解釈」なのだろうか。

彼は、じっと彼女を見つめていた。そうすることで、消えてしまうのを防いでいるとでもいうかのように。思わず自分の姿を確かめてしまう。

今ここに立つ自分。今ここにいるのだ、という感覚は、なんとはかないのだろう。海原の悠遠たる広がりを前にしては、こんなちっぽけな自分が消えてしまうことには、何の不思議も無いようにすら思えてしまう。

自分の身代わりのように失われた、倉辻の町の人々、そして失われることを防げなかった月ヶ瀬の人々を思う。彼らと同じように、自分もまた、「理由無く失われる人々」の一人であったかもしれないのだ。

「それでも、かまいませんよ」

自然にそんな言葉が出た。

「人はいつか失われます。今、この瞬間かもしれません。それは、とどめようの無いことなのですから」

脇坂さんは、認めたくないというかのように大きく首を振った。

「君も……、君も俺の目の前で消えていくのか」

とどめることもできず心の奥底から発せられた声だった。桂子さんは息を呑んだ。彼の頬に濡《ぬ》れたものを見た気がしたからだ。

——涙？

そう思った刹那、自分の頬にも冷たい感覚があった。

◇

突然の雨だった。

脇坂さんは、撮影機材が濡れるのも構わず、砂の上に立ち尽くしていた。桂子さんは、彼の腕を取って半ば強引に引っ張り、一番近いトーチカの中へと避難した。

かつての戦争で、本土防衛のため突貫工事で建造された単純な構造物は、時を経てひび割れ、崩落へと至る命運を受け入れようとしていたが、雨宿りには充分だった。無骨な壁に四方を囲まれ、中は薄暗い。海へ向けて口を開けた銃眼が明かり取りの窓となり、狭められた水平線が見えた。

雨脚は次第に強まり、雨音が周囲を満たす。浜に、海原に、隔てなく降る雨が、やがて水平線を溶かした。

「脇坂さん、あなたは誰か大切な方を失われたのではないですか？」

閉ざされた空間で、彼女の声は残響を伴って響いた。

彼は、もはや後戻りはできないと覚悟したのか、トーチカの銃眼に手を添え、驟雨《しゅうう》にけぶる海を見つめて話し出した。

「その通りだよ。俺はある人を失った……。だからすまない、君を撮りたいっていうのは口実で、俺は君を利用して自分が立ち直るきっかけをつかもうとしていたんだ。写真家にあるまじき行為だな。失った人の面影を君に重ねて、自分の中の何かを満足させようとしていたんだ……。だが、いざ撮ろうとしたら、想像以上に君は俺に強く迫ってきた」

「どうして、そうなってしまったんでしょうか？」

「自分の気持ちが思った以上に君の中に入り込んでしまったから。だけど、そうなることは最初から眼に見えていたんだ。はじめて君を見た時から。だから、今日来てくれたのはうれしかった反面、とても恐れていた。君を理解なんてできないって言ったのは、単なる言い訳だ。俺は、君を理解するのが怖かったんだ。理解することで、何かを得てしまうこと、何かを失ってしまうこと。その両方を恐れていたんだ」

勢い込んでしゃべった後は、無理しておどけた笑顔を見せた。

「とにかく、すまない。不快な思いをさせてしまったかもしれない」

謝罪の意図をこめてなのか、桂子さんの前に膝をついてしゃがみこんだ。羽折れた鳥を思わせる姿に、彼が失ったものの大きさを知る。

失うことのつらさは、単に失われるという事実のみならず、失われてもなお、滞りなく動いていく「日常」と対峙《たいじ》しなければならないことにある。彼はどんな思いですらいの日々を続けていたのだろうか。

それがわかっていながら、桂子さんは残酷な言葉をあえて口にした。

「人は、いつか必ず失われます。望むと望まざるとにかかわらず」

しゃがんだ彼の頭をお腹に抱きとめた。脇坂さんは、少し驚いた様子だったが、抗うことなく身を預けてくる。桂子さんはその頭を、そっと撫でてあげた。幼子をあやすように。

「だから私は、失われることは悲しみません。それくらいだったら、その一瞬一瞬で、失われる相手と向き合いたいと思っています」

彼は、従順に頭をもたせかけたままだ。その姿に愛《いと》おしさが湧《わ》き上がる。

失われた者への向きあい方は人それぞれだ。たとえ現実からの逃避であったとしても、ひと時でも心が安らぐのであれば、他人がとやかく言うことはできない。だが桂子さんは、彼を受け止める決心をした。彼の想い、そして自分の想い、どちらも忽《ゆるが》せにすることはできなかった。

「脇坂さん。失われることを恐れている間は、私の写真は撮れないのではないですか？」

彼の肩が揺れる。ゆっくりと頭を撫でながら、桂子さんは続けた。

「ごめんなさい。私はあなたの仕事、写真家というものをよく知りません。ですが、あなたの写真を見て思いました。過去を切り取ることで未来を指し示すことができる人だって。脇坂さんは、一瞬一瞬にこめられた人の想いを切り取っていくのが役目なのではないでしょうか。明日失われるとしたらなおのこと、その瞬間までを切り取っていくのが、やるべきことではないのですか」

脇坂さんは、彼女のお腹におでこを押し付け、頑是無い子どものように首を振る。桂子さんは、甘えないで下さい、という意味も込めて少し乱暴にその頭を撫でてあげた。

「手厳しいな……」

お腹の上で、彼はくぐもった声を出す。

「ごめんなさい。偉そうな事を言ってしまって」

「いや、君の言うとおりだ。申し訳ない。みっともない姿を見せちまった」

ようやく顔を上げた彼は、幾分の照れを見せて立ち上がった。そうして、不意に、彼女の頬を両手で包み込んだ。思いがけぬ行動に、桂子さんは立ちすくむ。動悸《どうき》が速まる。すぐ間近に、彼の温かな笑顔があった。頬が赤らむのを自分でも感じ、唇を噛んで眼を泳がせた。

「こっちを、見てくれないか」

優しく、それでいて揺るぎ無い声に促され、意を決して視線を合わせる。瞳の奥に、写真に感じた、包み込まれるような安寧と、孤高な荘厳さとがあった。桂子さんの心に、躊躇と、それに勝る高揚が訪れる。

「最初に出会った時と、逆になっちまったな」

彼は呟く。逆、とは何のことだろう。思い当たることはなかった。

「あの夜は、俺が君を抱きとめた。今日は逆に、俺の方が抱きとめられちまったからな」

桂子さんは眼を見開いた。やはり、あの夜彼女を病院まで連れて行ったのは脇坂さんだったのだ。彼は、桂子さんの背負っているものをわかった上で、彼女を受け止めようとしているのだろうか。確かめる言葉が出てこない。

雨は勢いを弱め、霧雨となって音も無く降り続けていた。彼はトーチカの外に出て、波打ち際で振り返った。

「今はまだ、君を撮ることは出来ない」

桂子さんへの言葉であるとともに、自分自身への宣言でもあるようだった。

「自分のフィールドに戻ろう。居留地に戻って、けじめをつけてこなくちゃな」

遠い声。そこには、静かな決意と覚悟とが含まれていた。桂子さんは、その言葉の表すものを推し量ることができないまま、静かに頷いた。

「またいつか、俺は君の前に姿を現す。その時は、誰かの代わりでもない、他の誰でもない、君自身を撮らせてもらうよ」

振り返った彼は、両手の親指と人差し指で作ったフレームで世界を切り取り、その中に彼女を収めた。

「もしそのとき、写真を撮ることができたなら、俺は君により多くのものを求めてしまうかもしれない。それでもかまわないか？」

「わかっています」

桂子さんは、静かな声で応えた。静かだからこその決意を彼も感じたはずだ。

「ところで、一つお願いがあるんだ」

「何でしょうか？」

「君の身に着けたものを一つもらえないか？　いつかまた、帰るべき人の元へと過《あやま》たずに澪引かれるための、海の民のおまじないさ」

桂子さんは少し考え、首に巻いたスカーフを解き、彼に手渡した。

迷いはまだある。自分のすべてを見せてもなお、脇坂さんは抱きとめてくれるのだろうか。希望を持つには、桂子さんはあまりにも別れに慣れすぎていた。今までと同じ結末を迎えるのかもしれない。

遠く水平線を見つめる。海は、彼女にとって失われゆくものの象徴だった。目の前の海は、何処《いずこ》へと自分を導こうとしているのだろうか。

「澪引き……」

異国の響きを持つ言葉を口ずさむ。耳慣れぬ響きであるが故に、見知らぬ場所へと導いてくれるようだった。もちろん、何が待ち受けているかはわからない。惑いも揺らぎも未《いま》だある。だがそれらを包含してもなお余りある希望を、託すことができるように思えたのだ。

風に向かって飛ぶ海鳥たちが、鈍色《にびいろ》の空に、白い羽色を際立たせ、弧を描いた。彼女はその姿に自身を重ね合わせた。あの鳥たちのように飛べるだろうか。迷い無き姿で。

スカーフを握り締め波打ち際に立つ、脇坂さんの後ろ姿を見つめる。いつか再び、彼と向き合う時を思いながら。

厚く空を覆う雲の切れ間から、一筋の光が、遠く外海へと斜めに射す。貫くように降り注ぐ光に、祈りにも似た想いを抱いた。

海は、二人を包み込むように、途絶えることなき波音を響かせていた。

# エピソード3　鈍《にび》の月映え

今年初めての、気の早い蟬《せみ》が鳴いていた。

その日、月ヶ瀬での回収の仕事を終え、茜たち回収員がトラックから降ろされたのは、町はずれの廃工場の、倉庫脇《わき》の空き地だった。いつものように回収員たちは人目につかぬよう散り散りとなった。

七月の空は、六時を過ぎても強く光を残していた。その時間を惜しむように、茜は都川の町を散策するようになっていた。商店街を目指して歩くうち、歩いたことの無い裏通りに入り込んだ。

人影もまばらな通りを、道路にはみ出して置かれた看板をよけながら歩く。

「ギャラリーか……」

「風景画展　─どこでもない場所─」と書かれた木組みの看板の前で立ち止まる。絵を見る趣味も、鑑賞眼も無かったが、開け放たれた扉から流れてくるキリエの『行きて戻りし者』はお気に入りの曲だったので、自然に足が止まった。

小さなギャラリーを覗《のぞ》いてみるが、誰もいなかった。準備中かと錯覚するほど何の装飾も調度も無いギャラリーは、三方の壁に十点ほどの絵が飾られていた。周囲をうかがってから、中に入ってみる。

看板に偽りなく、何処《いずこ》とも知れぬ風景を描いた絵だった。名も知らぬ作者に敬意を表し、姿勢を正して鑑賞を開始した。

どこにでもある住宅街の絵ばかりだ。それでも尚《なお》、強く惹《ひ》かれるものを感じた。どの絵にも人物は一人も描かれていない。それなのに、生活する人々の息遣いを感じることができる。

今までも、これからも続いてゆく日常。同時に、今この瞬間にも失われてしまうかもしれない日常。そんなものへの倦怠《けんたい》や揺らぎ、惑いを知る者の描く世界だ。茜はその感覚に、近しいものを感じた。

奥の壁には、一際大きな絵が掛けられていた。数歩下がって見上げる。丘の上にまっすぐに伸びる道。そして高みから世界を見下ろすようにそびえるくすんだ石塔と、屹立《きつりつ》する砲身。

茜にとっては「どこでもない場所」ではなかった。高射砲塔を中心として描かれた世界は、毎日サイレンとともに見上げる、月ヶ瀬の風景を描いたものだったのだ。

「特別汚染対象除外物……」

回収員としての特殊用語でつぶやいてしまった。着任時のレクチャーで何度となく出てきた言葉だ。

失われた町に関するもので、回収の対象とならない唯一の例外、それが絵だった。たとえ月ヶ瀬を描いていようが、失われた人々の肖像画であろうが、回収の必要は無いとされた。汚染の恐れがないから、ということだったが、汚染が起こらない理由の説明は、一切無かった。

「いらっしゃいませ」

入口をふさぐ形で立っていた茜は、背後からの声に振り返る。

背の高い、というよりもひょろ長い印象の若い男性が立っていた。困ったような、少し怒っているような表情だ。作業用に着ているらしい厚手の綿のシャツには、ところどころ絵の具の跡がある。

「ごめんなさい。勝手に入っちゃった」

「いや……、こちらこそ。お客さんが来るなんて、思ってなかったから」

視線を合わせずに頭をかきながら、まるで自分の方がお客のようにおずおずと中に入ってくる。どうやら茜と正反対で、人見知りの性格のようだ。

「この絵を描いた人、だよね？」

「ええ、そうですけど……」

茜が近寄ると、彼はその分だけ後ろに退く。その反応があまりにストレートすぎて、茜はくすくすと笑ってしまう。

「これは、月ヶ瀬の町だよね」

「そうだろうね。おそらくそうなんだろうと思う」

「なんだか頼りない返事だね」

「僕は、あの町に住んでいたから、本当なら今頃ここにはいない人間だからね」

返事が心もとない理由がわかる。彼はいわゆる「免失者」なのだ。町の住人であっても、町の外にいたために消滅を免れた人々が、少なからず存在する。彼らは、家へ戻ることもできず、家族も失って、まさに身一つで放り出された状態なのだ。

もちろんすべてを失った免失者に対しては、消滅基金からの一年間の生活援助や、職場を失った場合の再就職支援など、手厚い保障制度が設けられていた。だが、家族や帰るべき場所を失った悲しみを癒《いや》すことまでは、誰も「保障」することはできなかった。

「あの夜、ここで個展を開く準備をしていたから消滅を免れることができたし、絵も残ったから、それだけでもありがたいことなんだけどね」

言葉にされない部分を慮《おもんぱか》り、茜は頷《うなず》くことしかできなかった。

都川に住む人々は誰もが、多かれ少なかれ、失われた町の記憶を、語ることの無いまま心の奥に封じていた。町の記憶は、まるで皮膚の奥深くに残った棘《とげ》のようだ。変わりなく続く日常の奥にひっそりと息づき、時折鈍い痛みで存在を主張する。

受付の椅子《いす》に並び座って、茜はがらんとしたギャラリーの空間を放心したように見ていた。

「お客さん、こないねえ」

「うん。まあ、宣伝してないしね。それに……」

彼は少し言い淀《よど》んで、自らの描いた絵を見渡した。

「入ってくるけど、絵を見たとたんに出て行く人もいるからね」

汚染対象除外物とはいえ、人々は「失われた町」を描いたものに近づこうとはしない。絵からは汚染が生じないとは、管理局が言っているだけで、汚染の実態など誰にもわからないのだから。

ふと、音楽がやむ。キリエの音には余計なフリンジがない分、音がやんではじめて、かかっていたことを思い出すような趣きがある。そのくせ心の中に音の余韻が揺り戻しのように漂うのだ。

「他の音楽、かけてもいい？」

返事を待たず、部屋の隅に置かれた小さなステレオの前にしゃがむと、キリエのディスクを取り出した。立てかけられた十枚程のディスクのサウンドリストを見比べる。キリエ、ＳＥＫＩＳＯ・ＫＡＩＳＯ、シナ＝プレンティ……。そこに並ぶハンドルネームはそう一般受けするものではなかったが、茜の趣味と相通ずるものがあった。

「いい趣味だね」

我思《ガーシー》のディスク『七日窓《なななかまど》』を挿入しながら、茜は笑顔で振り返る。

「うん。僕も気にいってる。だけど、そこにあるディスクは僕のものじゃないんだ」

失われた誰かの物なのだろう。茜はそれ以上聞かずにおいた。

『七日窓』は、起伏の緩やかな奏軸に、緩やかなタンギング・ノイズが蔓《つる》植物を思わせて絡む心地よいアペリティフから始まった。

ふわりと、絵の具の匂《にお》いが彼から漂う。かぎなれぬ匂いだったが、決して不快ではなかった。そっと横顔を見る。少し長めの落ちかかる前髪は、いかにも芸術家的な面持ちに似つかわしかった。

見つめる茜に気付いて、彼は落ち着かぬ風で視線を合わせては、慌てて顔をそらす。尚も茜が興味深そうな顔で見続けると、彼はぎこちなく前を向いて固まってしまった。追い詰めてしまっても悪いので、ギャラリーに視線を移す。ほっとため息をついた気配が伝わってきて、思わずクスッと笑ってしまった。

まいったな、というように彼はいっそうせわしなく頭をかく。その困った笑顔と、我思のアトラクティブな泡沫音《ほうまつおん》の積層が、茜を心地よく満たしていった。

結局、茜が訪れてから七時までの一時間ほど、訪れる者もないまま時は過ぎた。『七日窓』のラスト・ハイタイドも、ゆったりとしたフローティングで、一日の終わりを感じさせた。

「さて、今日は店じまいかな」

ギャラリーを出て、鍵《かぎ》を閉めた彼は、背後で待つ茜を、どうしたものか、という表情で振り返った。決して邪魔に思っているというわけではなく、こんな場合にどう声をかけていいのかわからず困惑している様子だった。それで、茜の方から助け舟を出してあげることにした。

「いつも晩御飯ってどうしてるの？」

「自分で作ってる、って言いたいところだけど、何しろ家財道具一式失っちゃったからね。もっぱら外食で済ませてるよ」

「ふ〜ん。じゃあ……」

茜は、彼がどぎまぎするさまを想像して、意地悪な笑顔を浮かべて、きっぱりと宣言した。

「一緒に食べに行こう」

「え？　いや、でも」

「じゃ、行くよっ！」

茜は、その言葉で引っ張るようにしてすずらん通りに向かって歩く。彼は手綱をつけられたように従順についてきた。何だかわけもなく嬉《うれ》しくなって、茜は時折振り返って、後ろ歩きで進みながら彼を眺めた。彼は、「危ないよ」と、声には出さずに少し心配そうな表情だけで告げてきて、それをすごく彼らしいなと感じた。まだ出会ったばかりだというのに。

それ以来、仕事帰りにギャラリーを訪れ、絵を眺めるのが茜の日課となった。もちろん、七時にギャラリーを閉じるのを手伝い、その後夕食を共にするのも。

彼の名は和宏と言い、茜より二歳年上だった。

彼は、少しずつではあったが、茜に慣れてきたようだった。その様子は、どんな動きをするかわからない機械を押し付けられて、恐る恐る一個ずつボタンを押して確認し、納得しているといった感じで、彼なりのそんな接し方を、茜は好ましく思った。

だが、慣れたとはいっても、もともとの性格なのだろう。自分のことを多く話してくれるというわけではなかった。

茜は、「風待ち亭」の中西さんに、和宏のことを紹介したくなった。

◇

胸元にフリルをあしらったノースリーブのブラウスにサテンシルクのグレーのスカート。ワードローブの中でも一番の可愛《かわい》げのある服を選び、アンティークジュエリーのピアスをつけた。

いつもより丹念にお化粧をしたせいで、気がつくと待ち合わせの二時が迫っていた。アパートを飛び出し、跨線橋《こせんきょう》を駆け上る。町の風景がいつもと違って見えるのが不思議だった。ブラインドを下ろしたギャラリーの前で、和宏が手持ち無沙汰《ぶさた》というように長い両手をぶらぶらとさせながら待っていた。駆け寄ってくる茜を見て、どんな表情をしたものかとしばし思案顔で、結局中途半端に片手を上げて迎えるのはいつものことだ。

今日の和宏は、西域風の三本線をあしらったプルオーバーの上着にチノパンという格好だった。年上の男性に紹介するということだけは告げていたので、彼なりに格好に気を遣ったのだろう。着崩さないぎりぎりのカジュアルな服装は好もしかった。

商店街を抜け、風待ち亭への道を二人で歩く。いつものように都川の堤防をずんずんと登りだして茜は気付いた。今日はスニーカーではなく、ヒールの高いウエッジソールのサンダルを履いていたのだ。たちまちバランスをくずし、和宏が慌てて手を握って茜を支えた。

「その靴でここを登るのは無茶だよ」

茜の足元を見ながら、少しあきれた声を出す。

「う、うん。そうだね」

出会った頃の和宏のように茜は狼狽《ろうばい》し、隠すのに必死だった。幸い彼は気付いていないようだ。中学生のオンナノコじゃないんだから、手を握ったくらいで動揺するな、茜。と、心の中で自分を叱咤《しった》したものの、動悸《どうき》の高まりは一向に治まらない。

気がつくと、和宏もぎこちなく茜に対峙《たいじ》し、頭をかいていた。茜がいつまでも手を強く握り締めて離そうとしなかったからだ。

「あ、ごめんね」

慌てて手を離す。そのくせ手の中から逃げていった温かなものが惜しまれる。

——マズイなぁ……

一度その温かさを味わってしまえば、幼子のように際限なく自分の心が求めてしまうことは、経験上わかっていた。

丘のふもとの四つ角で、先に立つ和宏が道を問いたげに振り向いた。普段の茜なら、森を突っ切る近道を選ぶところだが、今日の靴ではまた手を引いてもらうことになる。

唇に指をあてて考え込んだ茜は、きっぱりと言った。

「近道があるんだ」

◇

和宏に手を引かれて山の中を登ってきた茜を見て、中西さんが眼を丸くした。

「おやおや、またその道ですか？」

「えっと、彼に近道教えておこうと思って」

我ながら言い訳くさいと思うが、仕方がない。いつもよりしっかりお化粧をして、お洒落《しゃれ》をしている茜に気付き、中西さんは面白そうな表情だ。

和宏がぎこちなく長身を折り曲げて自己紹介しようとするのを待ち構えていたかのように、玄関のチャイムが響く。茜が扉を開けると、六十代と思われる、同じ年恰好《としかっこう》の四人の男女が立っていた。

四人は、二組の夫婦のようだった。遠慮がちにお辞儀をした後、一人の男性が進み出て、茜に切り出す。

「もし部屋が空いているようでしたら、今夜泊めていただけないでしょうか？」

急な話に判断しかねていると、中西さんがやってきた。

「お泊めしたいところですが、今夜はお客さんがいないものと考えていましたので、準備が出来ていないんですよ」

中西さんは、申し訳なさそうに頭を下げた。

「ご無理は承知で訪れました。食事も無くてかまいません。泊めていただくだけでかまわないのですが、お願いできませんでしょうか」

男性の様子からは、ある種の一途《いちず》さが伝わってきた。

「失礼ですが、どちらかで、この風待ち亭のことをお聞きになったのですか？」

男性は、しばらく中西さんをまっすぐに見つめ、やがて言葉を濁すように呟《つぶや》いた。

「いえ……、こちらは夜景がきれいだと伺ったものですから」

中西さんと茜は顔を見合わせる。腕組みした中西さんは、しばらく眼をつぶっていたが、心を決めたように、眼を開けて頷いた。

「あまりおもてなしはできないかもしれませんが、それでよろしければどうぞ」

四人は、それぞれにお礼を言って深くお辞儀をした。

茜が二階の客室に案内し、その間に中西さんがお茶の準備をする。和宏は、「僕のことは気にしなくていいから」というように居間に姿を消した。

案内を終えて、茜は厨房《ちゅうぼう》に向かう。お茶の入った陶筒を手にしながらも、中西さんは思いに沈んでいるようだった。

「やっぱり、離散家族の口コミなのかな」

「おそらくね」

先週も同じことを言って泊まりに来た客がいた。

表向き、離散家族（失われた人々は管理局の正式な消滅宣言、町名抹消の手続きを経なければ、正式な「死亡」とみなされないので、あくまで「離散」という表現が使われる）同士が集まったり、失われた町を話題にすることは禁じられている。それは取りも直さず、失われた者を悲しむことに直結するからだ。

だが、その裏では、離散家族独自のネットワークが存在していた。電子情報や紙媒体は管理局により厳しく統制されていたため、ほとんどは口コミによるものであったが。

中西さんがウェルカムティーでもてなしている間に、茜は中西さんの走り書きのメモを手に、なじみの農家で野菜を分けてもらい、足りない食材の買出しに、車を借りて町まで行くことになった。

「ごめんね、せっかく来てもらったのに」

なし崩しに買出しに駆り出された和宏を伴って足早に歩きながら、茜はねぎらいの言葉をかける。

「いや、お客様扱いされるよりこの方が気楽だしね」

いかにも彼らしい反応だったので、茜は小さく笑った。

「でも、茜さんは、中西さんとはどんな関係なの？」

和宏には、自分が回収員として都川に来ていることは教えていたので、どこで知り合ったのかと疑問に思ったのだろう。茜は、中西さんとの出会いのいきさつを簡単に説明した。

「それから！」

茜が急に振り向いたので、彼は反応が間に合わず、ぶつかる寸前で立ち止まった。茜は、間近の和宏の鼻に人差し指を突き付ける。

「そっちが年上なんだから、いつまでもさん付けで呼ばないの！」

買出しを済ませてペンションに戻ると、時刻は五時を過ぎていた。和宏を居間に残し、茜は厨房へ駆け戻った。客たちにはああ言ったものの、中西さんが提供する料理に妥協をすることはなかった。矢継ぎ早に出される指示に対応しきれず、茜は次第にパニック状態になってきた。

「あの、よかったら手伝いましょうか？」

ためらいがちに和宏が厨房を覗く。手伝いがほしいのはやまやまだったが、招待したのにそこまでさせては悪いと思い、茜は中西さんと顔を見合わせる。

返事をする間も無く、彼は腕まくりをして手を洗った。中西さんにメニューを尋ねると、厨房を見てざっと進捗《しんちょく》状況を確認し、てきぱきと下ごしらえを始めた。

初めは不安げな表情だった中西さんも、その手際のよさと技術の確かさを認め、再び忙しく手を動かしながらも、茜ではなくもっぱら彼に指示を出すようになった。最後には、焼き物はすっかり彼にまかせてしまったほどだ。

「外食ばっかりって言ってたから、てっきり料理はぜんぜん駄目なんだと思ってたのに」

茜は、何だか釈然としない気持ちで口を尖《とが》らせた。

「絵だけじゃ食べていけなかったからね。町ではレストランでアルバイトしていたんだ」

盛り付けた料理の上に、優雅にソースで線を描きながら、和宏は恥ずかしそうにそう告白する。

「それは……、茜さん、強力な助っ人を連れてきてくれたね」

「あぁ、それって何だか私が役に立たないって言われてるみたいだ」

茜がおおげさにむくれると、とりなすように中西さんが言った。

「さあさあ、お客さんが待っているよ」

◇

静かな晩餐《ばんさん》だった。

客人たちは、言葉少なに食事を進めながら、時折窓の外に眼をやり、町を見下ろしていた。何かを待つように。夏空は、夜の帳《とばり》を容易に下ろそうとしなかった。

「今日の料理長の和宏君に挨拶《あいさつ》してもらいましょう」

躊躇《ちゅうちょ》する和宏の背中を押すようにして現れた中西さんは、彼の肩越しにいたずらっぽい笑顔を見せる。皆の注目を浴びて、和宏は狼狽した様子だった。

「ちょ、ちょっと待っててください」

一旦《いったん》部屋から出た和宏は、埃《ほこり》をかぶった古めかしい弦楽器を手にして、再び姿を現した。居間にいる間に見つけていたのだろう。

「おやおや、よくそんな物を見つけ出しましたね」

「あの、挨拶って苦手なんで、これで勘弁してください」

壁際の椅子に座ると、慣れた様子で弦を調整し、背を伸ばした。背の高い彼の姿は坐《ざ》仏《ぶつ》を思わせ、涼やかな風が吹いたようにあたりの空気を従えた。

「それでは、今日のこの出逢《であ》いに奉じるために、皆さんに一調、さしあげます」

古様な物言いで告げると、彼は楽器を構えた。

長い指が軽やかに躍った。導き出された音が縦糸となり、集った人々の想いが横糸となって、どこでもない、それでいて、いつかどこかで見た懐かしい風景が織り成されていく。その調べは、未知であるにもかかわらず、茜の中に奥深く、懐かしく広がった。そして際限なく拡散する。激しく茜に打ちかかる風。風。風。

まるで音に誘われたように、町に「残光」が生じた。調べに寄り添うように、おぼろな光が生じ、やがて源を定めて光の芯《しん》を形作る。

四人の客人は、町の光を窓越しに見下ろしながら、身じろぎひとつせず、静かに、静かに涙を流していた。彼らは和宏の奏でる調べに涙しているのだ。茜はそう思った。町の消滅に涙することは禁じられているのだから……。

◇

朝食の仕込みを終え、ようやく一息ついて、三人でテラスでお茶を飲む。その時間になると、さすがに涼しい風が丘を登ってきていた。

町の光は、夜の深まりとともに一層輝きを増して眼下に広がっていた。客人たちも、それぞれに部屋の窓からこの光を見つめていることだろう。

中西さんのはからいで、西域で特別に「音育」された響挽茶《きょうばんちゃ》が供された。残響が余韻となって残る身体に、響挽茶は溶けこむように沁《し》み渡った。

「あの曲は、初めて聴きましたが、どなたの創曲でしょうか？」

中西さんの問いに、弦楽器を抱えた和宏は、言葉に詰まったように空を見上げる。

「実は、僕にもよくわからないんです。僕は、六弦の古奏器を『誰か』から預かっているんです。おそらく、その人物が創った曲、としか」

「記憶が失われている、ということですね」

和宏は頷いた。

「僕は、町に一人で暮らしていました。絵を描きながらレストランでアルバイトをして。

だけど、それ以上のことはおぼろげにしかわかりません。多くの記憶が失われているんです」

「『町』に、記憶を持って行かれたんだね」

「おそらくそうなんでしょうね。今となっては知るすべすらありませんが」

「町」は、彼を消滅の道連れにするかわりに、町での記憶を奪い去ってしまったのだ。なぜそうした記憶の欠落が起きるのかは、はっきりとした解明がなされていないと聞く。記憶の欠落は均等に起こるわけではない。自分と密接に関わった人の記憶ほど抜け落ちてしまう。覚えておきたい記憶ほど、「町」は容赦なく奪っていってしまうのだ。恋人の顔も、親しい友人たちとの思い出も……。

だが「町」は無慈悲にも、喪失感だけは心の中に残してゆく。時の経過による忘却すら許さぬ、いつ果てるとも知れぬ深い闇《やみ》のような喪失感を。

「茜さんから聞きました。中西さんも、町の消滅でご家族を失われたそうですね」

「ええ、そうですが……」

中西さんは、穏やかな声の中にも、用心深い調子を含ませ、明かりの灯《とも》る二階の客室の窓を見上げた。失われた人々を悲しみの感情で語ったことが発覚すれば、処罰の対象となる。気遣いを察して、和宏は慌てて付け加えた。

「大丈夫です。失われた人々を悲しみの感情で語ってはいけないことはわかっています。

それに、僕の心には、不思議に悲しみはないんです」

「どうしてですか？」

いぶかしむような中西さんの問いに、和宏は弦を弄《もてあそ》び、かすれた音を爪弾《つまび》いた。

「あまりに大きすぎる風景を目の当たりにすると、遠近感を失ってしまうことってありませんか」

茜は、景勝地の崖《がけ》の上で、眼下の海を見下ろした時のことを思い出した。大した高さじゃないと柵《さく》から身を乗り出していたら、崖下の釣り人が予想以上に小さく見えたのだ。改めてその場の高さを知り、身震いした覚えがある。

「今、僕はあまりにも巨大な風景の只中《ただなか》にいて、悲しみの大きさをきちんと測ることができないでいるんです。理由もなく一つの町の住人が失われる、というあまりにも大きな風景のせいで」

月ヶ瀬で消滅した数万人の人々。茜は、失われるために生きてきた人々が立ち並ぶ様を思い浮かべる。広大な風景の中で、身じろぎせず立ち尽くす人々は、次第にはっきりとした輪郭を持ち、個性と表情と人格を持った一人一人となった。誰一人として、理不尽に失われてもよい命ではなかった。そこに父の姿を見た気がして、茶器を持つ手を固く握り締める。

「すみません、暗い話をしてしまって」

和宏は顔を上げ、恐縮したように頭を下げる。茜も中西さんも、笑って首を振った。

「中西さん、あの話……」

茜が促すと、中西さんは黙って頷き、和宏に向き直った。

「和宏さん。実はお願いしたいことがあるのですが」

改まった言葉を受けて、彼は身を正した。中西さんが、ペンション再開のいきさつを話す。

「和宏さんは料理の腕も確かなようですし、手伝ってもらえるようならば、とてもありがたいのですが」

しばらくうつむいて考えていた和宏は、照れたように頭をかきながら、笑って顔を上げた。

「僕でよければ、喜んで」

◇

茜は、今夜は最初から風待ち亭に泊まっていくつもりだった。和宏にも勧めたが、「明日はギャラリーを開けなくちゃいけないから」と言って固辞した。彼には珍しい頑《かたく》なさだった。

相変わらずのぎこちないお辞儀をして、彼は帰って行った。

「聞かない方がよかっただろうか」

「え、何を？」

「いや、失われた記憶のことは、茜さんの口から折を見て聞いたほうがよかったのか、と思ったんだが」

茜は黙って首を振った。

「ううん。いつか聞かなきゃって思いながら、先延ばしにしてきたからね。ちょうどよかった、かな」

夏の星座が夜空に位置を占め、薄成《うすな》りの月が東の山際から姿をのぞかせていた。

「問題は、彼が誰を失ったかもわからないまま、喪失感だけを抱えていることだろうね」

中西さんの言葉に、茜の心は痛んだ。月の鋭利な光の先端が突き刺さったかのように。夜空に向けて手を伸ばす。虫の音に包み込まれた闇の向こうに、残光が、さまざまな想いを吸収するかのように瞬いていた。

◇

「半分過ぎたんだなぁ」

まだ午前中というのに、作業着の下では汗が噴き出していた。茜は、強い日差しを容赦なく降り注ぐ太陽を忌々《いまいま》しげに見上げる。信也さんも額の汗をタオルで拭《ぬぐ》いながらうんざりした表情だ。

「これからどんどん暑くなるな。後半の任期の方が良かったかな」

「冷房もないですからねえ」

茜たちの任期は半年間、夏を過ぎた九月の終わりまでだ。

その日、二人が担当した建物は、四階建てのアパートだった。玄関と窓を開け放したものの、風は無く、壁に設置された動くことの無いクーラーを疎ましげに見上げて、茜はタオルで汗を拭った。

午後になると日差しはますます強まり、くっきりと濃い影が町に縁取りを施した。三〇四号室の扉を開けると、茜は部屋の匂いにかぎなれたものを感じた。それが何かわからぬまま、狭いキッチンをぬけ部屋に入る。

「絵の具の匂い……」

そう思った瞬間、玄関に駆け戻り、表札を確かめる。

紛れも無く、和宏の部屋だった。ためらいながらも手を伸ばし、表札を外す。彼自身が失われていないとはいえ、町に住んでいた人物の名前の残るものは、すべて回収の対象だった。

機械的な日々の作業は、茜の心から後ろめたさを遠ざけていた。だが、「免失者」として今も存在する、和宏の私物を処分しなければならないという現実が、久しぶりにその感情を呼び戻す。

信也さんに交代してもらおうかとも思ったが、覚悟を決めて回収を始めた。何故《なぜ》だか、「逃げてはいけない」と、強く心を押すものがあった。

引き出しを順に開けていく。画材店の領収証や、アルバイトをしていたというレストランの給与明細。それらを、冷静さを保ちながら、丹念に選《よ》り分けて回収袋に入れてゆく。几帳面《きちょうめん》に整えられた室内は、彼の日常が、確かな形で営まれていた証《あかし》を見せていた。和宏の皮を無理やりに剝《は》いでいるような感覚に襲われる。

本棚には、画家を志すだけあって、画集などの大判な本が多かった。一番下の段にあるのは、おそらくアルバムだろう。見てはいけないという気持ちと、見たくないという気持ちから、中も見ずに回収袋に放り込む。

奥のもう一部屋の扉を開ける。カーテンが閉ざされているため、中は薄暗かった。絵の具の匂いが強まる。イーゼルが壁に立てかけられ、カンバスに白い布が被《かぶ》せられていた。アトリエとして使っていたのだろう。

部屋の中央に描きかけのカンバスがあり、白い布で覆われていた。布を外そうと手をかけて、カンバスに向かい合うように置かれた椅子に気付く。誰かをモデルに、この絵を描いていたようだ。

躊躇《ためらい》が生じる。見透かしたかのように、白い布がカンバスから滑り落ちた。

女性の肖像画だった。しばらく絵を見下ろしていた茜は、やがて絵の前に座り込んだ。

一瞬で理解できた。彼の失われた恋人の姿だということを。

その絵は、彼の奏じる音色のように、伸びやかで迷いが無かった。確かな筆の運びで、心の動きが手に取るようにわかり、茜の心はえぐられた。深く、深く。打ちのめされながらも、二人の想いによって紡がれた日々を受け止めざるをえなかった。

彼の恋人が座っていたであろう椅子に座り、同じ格好をしてみる。少し斜めを向いて、膝《ひざ》の上に手を重ねる。カンバスを真剣に見つめ、時折優しい表情でこちらに視線を向ける和宏を想像する。濃密で確かな二人の時間がそこにあった。

「おーい、No.34。どうしたー？　時間かかってるな。手伝おうか」

玄関から、三〇三号室の回収を終えた信也さんが声をかける。

「あ、はぁーい。ちょっと回収物多くて手間取ってまーす。でも大丈夫。先やっといてください」

慌てて、いつもどおりの元気な声を出して立ち上がった。アトリエの扉に立ち、もう一度カンバスを振り返る。和宏の恋人の姿に向かって姿勢を正し、深くお辞儀をした。

そうして、静かに扉を閉めた。

◇

その日も、いつものようにギャラリーへ足を向けた。守秘義務があるので、和宏の部屋での回収作業のことは話せない。いったいどんな顔をして会えばいいのだろう。ためらいつつ角を曲がり、ギャラリーを遠目に覗いてみる。

通りに、和宏と年配の男性の姿が見える。なにやら様子がおかしい。

「こんなトラブルばっかりあるんじゃ、ギャラリーの評判も悪くなるから、もう展示はやめてもらえるかね」

ギャラリーの持ち主なのだろう、憤慨した様子で声を荒らげていた。対する和宏は、長身を何度も折り曲げるようにして謝っている。しばらくそんなやりとりを繰り返した後、男性は根負けしたようで、やれやれという仕草で和宏に背を向け、茜の横を歩み去った。

茜は男性の後ろ姿とギャラリーとを交互に見ながら、和宏に近づいた。

「和弘、何かあったの？」

返事を待つまでもなく、状況を察した。ガラスにへばりついた半透明の黄色の混じった液体、そして足元に転がるのは、卵の殻だった。

「ちょっとね……」

言葉を濁してギャラリーの中を隠すそぶりだ。茜は半ば彼を押しのけるようにして中を確認する。月ヶ瀬の風景を描いた大きなカンバスに、べっとりと卵の黄身がついていた。

「ひどい。誰がこんなこと……」

絶句しながらも、茜は理解していた。おそらく誰か、この絵に悪意を持つ者の仕業なのだろう。

回収員である茜はもとより、一般市民でも、絵からは汚染が生じないことは知っている。だが中には、汚染に対して過剰なまでに敏感な反応を示す人々もいるのだ。

直接的な行動を取らずとも、失われた町の風景であると知った途端に逃げ去る人々や、あからさまにギャラリーの前を避けて通る小学生たちを見れば、消極的な忌避の対象であることには気付いていた。きっと彼は、茜《あずか》の与り知らぬところでこんな扱いを幾度も受けてきたのだろう。

彼は無言で絵の前にしゃがみ、卵を片付けはじめた。悲愴《ひそう》さは感じられず、淡々としているようにも思えた。迫害を受けることすら望んでいるかのように。茜は声をかけることも、手伝うこともできず、彼の後ろ姿を見ていることしかできなかった。

◇

三月《みつき》に一度の電力調整日（人々はそれを「灯火管制」と呼んでいる）には、ほとんどのお店は夕方早い時間に閉まってしまう。その日ばかりは和宏も早くギャラリーを閉め、茜の部屋で料理を作ってくれた。フライパンで野菜を炒《いた》める香ばしい幸せな音の背後に、広報車の「今日は、電力調整日です」というアナウンスが間延びして聞こえた。

遅い落ち日は、空に紅さすことなく山際へと消えた。何処《どこ》からか長いサイレンが鳴り響く。消灯の合図だ。茜は部屋の電気を消した。周囲の家々からも、一斉に光が消えていった。電力調整日には、人工の光の使用は禁じられているため、車も緊急車両以外は通らず、街灯の明かりも消えてしまう。

部屋の輪郭がすっかり闇と溶け合うころ、茜は支給された蠟燭《ろうそく》に火を灯した。しばらくあやうげに炎が揺らぎ、やがて小さくはあるが安定した光を芯先にとどめた。おぼろな灯《あか》りが、柔らかな影を部屋に落とす。

畳の上で横座りした茜は、光を見つめていた。手にした団扇《うちわ》の風で、影が大きく揺らぐ。人工の光が無いというだけで、夜の闇はこんなにも濃密に世界を支配するものだろうか。開け放した窓からは、夜を待ちかねた虫たちが響きを重ねていた。

和宏の手には、六弦の古奏器が握られていた。町で失われた誰かから受け継いだというその楽器は、長く使い込まれた道具特有の落ち着いた美しさがあった。和宏の爪弾きが、乾いた、時による熟成を得た音を響かせる。

「外に出てみない？」

珍しく和宏から誘《うず》ってきた。もちろん茜に異存はなかった。実際こんな夜は、闇の気配に存分に身を埋めてみたかった。茜は市役所から配給された行灯《あんどん》に蠟燭の火を移した。

夏の夜は、密度の濃い空気の層を暗く染め、ひたひたと迫る。茜は軽快に腕を振って歩いた。和宏はそんな茜に笑いかけ、闇の塊をつかもうとするかのように両手を広げた。

周囲の家々も、窓の中に蠟燭の穏やかな光を揺らす。家にいても仕方ないという思いは共通らしく、行灯の明かりに浮かぶ影が一つ、また一つと横切っていく。

見知らぬ隣人たちと、「こんばんは」と声をかけ合いながら歩く。光の一つに呼び止められる。

「むこうに蛍が出てるよ。見てきなさいな」

光の主は、腰の曲がった老婆だった。茜たちはお礼を言って会釈をした。

「蛍だって。もう七月も終わりなのに、まだいるのかな？」

「行ってみようよ。たしか向こうに小川があったはずだよ」

和宏の指差す方向に耳を澄ますと、虫の音の背後に微《かす》かな水音がする。茜は、蛍を追う唄《うた》を口ずさみながら、水辺へと軽やかに歩く。

ふいに、おぼろな誘い火が弧を描く。漆黒の山影を背景に、小さな命を宿す光が、一《ひと》重《え》、二重《ふたえ》と舞う。二人は、水べりに、そんな光を追って飽かず歩いた。

小川は、小さな祠《ほこら》が祀《まつ》られた泉を源としていた。水底から湧《わ》き出《い》づる清水の清浄な音《ね》が静寂《しじま》を満たす。二人は厳粛な気持ちになり、自然に手を合わせた。

祠の脇に踏み固められた小路《こみち》があった。小路は途切れることなく山肌をつづらに折り、高みへと続いていた。見通しの良い場所に出て、茜は立ち竦《すく》んだ。灯火管制中だというのに、眼下に広がる世界は、光に満ちていたからだ。

いきなり立ち止まった茜に、和宏はたたらを踏み、行灯を取り落とした。大きく炎を瞬かせて光は途絶え、闇に支配された。茜の手の甲に、和宏の手がそっと触れる。

月ヶ瀬の残光だった。風待ち亭とは逆方向から見る町の光は、普段の見慣れた光とはまったく違う面持ちで、眼下に広がっていた。茜は和宏を背にして立ち、彼の両手をつかんで、自らの前で結ばせた。和宏は、後ろから茜を抱きとめる形にさせられてしまったのだ。

そのまま、背後の和宏に体重を預け、時を待つ。和宏は、茜の望むことを理解しつつも、踏み込めずにいるようだった。茜はクスンと鼻を鳴らして、腕の中で魚のように身をよじり、彼に向き合った。

「嫌じゃない？」

茜のかすれた声に、和宏は大げさすぎるように首を振る。

「そっか……」

精一杯の背伸びをして、彼の唇の位置にたどり着いた。そっと唇を合わせる。柔らかな筆先でカンバスをなぞるように。彼の心の扉に、小さくノックをするように。

拒まれてはいないことを確認して、もう一度。今度は長い口づけを。扉を開けて、ゆっくりとお辞儀をして中に入るように……。

風に前髪が揺れ、茜は唇を離した。息を止めていたのか、和宏が大きく息をつく。茜は、上気した表情のまま、悲しい気持ちになった。二人が交わしたのは、「口づけ」ではなかった。

口づけは、単に唇を重ねることではなく、想いを重ね合わせるものだから。抱きしめてくれる腕に優しさはこもっていたが、それとて、背伸びした茜が倒れないように支えてくれているだけだった。

茜が求めるのは、確かで、想いのつまった抱擁だった。愛《いと》おしくて、でも強く抱きしめるのは可哀想で……、そんな躊躇を伴ったもどかしい想いを共有しながら、甘く快い痛みとともに味わう、二本の腕による呪縛《じゅばく》。

今の和宏からは、望んでも得られないことがわかっているからこそ、よけいに寂しくなる。彼は今、すぐ目の前にいるのに。

そっと和宏の胸を押し、身を離した。茜は、彼の濡《ぬ》れた唇を、人差し指でそっとなぞる。

「まだ、和宏の心はここにはないんだね」

申し訳なさそうに下を向いてしまうので、茜のほうが気の毒になってしまった。

「君のことは好きだよ。とても」

でも……、茜は言葉の続きを先取りしてしまう。

「でも、僕の中からは、愛する誰かを失った喪失感が今も消えないんだ。それが誰かもわからないのに」

茜は町の残光を見下ろす。人に思い続けることを強いる、美しく、そして残酷な光を。

「和宏は、どうして絵の展示を続けているの？　お客なんてめったにこないし、きっと私の知らない所で嫌な目にも沢山あってるんでしょう？」

答えはない。たたみ掛けるように茜は続けた。

「償《つぐな》おうとしているんじゃないの？　恋人を守れなかった自分を責めているんじゃないの？　でも、そんなことといつまで続けても戻ってはこないんだよ」

彼は、答えようとはしなかった。だが、それこそが彼の答えそのものだった。

「僕の心は、いつまでも不安定なままかもしれない。自分でもわからないんだ。これからどうすればいいのかが。だから……」

「だから、何？」

茜は、うつむく和宏に近づいて、顔を覗き込む。彼は顔をそらそうとする、茜はなおも追いかける。

「だから……、僕のことは放っておい……」

茜は勢い込んで彼に口づけ、最後まで言わせなかった。そうして、心配すんなよ！　というように和宏の背中を叩《たた》いた。

「私は、ここでしっかりと二本の足で立って生きていくって決めたんだ。だから大丈夫。和宏が不安定な分、私がしっかり立って受け止めてあげるよ」

茜は、その言葉を体現するように、しっかりと足を踏みしめて立ち、失われた町を見下ろした。

◇

その家には表札が無かった。

回収済みの家のチェックミスかとも思ったが、最初から表札がかかっていた痕跡《こんせき》はなかった。郵便受けにも名前が無く、茜と信也さんは、拍子抜けした気分で中に入る。

リビングから作業を開始した。家具の引き出しを開け、状差しを確認し、押入れを開ける。しばらく互いに背を向けて探していたが、戸惑ったように同時に手を止め、顔を見合わせる。手紙も預金通帳も、領収証もアルバムも無かった。

「対象物、何一つないですね」

「そうだね」

再び、回収済みの家では？　との疑念が生じる。だが茜は、その考えをすぐに否定した。既に三ヶ月も回収作業を行ってきたからわかる。回収を終えた家に特有の「損なわれた」感覚がまったくなかったからだ。

まるでこうして回収がなされるのを見越して、痕跡を残さぬように生活していたかのようだ。住人の息吹は感じられるものの、その姿が浮かび上がってこない。動きの無い、じっとりと汗ばむ大気の中で、身震いするような悪寒に襲われた。

気を取り直し、二階に上る。最初は子供部屋、次は寝室だった。子供部屋は、おもちゃも、ぬいぐるみも、絵本も一つとして乱れることなく整頓されていた。

寝室にいたっては、きちんと寝具が用意されているというのに、人が寝ていた気配というものが感じられなかった。住宅展示場でも眺めているような気分になる。

人が生活していた以上、日常生活の中でどうしても生じる汚れや隙《すき》。そんなものが存在しない暮らしなど考えられるであろうか。だが、この家では確かに、「誰か」がそんな生活をしていたのだ。

二階には三つの部屋があった。最後の部屋の扉を信也さんが開ける。中は暗闇だった。茜は腰に下げた懐中電灯を手渡した。

壁沿いに光を這《は》わす。何の装飾も無い灰色の壁がのっぺりとした姿を現した。細長い部屋だった。町への往復に使われるトラックの荷台の中のような、陰鬱《いんうつ》さと圧迫感に襲われた。

物の気配に、信也さんが光を床へ落とす。何かがあるのがわかった。彼が先に部屋に入り、しゃがんで抱きかかえる。

三歳くらいの女の子だった。耳を寄せると、寝息のような規則正しい呼吸が小さく聞こえた。

「生きてる……」

信也さんが信じられぬというように、かすれた声を洩らす。茜も絶句したまま、安らかな寝顔を見つめるしかなかった。消滅の時からここにいるとすれば、三ヶ月もの間、眠り続けていたことになる。

「No.34、管理局の人間を呼んできてくれないか？　できれば他の回収員には知られないように」

「うん。わかった」

茜は管理局のテントに走り、他の回収員が離れた隙に、状況を簡潔に説明した。係員は、変わらぬ無表情さで頷くと、いずこへか連絡を取り、茜に回収家屋へ戻るように告げた。予《あらかじ》め想定していたかのような、迅速かつ手際のよい行動だった。

女の子は、変わらず小さな寝息をたてて眠り続けていた。

「ずっと一人で、寂しかったろうなぁ」

信也さんは、愛おしげに女の子の頭を何度も撫《な》でていた。

作業の手を止めてしまうと、町の静けさが一層迫ってくる。もちろん今の時期は、たとえ車や人通りがないとしても、空は蟬の声で満たされるはずだ。だが失われた町の中では、蟬の声も鳥の鳴き声も、一度も聞いたことがなかった。

三人の係員がやってきた。一人が、信也さんから女の子を抱き取り、もう一人が女の子を覆うようにすっぽりと布をかぶせる。最後の一人は、手にしたボードの記録用紙に何事かを速記のような速さで書き記す。

茜たちを完全に無視した形で一連の作業を進めた係員たちは、一斉に振り返り、感情抑制された無表情さで対峙した。

「それでは失礼いたします」

「このまま通常通り回収作業をお続けください」

「この件につきましては、外部ではもちろん、他の回収員にも口外無用でお願いいたします」

三人それぞれに感情のこもらぬ言葉を残して出て行った。茜は信也さんと顔を見合わせ、互いにやれやれという表情で作業を再開した。効率が上がるはずもなかった。

◇

高射砲塔のある丘の方角からのサイレンが、作業の終了を知らせた。

他の回収員とともに送迎トラックの荷台に乗り込もうとすると、茜と信也さんは管理局の係員に呼び止められた。トラックが出発するのを見送り、先導されるままに歩くと、一本裏の通りに、まったく同じトラックが止められていた。

十七分と十五秒、いつもと同じ時間の後、開けられたハッチの外は、一面に広がる広い駐車場だった。茜たちが乗ってきたトラック一台しか止まっていない。天井が閉ざされ、どこからも外光が差し込まぬことから、地下駐車場のようだった。一定間隔で立つ大きな柱によって遠くまでは見通せなかったが、見える範囲には案内表示も何もなく、入口も出口もわからなかった。

どこかで、扉の開く音がした。鉄の扉が、錆《さび》を含んで重々しく押し開かれたようだ。

閉鎖された空間では音の方角はつかめない。続いて、誰かが歩いてくる硬い足音。残響が多重に響き、近づいているのか遠ざかっているのか判然としない。

ようやく足音の方向を見定めた時には、既に相手は背後に迫っていた。靴音は一つだったが、そこには二人の人物がいた。

足音の主は、三十代と思しき女性だった。折り目正しいヒールの靴音が、彼女の性格を物語るようだ。抑制下の管理局員ならではの無表情で、茜と信也さんを見つめる。

もう一人は男性で、彼は裸足《はだし》だった。フェザールですっぽりと顔を覆い、前が見えないはずなのに、足取りには微塵《みじん》の狂いも無い。

「ご足労、痛みいる」

しわがれた声が、男性から発せられた。顔を覆っているので年齢の判断はできなかったが、年配であろうことは窺《うかが》い知れた。古様なる物言いで、男性は続ける。

「先よりの回収員としての働き、裨益《ひえき》甚大なり。その功績に鑑《かんが》み、残任期間の受任義務を免除する事、これ通知する」

茜はある種の違和感に襲われた。彼の声をどこかで、しかも身近に聞いた気がしたのだ。もちろんこんな古式ばった言い回しをする人物は周囲にいるはずもない。だがなぜか、誰かに相通ずるものを感じた。

「然《しか》れば、本日汚染域内にて見聞せし事物につきては、一切他言するべからず。以上、承知すべし」

最後まで古様を崩さず、有無を言わせぬ冷厳さで告げると、男性は踵《きびす》を返し、確かな足取りで去っていった。残った女性は、茜たちの視線が男性から自分に移った事を確認すると、首に巻いたスカーフに手をやり、小さく咳払《せきばら》いをして口を開いた。

「管理局首都本局の白瀬と申します。先ほど統監より指示がありました通り、お二人は、本日付で回収員としての任務を解除されます」

落ち着いたトーンの声は、少なからぬ陰を含んだ女性の整った面立ちに似つかわしかった。

「明日は回収員の集合ポイントではなく、事前研修が行われました都川駅前の第二高橋ビルの会議室へお越しください。そちらで任務解除の手続き、及び職場復帰の手続きを取っていただきます」

女性は、抑制下の管理局員ならではの無表情さで説明を続けた。彼女はどんなことを思いながらこの仕事を続けているのだろうか？　何も読み取れぬまま、茜は彼女を見つめ続けた。

◇

再び乗った車から降ろされたのは、郊外型スーパーの屋外駐車場の外れだった。遠ざかっていくトラックのテールランプを、あっけないような気持ちで眺めていた。

「なあ茜さん。任務も終わったし、これからもう会うこともないだろうから、飲みにいかないかい？」

「あ、いいですねぇ」

信也さんが連れて行ってくれたのは、すずらん通りから一本奥まった通りの居酒屋だった。いかにも中年男性が一人で訪れそうな、こぢんまりとした店だ。

生ビールで乾杯して、四ヶ月近くの労をねぎらいあう。大ジョッキの半分ほどを一気に飲み干したが、解放感からは程遠かった。

「あの子、どうなるのかな」

茜が漏らした言葉に、熱いおしぼりで目頭を押さえていた信也さんは、眼をしょぼしょぼさせながら煤《すす》けた天井を見上げる。

「そうだね、特別汚染対象だろうから、管理局に拘束されて、一生外に出られないで過ごすことになるのかもしれないなあ」

特別汚染対象者への蔑称《べっしょう》である「あの言葉」が心に浮かび、慌ててそれを飲み込む。

「あのまま、眠り続けたほうがよかったのかな」

答えが出ないとわかっている問いを口にする。人の人生の道筋が、果たしてどちらが良かったかなど、最期にしかわからないのだ。

——かわいそうだね……

何気なく言いかけ、言葉を押しとどめる。

眠り続けること、拘束されて生きること、どちらも「かわいそう」であることに違いは無い。だが、「かわいそうだね」なんて軽率に言葉にすることで、女の子の生を軽んじ、自分が偽善的に満足してしまうことは避けたかった。

やる気のなさそうなアルバイトの女の子が、ホッケの開きと枝豆と大根のサラダとを乱雑に並べて去っていった。

「俺は楽天的な人間だからさ」

信也さんは、ホッケの開きの身を箸《はし》でほじりながら、言葉通りの楽天的な声を出した。

「人はどんな生まれ方をしようと、必ず何かの役割を担っているって思うんだ」

「何かの役割？」

「例えば町の消滅で失われた命だってそうさ。その命の重さを通じて、誰かが何かを受け継いでいこうとするのなら、それは必要な命であり、必要な失われ方なんだよ。次の時代に望みを繋《つな》いでいくためのね」

　そう言って、ジョッキに残った生ビールを一気に飲み干す。達観した言葉だった。だが茜にはわかっていた。彼もまた、身近な誰かを失ったからこそ回収員に選ばれたのだ。それを聞くつもりはないし、自分も話すつもりは無い。

　失ったものを悲しみ、怒り、呆然《ぼうぜん》と過ごす日々をいったいどれだけ過ごした後、そう思えるようになったのだろう。彼の中に静かに静かに重ねられた日々を思う。

「だけど久しぶりに見たなあ。昔ながらの検索士を」

「なぁに、ケンサクシって？」

　ジョッキを置いた信也さんは、口元の泡をぬぐいながら少し驚いた表情だ。

「そうかあ、やっぱり十五歳違うとあの姿を見たことはないか。あの男性は、昔ながらの裸眼で汚染回収を行う検索士だよ。長年の汚染で視力を失って、顔面にも影響が出ているんだろ。だからああやって顔を覆っているんだ」

「そうだったんだ」

「何しろ布を被ってしかも裸足だからね。子どもの頃は、あの姿見たら『人攫《ひとさら》いが来た！』って逃げ帰ったもんさ」

「ふぅん」

　奇妙な姿を思い返して、はっとする。彼の声は中西さんに似ていたのだ。でも何故？

答えが出ぬまま、茜もジョッキを飲み干した。

「信也さんは、これからどうするの」

「もちろん元の生活に戻るのさ。愛する奥さんがお父ちゃんの帰りを首を長くして待ってるからなあ。茜さんも帰るんだろう？」

「ううん。私は、この街にとどまるんだ」

二杯目のジョッキを傾けようとしていた信也さんは、驚いたように動きを止めた。

「そりゃあ、一体またどうして？　そんなにこの街が気に入ったのかい？」

茜は彼の不思議そうな顔を見つめてにっこりと笑い、大きく頷いた。

「私の生きている役割は、この街で果たしていくんだ」

◇

茜の引っ越し荷物は、運送業者の一番小さな軽トラックで充分な量だった。和宏の荷物にいたっては、中西さんの車の後部座席だけで事足りた。

二人にはそれぞれ、離れの空いた部屋があてがわれた。もともとは娘さん夫婦が泊まる際に使っていた部屋だったが、中西さんは思い切って思い出の品々を倉庫にしまい、三人での生活に一歩踏み出すことにしたのだ。

中西さんの娘婿が手作りの家具を作っていた工房が、和宏のアトリエとなった。

三人で過ごす初めての朝。朝食を済ませ、相変わらずギャラリーでの展示を続けている和宏を見送った。今日の和宏は、中西さんの車を借りて出て行った。

「さて、いっちょうやりますか！」

腕まくりをした茜の仕事の第一歩は、風待ち亭のホームページの電域復旧だった。地図や周辺の見所案内に月ヶ瀬の表示や写真があったため、管理局の「電子情報対策係」によって電域から隔離されていたのだ。

管理局に接続要求をし、中西さんの識別ＩＤを使ってホームページを開く。検閲後のため、月ヶ瀬関連の箇所はすべて削除されていた。新たに文章を入れ、月ヶ瀬の風景が削除された画像部分はイラストで差し替えを行った。

中西さんに文章についてのアドバイスを受けながら、一通りの変更を済ませ、修正ファイルを管理局に送り返す。管理局からの「電域復旧許可」が下りれば、正式に電域に再掲示させることができる。

お昼ごはんどうしようかな、と考えだした頃、車の音がした。廊下の窓から覗くと、和宏が車の後部ハッチを開けて荷物を下ろしていた。

「和宏、ずいぶん早いんだね」

サンダルを履いて駐車場に出た茜は、彼の抱えた荷物に眼をみはる。梱包されたカンバスだった。

「もういいんだ。展示は」

「もういいって……、どういうこと？」

手伝って、と言うようにカンバスを渡しながら、和宏は照れたような笑顔を見せて頭をかいた。

「そろそろ、次の絵を描きださなくちゃって、思ってさ」

「そっか」

そっけなく応じながらも、自然に顔がほころんでしまう。和宏が新たな一歩を踏み出そうとする意志の表れのように思えたからだ。

厨房では、中西さんが昼食の準備を始めていた。茜もじゃが芋の皮をむきながら、事の顛末《てんまつ》を報告する。

「そうですか。それはよかった」

中西さんは、鍋《なべ》の火加減を見て、背中を向けたまま言った。

「茜さんも、和宏君も、ここにとどまるんだね」

「うん。中西さんと、和宏と一緒に、ここで生きていくんだ」

振り返った中西さんの表情には、穏やかさの中にも険しさが含まれていた。

「彼は言っていたね、あまりに大きな喪失感のせいで、悲しみを感じることができない、と」

「ええ」

「悲しみを悲しみとしてきちんと処理できぬまま生きていくことは、ある意味とても危ういことのように思えるんだ。いつ破裂するかわからない爆弾を抱えているようにね。彼と共に生きていくことを選ぶなら、それだけは覚悟しておかなければいけないよ」

「だからって、臆病《おくびょう》になるわけにはいかない。そうでしょう？」

中西さんは、茜の短い髪に手をやり、愛おしげに撫でた。

「私も、和宏君も、いつか突然に君は失う時が来るかも知れない。今この瞬間にだって、私は失われるかもしれない。そのことは覚えておくんだよ」

茜は中西さんの温かさを感じ、いつか「失われる」ものだからこそその愛おしさを、心に刻んだ。

◇

風待ち亭は本格的に営業を再開し、徐々に客が戻りつつあった。

その夜は三組のお客さんがあり、風待ち亭としては大盛況といえた。食後のお茶のもてなしを済ませ、やっと一息ついた中西さんは、同い年くらいの夫婦との会話に興じていた。休業する前からの常連客のようだ。

「そういえば、噂《うわさ》になっていたよ」

供されたお茶を手にして、男性はふと思いついたように中西さんに語った。

「一人、確認されたそうだ。女性らしいけどね」

「そうか。やはり、耐性は女性の方があるようだね」

他のお客がいる手前、ぼかした表現になっていた。だが茜にはわかる。それは茜が発見した、昏睡《こんすい》した女の子の件なのだと。もちろん茜も信也さんも守秘義務を守り、口外はしていない。だが、やはり何処からか情報は漏れてしまうものらしい。

反射的に和宏を振り返る。彼には聞こえていなかったようで、少し離れた場所に椅子を置き、古奏器を小さく爪弾いていた。

片付けがひと段落して、茜は自室に戻った。パソコンのメールをチェックすると、以前利用されたお客様からのお礼のメールが来ていたので、返事を書くことにした。

控えめな音で扉がノックされる。最近は音だけで中西さんか和宏かがわかるようになった。何気ないことだけれど、ここで確かに自分が生きているのだと実感させる、幸せな響きだった。

「和宏？　いいよ、入って」

椅子に座ったまま振り向くと、和宏が、「邪魔じゃないかな？」という表情で顔を覗かせた。何かを躊躇するように、落ち着かぬ様子だった。

「どうしたの？」

「あの。お願いがあるんだけど」

困惑した時のいつもの癖で、彼は頭をかき出す。

「君の事を……、描いてもいいかな？」

舌ったらずな物言いは、理解するのに時間がかかった。

「私を絵のモデルにするの？　いいけど。でも可愛《かわい》く描いてよ」

気軽に応じたが、彼には言い足りないことがある様子だ。茜は立ち上がり、なおも遠慮がちな彼の前に立ち、頭ひとつ高い位置の顔を見上げる。

「あのさ、茜……」

彼が唾《つば》を飲み込む音が聞こえた。

「この絵が完成したら、君に告げたいことがあるんだ」

二人、同時に動きが止まる。まっすぐに見られないのか、和宏は顔をそむけたままだ。逃げようとする頰《ほお》を押さえ、無理矢理自分の方を向けさせた。瞳《ひとみ》を見つめ、「告げたいこと」の意味を探る。ぎこちなく見つめ返す彼の瞳に、ためらいの色はなかった。

「私で、いいの？」

ゆっくりと問う。本当に私でいいの？　と。和宏は静かに頷いた。彼の胸にそっと顔をうずめる。高鳴った動悸と、絵の具の匂いとが混じりあい、茜の心は至福の色に染まった。

◇

アトリエには、何も描かれていないカンバスが置かれていた。知らずのうちに、茜は背筋を伸ばしていた。真っ白なカンバスが、茜と和宏のこれからを象徴しているように思えたからだ。

「よろしくお願いします」

変に真面目《まじめ》腐った茜のお辞儀に、和宏も「いや、こちらこそ」と口ごもりながらお辞儀を返す。

「どんなポーズ取ればいい？」

窓際に置かれた椅子に座る。デッサン用の鉛筆を手にした彼の、表情が切り替わる。古奏器を手にした時のように、あたりの空気が凛《りん》と張りつめる。

和宏は、カンバスと茜の間を何度も行き来し、座った茜の腰や顎《あご》に手を添えて、求める姿に導いていった。これでよし、というように和宏がカンバスの横で腕組みをする。

茜は身じろぎ一つせず、深い悲しみに沈んでいた。彼の求めたポーズは、絵の中で彼の恋人が取っていたものだった。

悲しみは、嫉妬《しっと》から生じたものではなかった。記憶は失われても、和宏の中で彼女への想いは今も息づいている。失われてもなお続く二人の絆《きずな》。そんな強い想いで結ばれた二人が引き離されてしまうという現実、その理不尽さの前になすすべも無い自分、そして和宏がただただ悲しかった。

茜は背筋を伸ばした。和宏が古奏器を弾く時のように。そうして、眼を開いたまま、泣いた。泣くのなら、潔く、きっぱりと泣く。それが茜の流儀だ。とめどなくあふれる涙をぬぐおうともせず。

「どうしたの？」

カンバスを真剣な表情で見つめていた和宏は、茜のいきなりの涙に驚いて鉛筆を落とす。

「いいの、このまま描いて。お願い」

茜は、泣き笑いのくしゃくしゃの顔で、なおも身動きせずに泣き続けた。和宏は、戸惑いながら近づき、おずおずと髪に手をやって抱き寄せた。茜は泣きじゃくりながら抱きついた。

◇

気配に眼を覚ます。いや、厳密に言えば、気配の無さに茜は眼を覚ました。手を伸ばせば触れられる場所にあった和宏の柔らかな髪。躊躇しながらも強く抱きしめてくれた腕。ほんのさっきまで身近にあった温《ぬく》もりが失われていた。

部屋を出てアトリエをのぞいたが、電気は消えていた。ペンションの厨房、居間にも姿は見えない。

もしや、と思い玄関を確かめてみる。和宏の靴が無かった。コンビニにでも行ったのだろうか、そう思って部屋に戻って気付いた。彼の携帯電話も、財布もそのままだということに。

少し躊躇したが、茜は中西さんの部屋をノックした。何かを察したのか、中西さんはすぐに姿を現した。

「和宏がいないの」

中西さんは少し険しい表情を見せて頷いた。「大丈夫だよ」と言ってくれれば安心できた。だが、茜は知っていた。優しい中西さんだったが、決して気休めは言わないことを。

「もしかしたら、町に行ったんじゃ……」

茜は、和宏の不在を知ったその瞬間から思っていたことを口にした。

「もう一回家の中を探してみよう」

中西さんはペンションへ向かった。茜は、アトリエをもう一度のぞいてみる。光を灯さぬまま、中に入る。カーテンが開け放たれ、月明かりがアトリエを満たしていた。和宏とともにここにいた時には、カーテンは引かれていたはずだ。

月の化身のように、白いカンバスが冴《さ》え冴《ざ》えと光っていた。彼は茜が眠りについた後、再びカンバスに向かっていたのだろう。茜の息が止まる。カンバスの中の女性は、ショートカットの茜ではなく、肩まで髪を伸ばした女性だった。

それは、失われた町の彼の部屋で見た、彼の恋人の姿だった。月の光に照らされたカンバスが、「町」によって奪われた記憶をよみがえらせたとしたら……。

いつのまにか中西さんが背後に立ち、カンバスを見つめていた。彼も、起こったことを理解したようだ。

「中西さん。私、管理局に行ってくる」

「私も行こう」

中西さんが切迫した声で言って、車の準備に走る。茜も後を追い、アトリエを出ようとして振り返り、カンバスを見て唇を噛《か》み締めた。

◇

「管理局都川事務所」は、街外れの廃工場にあった。月ヶ瀬が失われてから急ごしらえで置かれたのであろう。「野口鉄鋼㈱」という半ば剝げかけた看板すら設置されたままだ。

古い工場ならではの陰鬱な朽葉色の壁が続き、その上には、真新しい有刺鉄線が幾重にも巻かれていた。要所要所には、侵入を阻止するためのガードシステムが見て取れた。

正面入口は、警備甲冑《かっちゅう》を着た屈強な官憲が守りを固めていた。事情を説明し局員への面会を請うが、融通の利かぬ態度で、受付時間内に出直してくるように言われるだけだった。

押し問答を続けていると、外回りから帰ってきた管理局のマークのついた車が止まり、降り立った人物が声をかけてきた。

「どうされました？」

タイトスカートのスーツを着て、首には薄手のスカーフを巻いた女性だった。

先日回収員の任務を解除されるときに現れた、白瀬と名乗る局員だった。茜ははじめ、同一人物とは思えなかった。抑制を解いた彼女には、寂しげではあったが、憂いを含んだ瑞々《みずみず》しい美しさがあったからだ。

茜の説明に、白瀬さんは憂い顔をいっそう曇らせる。

「もし、その方が町に入ってしまわれたのでしたら、一刻も早く連れ出さなければ、『町』に取り込まれてしまいます」

「町に入る許可をください。私が、連れ戻します」

「あなたは回収員でしたね。回収員が明るいうちしか回収作業を行わない理由をご存じですか？」

「え？　それは単に電気が供給されていないからなんでしょう？」

「もちろんそれもあります。ですが本音を言えば、次の消滅を少しでも遅らせるために、二十四時間態勢ででも回収作業を行いたいのです。それができないのは、『町』に取り込まれてしまわないためです。残光が生じている際の『町』は非常に不安定で、そして気まぐれです。茜さん。いくらあなたが月ヶ瀬に関わりを持たぬ人だとしても、『町』は容赦なくあなたを蝕《むしば》む可能性があります。その覚悟は出来ていますか」

茜は一つ大きな深呼吸をした。そして、自分でも驚くほどにその覚悟が出来ていることを知る。確かな想いを胸に、茜は答える。

「約束したんです」

「約束、ですか？」

白瀬さんが、静かな声で繰り返す。

「不安定な彼の心がきちんと定まるまで、私が支えていくんだって」

白瀬さんは、茜をじっと見つめていた。何かを見定めようとするように。茜は、彼女の静かな表情に時折ふっと影をさす、宿業《すくごう》のような悲しみの色を見ていた。

「わかりました。それでは、町に入る準備をしましょう」

◇

中西さんは車で待機し、茜だけが事務所の中に入った。町で家族を失った中西さんは、汚染を受ける危険性があったからだ。

案内されたのは、工場従業員の休憩所として使われていたのであろう小部屋で、煙草《タバコ》の匂いが宿命のように染み付いていた。切れかけた蛍光灯が時折点滅する室内は、引き出しをすべて失ったスチールの事務机が中央に四つ無造作に置かれている他は、何も無かった。壁に掛けられた「創立二十周年記念」と記された時計は、何故か短針が失われており、長針だけが「四十七分」という何時《いつ》とも知れぬ時間を示していた。

しばらくして、白瀬さんに連れられて来たのは、眠そうな眼をした三歳くらいの女の子だった。茜は、思わず声を上げた。

「その子は」

「茜さんは第一接触者でしたよね。そうです。あの子です」

女の子は、しゃがみこんだ茜を黒目がちの瞳で見つめた。

「まだ、『町』の影響から抜けきっていないので、話すことはできませんが……。この子は消滅耐性を持っていますから、町に入ることが出来ます。私たちを導いてくれるでしょう」

「え？　私たちって……」

茜の疑問に、白瀬さんは静かな笑顔で応じた。

「私も一緒に行きます。おそらく茜さんお一人では無理ですから」

「でも、白瀬さんも、町に入ったら汚染されちゃうんでしょう？　そんなことを頼むわけにはいかないわ」

「私は大丈夫です。いえ、大丈夫なんです。ですから、気になさらないで。準備をしますので、もうしばらくお待ちください」

私は大丈夫、とはどういう意味なのだろうか。深く考える暇も与えず、白瀬さんが何か布のようなものを手にして部屋に戻ってきた。

「町に入るときは、これを被ってください」

手渡されたものは、あの統監と呼ばれる人物が被っていたものと同じフェザールだった。

「もし、和宏さんが町に入ってしまったのであれば、『町』はいつも以上に不安定な状態のはずです。極力刺激しないように、慎重に行動してください」

脅かしではない白瀬さんの厳しい表情に、茜は昼間の月ヶ瀬にはついぞ覚えなかった恐怖を初めて感じていた。女の子は、ようやく眠たげな表情ではなくなり、茜を不思議そうに見上げていた。

「この子は、名前はなんて言うんですか？」

「戸籍を失った子ですから、名前はありません」

名前も、戸籍も無い子ども。法律上何の保護規定も無い、「特別汚染対象者」の現実を見せつけられるようだ。この子はこれからどんな人生を辿《たど》っていくのだろうか。茜は暗澹《あんたん》たる気持ちに包まれる。女の子は、茜のそんな思いなど知る由も無く、今は「五十三分」を指す時計を無心に見つめていた。

「よろしくね。和宏の所に連れて行って」

女の子の前にしゃがみ、わかるはずも無いと思いながら瞳の奥をのぞく。女の子は、こっくりと頷いた。

◇

中西さんの車で、緩衝地帯まで近づく。

「私も町に入れればいいのだが」

ハンドルを握る中西さんが申し訳なさそうに言った。それがかなわぬことだとわかっていたので、茜は黙ってかぶりを振る。

緩衝地帯の簡略な木杭《きぐい》とロープだけで施されたバリケードの前で、車を止めた。周囲は、人々の立《た》ち退《の》きも完了し、ひっそりとしていた。

「回収員をされていたのですから、おわかりでしょうけれど、町の中では決して名前を呼ばないように。『町』は、名前というものに対しては特に敏感ですから」

茜は頷いて空を見上げた。月は、自ら光を発するかのように明るく輝いていた。和宏も今、町の中でこの光を見ているだろうか。

「それでは参りましょう」

先だって歩き出した白瀬さんは、茜を振り返り、悲しげな笑顔を見せた。

「私は今から感情抑制をしますから、今までと感じが変わってしまうと思いますが、どうぞお気になさらないでください」

そう言って、スカーフの結び目に手を添えて眼をつぶった。

「気をつけて」

中西さんの言葉に、茜は無言で頷くと、バリケードをくぐり、町に向かって歩き出した。

しばらく明かりの灯らぬ道を歩いた。女の子は少し先立って小走りに歩き、時折確認するように茜を振り返る。

白瀬さんの歩みが止まり、何かを目測するように周囲を見渡した。抑制下にあるのだろう、初めて会った時と同じ固定されたような表情だった。

「そろそろ、フェザールを装着してください」

促され、茜はフェザールを被る。ごわごわとした古布は、収まり悪く茜の顔を覆い、白瀬さんが外から直してくれた。

「大丈夫ですか？」

外界から遮断された暗闇の外から、白瀬さんの声が聞こえる。それは、布一枚隔てた以上に遠く虚ろに響いた。

「ここからは、その子が町の中まで連れて行ってくれます。決して手を離さないでください」

茜は、「よろしくね」という意味をこめて、小さな手を握った。その手は、小さいながらもぎゅっと握り返し、茜を導くように引っ張った。

閉ざされた視界で、女の子の手だけを頼りに歩き続けた。歩いた距離からすれば、すでに町に入っているのだろう。茜は回収員をしていた頃の搬送トラックを思い出した。なぜ、町を出入りする時は、こうして視界を奪われなければならないのだろうか。まるで、町に入る瞬間がわかってしまうことで、何かが起きてしまうとでもいうかのようだった。

女の子の小さな歩幅にあわせるためか、茜は次第に常ならぬ感覚に捉《とら》われだした。一歩一歩踏みしめる足の感覚が、心許《こころもと》なかった。大地は確かにあり、硬い地面の感触はある。だが、何故だかそれを「作られたもの」と感じてしまう。踏み下ろす一歩一歩に合わせて、地面がその部分だけ作られていて、実は何も無い虚無のような空間を歩いているのではないだろうか。

トラックでの搬送で感じた、進んでいるはずなのに進んでいる方向がわからないのと同じもどかしさだ。

――決して手を離さないでください――

白瀬さんの言葉を思い出す。掌《てのひら》の中にたやすく収まってしまう、女の子の小さな手。それだけが今の茜にとっての確かな実感だった。この子の瞳には、いったいどんな光景が見えているのだろうか。

すっかり距離の感覚を失ってしまった頃、女の子の歩みが止まった。周囲をきょろきょろと見渡している様子だった。

「もうフェザールをはずしてもかまいませんよ」

白瀬さんの乾いた声に、茜はフェザールを取り、ふうっと大きく息をした。無意識に確かめた時計は、午前三時二十三分を指していた。トラックに乗って町に出入りするのと同じ、やはり十七分だった。

夜の月ヶ瀬を内側から見るのは初めてだった。風待ち亭から見る、確かな光であった残光は、今、茜の周囲からは消え失せ、光の灯らない家々や街灯がひっそりと建ち並んでいた。

遠くを見渡すと、そこでは残光が生じていた。だがその光も、茜がそちらへ歩を進めると、ふっと揺らぎ、幻のように失われてしまう。

あざ笑うごとくに、近づくと消える光。まるで逃げ水を思わせる。和宏の心には決して近づくことができないとでもいうかのようだ。

不安と苛立《いらだ》ち、心細さが胸に渦巻いていた。押し止《とど》めようとしてもあふれ出す。まるで何かに謀られているようだった。

——その源は……

茜は夜空をきつく睨《にら》む。楕円《だえん》に歪《ゆが》んだ月が、冴え冴えとその身を露《あらわ》にしていた。べールを剝がされたかのようにその光は直截《ちょくせつ》に、茜たちに降り注いでいた。

闇と対であるべき、もしくは闇を凌駕《りょうが》し、駆逐するものとしての光の存在意義が、その月光からは失われていた。どこまでも闇へと引きずり込もうとするかのような鈍色《にびいろ》の光だ。都川で見上げた月とは、明らかに異質だった。

「『町』の影響下にある証です」

白瀬さんが、いっそう抑揚を失った声で告げる。茜は、心臓を氷のような冷たい手でゆっくりと撫でられたような恐怖を感じ、思わず女の子の手を強く握った。

――和宏、どこにいるの？

心の中で呼びかける。強く、その身のすべてを懸けて、全霊で。

一つの音がかすかに響く。風の無い淀んだ大気の層を破って、途切れながらも確かに聞こえてくる。和宏の古奏器の音色だ。

音に向かって駆け出す。手を引っ張るのももどかしく、茜は女の子をおぶって再び走りだした。細い腕が、茜の首にまわされた。ふり落とされまいと、必死にしがみついてくる。

女の子を通して、「町」の冷たい息吹を感じた。女の子をしっかりと捉えて離そうとしない冷徹な「町」の息吹を。茜は、「町」に自らも取り込まれそうな錯覚を覚え、いっそう速く走り出した。

古奏器の音は、時に導くように近まり、かと思うと逃げゆく残光のように遠ざかる。その聞こえようすらも、「町」が彼を渡すまいと謀っているようだった。

やがて、前方の高みに、偽りの月光を浴びひときわ異彩を放つものを見た。町の中央の高射砲塔だ。茜はもう迷わなかった。和宏は、自らが描いたあの絵の風景の中にいるのだと。

丘へ向かう通りに出た。和宏は古奏器を抱え、道端に座り込んでいた。顔からは表情が失われていた。彼は、果たして自分の部屋を思い出し、たどり着くことができたのだろうか。描きかけだった恋人の姿を見届けることができたのだろうか。

「迎えに、来たよ」

茜は息を弾ませ、和宏の前にしゃがんだ。顔を上げた彼は、穏やかな陽光を思わせる微笑を浮かべて、茜の頰に手を伸ばし、そっと撫でた。

「……やっと逢えたね……」

語尾は、呟きとなって途絶えた。だが茜は聞き逃さなかった。知らない女性の名前だった。それでもかまわなかった。今は、彼の望みである、その女性の身代わりでよかった。

「寂しかったんだね」

茜の腕に抱かれ、和宏は幸福そうに眼を閉じる。そのまま眠ってしまったように、再び眼を開けることは無かった。力を失った腕から古奏器がこぼれ落ち、弦が鈍い不協音を響かせた。

女の子は丘の風景を見上げていた。その光景を眼に焼きつけるかのように、身じろぎもせずに。

白瀬さんが、未《いま》だ偽りの光を発し続ける楕円の月を見上げ、静かに促した。

「そろそろ戻りましょう。今夜の『町』はあまり機嫌がよくないようです。何か、彼を乗せて押していける荷車のようなものを探しましょう」

「いえ、私が背負っていきます」

茜のきっぱりとした口調に、白瀬さんは抑制された表情のままながら、少し眼を見開いた。

「でも、あなたはまたフェザールを被って行かなければならないんですよ」

茜は和宏の体を持ち上げ、背負って立とうとして適《かな》わず、力をためて再び立ち上がった。意識の無い和宏の身体は重かった。それは、自分がこれから先、彼を背負って生きていく重さのようにも感じられた。大地を踏みしめ、白瀬さんに向かって力強く言った。

「それでも、私が背負っていかなくちゃならないんです」

◇

風待ち亭に運び込まれた和宏は、いつまでも眠り続けていた。町で発見した時の女の子のように、穏やかで安らいだ寝顔だった。

だが、この眠りは、「町」の汚染の結果なのだ。町に想いを残した者ほど、町に入ると汚染されてしまう。今さらながらに、その現実を思い知らされる。

「白瀬さん。あの女の子はこれからどうなるんですか？」

和宏を救ってくれた女の子が、特別汚染対象者として虐げられて育っていくのは耐えられなかった。茜の思いを察したのか、白瀬さんは静かな笑みを見せた。

「大丈夫です。ある方に引き取られ、戸籍上もその方の娘として育てられることになっています」

抑制を解いたものの、白瀬さんは別種の動かぬ表情を見せ、時折苦痛に耐えかねたようにこめかみを押さえていた。徹夜明けだからというだけではない疲れが感じられた。「町」の汚染に抗《あらが》う管理局員という仕事の代償なのかもしれない。

「あの子の存在が、次の町の消滅を食い止めるための大きな望みになるかもしれないのです」

夏の早い朝が訪れようとしていた。黎明《れいめい》とともに、町の残光は、一つ、また一つと姿を消していった。まるで、今夜の出来事すべてを洗い流そうとしているかのようだった。

「和宏は、どんな汚染を受けてしまったんでしょうか？」

白瀬さんは、しばらく窓の外を見ていた。

「もちろん、命に別状は無いと思われます……。症状的な事例が乏しいため、確実なことは言えませんが」

慎重に言葉を選んでいる様子に、茜は白瀬さんの手にそっと触れて、首を振った。

「ねえ白瀬さん。覚悟はできてるから、わかる範囲でできるだけ正確に、彼の『これから』を教えてほしいの。それは、私にとっての『これから』でもあるんだから」

茜は笑みを浮かべてきっぱりと言った。白瀬さんも、茜の笑顔の中の覚悟を読み取ったようだ。

「おそらく彼は、数日で眼を覚ますと思います。ですが、一度『町』の触手につかまってしまった以上、『町』は執拗《しつよう》に彼を捉え続けます」

白瀬さんは、簡潔かつ事務的に、和宏に起こりうる汚染の後遺症を説明した。それは、茜が今までに知るどんな汚染とも違う、特殊なものだった。

おそらく和宏は、今の年齢、すなわち二十七歳のままで心の成長と記憶をとどめて生きていくことになるだろうということ。そして、昏睡状態から目覚めても、何らかの後遺症が残る可能性が高いということを。

「彼はおそらく、これから先ここで茜さんと共に過ごす日々を記憶することができなくなっているでしょう」

「それは、いつまで続くの？」

「わかりません。それがいつ、というのは『町』次第です。十年後になるのか、二十年後になるのか、あるいはもっと先か……」

「そんな……」

これから、和宏との日々を大切に記憶に刻んでいこうと思っていた。だが、彼は思い出を積み重ねることができないのだ。

「でも茜さん。一つだけ希望があります。彼の記憶は『失われる』わけではありません。『町』が彼を手放せば、記憶も戻る可能性はあります。その時を待つことができるなら……」

言葉が途切れる。いつ戻るとも知れない記憶を頼りに待ち続ける日々は、あまりに残酷だと思えたのだろう。

茜は放心したまま立ち上がり、部屋を出た。足の向かった先は和宏のアトリエだった。部屋の中央には描きかけのカンバスが置かれていた。いつか彼はこのカンバスに茜を描いてくれるのだろうか。その時を待ち続けて、生きていくことができるだろうか。和宏への想いは変わることはない。だが、「汚染」の後遺症は、この先何十年続くかもわからない。それを背負って生きていくことができるであろうか。ひと時の思いだけで決断はできなかった。

和宏は、恋人の記憶を失ったまま、喪失感だけを抱えて生きていた。それは誰にも、茜にも代わってあげることはできなかった。だが茜はこれから、同じ悲しみを抱えて生きてゆくのだ。目の前にいて、触れることも、抱きしめることもできるのに、記憶を共有できない和宏と共に暮らすことによって。

カンバスの前に立ち、「きをつけ」をして、茜は強く頷いた。そうして、和宏の部屋へ戻る。心配そうに見つめる白瀬さんに笑顔を見せて、茜は告げた。

「しばらく、二人だけにさせて」

枕元《まくらもと》の椅子に座り、安らかに眠り続ける和宏の頰にそっと手を伸ばした。温かな体温が伝わる。和宏は今ここに、確かに存在している。茜は耳元で小さくささやいた。語りかけるように。

「私が生きていく役割は、この街ではたしていくんだ」

風待ち亭は、訪れた人々が、新しい風が吹いてくるまでしばしとどまる「風待ちの港」なのだ。ここで、失った悲しみを表せぬ人々を受け入れながら、自分も待ち続けよう。待ちたいのだ。いつか和宏に記憶が戻り、二人で過ごした思い出も戻ってくるその時を。それが自分の役割であり、自分の望みなのだ。茜にはそう思えた。

窓の外では、ついさっきまであれほど輝いていた町の残光は、いまいくつかの光を残すだけとなった。

鈍色の黎明が訪れようとしていた。

# エピソード4

# 終《つい》の響《おとな》い

一人分の洗い物はすぐに済んでしまった。

布巾《ふきん》でシンクを拭《ふ》きながら、妻がここに立っていた頃の秩序をいつまで保てるだろうか、と思う。

英明《ひであき》の妻は「別体」だった。

彼は、はじめそれを知らないまま、彼女に接していた。普通の人は、「分離者」が感覚的にわかるらしい。「差別」というほどもないさりげない「区別」を周囲から受け続けてきた彼女にとっては、分離者であることを気にせず接する彼の存在が珍しかったのだろう。

「普通、わかるものだけどね」

後になって、彼女はそう言って笑った。

今では英明も、「分離」について少しは学習した。

分離の理論自体は、科学的、遺伝子工学的、果ては呪術的と、様々なアプローチはあれど、「あの戦争」以前から、「ほど遠くない未来に実現するであろう技術」として確立されていた。

だが、その実現は歴史が浅く、半世紀前のドラッグ文化へと遡《さかのぼ》る。それは、今のように合法薬物である「ナチュラル」が出回る以前の、強化誘引剤「ハイ・ポジション」の乱用によって生み出された、いわば偶然の産物であった。

当時の若者の間で密《ひそ》かに出回っていた強化誘引剤《ハイ・ポジション》が、いわゆる「黄泉《よみ》」と呼ばれる離脱感を生じさせることに学術統合院が着目し、それより演繹《えんえき》された手法が、「自己同一性障害」の治療へと活用され、完全なる分離が成功したのが三十年前のことだ。

「本体」「別体」というと、本体が主で、別体が従の関係のように思えるが、それは便宜上の区分としての名称に過ぎない。双子であっても兄弟や姉妹という区分が生じるように。

分離を選択する者の数は多くなっているとは言え、分離者は、まだまだ眼に見えぬ差別や好奇心の対象であった。そんな中で、まったく先入観無く接する英明に、彼女は好感を持ったのだろう。

二人は、後になってみれば偶然とも必然とも言える出会いと、多くの男女が辿るであろう道筋をたどって恋人となり、特別とも普遍的とも言える喜びと安寧の日々を繰り返した後、結婚した。

彼女は、他の人間と何ら違うわけではない。半年に一度、分離統合局での検査が必要なこと。そして本体、別体のいずれかが死亡すれば、もう一人も同時に死亡してしまう、という以外は。

「それって、不安じゃないのかな」

「どうして？」

並んでお皿を洗いながら彼女は、わからないな、という風に首をひねる。

「だって、例えば君の本体が交通事故で不慮の死を遂げたら、君がいくら健康でも、そこで君の命も突然に終わってしまうんだろう？」

まくった袖《そで》がずり落ちてきて、妻は泡だらけの手を差し出す。英明は彼女の袖をまくってあげた。アリガト、と口の形だけで伝えた妻は、鼻の上に小さく皺《しわ》を作って笑った。

「イノチの終わる瞬間は、誰にも決められないのよ。今この時かもしれないし、百年後かもしれない。それは一人で生きていようと、本体と別体に分かれて生きていようと変わらないの。だから……」

彼女は一歩近づき、濡れた腕を後ろにまわす。英明は抱き寄せて、まぶたの上にそっと口付けた。彼の唇が触れる定位置だった。まぶたの柔らかな感覚。いつものその場所に口付けする安心感と幸福に包まれ、柔らかな身体を両腕で包み込んだ。

「いつ失われてもいいように、私をあなたの中に刻みつけておいてね」

そう、彼女の言うとおりだった。命の終わる瞬間は、誰にも決められない。それは、妻自身でもなく、妻の本体によってでもなく、まったく別のものによって定められたのだ。

町の消滅によって。

◇

洗い物を終え、かつての妻の部屋に足を踏み入れる。主を失った部屋は、英明と同様、事実の受け入れに時間がかかっているようで、彼の登場に、あきらめ混じりの静かな溜息をついたような気がした。

管理局の通達が市役所を通じて届けられたのは、妻の故郷である月ヶ瀬が失われてから二週間も経ったころだった。出産のために実家に帰っていた妻や、月ヶ瀬に住んでいた彼女の家族に由来する消滅汚染物の、「供出」に関する通知だった。

すでに供出物の整理を終えていた英明は、諸々と市役所の指定する場所にそれらを供出した。あまりにも従順すぎる反応であると自分でも思えた。だがもとより、すべての情報が国民識別IDで管理されている以上、消滅者に関する供出を逃れる術《すべ》がないことは自明であった。

アルバムを開いてみる。風景写真ばかりが残り、虫食いにあったように無残だった。

# 消滅関与物供出ノオ願イ

1．貴世帯ニオケル　供出スベキ事物ハ　以下ノ消滅該当者ニ関スルモノデス

BQL-39872-091

GHJ-89208-980

DTE-29341-719

SWA-18862-864

HAO-67309-396

2．供出スベキ事物

（1）　消滅地ニ関スル物

消滅地ノ地名　及ビ　ソノ　住所ニツキ　記入セシ物

消滅地ノ風景　及ビ　事物ヲ写シタル　写真

ソノ他　消滅地ニツキ　描写セシ物

（2）　消滅該当者ニ関スル物

上記消滅該当者　及ビ　ソノ他ノ消滅ノ恐レアル者ノ

記名アリシ物

消滅該当者ヲ写シタル写真

ソノ他　消滅該当者ニツキ　描写セシ物

3．供出ヲ免レル物

（1）　消滅地　消滅該当者ニ関スル　絵画

（2）　消滅該当者ノ記入セシ物トイエドモ　消滅該当者ノ記名無キ物

上記供出対象物ニツイテ　定メラレタ期日マデニ　居住自治体ノ指示シタル

供出箇所マデ提出スルコト

消滅関与物ニツイテ故意ニ隠匿セシ者ハ　法律ニヨル処罰ノ対象トナリマス

もちろん英明が妻と一緒に写っている写真であっても、妻の写った部分だけを切り取って供出することもできたが、思い出の地で自分ばかりが写った写真を見ても、余計に虚しくなるだけだろう。

「悲しいか？」と問われれば、「よくわからないんだ」と答えるしかない。「妻の死」であれば、英明にも受け入れる準備と覚悟があり、そして諦《あきら》めすらいつか自身に刻むことができるであろう。時の流れという容赦なく、慈悲深き摂理によって。

だが「妻が失われる」という思ってもみない事態を前にしては、丸腰のまま見えざる巨大な敵にまみえるかのような途方もない無力感と、つかみどころのない空虚な感覚に支配され続けていた。あれからもう半年もたつというのに。

妻のものだった机の引き出しを開ける。英明の心そのままに、供出を終えた引き出しの中は空虚だった。残された一枚の紙片には、妻の筆跡で、見知らぬ住所が記されていた。かつて居留地との交易地として開けた、ずっと西の地方都市だ。

いつだったか、英明は妻に聞いたことがあった。「分離した君の本体は、今何をしてるんだい？」と。

「西の方の街で一人で暮らしてるよ。工場の事務をしてるって言ってたな。あの人はもう一つ大事な仕事を持ってるんだけど、そっちはそんなに需要があるわけじゃないからね」

この住所は、妻の本体の住む場所なのかもしれなかった。

——本体も失われたのだろうか？

通常の別体の死亡であれば、本体も瞬時に死亡する。だが、妻は「死亡」したのではない。失われたのだ。もしかしたら、妻の本体はまだ生きていて、妻の消滅を知らぬまま生活しているのではないか？

——行くべきだろうか？

本体がもし今も生きているのならば、別体である妻の消滅を知らせるのが自分の役割のように思えた。それ以上に、本体の彼女に会ってみたかった。

壁にかけられたカレンダーを見つめる。四月のままだった。三日には英明がサインペンで付けた赤丸が残されていた。妻の出産予定日、そして、月ヶ瀬の町が失われた日だ。

彼女は、カレンダーをめくるという行為には、変に律儀なところがあった。日付の変わる瞬間にめくらないと気がすまないのだ。十一時五十五分からカレンダーの前に立ち、時計の針を見つめ続ける。そうして、全ての針が「12」の上で重なる一瞬を見極め、新しい月の始まりを自らに刻み付けるようにカレンダーをめくる。

「分離して以来、時の経過というものにとても敏感になってしまったの。私と分かれた本体が、音に対して敏感になったようにね」

妻はそう言っていた。その行為を見るたびに、カレンダーが日めくりではないことにほっとしたものだ。

律儀にめくってくれる主を失い、カレンダーは半年前で時を止めていた。英明はカレンダーをめくってゆき、十月を開いた。妻を失ってからの日々を改めて思う。

「十月七日、明日は木曜日。朝から営業戦略会議だし、打ち合わせが二件。来週のプレゼン資料も作らなきゃいけないし。明日も大忙しだ！」

自分に言い聞かせる。言葉とは裏腹に、英明はクローゼットからボストンバッグを取り出した。

◇

駅前に出て、ボストンバッグを手に振り返る。想像していたよりもずっと小さな駅だった。

「人口五十万人。遠羽川《とおのは》によって形成された平野の河口に広がる都市。かつては居留地との交易地として栄え、今も商業・文化の中心都市としての賑《にぎ》わいを見せている。西域の歳事や風習の入り交じった独自の文化を持つ、異国情緒あふれた都市である」

手にしたガイドブックの紹介文を読み上げる。眼をつぶり、見知らぬ都市の空気を胸いっぱいに吸い込む。それが英明の旅の儀式だった。

知らない名前のスーパー。どぎついオレンジ色の私鉄バス。見慣れぬ制服を着た女子高校生。見知らぬ都市の風景を日常として暮らす人々がいて、その中に妻とそっくりな本体の彼女がいる。そのことが、不思議な郷愁へと英明を誘《いざな》った。

バスターミナルの案内所で、どのバスに乗ればよいかを尋ねてみる。窓口の小さな受け渡し口から、少し野暮ったい鶯《うぐいすいろ》色の制服を着た女性に住所のメモを渡す。

彼女は、メモの文字をいぶかしげに眺め、表情を残したまま彼を見て、再び視線を落とした。手元の擦《す》り切《き》れたバス路線図を指でなぞり、下を向いたまま告げる。

「7番乗り場から『研究所』行きのバスに乗ってください。九つ目の『野分浜』が最寄りの停留所になります」

「浜って……、海が近いのかな?」

英明の問いに彼女は顔を上げ、事務的であることをことさら強調する表情と口調でメモを返しながら告げた。

「海は、ありません」

◇

夕刻ということもあり、乗客には学校帰りの学生や、買い物袋を提げた主婦の姿が目立つ。英明は中ほどの座席に座り、発車を待った。甲高い女性の声の継《つ》ぎ接《は》ぎされたアナウンスがあり、思ったより荒っぽい運転でバスは動き出した。

——研究所行き、か……

いったい何の研究所なのだろう。車内を見渡しても、関係するような人物は見当たらなかった。怪しげな実験の被験者になったような不安な気持ちで、バスの揺れに身を任せた。

十五分ほどして、車内アナウンスが「野分浜」を告げ、バスを降りた。窓口の女性が言ったように、そこに海はなかった。海の気配すら感じられなかった。

そのあたりは、古くからの住宅街のようだった。ゆったりとした庭と樹木のある古い家と、新建材を使った新しい家とが無造作な配列で並び、所々にアクセントのように十階建てほどのマンションが建っていた。

再びメモを取り出す。住所の末尾は「504」で終わっていたので、いずれかのマンションの五階に彼女は住んでいるのだろう。

「マンション名まで書いておいてくれよ」

一言、妻に苦情を言ってから、マンションを一棟ずつあたってみる。「フレグランス野分浜」「ラコート野分浜」とはずれが続き、三棟目のマンションの504号室の郵便受けに、妻の旧姓を見つけた。

インターフォンの「５０４」を押してみるが、返事はない。どうやら留守のようだ。時刻はもう六時。今も事務の仕事をしているのであれば、待っていれば帰ってくるだろう。時間をつぶせそうな場所がないかと辺りを見渡してみるが、住宅街だけに、喫茶店もコンビニも見当たらなかった。

生垣の向こうにジャングルジムが見えた。マンションに住む子供用の遊具なのだろう。生垣を回り込んで覗いてみると、ジャングルジムと砂場があるだけの小さな広場だった。砂場にはプラスチックの赤いバケツと黄色いスコップが残されていた。

ジャングルジムのてっぺんに登ってみた。細い鉄の棒の上でどうにかお尻《しり》を安定させ、空を見上げる。少しだけ距離を縮めた月が、複雑に配された電線の向こうに見えた。

月は、電線の網の呪縛から逃れようとするかのように、少しずつ上昇を続けていた。妻の失われた今も変わることなく、月の光はいっそ残酷なまでに明るかった。

「お月見ですか」

不意に声をかけられ、足を踏み外しそうになる。不審者をとがめだてする声ではなかったが、その声に「何か」を感じた。

その女性は、紺色の事務服を着ていた。平凡な、まるで「事務員」であることを知らしめるがために存在するような事務服だった。

英明は背中を擦《こす》らせながらジャングルジムを降り、彼女の前に立つ。彼女は、右手に小さなハンドバッグを提げ、左手にはスーパーの買い物袋を持っていた。

外向きのゆるいウエーブのかかった髪は、妻のストレートヘアとは異なっていたが、そこに納まる顔は、妻に瓜二《うりふた》つだった。

向かい合って立った時の背の高さが、胸を締めつける。そっと抱きしめて、まぶたに口付けできる、あの高さだ。

「もしかして、504号室に住んでいる方ですか？」

英明の問いに、彼女は少し眼を丸くして頷いた。

「あの、僕は、君の……、その、何ていったらいいんだろう」

狼狽して言葉に詰まっていると、彼女は少し首をかしげ、笑って遮った。

「わかります。あの子のご主人、ですよね。はじめまして」

スーパーの袋をがさがさといわせて彼女はお辞儀をする。袋から飛び出した葱《ねぎ》の先端が英明の膝に触れ、あわてて袋を押し戻す。

そんなしぐさに、英明はようやく落ち着きを取り戻した。

「まさか、こんなにそっくりとは思ってもいなかったな」

「私たちは、自然分離ですから」

屈託なく笑って英明を見返す。その態度からは、彼女が妻の消滅を知っているのかどうかを判断できなかった。どう話を切り出したものかと躊躇し、口ごもってしまう。

「良かったら、部屋にいらっしゃいませんか？」

「でも、迷惑ではないのかな」

「部屋のベランダからでも、お月見はできますから」

彼女はそう言って、月を見上げて微笑《ほほえ》んだ。

◇

「すみません、着替えてきますから。ソファに座っててください」

居心地の良い「違和感」が漂う部屋だった。ノーブルグリーンの二人がけのソファや、オフホワイトのハイチェスト、壁に掛けられたリトグラフ。妻と同じ持ち物は一つも無かった。だが、いずれも確かに、同じ「ルーツ」を持つものとして感じられた。祖先を一にして別の進化を遂げた動物を見比べる気分だ。

やがて彼女は、ピンクのタートルニットとブラウンのロングスカートに着替えて現れた。手にしたお盆には、透明な耐熱硝子《ガラス》のポットと茶器が載せられていた。向かい合ってソファに座る。

「あの子が失われたことについては、何となくわかっていました」

「それは、どうやって？」

「虫の知らせ、みたいなものかな。私たち分離者には、たまにそういうことがあるんです。それに、管理局からも知らせを受けましたから」

どうぞ、とお茶を勧めながら、彼女も自分の茶器を手にした。

――この匂いは……

妻がよく飲んでいた薬草茶だった。子どもの頃から飲んでいたと言っていたのを思い出す。本体の彼女が同じお茶を飲んでいても不思議はなかった。妻に飲まされていた頃は、正直言って苦味に辟易《へきえき》していたのだが、今となってはその味すら懐かしい。

「管理局も興味を持ったみたい。何しろ分離者の一方だけが消滅に巻き込まれた例は初めてだそうですから」

彼女は鼻の上に小さな皺を作って笑った。妻と同じしぐさだった。何度目かの、胸がうずくような痛みが訪れる。

「どうしたんですか？」

じっと見つめる英明に気付いて、彼女は瞳を瞬かせて尋ねた。

「いや、こんなに似ているとは思っていなかったから、どうにも勝手がつかめなくって」

「私たちは、自然分離なんですよ」

妻からのレクチャーにより、分離には「強制分離」と「自然分離」の二タイプがあることは知っていた。「同体嫌悪」から生じる自傷行為を避けるための強制分離とは異なり、彼女たちは、お互い納得の上で分離を選択した稀有《けう》な例でもあった。

「僕は、別体である妻と結婚していたくせに、分離者のことをよく知らないのだけど」

彼女は小さく二回頷く。妻と同じしぐさで。

「君が、妻と分離したきっかけは何だったんだい？」

透明な茶器の底に沈んだ茶葉を透かし見ながら、彼女は思い出すような遠い表情になる。

「中学一年生くらいだったかな。私が他の人たちと違うんだってことに気付いたのは」

「違うって、どういう風に？」

「他の人にも、『私』が二人いて、かわりばんこに身体を使ってるんだって、そう思ってたんです」

「なるほど」

「他の分離者と同様に、第二次性徴の訪れと共に、一体二魂による弊害が生じてきたんです。両親も驚いていました。いきなり一つの身体のままで二人で会話を始めるものだから。それで、十五歳になって、分離統合局で『処置』を受けたんです。それからは便宜上、私が姉、あの子が妹ってことで暮らしてきました」

「妻は言っていたよ。分離者の生活は、普通の人と何ら変わることはないと、ただ一つの点を除いて……」

　それ以上を口にすることはできない。どうして言えるだろうか、君はいつ失われるのか？　などと。彼女は、英明の言わんとすることを察したのだろう。茶器の中で揺れる微細な茶葉の動きを追いながら、途切れた言葉の続きを口にした。

「そう。一つだけ。どちらか一方が死んでしまったら、もう一人もその時に死んでしまう。だけどあの子は失われ、私は今もここにいる」

　沈黙が訪れる。遠く、警報器の音が聞こえる。私鉄の踏切だろうか、自分の住む街で聞く警報とは違う響きが、何故か物悲しく乾いて聞こえた。

「お月見の続きをしませんか？」

　彼女に促され、二人でベランダに立つ。月がさっきより高い場所から、低い屋根が連なる住宅街を照らしていた。通り沿いの看板に光が灯り、信号が明滅する。彼にとっては見知らぬ街の夜景であり、またどこにでもある夜景でもあった。彼の住む街にも、月ヶ瀬の町にも、そしてこの国のどこにでも。

「ご存知でしょうけれど、私たち分離者は、半年に一度、分離統合局に行って検査を受けなきゃならないんです」

　妻にとっても、それは半年に一度の恒例行事だった。

「前回の検査は月ヶ瀬が消滅して一ヶ月後でした。普通は担当のカウンセラーとの簡単なやり取りと、検査をするだけなんですけど、その日はちょっと違って、管理局の女性が検査に立ち会ったんです」

彼女は淡々と話した。管理局の女性に、「自分はこれからも生きていくことが出来るのか」と尋ねたことを。

分離した一方が消滅した例は今までに無いが、おそらく月ヶ瀬の余滅が治まり、最後の残光が消える時に、彼女の意識も町に取り込まれてしまうだろう。それが管理局の予想だった。

「取り込まれるって？」

「肉体はそのままに、意識だけが町に奪われてしまう状態、だそうです」

彼女は他人事のように説明してくれた。言葉を現実にあてはめ、英明は慄然《りつぜん》とした。

それはすなわち、「死」と同義だった。

言葉が見つからず、英明は黙ったまま街を見下ろし続けた。

「だけど、何となく感覚でわかるんだ。あと数年は大丈夫だって」

気遣うように、彼女は明るい声で笑顔を向ける。

「『町』はまだ私を見つけていないって」

だが裏を返せば、いつか「町」は彼女を見つけ、消滅の巻き添えにしてしまうということだった。

「ね、想像できる？　ずっと昔ここは海だったって」

「だからバス停は『野分浜』なのか」

「そう、昔の名残ね。もう海なんかここにはないのに名前だけが残ってる」

英明は眼をつぶった。街の雑多な音の背後に、かつてこの地が海であった頃の波音を聞いた気がした。

「月ヶ瀬とはまるで逆ね。今も月ヶ瀬の町は残っているのに、名前だけが消されていくんだから」

眼下に街の明かりが広がる。どこにでもある景色だからといって、失われてよいものではなかった。ささやかであるからこそ守られるべきものであり、失われてはならないものだった。

「実は、事務の仕事をやめようと思っているんです」

唐突な言葉に、英明はしばらく彼女の顔をぼんやりと見つめた。

「幸い数年仕事をしなくても食べていけるだけの蓄えはあるんで、まあ、最後くらい自由に生きてみようかなって思って」

「そうか。そうだね、それがいいかもしれないね」

そう言うしかなかった。分離を選択した者にとっては、自らの最期の時が突然ではないというだけでも幸運なのかもしれない。

「ここも、引っ越すつもりなんだね」

テーブルの上に、引っ越し業者のチラシが数枚置かれていた。

「実家の月ヶ瀬は失われちゃったし、どこか知らない場所に引っ越ししようかって思ってたんです。もう一つの仕事も、もうすぐ終わるから……」

呟くような言葉に、英明は妻の言っていたことを思い出した。

「そういえば、君のもう一つの仕事って？」

彼女は、謎《なぞ》かけをするような笑みを浮かべた。

「知りたい、ですか？」

◇

埃が堆積し、磨硝子《すりガラス》と化したかのような透かし窓から、波も無く、音も無い海が見える。背景には、街の建物がかすむように輪郭だけを浮きあがらせていた。

居留地への貨物船が、喫水線を下げた舳先《へさき》をゆっくりと窓の外に現した。象形文字のような独特のフェノール文字が描かれた貨物の群れが、外湾に向けて横切っていく。

彼女が仲間と共同で二階部分を借りている倉庫は、かつては居留地との交易で活況を呈していたらしい、古びた倉庫街の一画にあった。

彼女は壁際に備え付けられたオールドハンドの鎧戸《よろいど》を開けて、古ぼけた燭架《しょっか》を四つ取り出した。なぜか途方にくれたような表情で部屋を見渡し、小さく頷いた後、一つの燭架を床に置いた。

ファイニーブラウンの巻きスカートにオフホワイトのゆったりとした上着といういでたちの彼女は、清楚《せいそ》なたたずまいながら、小さな躍動感をにじませていた。

「なんだか、作業をするって格好じゃないね」

「作業っていっても、物を作ったりするわけじゃないから」

彼女は床の上にそっと膝をついて身をかがめる。

立ち上がり、何かの間合いを測るように慎重に一歩を踏み出し、残りの三つの燭架を並べる。四つの燭架が、いびつな四角形を造りだした。

いびつさに自分をなじませるように、彼女はしばらく中央に立っていた。

忠実に定められた動きをなぞるように、蠟燭に火を灯していく。陰舞《かげまい》の演者が定められた演目に応じた直足《ひたあし》を踏む様を思わせた。

巻きスカートが、水の中で広がり行く斑紋《はんもん》のように揺れ動く。

「それは、ギシキのようなもの？」

「これは、理念上の壁を作っているんです」

「うまく理解できないな」

彼女は、しかたないですよという風な笑みを浮かべた。そうして、壁際に置かれた木箱の中から一つの楽器を取り出した。

さて、といった感じであらためて英明に向きなおる。

「私のもう一つの仕事。それは鳴らなくなった古奏器に再び音を取り戻すことなんです。『再魂《さいこん》』とも言われていますけれど」

「それは、壊れた楽器を修理する、ということなのかな」

「古奏器の再魂」という仕事は、英明にとってなじみのないものだった。彼女はゴムで髪を結わえ、古奏器を手にした。

「修理とはちょっと違うかな。見てわかるように、壊れたり、部品が無くなったりしてるわけじゃないから」

彼女は手の中の楽器をいとおしげに撫でる。

「楽器をなおす、って言う時、普通だと『直す』って文字を使いますけど、私たちにとっては『治す』なんです」

彼女の人差し指が、二つの文字を空中に描いた。

「私の元に送られてくる古奏器は、長い間楽器として扱われてこなかったり、何か心を閉ざす出来事があったせいで、楽器であることを忘れてしまっているんです。だから、鳴らなくなったのではなくって、鳴ることを思い出せずにいるんです。私の仕事は、この古奏器たちに思い出すきっかけを与えることなの」

「触ってもいいかい？」

英明はこわごわ、古奏器を受け取る。光沢を帯び、艶《なま》めかしくすら見える曲線を持った胴は、年月を経た楽器特有の高貴なたたずまいを見せていた。そっと弦を爪弾いてみる。

もちろん技術のない彼に弾くことはできなかったが、それでも音は出た。

「音は、するんだね」

音を取り戻すという言葉に、てっきり何の音もしないと思っていたのだ。

「古奏器は、単なる音ではなく、それぞれ独自の音《ね》の色を持っているんです」

「音《ね》の色？」

「弾く者や、聴く者の想いはもちろん、代々古奏器を手にしてきた人々の想いによって刻み込まれた響き。それが音《ね》の色。私は、それを古奏器に取り戻させるんです」

彼女は説明しながら作業を進めた。燭架で形作られた四角形の中に、蓄音機のホーンを思わせる集音器を伴った機械を運び入れる。

「こんな機械も無かった昔は、それこそ水盤に水を張って、その波紋で音の共鳴を見極める共鳴士っていう能力者がいたんですけど、今はすっかり機械頼み」

機械のスイッチを入れる。古い電映機のような活着音が生じ、小さなモニタに波長の違う三つの波形が示された。

床の上に無造作に配置された古い型のスピーカーから「予兆」の唄声が流れてくる。

「この古奏器は、彼女の唄声と相性が良いみたいなの」

なるほど、「予兆」の唄声に反応するように、モニタの波形の一つが青くその色調を違《たが》え、上下にゆっくりと蠕動《ぜんどう》を始めた。

もう一つ機械が持ち出された。先ほどより若干新しく、奏楽に使われるサンプリングマシーンを流用したものらしかった。

すでにこの古奏器の再魂には日数が費やされているようで、今日は最後の調整なのだそうだ。「治す」ために調合した、様々な音を機械から取り出しては古奏器に投げかける。乾いた大地に水を撒《ま》き、潤いを与えるかのように。モニタの表示は、ある時は大きく揺らぎ、時にはさざ波のごとく小刻みに上下した。

波長の一つ一つを慎重に見極めながら、彼女は「予兆」の唄声に、いくつもの音のベールを被せていった。

「あせらなくていいよ。ゆっくり、思い出そうね」

彼女は、古奏器に話しかける。古奏器の想いに寄り添うように、波長が輝きを変える。

「予兆」の天性のスキャットが、矮小《わいしょう》な世界を翻弄《ほんろう》するかのような無縫なきらめきを放つ。その声に、荘厳な鐘の音を基調とした音色が、まるで薄いベールを何重にも重ねていくように施されていった。

やがて英明は、古奏器と彼女が和合《ジョイント》するような錯覚をおぼえた。その時、三つの波形は一つに合し、大きな一つの波となっていた。

古奏器が治ったのだ。

◇

「その古奏器は、どこから送られてきたんだい？」

彼女のマンションに向かって歩きながら、英明は尋ねた。古奏器の古びた箱には、フエノール文字の荷札がついている。

「これは居留地から。依頼主はこの人。知ってるよね？」

彼女の指差す荷札には「石祖開祖」と記されていた。英明は、ややあってひらめくものがあった。

「え、もしかして、あのSEKISO・KAISOなのか」

居留地を拠点として、この国に、そして西域へとボーダーレスに（西域風に言うと「国域無考慮」に）活動の幅を広げる新進ハンドルマスターだった。決して人前に顔を出さない、謎の多い人物でもある。荘厳かつきらびやかな彼の創曲と、古奏器とはうまく結びつかなかった。

「お友達の古奏器だったらしいんですけど、お友達がもう弾くことができなくなって譲り受けたそうなんです。それ以来この子も心を閉ざしてしまってたみたいで、私に送られてきたの。この古奏器で、彼の奏楽がどんな風に変化するのか。なんだか少し楽しみなんです」

遠くない未来を思い、彼女は古奏器を抱く手に力を込めた。まるで、子どもの成長を願う母親のようだった。彼女はその音《ね》の色を聴くことができるのだろうか。英明は心もとなく思う。

「この子を送ってしまったら、この仕事も店じまい」

倉庫に挟まれた石畳の上で、二人の足音が響いた。

「引っ越し先は決めているのかい？」

彼女は首を振った。二人は黙って歩き続ける。英明は右側を歩き、彼女は左側で英明の半歩後ろ。それは妻の定位置でもあった。英明はそのことに少し心を励まされた。

「昨日会ったばかりの君にこんな提案をするのはどうかと思うけど……」

彼女の視線を横顔に感じながら、そう切り出す。

「よかったら、新しく住む場所が決まるまで、僕のマンションに住んでみたらどうかな。何しろ妻と子どもと一緒に住むつもりで買ったマンションだから、一人では持て余してるんだ。それに……」

「うん、それに妻の部屋が、まだ妻が失われたことを理解できなくって情緒不安定なんだ。君が来てくれたら部屋も落ち着きを取り戻すと思うんだけど」

「それに？」

「情緒不安定な部屋」を想像したのか、彼女は俯《うつむ》いて笑みを浮かべた。

「考えさせてください」

もちろん、すぐに答えが出るとは思っていなかった。だけど彼女の言葉は、営業先で聞かされる「考えさせてください」より、ずっと心のこもったものだった。

「ところで、昨日からずっと疑問に思っていて、聞けずじまいだったんだけれど」

彼女はなに？　と口にせず首をかしげる。

「まるで君は、僕が来ることがわかってたみたいだったし、最初に会った時も僕のことを知ってるようだったけど、妻は写真でも送っていたのかな？」

彼女は首を振った。

「じゃあ、なぜ？」

「あの子が消える前に伝わってきたの、あなたをよろしくねって。それに」

いたずらな笑みが浮かび、明るい表情になる。英明はそれに心引かれた。

「あの子が好きになった人を、私がわからないわけないじゃない」

◇

引っ越し荷物が、かつて妻が住んでいた部屋に運び込まれ、本体の彼女の手により、暮らしの秩序が少しずつ構築されていった。英明は時々手伝いながら、妻の気配と本体の彼女の息吹が溶け込むように混じり合っていく様を見て、複雑な気持ちになった。

妻と築いた日々の記憶が、異なる色合いで上塗りされてゆくことへの焦燥にも似た悲しみと、いずれ消え行く記憶が、妻とそっくりな本体の彼女により繋ぎとめられるであろうことへの安堵《あんど》。その二つがない交ぜになる。

「二人での生活を始める前に、聞いておきたいことがあるの」

そんな気持ちを敏感に感じ取ったのだろう。一通りの秩序を作り出し、一息入れた彼女は、彼の前で少しだけかしこまった表情を見せた。

「あなたは、私のことを好きになってしまう？」

少し考えた英明は、きちんとした答えが自分の中にないことがわかり、率直に告げることにした。

「正直言ってわからない。今はまだ、僕の中に妻は息づいている。だけど、君と暮らしていけば、おそらく妻に対する想いを、君の上に重ねてしまうことになるだろうね」

彼女は腕を組み替えて、ゆっくりと頷いた。

「お願いがあるの」

彼女はそっと英明の髪に触れた。慣れ親しんだ位置に妻と同じ顔があって、それが彼を悲しくさせた。

「私を好きになってもかまわないの。でもね、あくまであの子の『代わり』として好きになってほしいの」

彼女が何を言いたいのかわからなかった。

「それは、君に対して失礼ではないのかな」

彼女は、視線を合わせないようにして笑い、首を振った。

「同じ苦しみを二度も味わう必要はないでしょう？　あなたの奥さんはもう失われたの。私はその身代わり。それも、限られた期間内の、ね」

簡単に割り切れるものではないことは、二人ともわかっていた。だけど、精一杯の思いやりから出た言葉であることも理解できたので、黙って頷いた。

「じゃあ、約束、ね」

「うん、約束、だ」

こうして二人は、決して「僕たち」にはなることのない、「英明」と「本体の彼女」の共同生活を始めた。

◇

月が変わり、カレンダーをめくる。それは、生きていくことを象徴する確かな行為だ。英明はカレンダーをめくる。かつて妻がそうしていたように。

本体の彼女は、妻ほど時の経過にこだわることはなかった。その代わり、というわけでもなかったが、妻の律儀な行為は彼が受け継ぐことになった。そう遠くない時に命尽きる本体の彼女との、かりそめの時間だとわかっているからこそ、時の流れというものに対して敏感にならざるを得なかったのだ。

かりそめの生活ではあっても、流れる月日に差異は無い。カレンダーをめくらずとも、時は斟酌《しんしゃく》せず流れていく。

英明は今までと同じように仕事を続けた。家に帰って、待っているのが妻ではなく、本体の彼女に代わった。それだけの違いだ。彼女自身も、残された時間という差し迫った悲愴感を見せることもなく、洗濯をし、掃除をし、彼の帰宅に合わせ夕食を作って待っていた。

「旅行でも行ってきたら?」

何度かそう勧めてみた。いつまでこの世界にとどまれるかわからないのだから、好きなようにのんびりと暮らしたら、という言外の思いを含んでのことだ。だが彼女は笑って首を振るばかりで、何か特別なことをしようとする風でもなかった。

英明は思う。自分が同じ立場だったらどうするだろうか、と。自伝でも書くだろうか？　世界一周の旅に出るだろうか？　それとも彼女のように変わらぬ日常をまっとうに過ごしていくだろうか？　わからない。昔から、誰かの生き様を自分の身に置き換えて考えることは苦手だった。

休日には二人でドライブに行ったり、一泊の小旅行をしたりした。

英明は、かつて妻と行った場所に、彼女と一緒に出かけることを避けていた。一緒に行けば、どうしても妻との思い出を辿ってしまう。そうして、その思い出を彼女が共有していないということに、言いようのない寂しさを感じてしまうのがわかっていたからだ。

当たり前だが、どれだけ似ていても、彼女は妻そのものではなかった。むしろ、そっくりだからこそ日常の機微の中で際立ってくる違いに、彼は時に戸惑い、少しの悲しみを覚え、最後には諦観《ていかん》にも似た思いで、違いを受け入れていくこととなった。

◇

「あれから二年……」

零時の時報とともにカレンダーをめくりながら、英明はつぶやく。消滅の時からカレンダーを二十四回めくって、今という時を迎えた。長い年月だったとも思えるし、あっという間だったようにも感じた。

銀行から毎年もらうカレンダーは、無駄な装飾がなく予定を書き込みやすかったので、妻のお気に入りだった。英明は「3」の数字に本体の彼女がつけた丸い印を指でなぞる。四月三日。彼と本体の彼女との間の子どもが生まれる予定日だった。

年月の経過は、時に残酷ではあるが、時にそれによってしか処理できない問題を解決してくれる。二年という時を経てようやく、本体の彼女にわだかまり無く接することができるようになっていた。

妻のことを忘れてしまったわけではない。英明は、妻の思い出をしっかりと胸に残しつつも、本体の彼女を、彼女自身として愛することができた。そう、彼は約束を破っていたのかもしれない。「あの子の代わりとして好きになって」という約束を。

彼女は英明の横で微笑み、喜び、そして時に悲しみ、怒った。妻とそっくりな部分もあったし、彼女独自のものもあった。彼は、それらを分け隔てなく愛し、慈しむことができた。だからこそ、子どもをつくる決心ができたのだ。

それにしても、不思議な因縁というべきなのだろうか。出産予定日は、月ヶ瀬が失われた日、そして英明と妻の間に生まれるはずだった子どもの出産予定日と同じ、四月三日だった。

一ヶ月ほど前の、本体の彼女との会話を思い出す。

「なんだかね、女の子のような気がするの」

キッチンで並んで洗い物をしながら、彼女はそう言って首を傾《かし》げた。ずいぶんお腹《なか》が大きくなって、お皿を洗うにもつかえて困るとぼやいていた頃だ。

「でも、男の子なんだろう？」

その日、産婦人科で「男のお子さんですよ」と告げられたばかりだった。

「そうなんだけどね」

彼女は、不満げな表情を残したままだ。

「名前、決めてた？」

「え、何が？」

「あの子との間の子、女の子だったんでしょう？　名前決めてたの？」

「ん、ああ、『ひびき』って考えてたんだけど」

「ひびきちゃん？　なんだか男の子みたいね」

「うん、妻がそうしたいって」

まくった袖が落ちてきて、彼女は泡だらけの手を差し出した。英明は彼女の袖をまくる。アリガト、と口の形だけで伝えた彼女は、鼻の上に小さく皺を作って笑った。

「じゃあ、私とあなたの子どもも『ひびき』ちゃんでいいよね？」

「僕はかまわない。でも君はいいの？」

彼女は、英明の鼻に人差し指をあてて笑った。

「私とあの子は、こんなトコでは気が合うんだよね」

◇

ひびきは、予定通りに四月三日に生まれた。夜泣きもほとんどしない、育てやすい子だった。英明と本体の彼女は、はじめての育児に戸惑いながらも、子どもを中心とした生活に充足感を感じていた。この生活が、いつかそう遠くない時に終わってしまうのだということすら忘れてしまうほどに。

晩秋の風に落ち葉が舞う。病院の中庭に置かれたベンチに、英明はひびきと一緒に腰掛けていた。本体の彼女の定期検査の日だった。

分離者の検査は、通常は分離統合局で行われる。だが、別体である妻が消滅により失われて以後、特殊事例ということもあり、彼女の検査は管理局が受け持つようになっていた。そこには多分に管理局による思惑が見え隠れしていたが、彼女はあまり気にしていないようだった。

英明は、病院の威圧的な建物を見上げて溜息をつく。今までたいした病気をしたことの無い彼は、大きな病院独特の雰囲気に慣れることができなかったのだ。

もちろん病院とは、病を治す場所であり、命を救う場所でもある。命が軽んじられているというわけでは決して無い。だがその巨大で威圧的な姿は時に、逃れようのない運命の前でなすすべも無い、一人の人間の脆弱《ぜいじゃく》さや微々たる様を思い知らせるのだ。まるで町の消滅を前にした一人の人間のように。

その不安は、最近の彼女に起こる現象とも結びついていた。彼女の夢に、失われた町、月ヶ瀬の風景が現れるようになったというのだ。

もちろん、月ヶ瀬は彼女の生まれ育った町なので、夢に出てくるのも不思議ではない。だが、現れる光景は、彼女の思い出の中の月ヶ瀬ではなかった。

町の高射砲塔を中心とした、誰の姿も見えぬ青白い月夜の光景。おそらく今の月ヶ瀬の姿なのだろう。町の消滅から三年半の月日を経て、彼女の意識が、徐々に町に近づいているのではないだろうか。

ひびきはベンチに大人しく座っていることに飽きて、芝生の上をよちよちと歩きだし、日差しのぬくもりに幸福そうに眼を細めていた。

落ち葉を舞わす、颯々《さっさつ》とした風がやんだ。足元の芝むしりに熱中していたひびきが顔をあげ、何かを見つめた。その視線の向かう先に、一人の女性が立っていた。

彼女の歩みは、まっすぐに英明の座るベンチに向かっていた。コツコツと、規則正しいヒールの靴音が響く。首に巻かれたスカーフがわずかな風に時折翻《ひるがえ》る。

彼女は、大ぶりなサングラスをかけていた。彼の前で立ち止まり、硬質な音を響かせてハンドバッグを開けた。

「はじめまして。管理局の白瀬と申します」

——白瀬桂子——

差し出された名刺には、彼女の名前だけが記されていた。

「すみません。管理局の職掌は、あまり一般の方に公表することができませんので」

彼女は横に座り、しばらくひびきの動きを眼で追っていた。風が落ち葉を散らし、彼女の髪を揺らした。来るべき冬を予感させる、研ぎ澄まされた晴れ空だった。

「彼女の今後について、管理局の立場でお話しさせていただいてよろしいでしょうか」

静かな声で白瀬さんは言った。静かであるがゆえの揺るがぬものを感じる。彼女はこうしてずっと、失われる人々と、それに関わる人々を見続けてきたのだろう。英明は、黙ったまま頷いた。

「月ヶ瀬における残光現象が終焉《しゅうえん》を迎えようとしています」

白瀬さんの説明は、本体の彼女の言葉を裏付けるものであった。彼女の存在を、「町」が見つけ、取り込もうとしている。それは逃れようのない現実だった。英明は、妻に続き、再び彼女を失おうとしている。

「私たち管理局は、消滅にかかわる仕事をしていますが、現段階では『町』の動きを阻止することはできません。ただその時をお伝えすることしかできないのです。申し訳ございません」

英明は静かに笑って首を振る。

「いえ、いつかその時が来るということは覚悟していましたから」

「彼女には、消滅の解明のためにご協力をいただきました。せめて、最期の時を迎えるにあたって、何か私たちにできることがあれば、ご協力をさせていただきたいと思いますが」

白瀬さんの提案に彼は少し考えて言った。

「彼女は、最期の時間を、僕たちかりそめの家族と一緒に、失われた町の光を眺めながら迎えたいと言っています。どこかよい場所はないでしょうか？」

白瀬さんは、サングラスのまま、口元に小さく笑みを浮かべた。

「それでは、良い場所をご紹介しましょう」

◇

タクシーは、峠越えの道路からわき道にそれ、砂利道をしばらく走って止まった。英明が荷物を持ち、本体の彼女がひびきを抱いて建物の玄関に立ち、チャイムを押す。しばらくして、長身の男性が姿を現した。無言のまま英明たちを見下ろす。

「あの、予約してた……」

英明が言いかけると彼は大きく頷き、両手を組んで西域風のお辞儀をした。そうして、さあどうぞ、というように扉を開けて中へと長い腕で導いた。一言も発することなく。

「和宏、お客様なの？」

奥から元気の良い女性の声がして、腕まくりをした小柄な女性が顔をのぞかせる。ショートヘアの下で、躍動的な瞳が瞬いた。

「桂子さんからご紹介の方ですね。お待ちしてました。『風待ち亭』にようこそ。自分の家だと思ってくつろいでくださいね」

茜と名のった女性は、英明の手から荷物を受け取り、二階の客室に案内してくれた。ペンションという言葉から想像していたのとは違う、古い民家を思わせる落ち着いたたたずまいだ。

「ごめんなさい。和宏は今、喋《しゃべ》れないから。びっくりしたでしょう?」

荷物を持って身軽に階段を上りながら、茜さんはすまなさそうに笑った。

「いえ」

今、喋れないとはどういうことなんだろうと思いながらも、英明は笑って首を振る。

案内された部屋は、決して上等ではないものの手入れが行き届いており、居心地がよさそうだった。彼女の最期の時を穏やかに迎えられることを思い、静かに安堵した。

「一息つかれたら下のテラスへどうぞ。ちょうどお茶の時間ですから」

お辞儀をして茜さんは出て行った。ひびきは午後のお昼寝の真っ最中だったので、ベッドに寝かしつけ、英明は彼女と窓際に立ち、外の風景を眺めた。

「あれが、月ヶ瀬の町なのかい?」

結婚の承諾を得に行った時から数えて、数度しか月ヶ瀬を訪れたことはなかった。

「ええ、あれが私と、あなたの奥さんが育った町。ほら、丘の上に高射砲塔が見えるでしょう。あれが月ヶ瀬のシンボルなの」

彼女の指差す方向には、薄墨のシルエットとなった塔が特徴的な姿を見せていた。

「失われた町……か」

見下ろす町並みには、特別に変わったところはなかった。だが、そこには誰も住んでいないのだ。血も無く、痛みも無く数万の人々が失われた。それゆえ、町の消滅には、静謐《せいひつ》さがつきまとう。

彼女は無言で町を見下ろしていた。町の消滅によって英明は妻を失ったが、彼女にとっては、両親や友人、そして生まれ故郷の風景、それらすべてが失われたのだ。去来するものは、英明よりもずっと大きいはずだった。

彼女は気を取り直したように表情を切り替え、笑いかけた。

「さて、テラスでお茶をごちそうになろうよ」

◇

「あ、このお茶……」

メニューをなぞる彼女の指が止まる。妻と本体の彼女が子どもの頃から親しみ、二人して英明に飲ませてきた薬草茶だった。月ヶ瀬の実家から送られていたというそのお茶は、彼女のストックが切れてから一年ほどご無沙汰の味だった。

ペンションの主人の中西さんも、彼女の実家と同じお店から仕入れていたらしく、しばらくそのお店の話で盛り上がっていた。英明は、久々に飲む味を懐かしく舌になじませていた。

「あれが、失われた町、月ヶ瀬ですね」

テラスの木柵にもたれ、眼下を見下ろしながら英明は中西さんに話しかけた。

「ええ、そうです。今はもう、その名前は無くなっていますがね」

消滅から二年目に、管理局は、汚染対象物の供出、回収に一応の目途がついたことから、正式に月ヶ瀬の消滅を宣言した。それにより、月ヶ瀬は、最初から「無かった」町として認定されることになり、名前も失われたのだ。

「今も、夜になると光が灯るのですか？」

「最近はほとんど光ることはありませんね。二週間に一回、といったところでしょうか」

二杯目のお茶を注ぎながら、中西さんは茜さんに問うように顔を向ける。

「そうね、この一週間くらい見てないかな。今は光ってももう一つか二つくらいだからね」

「そうですか……」

英明は知らずのうちに声を落としていた。町の残光の終焉は、すぐそこに迫ってきているのだ。

◇

夕食は、地元で取れた旬の野菜を生かした素朴なものだった。

「食事は、お気に召しましたか」

食後のお茶を注ぐ中西さんに、英明と彼女は笑顔で頷いた。

「大変おいしくいただきました。この料理は中西さんが作られたのですか？」

「いえ、風待ち亭のシェフは、和宏君ですよ」

窓の外のテラスでは、和宏さんがさっきから身動きもせず、町を見下ろしていた。残光が現れる時を待ち続けるように。

「今日は、お客は私たちだけなんですか？」

本体の彼女は、改めてダイニングを見渡す。他のテーブルは、白いテーブルクロスが虚しく客を待ち続けるようだった。

「まあ、観光地というわけでもありませんから、満室ということはめったにありませんよ。しばらくは、貸切と思っていただいてかまいません」

中西さんは、穏やかな声で応じた。管理局の白瀬さんは、本体の彼女が調査に協力してくれたお礼にと、このペンションを紹介してくれたのだ。白瀬さんによって、静かにその時を迎えられるよう配慮がなされているのかもしれない。

食事を終え、英明たちは居間に足を運んだ。宿泊者向けのくつろぎの空間となっており、積み木を見つけたひびきはさっそくお城をつくりだした。

古材で組まれた風格のある本棚には、過去の宿泊客が残していったのであろう種々雑多な本が並んでいた。

「ねえ、これ、見て」

本体の彼女が指差す先には、絵が飾ってあった。言われなければ気付かぬほどの小さな絵だった。

「この絵がどうしたんだい？」

英明は絵に近づく。中央に搭が描かれた夜の風景のようだった。

「同じなの」

彼女は変に静かな声だ。訝《いぶか》る英明に、重ねて彼女は言った。

「夢の中の風景と、同じなの」

ふと気づくと、茜さんが立っていた。火のついていない煙草をくわえ、柱によりかかるようにしてやり取りを見守っている。

「この絵は、誰が描いたんですか？」

茜さんは、遠い記憶をたどるように眼を細めた。

◇

茜さんに連れられ、ペンションの離れにある、和宏さんのアトリエを訪れる。入った途端、英明は息をのんで立ち竦《すく》んだ。異世界に紛れ込んでしまったような、異様な雰囲気に気圧されたのだ。

和宏さんが描いた絵が並んでいた。カンバスの大きさは違えど、表された世界はどれもまったく同じだった。

夜の月ヶ瀬の風景だ。中央に時代を経た高射砲塔がそびえる、月に照らされた町は、変に冷徹で硬質な風景として描かれていた。

「まだ、和宏がどうしてああなっちゃったか、教えてなかったですよね」

火をつけない煙草をくわえた茜さんは、一つ一つのカンバスにいつくしむように手を添えながら話してくれた。

禁を破り月ヶ瀬に入った和宏さんは、「町」による汚染に襲われた。それにより彼は言葉を奪われてしまい、記憶を積み重ねていくことができなくなっているのだという。

「和宏の心はあの日のままで留《とど》まってしまっているんです。だから描く絵もすべて同じ。あの日の月に照らされた月ヶ瀬の風景」

英明と本体の彼女は、改めて絵を見つめた。彼女の腕に抱かれたひびきも、不思議そうな瞳で絵を見ていた。

「おかげで、このペンションも、いろいろと陰口たたかれてるんですけどね」

タクシーの運転手が、このペンションの名前を告げた時に、複雑な表情でバックミラーごしに英明を見たのを思い出した。

「まぁ、失われた町の絵ってことで好んで買われる方もいらっしゃるんで、結果的にペンションの赤字を補ってあまりある部分もあるんだけど」

茜さんは、口にした煙草を、火をつけぬままに灰皿にねじ込んだ。

「あ、あれって、もしかして……」

本体の彼女が何かを見つけ、カンバスが積まれた壁際に歩み寄る。彼女が手にしたのは、一台の古奏器だった。使い込まれた楽器ならではの、美しく鈍い光を湛《たた》えていた。

「和宏のなんです。誰かからの預かりものらしいんですけど、壊れて鳴らなくなっちゃったんですよ。私が弦を引《ひ》っ掻《か》いても音なんかしないし、和宏はあれ以来触ろうともしないからね」

英明は、思いもかけぬ巡りあわせに、本体の彼女と顔を見合わせた。

◇

「どうだい？」

古奏器を手にして、真剣な表情の彼女の傍らに、ひびきを抱いて座る。

「うん。少し時間がかかりそう、かな。道具もないしね」

彼女は古奏器を持ち上げて様々な角度から見渡し、小さく唇を嚙んだ。

「茜さんは、和宏さんが町に入って以来、鳴らなくなったと言っていたね」

「ええ、和宏さんの想いを受けて、心を閉ざしてしまったのかもしれない」

窓からテラスを見下ろすと、和宏さんはやはり微動だにせず、町の方角を見つめていた。茜さんが現れ、和宏さんに上着を着せてあげていた。

「この子に音を取り戻すためには、あの町に繫がる何かに共鳴させなければならないみたい」

「でも、町に関するものはすべて失われている……。音を取り戻すのは、あの町に入らないと無理じゃないのかな？」

彼女は答えなかったが、憂い顔から難しさは伝わってきた。

「とにかく、できるだけのことをしてみようと思う。最後の仕事だからね」

茜さんに頼んで空いている部屋を借りて、再魂の準備をした。機械など手に入るはずもなかったので、彼女は水盤に水を張って波紋を測る昔ながらの手法を試みた。

そうして、茜さんや中西さんに教わって、失われた町に繋がる可能性のある音を見つけては、古奏器に聴かせているようだった。その没頭ぶりは、とてもこの地に最期の時を迎えるために来ているとは思えぬほどだった。彼女にしてみれば、最期だからこそ、きちんとした形あるものを残しておきたいのだろう。

それから二日、彼女は部屋に籠《こも》って作業を続けた。ひびきが、母親に相手にされないことに不満を見せるでもなく、おとなしくしていたのが救いだった。残り少ない秋の日差しを惜しむようにテラスでひびきと日向《ひなた》ぼっこをしていると、茜さんがやってきて、彼女の作業する部屋を心配そうに見上げた。

「あまり無理しないように言ってあげてください」

彼女の好きにすれば良いと思っていたものの、心配は英明も同じだった。ひびきを抱いて様子を見にいく。

様々な楽器や工具、食器や家電製品、本や雑誌、はては材木や鉄の棒、道端の石まで、およそ世の中の「音の生じるもの」すべてが何ら脈絡もなく一面にちらばっていた。部屋の中央で、水盤を隔てて古奏器と対峙した彼女は身じろぎもしなかった。すさまじい集中力だ。

「ごめん。邪魔して。調子はどうだい」

ようやく彼女は気付き、床に座ったまま、少し疲れた笑顔を向けた。

「ん、なかなか、ね。やっぱり昔の共鳴士の真似事《まねごと》は無理みたい」

水盤は、さざ波すら起こすことなく静まっていた。

「茜さんも心配していたよ。あまり根をつめてやらないように」

英明は彼女の前のわずかな空間にしゃがんで、彼女の前髪をかきあげ、まぶたにそっと口付けた。

おもちゃと思ったのか、ひびきが英明に抱かれたまま古奏器に手を伸ばす。

「こら、それは大事なものだから触っちゃ駄目だよ」

あやしながら窓際に離れる。ひびきは大好きなおもちゃを取り上げられたとでもいうような勢いで、火がついたように泣き出した。手のかからぬひびきにしてはめずらしいことだった。

なだめたり、他のものに気をそらさせようとしたが、泣き止《な や》む様子がない。見かねて彼女が立ち上がり、手を伸ばす。やはりこんな時には母親が頼りだ。そう思ったが、彼女の腕の中でも泣き止むことなく、何かを訴えかけるように泣き続けるばかりだ。

食事も済ませたし、おしめも替えたばかりだし……。そう思いながら、英明は古奏器を見つめる。あの楽器の何が、そんなにひびきを惹き付けたのだろうか？

ふと、不自然に揺れ動くものに眼が留まった。古奏器の前に置かれた水を湛えた水盤だ。水面には、古奏器からひびきに向かって、自然にはありえぬ形の波紋が生じていた。

「共鳴、してるのか……？」

英明はかすれた声で呟く。失われた町で心を閉ざした古奏器の音は、失われた町に繋がるものによってしか取り戻すことはできないはずだ。ひびきの声が、「町」につながっているというのだろうか？

いつの間にか、ひびきの泣き声が途絶えていた。だが波紋は消える気配を見せず、新たな波形を見せていた。時に雨だれのように規則正しく、時に小魚の群れのように奔放に。その反応しているものは……。

彼女が、ささやくように唄っていた。子守唄だ。昔、お腹が大きくなった妻が、お腹をなでながら静かに唄っていた。英明は、本体の彼女からその唄を聞くのははじめてだった。

彼女は水盤の波紋を見ても驚いた様子もなく、すやすやと眠ってしまったひびきを抱いたまま、古奏器を慈しむように見つめ、こう告げた。

「あなたを鳴らすべき人の手に、お帰りなさいな」

◇

和宏さんは、いつものようにテラスから町を見下ろしていた。木柵に手を添え、微動だにしない後ろ姿は、帰らぬ何者かを待ち続けるかのように悲しかった。彼が待っているのは自分自身であるように英明には思えた。

本体の彼女が彼の後ろに立つ。気配に振り向いた和宏さんは、彼女の腕に抱かれた古奏器に視線を落とした。英明は、火のついていない煙草をくわえて腕組みをした茜さんと並んで立ち、成りゆきを見守った。

古奏器を渡された和宏さんは、持ちなれぬものを抱えさせられたようにぎこちなかった。

「音によってとり結ばれたる、幾年《いくとせ》越し来たる縁《えにし》。あなたの手にお返しします。再びの音《ね》の色を、今、一調、響かせくださいませ」

古様なる物言いで告げ、本体の彼女が後ずさる。

和宏さんは、途方にくれたように茜さんに救いを求める。茜さんは腕組みをしたまま、黙って首を振った。

和宏さんの指が弦に触れ、かすれた音が生じた。彼は電気に触れたかのように身を震わせ、手にした古奏器を見つめた。そうして、今度は何かを確かめるように弦を指でなぞる。おずおずと。

長い時間をかけて、何かを思い出そうとするかのように、一つの弦を押さえ、ゆっくりとはじく。弦が振動し、硬木の胴が響きを増幅させ、一つの音が生じた。だが、それはまだ振動としての音に過ぎなかった。

英明たちは、辛抱強く待ち続けた。和宏さんが、古奏器を通じて自らと対峙する様を見守りながら。それは、手助けも代わってあげることもできない、彼自身の内なる闘いだった。

弦を押さえ、音を響かせる。六本の弦を上から順を追って、一つずつ。和宏さんは夜空を仰ぎ、記憶の糸をたぐり寄せるような遠い瞳を見せた。

やがて、弦のつくり出す響きが、確かな意志を持った音へと変わった。一つ一つの音が、音《ね》の色を持ったのがはっきりとわかる。

和宏さんの顔に、表情がよみがえる。凍解《いてど》けを思わせる、穏やかな笑顔だった。長い指がしなやかに、涼やかな風が吹くかのように動き、弦を爪弾いた。

それは英明にとって未知の曲だった。胸を締め付けられるほどの郷愁と、「貫くもの」を体現するかのような一途さを伴って心に強く迫る。

茜さんの唇から煙草が落ちた。彼女は泣いていた。腕組みをして、流れ落ちる涙を拭おうともせずに。潔くきっぱりと泣くその様は、彼女に似つかわしかった。

「よかった……」

本体の彼女が小さく呟く。次の瞬間、ふっと力が抜けたように、その場に倒れ込んだ。

◇

彼女は、それからずっと眠り続けた。やすらかな寝顔だった。英明はベビーベッドにひびきを寝かしつけ、彼女の目覚めを待ち続けた。壁に掛けられた時計だけが、静かに時を刻んでいた。

ベッドに入ったが、眠れぬまま時計は四時を指していた。英明は、何か本を借りようと居間へ下りた。

二冊の本を手にして悩んでいると、明かりの気配に気付いた茜さんが、パジャマの上にカーディガンを羽織った格好で顔を覗かせた。

「すみません。起こしちゃったかな?」

茜さんは、人懐っこい笑顔を見せてかぶりをふった。

「いえ、私も起きてたんです。ちょっと不思議なことがあって。見てほしいものがあるんですよ」

英明が連れて行かれたのは、和宏さんのアトリエだった。

「和宏が、なんだか夜中に描いてるなって思ってたんですけど、あっという間に描きあげちゃったみたいで」

茜さんが一枚の絵の横に立ち、無言のまま英明を見つめた。

「これは僕たちの……」

描かれているのは、英明たち「かりそめの家族」の肖像画だった。英明と、本体の彼女が並んで立ち、二人の間には子どもが……、二人？

「ここで和宏が月ヶ瀬以外のものを描くのははじめてのことだし、それよりも、ひびき君と、もう一人お子さんが描かれているから、気になって」

どういうことなのだろう。ひびきの横に描かれたもう一人の子どもを見つめる。女の子だった。背はひびきより高く、何歳か年上のように感じられた。

「もしかして……、いや、でも、そんなことは」

胸に浮かんだ思いをあわてて否定した。妻との間に生まれるはずだった、最初の子どもの「ひびき」。あの子がもし生まれていたとしたら、きっとこの絵の子ぐらいに成長しているはずだ。だが、和宏さんにはそんなことは一言も話していなかった。

「彼女のおかげで、和宏も表情を取り戻しました。何てお礼を言っていいのか」

「いえ、古奏器を治すのは、彼女の仕事ですから」

「なんだか、和宏と引き換えに彼女が、ってそんなこと考えてしまって」

茜さんの声は沈みがちだった。英明は彼女に心配をかけぬよう笑って首をふった。

「いえ、いずれにしろ彼女はこの場所を最期の地として選んだのですから。それに彼女も、最後にこんな形でお役に立てて、本望だろうと思います」

絵の中の彼女は、穏やかに笑っていた。それが本体の彼女なのか、別体の妻なのか。英明にはわからなかった。

◇

本体の彼女は、それから三日間眠り続けた。とはいっても、昏睡というわけではない。時折眼を覚まし、数度の会話を交わした後、再び眠りに入る。英明は片時も離れず彼女のそばにいた。ベッドの傍らに椅子を置いて座り、安らかな寝顔を飽くことなく見つめ続けた。再びの別れの時を刻んでいたのだ。ゆっくりと、自らに受け入れさせるために。

時折和宏さんが訪れ、英明の分の食事を持ってきてくれた。心配そうに彼女の寝顔を見下ろす。相変わらず話すことはできないようだったが、古奏器の音を取り戻して以来、彼ははっきりと表情をあらわすようになっていた。

冬も間近の午後の陽光は、窓越しに暖かなぬくもりを投げかけ、英明は椅子に座ったまま、うとうととまどろんでいた。ふっと気付くと彼女が眼を開けていて、そんな彼の様子をおもしろそうに見守っていた。彼女は天井を見つめ、何かを思い出すような遠い表情になる。

「二人で、いろんな所に行ったね」

彼女は、二人で訪れた場所の思い出を語りだした。一つずつなぞるように。やがて気付かされる。その中には、彼が妻と行った場所も含まれていることに。

部屋の温度が一気に下がったように感じ、思わず身震いをして、彼女を見つめる。彼女は穏やかに、英明を見返す。

「思い出を、ありがとう」

彼女の中で、本体と別体の意識が入り交じっているのだ。事前に管理局の白瀬さんにレクチャーされたとおりの、危険な兆候だった。「町」が、失われた妻の意識を通じて彼女を捕まえてしまったようだ。最後の残光とともに、彼女の意識は「町」に取り込まれ、二度と戻ってくることはない。

◇

その日の夕方、管理局の白瀬さんがペンションを訪れた。相変わらず大ぶりなサングラス姿だった。

「桂子さん。眼の調子はどうなの?」

茜さんは、彼女とは見知った仲なのだろう。親しげな声の中にも心配な様子をにじませる。

「ええ。いつかこうなるって覚悟はしていたから。でももうしばらくは大丈夫」

その言葉で初めて彼女のサングラスが、眼を保護するためのものであることに気付かされた。

白瀬さんは英明に向き直り、口元に厳しさを湛えて告げた。

「今夜が最期だと思います」

◇

夜が訪れた。

英明は本体の彼女の枕元に座り、その時を待つ。そう、待つのだ。彼女と出会った時からゆっくりと、この日を待つために時が刻まれるのを強く意識してきた。その術は、英明の妻が教えてくれたのだ。

ベッドを窓際に寄せ、本体の彼女が休んだまま町を見下ろせるようにした。中西さんたち、そして管理局の白瀬さんは、部屋の片隅で見届けてくれていた。

彼女は、窓越しに町を静かに見つめていた。

「和宏さん。あなたの音《ね》の色で、送っていただけますか？」

和宏さんは、にっこりと笑って頷いた。

彼女の意識を本体と別体のいずれが支配しているのかはもう判断できなかった。だが、それはもうどうでもいいことだった。どちらも、英明にとってはかけがえのない存在なのだから。

「あ、見て。町に光が……」

彼女が指差した先に、確かに光が見えた。ペンションに来て最初の、そしておそらく最後の残光だった。

残光は、町で失われた人々の想いの名残であると聞いていた。だが、その光は英明の想像していたものとは違っていた。音の無いまま上空にまるで華のように広がるそれは……。

「これは……、町の花火大会の光ですね」

中西さんが感に堪えかねたようにつぶやく。残光は、失われゆく彼女へのはなむけであるかのように、光り輝いた。音の無い光の乱舞を、彼女は魅入られたように見つめた。

英明の気持ちを察したのだろう。振り返って、いつものように笑った。

「そう言えば、昔あなたに町の花火大会のこと話してたっけね。子どもができたら一緒に見に行こうって。約束が守れてよかった」

それは、彼女とではなく妻とした約束だったが、英明は頷くしかなかった。

「ひびき、こっちにおいで」

母親が失われることなどわかるはずも無く、ひびきは茜さんの膝の上にいた。茜さんがひびきを抱きかかえ、彼女の膝に降ろした。

ひびきがあまえるように手を伸ばす。彼女はその小さな手を握り、あやしながら胸元へと導く。

「ほら、ひびき。花火が見えるよ」

母親にかまってもらい、うれしそうにしていたひびきは、光を眼にして不意に動きを止めた。凝視するように音無き光の乱舞を見つめ、母親に向き直る。

「ワタシタチガ、オワラセルヨ」

ひびきが声を発した。まだ話すことなどできないはずなのに、明瞭《めいりよう》な言葉だった。しかもそれは女の子の声だった。彼女は驚く様子も無く笑顔で頷いて、ひびきを抱きしめた。

ひびきは、母の胸に抱かれたまま英明をじっと見つめ、もう一度口を開いた。

「モウ、パパモママモ、カナシマセナイ」

子どもの声ではあったが、確かな意志を持ち、その顔には決意を含んだ静かな笑みすらたたえられていた。

ひびきの中には、月ヶ瀬で生まれることなく失われた女の子のひびきが生きているのかもしれなかった。

ひときわ大きな、尺玉の花火の光が広がった。それが残光の終焉だった。

「今までありがとう。あなた。悲しんじゃ駄目よ」

彼女は、静かな笑顔でそう告げて、ゆっくりとまぶたを閉じた。眠りに落ちるかのように安らかに。そして、再び目覚めることはなかった。

和宏さんの送《おく》り音《ね》が響く。時を超えて、人々の想いを紡ぎ、綾《あや》なしてゆく古奏器の音《ね》の色が、彼女を過《あやま》たず送り届けてくれるだろう。

英明は悲しまなかった。それが彼女の願いだったからだ。

彼はひびきを腕に抱いて、別れの時を刻む暦を心の中でゆっくりとめくった。

「僕は、ひびきと共に生きてゆくんだ」

# エピソード5

# 艫《とも》取《ど》りの呼《よ》び音《ね》

「回収状況につき、定期報告です」

書籍回収受任官が、幾分緊張した面持ちで報告を開始した。

消滅予知委員会。今回は諮詢会《しじゅんかい》のため、委員以外の主だった部局のメンバーも顔を揃《そろ》えている。会議室の入室条件は「抑制遮幕不要」と示されていたが、局員たちは習い性となった抑制の無表情を固定化させ、資料を眺めていた。

「流通図書に関して図協資料です。種別では第一種九六・八%、以下第二種九三・五%、第三種八八・二%。第四種に関しては、推測値となりますが七九・二%。第五種につきましては、書籍院分局ごとの取りまとめ資料合計予測値により、六一・四%となります」

「第五種の棄《す》て値《ち》は如何《いか》なるや？」

奥まった位置に座る統監のしわがれた声が響く。受任官が、更に緊張を高めて声を上ずらせた。

「は……。予測廃棄率一三・二%、立証不能分八・九%。合計二二・一%となります」

「違反状況および検挙率については？」

矢継ぎ早に統監が質問を浴びせてくる。桂子さんには、質問というよりむしろ糾弾の言葉に聞こえた。機嫌の悪い時の統監のパターンだ。メンバーに重い緊張が走る。

フェザールで覆われた統監の表情は、汲《く》み取《と》ることができない。

「それにつきましては……」

受任官は明らかなあせりの表情を見せ、積み上げた資料を無意味に上下させた。

「え……、今年度第一、第二・四半期の合算値となりますが。査察対象が首都圏におきまして百二十八件、文書警告による改善が六十三件、訪問警告が二十三件、強制出頭につきましては五件でございます」

「拘束による検挙は如何なるや？」

「それにつきましては……、今期は行っておりません」

「何故《なにゆえ》に？」

「何分《なにぶん》にも、前期の検挙方針に関しまして国務院よりの指導がありまして」

「生ぬるい」

統監の声が断罪し、重い沈黙が会議室を支配する。内圧を高めるためのコンプレッサーの低いうねりが、沈黙を増幅するかのようだ。

「諸君は、自らの使命について直視していないのか」

統監が問いかける。問いの形を借りた糾弾であり、自戒を促す言葉でもあった。

「諸君は自らの責務をどうとらえている？　失われし者、家族を失いし者の怨嗟《えんさ》の声が聞こえないのか？　回収を怠るべからず。『町』を侮るべからず」

振り絞るように言って、統監は席を立った。後ろ姿が二重扉のむこうに消えると、居心地の悪いざわめきが広がる。若手メンバーは、やれやれといった表情だ。

気を取り直したように、進行役の受任官が会議を進めた。

「それでは、その他個別調査事項の現状につき報告を願います。まずは白瀬書記官から」

「報告いたします」

桂子さんは、軽く片手を挙げて立ち上がった。

「消滅時より、継続調査対象となっておりました分離個体の消滅関与については、先日、十二月三日午後十一時に、非消滅個体の『町』への意識の取り込みが確認されました」

「消滅から三年と、八ヶ月が過ぎてからか……」

ざわめきが広がる。静まるのを待って桂子さんは続けた。

「何分《なにぶん》、分離個体の消滅は初めてのケースでしたので、非消滅個体の協力を得て定期的な検査態勢を敷いておりました。予測されていました、消滅個体との記憶同化が生じ、消滅余剰波『残光』の終焉とシンクロしての『町』への取り込みが起こりました」

「対象者を、町に近づけることができたのかね？」

管理局西部分室の寺島氏が、小さく驚きの声を上げる。

「あくまで、本人およびその家族にとっては、本人の自由意志により、町の近くで最期の時を迎えた、という形になっておりますが」

「『操作』したんだな」

「ええ、検査時に『刷り込み』を行いました。それにより、対象個体を都川市の宿泊施設へと誘導することに成功いたしました。施設側の協力を得まして、すべての行動は撮影、録音されております。これより分析に入りますが、まとまり次第次回の定例会で報告させていただきます。さらに一点、今後継続的に観察すべき事象もありますので……」

「継続観察とは？　観察個体は死亡したのではないのか？」

寺島氏が疑義を質《ただ》す。

「はい、観察個体自体は死亡いたしました。ですが、その遺伝子継承体につき、興味深い事例が生じましたので継続観察の許可をいただきたく思います。分離統合局との調整もありますので、まだその詳細につきましては公表することは出来かねますが」

「ついでに、あの件の報告も聞きたいもんだね」

変に甲高く、ねちねちとした声が桂子さんに向けられた。総務院に出向している前畑氏だった。

「あの件、と申されますと？」

「『消滅耐性』の件だよ。君が担当しているんだろう？　そろそろ我々にも経過をお伝え、願え、ません、かね？」

前畑氏が語尾を区切った変に丁寧な物言いをするのは、何かしら難癖をつけようとする前触れだった。

「消滅耐性は、現在推定年齢六歳と八ヶ月に成長しております。ご承知の通り、発見した回収員の希望によりその娘として育てられ、首都近郊の新興住宅街において……」

桂子さんの淀みない説明を、前畑氏はいらだたしげに遮る。

「そんなことは承知だよ。いつから『研究』を始めるのかと聞いているんだよ。まさか放っておいてるわけじゃないだろうね？　だとしたら怠慢じゃないか。この非常時に」

桂子さんは、感情のこもらぬ表情を一層固め、少しの間を置いて続けた。

「前回の消滅耐性の教訓により、早期の保護幕開放はかえって情報保管の点で逆効果であるという結論が出ていることはご存知の通りです。ですから今回は、保護幕形成が完了するまでは、あえて接触せずに見守っている状況です」

「前回の消滅耐性」が、彼女自身を指していることは、居合わせた誰もが知っていた。

だが、そのことに言及する者はいなかった。

「そういう事情であれば、了解、いたしますが、ね」

前畑氏は、相変わらずの癇《かん》に障る物言いを抑えぬまま、皮肉のこもった視線を投げる。

「貴重な『実験対象』なのだから、私心で動いてもらっては困るよ。くれぐれも。何のために消滅耐性なんて危険物を野放しにしていると思っているんだね」

「了解いたしました」

感情抑制中であることをいやが上にも知らしめる、能面を思わせる表情で、桂子さんは深くお辞儀をした。

◇

「聞いたよ。あんた、前畑の野郎とやりあったって？」

窓が無く、閉鎖された倉庫を思わせる心休まらぬ休憩室に、どこで聞きつけたのか、清掃員の園田さんがモップとバケツを手に、興奮した面持ちでやってきた。

「やりあったなんて、そんな。単なる会議ですから」

「しかしあいつも相変わらずいけ好かない奴だね。自分は汚染されない場所で文句だけ言って高みの見物ってわけかい」

園田さんは、憤懣《ふんまん》やるかたない様子だった。

「どうだい？　あいつ追っかけて、このバケツん中の泥水ぶちまけてこようか？」

今にも実行に移しそうだったので、桂子さんはあわてて彼女を押しとどめた。

「そんな、やめてください。それに、私はどう言われても仕方の無い身ですから」

「相変わらずそんなこと言ってるのかい。そりゃあ管理局に恩義を感じるのはわかるけどね。でもあんたはもう充分お国のためにがんばってきたじゃないか」

桂子さんは、紙コップの中のお茶に視線を落としたまま、小さな笑みを浮かべ、何も言わなかった。「お国のため」という古臭いコトバを、他人事のように感じていた。彼女が管理局で働くのは、誰かのためでも、自分のためでもなかった。そうする以外に人生の選択肢はなかったのだから。

◇

薄雲が冬の高空にたなびく。冬とはいえ、さえぎるものなき陽光は、周囲のビルの窓に反射し、強く注いだ。桂子さんは手をかざして眼を細め、ハンドバッグからサングラスを取り出した。

地下鉄の駅に向かって歩く。公園の芝生の上を斜めに横切りながら、小さく唇を噛む。この場所を通るたび、自分に言い聞かせる。もう彼はいないのだと。それでも探してしまう。小さな一人用のテントを。何物にも躊躇せず被写体にレンズを向けている脇坂さんの姿を。

最後に会った砂浜で彼は、いつか彼女の元に戻ってくると約束した。

「居留地に戻って、けじめをつけてこなくちゃな」

彼はそう言った。「けじめ」が、何を意味するのかは、あえて聞かなかった。そして、何を失って写真を撮ることができないのかも。

再び姿を現さないのは、けじめがまだついていないからだろうか？　それとも単に、もう桂子さんを忘れてしまっているのだろうか。考えてみれば、彼との間に、つなぎとめるだけの絆など何も生まれてはいないのだ。

あれから、桂子さんなりに脇坂さんを探してみた。と言っても、彼女が知るのは脇坂という苗字と写真家だという事実のみだった。管理局は優秀な情報収集機関でもある。情報網を駆使し、彼について検索したが、何の情報も得られなかった。

「澪引き……」

異国の響きを持つ言葉《ことのは》を口にする。込められた想いを信じて、待ち続けてきた。三年半という時の流れの中で、いつしか彼女の心は薄い諦めのベールを纏《まと》うようになっていた。

——だけど……

自分はまだ、ましなのかも知れない。「町」でかけがえの無い誰かを失った人々は、悲しむこともできずに戻らぬ人々を待ち続けているのだから。

ふと、何かを感じた。それが何かはわからない。だが、逃してはならないと感覚が訴えていた。サングラスの暗い視界をめぐらせる。

高空《たかぞら》を飛ぶ飛行機。葉を落とした街路樹。スーツを着た道行く人々。そして信号待ちの車。路肩に止められた車……。

「脇坂さん！」

思わず声にしてしまった。脇坂さんが乗っていた車だった。ナンバーまでは覚えていなかったが、あれから首都で同じ車を見た覚えはなかった。

声が伝わったのか、運転席から誰かが降りてくる。

桂子さんと同様の、黒いサングラス姿だ。男性なのだが、通常女性しか用いない真紅の包衣をまとっていた。髪は身体の中央で線を引いたように右側は剃《そ》りあげられ、左側は長く残されていた。顔の左側には、薄い化粧が施されている。

多様な人種の坩堝《るつぼ》ともいえる首都にあっても、「特殊な文化」の中で生活している人物であることが窺い知れた。もちろん脇坂さんも、初対面の際はあまりいい印象ではなかったが、ここまで突拍子もないいでたちではなかった。

「言ったネ、今。脇坂と？」

いでたち同様、二人の人物の発した声が合わせられた合成音のように聞こえるのは、単なる錯覚だろう。倒置された特徴的な話し方から、居留地由来の人間であるとわかる。

「すみません。人違いでした」

お辞儀をして通りすぎようとすると、男性は彼女の前に立ちはだかった。

「違うネ、人違い。知ってるネ、私、脇坂のこと」

桂子さんは思い出した。脇坂さんが車を友人からの借り物と言っていたことを。それに、脇坂さんも居留地の出身だった。

「あなたは、脇坂さんのご友人なのですか？」

友人という言葉に反応するように、男性は笑った。左右の顔が、それぞれに違う思惑を持っているようにも感じられた。

「飲みながら話そう、お茶でもネ。行きつけがあるんだ、近くにネ」

信用できる人物かどうかの見極めはできなかった。だが、ここで誘いを断れば、脇坂さんとを結ぶ線は切れてしまう。判断のつかぬ笑みを浮かべた男性に、桂子さんは慎重に頷き、助手席に乗り込んだ。

◇

車が止まったのは、五十階建て高級ホテルの地下駐車場だった。脇坂さんが以前連れて行ってくれた海辺のホテルと同様、居留地資本によるものだ。特別会員用のエレベーターで最上階へと一気に上り、ラウンジの眺めの良い個室に案内される。南に向けて大きく配された窓からは、海が見渡せた。

「あなたは、脇坂さんのご友人なのですか？」

向き合ったソファに座り、先ほどの質問を繰り返す。

「珍しいネ。脇坂。そのナマエを使うなんてネ。アイツが」

一人ごとのように呟く。桂子さんは小さく首をかしげた。

「失礼。移し名を使うからネ、普通。居留地出身だから。アイツは」

移し名は、居留地で習慣的に使われている。多くの国との交易を持つ居留地ならではの商慣習から来たものとも、独自の宗教観に基づく地霊封じのためとも言われる。居留地出身者は、本名とは別にいくつもの「移し名」を持ち、場面に応じて使い分けているのだ。

「では、脇坂さんは、あまり使っていない移し名を私の前で使っていたのですね」

彼はしばらく思案顔だったが、やがて笑って首を振った。

「イヤ。違うネ。本名だよ、脇坂ってのがネ」

「え？　でも、そんな……」

桂子さんも知っていた。居留地の人間は、身内以外には決して本名を告げないと。それは戒律とも言えるほどに厳格なものであり、そうした数々の因習が、居留地の一種神秘的にすら見える閉鎖性をいや増していることは事実だった。

「そういうコト。つまり。認めてるんだよ、身内って。最初からネ、アイツが」

彼は脚を組み替え、顎に手を置いて桂子さんを見つめた。サングラスの奥の表情は、試すようでも、面白がっているようでもあった。

「どうやら、あなたとお会いしたのは、偶然ではないようですね」

「そうみたいだネ。なんだかネ。そうなのかもネ」

他人事のように言ってはぐらかす。

黒服を着た初老の男性が、無駄のない動きでやってきて、お茶の準備をした。桂子さんの前に白い茶器を置く。大振りな杯を思わせる、薄成りの茶器だ。白湯《さゆ》と見紛《みまが》うほどの透明なお茶を注ぎ、静かに一礼をして去っていった。

「あの、脇坂さんは、今、どうしていらっしゃいます？」

「逢《あ》いたいかい？」

彼は身を乗り出し、瞳を覗き込む。ためらいながらも桂子さんは頷いた。

「逢いたいかい？　本当に。すべてを乗り越えて」

静かに、それでも執拗に彼は繰り返した。おざなりな返答は許されぬ雰囲気だった。

桂子さんは姿勢を正し、今の想いを正直に伝えた。

「逢いたいと言うより、逢わなければならないのだと、そう感じています。そこから始めなければならないんだって。彼は『澪引き』という言葉を使いました。海の中の見えない航路のように、どんな道筋を辿っても出会ってしまう人がいると。それが私に対して言ってくれた言葉なら、三年半の日々に意味があるのかを聞きたいんです」

彼はサングラスをはずした。思っていたより素直な切れ長の眼に見据えられる。気圧《けお》される視線だった。審神者《さにわ》に自らの内を覗き込まれたかのように、動くことができない。

「飲みなさい。お茶を」

静かに告げられ、言われるままに桂子さんは薄成りの茶器を手にする。違和感を感じたが、男の視線に射竦められ、一息に飲み干した。無色透明な見た目と同様、その味はお茶としての様態を備えてはいなかった。かすかな、あるか無きかのごとき常葉《ときわ》の香り。

「来るんだネ。光の無い夜に。逢えるよ。最初に逢った場所でネ」

飲み終えるのを見届け、彼は立ち上がった。

「会うだろうネ。アンタとは。またいつか。気がするヨ、そんなネ」

振り向いた彼は、厳粛な表情で桂子さんを見据えた。

「汝《なんじ》、澪引きを得たりや？」

胸の上に手を添えた西域特有の挨拶をして、彼は去っていった。

一人取り残され、桂子さんは窓辺に立った。スモッグにかすむ首都の風景を見下ろす。

雑多な建物の背後に、ビルに切り分けられた海湾が見えた。

人の気配に振り向くと、先ほどの黒服の男性だった。改めて彼を見て気付く。脇坂さんに最後に会った日、海辺のリゾートホテルにいた男性だ。

「あの方は、『身削《みそ》ぎ』を行われました。只今お飲みになられたのは、あの方の身削ぎの血を滴《しずく》しました潔斎茶《けっさいちゃ》でございます」

「身削ぎとは、何のことでしょうか？」

言葉の響きに不穏なものを感じた。男は答えることができぬというように口をつぐみ、静かにお辞儀をした。

「どうぞ、よき澪引きを得られますよう」

桂子さんは、再びガラス越しの海を見下ろす。鈍色に沈んだ首都の海に、自らを導く航路を見出すことはできなかった。

◇

「それでは、研究報告を開始します。本日は『町の消滅の分離個体に与える諸影響』についてです」

消滅予知委員会の定例会議だ。正面オペレート・ボードの前に立ち、桂子さんは首のスカーフに手をやった。小さく咳払いをして話し出す。

「前回お伝えしました通り、今回の消滅における分離個体の『本体』死亡の事例につき、通常の同時死亡が生じなかった件の詳細につきまして、報告いたします」

消滅による「分離者」の特殊事例は、調査継続案件だった。前回「倉辻」の消滅時には、そうした事例は存在しなかったのだ。そのため、管理局では分離者の動向に注目していた。

通常、分離者の一方が死亡すれば、時を同じくして他方の分離者も死亡する。だが、今回の月ヶ瀬の消滅による分離個体の消滅では、もう一方の分離者に同時死亡は起こらず、実に三年と八ヶ月の時を経て、消滅した個体の残留意識に引き込まれるようにして、非消滅個体の死亡が確認されたのだ。

「消滅個体の残留意識の、非消滅個体への流れ込みは、当初の予想より六時間遅く、死亡の三十時間前となりました。ですが、それ以前より兆候とも見られる挙動が確認されておりますため、今後検証を続けてまいります」

「残光の終焉とのシンクロニシティについては予想どおりでしたか？」

初めて定例会に参加した坂上ＴＣからの質問だ。まだ若いテクニカル《T》・コーディネー《C》ターだが、管理局を単なる就職先としてしか見ていない最近の若い職員たちとは違い、管理局の使命を理解している。

「予想どおり、同時でした。分離者の継続調査につきましては、来月報告書を作成いたしますので、そちらでご確認ください。本題に移ります。その件に関連して、興味深い事例が確認されましたので報告いたします。監視映像がその模様を記録しておりますので再生します」

桂子さんがスイッチを押し、背後のボードに画像が浮かび上がる。「風待ち亭」に設置された調査カメラの映像だった。現れたのは、一組の家族の映像。ベッドに横たわる奥さんと寄り添うご主人。奥さんの腕には小さな男の子が抱かれていた。

「非消滅個体の遺伝子継承体について、自然分離の兆候が見られます。調査によりますと、消滅個体側の遺伝子継承体は、月ヶ瀬の消滅と時を同じくして誕生予定であったとのことです。そのことより、特殊な『呼び合い』が生じたことが考えられます」

「今後、分離の可能性がある、ということだね」

奥田受任官の声は、自然に期待を込めたものになる。分離者の「呼び合い」は、町の消滅による消滅順化に抗う手段として、注目されていた。分離者なら、消滅順化が始まっても「呼び合い」によって何らかの形で情報を伝えることができる可能性が指摘されていたからだ。

報告を終え、席についた桂子さんの視線は、自然に奥へ向かう。統監の席は空席のまだ。長年にわたって統監が「町」から受け続けた汚染は、もはや浄化によっても回復できないほど致命的に蓄積されていた。

上級官庁である国務院では、統監の状況を踏まえ、密かに次の統監の人事案件が取沙汰されていると聞く。総務院出向組の前畑氏が、近頃頻繁に会議に顔を出すのもそうした影響であろう。

管理局という特殊な使命を持った機関ですら、政争とも言える出世争いの舞台となることに、やるせないような無力感を感じてしまう。

◇

会議室を出ると、見慣れた人物が立っていた。

「野下さん」

統監専属の運転手、野下さんが帽子を取り、お辞儀をした。

「統監が、会いたい、と」

桂子さんは頷き、後について歩く。帽子を取った彼の頭はすっかり薄まっていた。不謹慎ではあったが、桂子さんは歳月の流れを思ってしまう。

「野下さん。統監の容態は？」

答えはない。後部座席から、ハンドルを操作する白い手袋の動きを見つめ続けた。バックミラーごしに、彼が視線を合わせる。

「勘弁してください。統監からしゃべるなと言われておりますので」

首都環状防衛ライン二波に位置づけられる高射砲塔が、「２０３」の数字を明らかにして正面にそびえる。車はその真下で左へ曲がる。

しばらく走ると、総合病院の白く威圧的な姿が立ちはだかる。広大な敷地内の一画の、高い防護壁で囲まれた建物は、管理局生体反応研究所と汚染浄化センターだった。

浄化センター五階の、統監が入院する特別室の扉に立ち、ノックをする。しばらく待ったが返事はない。桂子さんは伝声管に向かい声を発する。

「白瀬書記官、お呼びにより参上いたしました」

乾いた、音の無い時間が流れ、やがて伝声管を経てひび割れた声の返事が戻ってきた。

「入室を許可する」

声に反応し、ロックが解除される。内圧を高めてある部屋から、空気がゆっくりと流れ出す。はっきりと、死に近づく匂いを感じた。

室内はカーテンで仕切られ、統監の姿を見ることはできなかった。

「一人か？」

「はい、私一人です」

「そうか……。入っておいで」

統監はフェザールをつけず、素顔のままだ。その姿は、管理局では桂子さんと園田さんにしか見せない。枕元に座る。見慣れてはいたが、異様な姿だった。

長年の汚染図書の裸眼検索により、眼はすでに二十年程前より眼としての用を為《な》さなくなり、真っ白に濁っていた。さらに、汚染蓄積が皮膚組織に影響を及ぼし、瘤状《こぶじょう》のいくつもの浮腫《ふしゅ》が本来の顔の輪郭を奪っていた。

「もう、だいぶ悪いのか？」

会議の時とはうって変わった、統監の穏やかな声。身動きすらできぬほどに衰弱していながらも、桂子さんを気遣おうとする。

桂子さんは何も言わなかった。たとえ眼が見えずとも、統監に隠し事はできなかったし、何より統監自身も辿ってきた汚染の道筋だったからだ。

「すまなかった……」

統監の口が重く開かれた。

「三十年前、おまえを実験台にしようとする輩《やから》どもを、私は阻止することができなかった。せめてあと少し待てば、その年でそんなに汚染が進行することも……」

桂子さんは、静かに首を振った。

「でもそれも、私が実験台になったからこそわかったことですから。大丈夫、次の消滅耐性は、私がしっかりと見守っていきます」

浄化センターには、管理局同様、窓は無い。窓のあるべき場所には、せめてもの慰めにと絵が配されていた。月ヶ瀬の高射砲塔がそびえたつ、風待ち亭の和宏さんが描いた、失われた町の風景だ。

◇

三月《みつき》に一度の電力調整の日だった。

夕方六時ですべての交通機関は止まってしまう。通常のオフィスであれば、社員たちは慌《あわただ》しく帰途についているところであろうが、管理局に限っては普段と変わらぬ時間が流れていた。それは、管理局が除外官庁であるという理由にもよったし、建物自体が、光が外部に漏れない構造になっているからでもあった。

午後六時三十分に桂子さんが外に出ると、周囲のオフィスビルは、すっかり光を落としていた。交通はすべて途絶え、街は廃墟《はいきょ》のように人気《ひとけ》がなかった。時折、暗視カメラをつけた装甲車が、管制の漏れなきよう、監視に走り行く。キャタピラの音が地鳴りを伴って響く様は、遠い雷鳴を思わせた。

闇を得て、桂子さんは普段にも増して鋭敏な感覚に身を浸した。通常人の視力を失いつつある今は、光のない街の方がよほど歩きやすかった。

かつては、強度の感情抑制の遮幕を張った後の後遺症としてしか得られなかった鋭敏な感覚。それが「汚染」が進むにつれ、通常の感覚器の減退とは裏腹に常態化し、今では、まったく別の感覚を並存させて生きることとなっていた。汚染による「体内珪化《たいないけいか》」が、いよいよ桂子さんにもはじまったのだ。

汚染蓄積による感覚器の珪化は、汚染を伴うものだけに、仕組みはほとんど解明されていない。珪化が、長期間、継続的に町の汚染を受け続けた者に特有の状態であり、把握には勢い、汚染が付きまとう。そのため、確立された研究成果は上がっていなかったのだ。

故に、実体感覚を知らぬ過去の研究者により命名された「珪化」とは、極めて概念的な表現であり、桂子さんに言わせれば、文字の表す、感覚の「固化・硬化」とは、実態は大きく様相を異にしていた。

もちろん、感覚器の減退、特に視覚域における結像能力の極端な低下は、一般的に言えば悲劇であろうが、副産物としての「感覚の鋭敏化」は、視力減退を補って余りあるものがあった。

珪化により、「町」と感覚器の一部が「結節」して「拡大意識（意識拡大ではない）」が生まれるのだ。通常の人の「個」の感覚が、「自己を中心としてその周囲に広がる世界」であるのに対して、汚染によって結果的に得られつつある世界は「広がる世界の中にある個」という感覚であることに他ならなかった。

桂子さんは、鋭敏な世界の中で立ち止まる。

「来るんだネ。光の無い夜に……」

居留地なまりの男性の声がよみがえる。「光の無い夜」とは、今夜のことだろうか。

誰もいない公園の芝生の上で、桂子さんは靴を脱いだ。冬の凍《い》てついた大地の感覚が、素足の足裏から伝わってくる。身震いがしたが、大地に直接に触れることで一気に感覚が鋭敏化する。「広がる」というよりむしろ「浸透する」かのように、意識の周縁を外界へと溶け込ませていった。

桂子さんの意識は、すでに「何か」を感じていた。

何者かに導かれるように、足早に歩を進める。近づくにつれ、気配は濃厚となった。

「脇坂さん。脇坂さんでしょう？　そこにいるんでしょう？」

そこは脇坂さんがテントを張っていた場所だった。だが、期待を裏切るように、テントも、脇坂さんの姿も無かった。

失望に歩みが止まる。足元の芝生の上に、細長い木箱が置かれていた。脇坂さんにつながるものを確かに感じた。少しの躊躇ののち、箱に手を伸ばす。上面は上蓋《うわぶた》となっており、持ち上げると簡単に開いた。

闇の中では、箱に納められたものを容易に見透かすことができない。桂子さんは顔を近づけ、中を覗き込んだ。

思わず叫び声を上げそうになり、声を押しとどめた。無造作に横たえられていたのは、人の右腕だった。肩のあたりからすっぱりと切断されている。切断されて日数が経《た》つらしく、半ばミイラ化した腕は水分を失って肉を落とし、琥珀色《こはくいろ》を呈していた。手首に巻かれたものを見て絶句する。時を経て変色していたが、紛れもなく、あの日脇坂さんに渡したスカーフだった。

信じたくはなかった。だが、先日のあの男性の言葉からすれば、脇坂さんの腕に違いなかった。桂子さんはようやく、「身削ぎ」の意味するものを理解させられた。

「汝、澪引きを得たりや？」

男性の声が虚ろに響く。脇坂さんの腕は、彼のけじめを象徴するように重たかった。かつて自分をしっかりと抱きとめてくれたその腕を、自らの腕に抱きとめる。

箱の中に、一枚の紙片を見つけた。西域様《よう》の晒紙《さらしがみ》に記された文字を見つめ、桂子さんは強く唇を噛んだ。

「これより七日の時を経た月の中天を過ぎし刻《とき》を期限と為し、澪引きを成就さすべし。澪引きを得ざれば、すべては失われる定めなり」

◇

街の明かりが、ゆっくりと遠ざかってゆく。

遠羽川の河口に位置する港から、居留地行きの船は出港した。

海の民との交易で栄えた古《いにしえ》より続く商業都市へは、今も船による渡航がメインルートで、この時期は飛行場は閉鎖されている。桂子さんは、まだ見ぬ居留地へと、はやる心を鎮めた。

「桂子ちゃん、こんな所にいたの。はやく中入んなさいよ。風邪ひいちゃうわよ」

リトルフィールドのマスターが、海風に身をすくめながらデッキに現れた。

「ごめんなさいマスター。お店休ませることになってしまって」

「いいのよぉ、他ならぬ桂子ちゃんの頼みじゃない。それにね、居留地ってのは初めて行く人間にはイロイロと危ないこともあるし、戸惑うことも多いんだからサ」

マスターは、何でも無いと言うようにころころと笑った。

脇坂さんは、連絡先も告げずに姿を消した。彼を見つけ出すためのわずかな手がかり、それがリトルフィールドに残された一枚の写真だった。

写真を借り受けようとカフェを訪れ、事情を話すうち、居留地の公用語を話せるマスターが、一緒に行くことをかって出たのだ。

「あと五日……」

船の向かう先を見つめ、桂子さんは呟いた。月が、波頭に光を散らしていた。

◇

西域南西大地に隣接する周囲五十キロの小島が、「風待ちの港」から、西域との交易を求める海の民や東部列強諸国の「居留地」として開けたのは、今から百五十年ほど前のことである。

以後、数度の戦争や歴史上の荒波を経て、居留地としての実体は失われたが、その名残でこの地は今も「居留地」と通称される。桂子さんの国、西域、東部列強、そしてかつての海の民の文化が混在する、多民族の融合地となった。

過去の戦争により西域から逃げのびてきた王族と、その信奉する宗教を拠《よ》り所《どころ》とした文化を生活基盤とし、貿易港としての表向きの繁栄と強化誘引剤《ハイ・ポジション》の利権による裏面での繁栄を得て、「居留地様《よう》」と呼ばれる独特な文化様式が醸成されている。最近では国域《ボーダ》無考慮《ーレス》な奏楽配信拠点として、多くのハンドルマスターがこの地で創作活動を行っていることでも有名である。

到着後、息つく間もなく二人は情報集めに奔走した。写真を手に、マスターの取引先や顔なじみの人物を訪ねて回る。だが、芳《かんば》しい結果は得られなかった。もどかしいのは、脇坂という本名を相手に告げることができない点だった。

居留地では、他人の本名を軽々しく口にはできない。かといって彼が写真撮影時に使う移し名が何であるかは知らされていなかった。図書館や書店で写真集を調べ、写真家の団体も訪ねてみたが、彼につながる情報は何もなかった。

成果が得られぬまま、二日が過ぎた。

「うまくいかないわね。ホントに居留地にいたのかしら、あの人？」

露天の茶亭でお茶を飲みながら、マスターが溜息をつく。

「なんだか私も自信がなくなってきました」

ずっと通訳をしてくれているマスターに申し訳なく、桂子さんはうつむいてしまう。

海の中の見えない航路のように彼女を導いてくれるものは、未だ何も無かった。

ハンドバッグから一枚の紙を取り出す。あの日、脇坂さんが名刺の裏に書いた「澪引き」の文字も、すっかりかすんでしまった。

「桂子ちゃん、それって……」

向かいに座ったマスターが、彼女以上に真剣に名刺を見つめていた。

◇

古い型の昇降機がゆっくりと上ってゆく。鉄柵で仕切られただけの昇降機は、それぞれの階の薄暗い光を順に浴びながら、十二階を目指す。

居留地のダウンタウンであるこの地域には、開発の網からこぼれた古くからの中層アパートが林立していた。名刺の住所は、そんなアパートの一つの、十二階の一室だった。

老人の呟《しわぶ》きを思わせる、不吉な動揺と共に、昇降機が止まった。

「この階ね、何号室？」

「三号室です」

住民の生活道具が壁沿いに積まれ、半分ほどの幅となった通路を、部屋の番号を確かめながら進む。一号室、二号室……、四号室。

「あら、変ね。三号室通りすぎちゃったかしら？」

「いえ、そんな、一部屋ずつ確かめていきましたから」

桂子さんも合点がゆかず、首をかしげる。奥まで通路を歩き、すべての扉を見てみたが無駄だった。十二階には九号室まであったが、三号室だけが抜けていたのだ。

「ねえ、マスター。居留地では三が不吉な数字で外されてるなんてことはないですよね」

「ううん。長く居留地の人と接してるけど、三が不吉だなんて聞いたこともない。むしろ東遷の三皇の伝説があるから、三は縁起がいい数字なのよ」

理由がわからぬまま、桂子さんは意味も無く廊下を何度も往復してみる。汚染の進行と共に現れた別の感覚が、何かを感じた。何かが隠されている、と。

「マスター。眼をつぶって、私と手をつないで」

「え？　うん、いいわよ」

マスターが言われるままに桂子さんの手を握った。桂子さんも眼をつぶる。

「珪化」によって「町」と結節した感覚器に沿って、意識を体外へと延長してゆく。もちろん無制限に拡大してしまえば、結節点を越えて「町」と鉢合わせしてしまうため、この階全体を見通す場所まででとどめる。

拡大した意識により、それぞれの扉の奥の、住民の息吹が伝わってくる。ある部分だけが「開かれていない」ことを感じた。固く閉ざされたものではなく、ある種の錯覚を生じさせることによって、巧妙に視界に入ることを逃れているようだった。

桂子さんは眼をつぶったまま、錯覚の源に近づいた。

「マスター、眼をあけて」

目の前に、三号室の扉があった。

「どういうこと？　何度も通ったはずなのに、どうして二人とも気付かなかったの？」

マスターが、わけがわからないというように憤る。

「どうやら、中に住む方が、何か特別な操作を行っているようですね。あまり歓迎されてはいないようです」

「とにかく、住んでる人に会ってみましょうよ」

マスターは呼び鈴を押した。旧式のブザー音が響くのが聞こえた。しばらく待つが反応はなかった。もう一度押してみる。

「どうやらお留守みたいね」

「いえ、います。必ず」

桂子さんには、確信めいたものがあった。この部屋は、中にいる誰かによって人為的に隠されていたのだと。三たび、呼び鈴を押してみる。

根負けしたように、室内で人の動く気配があり、扉がゆっくりと開かれた。現れたのは、桂子さんと同年代と思われる女性だった。西域様の三本線のあしらわれた、裾《すそ》の長い服を着ている。

「写真家の男性を探しているって伝えてください」

マスターが現地の言葉で問いかける。女性は表情を変えず、機械のように首を振った。まるで感情抑制を思わせた。

「知らないって言ってるわよ」

桂子さんはハンドバッグから一枚の名刺を取り出した。記されている住所はこの部屋のものであり、記された名前は、おそらく目の前の女性のものなのだろう。

桂子さんは名刺を裏返し、脇坂さんの書いた文字を見せた。見つめる瞳に、初めて感情が揺らぐのがわかる。

しばらくして女性は、ゆっくりと口を開いた。

「あなたの国の言葉。わかります。少し」

◇

写真を手にして、女性は時が止まったように眺め続けた。様々な想いが読み取れた。悲しみや、憤り、赦《ゆる》し。それらが未分化なまま揺らいでいた。

やがて女性は、気を取り直したように微笑んだ。

「よく、わかりましたね。ここが」

居留地まで訪ねてきたことを言っているのか、それともこの部屋を探しあてた件を言っているのかはわからなかった。特徴的な語尾のイントネーションから、西域由来の人物であることが窺い知れた。

桂子さんは彼女に、この写真を撮った男性を探していると伝えた。彼が何かのけじめのために片腕を失い、あと二日のうちに彼を探し出せなければ、永遠に失われてしまうということも。マスターの通訳で事情を知った女性は、しばらく固まったように動かなかった。

「今どこにいるかご存知ありませんか？」

「あなたは、この写真の他に、彼が写した写真、見たこと、ありますか？」

「いえ、この写真だけです」

「あなたは、思いませんでしたか？　疑問に。彼ほどの才能ある写真家の写真が、一枚も出回っていないということについて」

桂子さんは我が意を得た思いで頷く。

「もし彼のことで何かご存知でしたら、お話しいただけないでしょうか」

「わかりました。ですが、あなたは、この居留地の、独特の歳事や慣習について、どれほどご存知ですか？」

桂子さんは、自分の中にある居留地の知識に思いをめぐらす。

異国情緒として観光客にもてはやされるこの地の文化の混在は、すなわち多文化の衝突と融合により生じたものに他ならない。西域から持ち込まれた戒律ともいえる生活様式が、厳格に人々の日常生活を支配している。そこに海の民が持ち込む開放的な気質と、東部列強からの新進文明が絶えず流入し、多文化混交の礎を作り上げたのだ。

「私の住む国とは違う、特殊な生活様式があるということは知っています。ですがその実態はよくわかっていません」

女性は頷いて話し出した。専門的な話となったため、そこからは女性は居留地の言葉で話し、マスターが通訳した。

女性が話してくれたのは、居留地に特有の「陰族」という思想だった。「血のつながり」という縁とは別の、もう一つのつながりを持った縁《えにし》が存在する。血族関係の「陽族」に対し、もう一つの特殊な縁で結ばれた人々を「陰族」という。

人々は、この地に生を享《う》けた時に、土俗的な祭司により自らの陰族を定められ、以後、就職、結婚など多くの人生の分岐点における選択を、陰族の影響下に置かれて生きることになる。

陰族という名の示す通り、その繋がりは決して表ざたになることはなく、極端に言えば親子や兄弟であっても、互いの属する陰族を知らぬことすらある。

脇坂さんは、最も強力、かつ影響力の強い陰族の一員であり、同時に陰族専任の「御用映士」でもあった。

御用映士については、桂子さんもおぼろげな知識を持っていた。誕生、就学、成人、就職、結婚など、人生の節目ごとに、居留地の人々は決して公表されぬ「本名」としてのポートレートを撮る。写真は、最期の節目、本人の死をもって結点となり、誰にも見せられることなく本人と共に埋葬される。そのポートレートを撮るのが、御用映士である。

脇坂さんは、陰族専任の御用映士となり、安定した収入と地位を得ることができた。だが、代償として、彼は同じ陰族の者の写真しか撮ることができず、また写真が同じ陰族の人間以外の眼に触れることも許されなかった。

「おそらく、彼自身も鬱屈《うっくつ》した思いを重ねていたのでしょう。自らの才能を測る場所に出すことのできない、一生誰の眼にも触れぬ写真を撮り続けなければならないことに」

テーブルの上で腕を組んだ彼女は、脇坂さんの写真に眼を落とした。彼の才能が隠しようもなくあふれていた。

魔がさした、と言うべきだろうか。彼は偽名を使い、写真をあるコンテストに出品した。国外のコンテストではあったが、たちまちそれは陰族の知るところとなった。

「その結果、彼は、制裁、を受けました」

「制裁、というのは？」

「彼は奥さんと息子を失いました。事故で、ということになっています。でも皆わかっています。制裁、を受けたのだと」

桂子さんとマスターは、同時に息を呑《の》む。

「そんなことで……、そんなことでなぜ人の命を」

「そんなことで」というマスターに、女性が強い瞳を差し向けた。

「この地のことを知らないあなたがたにとっては理不尽に思えるかもしれません。ですが、私たちにとって、御用映士に撮られた写真は、肉体と同じ、尊ばれるべきものです。彼は、人々の命すら握っている立場なのです。他の写真を撮ることによって人々の魂を汚したのですから、制裁を受けるのは当然のことです」

照度の低い天井のランプが、隙間風に揺れた。薄い壁を隔てて、周囲の部屋からの雑多な音がくぐもって響く。赤ん坊の泣き声がかすかに聞こえてくる。

眼を閉じれば、遠く離れた居留地にいることを忘れるほど、ありふれた世界だった。

「理不尽に失われる人々を、私はたくさん見てきました」

桂子さんは静かに言った。世界は確かに、理不尽な死に満ちていた。

「世の中には、理不尽に失われる命というものも存在します。彼はその悲しみ、そして苦しみを背負っていたんですね」

◇

女性は、脇坂さんが名刺に記した「澪引き」の文字を見つめていた。

「あなたは、彼への澪引きを感じていますか？」

桂子さんは少し考え、想いを正直に伝える。

「今はまだ、彼につながるものを、私は何も持っていません。そんな私が、彼への澪引きを感じるなどというおこがましいことは言えません。でももし、私と彼が互いに求め合うことで澪引きを得ることができるのであれば、私は彼と向き合って生きていけると思っています」

女性は静かに頷く。何かの感情を抑えているようにも思えた。

「彼が片腕を失ったのは、自らの属する陰族と決別し、あなたと生きるための『けじめ』です。彼はすでに、あなたに向けて一歩を踏み出しているのです」

きっと、女性の言うとおりなのだろう。

「彼のいる場所はわかりますか」

「居留地のいずこかに。ですが、その姿は、陰族の長により隠されているはずです」

「この三号室が、特殊な形に隠されているようにですか？」

「この部屋が隠されていたのは、あなたの力によるものですか？」

彼女は、この居留地ではそれほど特別な技術ではない、人為的な障壁形成技術について説明してくれた。彼女がこの部屋に施したのは簡易的、かつ小規模なものだそうだ。

「彼を連れ出せるのは、澪引きを得た者だけです。澪引きが成就されなければ、彼もまた、失われます」

「今どこにいるのでしょうか？」

おそらく女性は脇坂さんと同じ陰族で、彼の行方の手がかりを知っているのだろう。だがそれを告げられないだろうことは、桂子さんもわかっていた。女性はしばらく考えていた。桂子さんの背後の壁を見つめて躊躇しているようだった。

「南玉壁《なんぎょくへき》……」

「え？」

「彼の居る場所は私にもわかりません。ですが、南玉壁に行けば彼のことを知る人物に会えるかもしれません」

「だって、あそこは……」

マスターが通訳をしながらも絶句する。その表情には躊躇と恐れが滲《にじ》んでいる。遮るように、桂子さんは言った。

「その通りです」

「行きます。彼につながる情報が得られるのならば」

◇

「失礼しちゃうわね。こんな所で降ろすなんて」

逃げるようにUターンしたタクシーの尾灯を忌々しげに見送って、マスターが舌打ちする。その声に、包み隠せぬ緊張が含まれていることがわかり、桂子さんは何度目かの同じ言葉を口にした。

「ねえマスター。やっぱり私一人で行きますから」

「何言ってるの。こんな所でコトバも通じないでどうやって探すつもりなの。さ、行くわよ」

マスターは自らを奮い立たせるように桂子さんの腕を取り、歩き出した。

周囲には、住宅とは言いがたいバラック状の建物がひしめき合うように軒を連ね、得体の知れぬすえた匂いを放っていた。闖入者《ちんにゅうしゃ》である二人を見るいくつもの暗い視線が突き刺さる。

居留地の観光案内に、この地域が紹介されることはない。地図すらも一帯は空白で表示され、旅の注意の欄には決まって、「観光客は決して足を踏み入れてはならない」と記される地域だ。

南玉壁は、居留地の「負の遺産」を象徴した街だ。

もともとその地名は、かつて居留地中心部に城砦《じょうさい》があった頃の南門とその城壁の名残で、西域の解放戦により大陸から流れてきた難民たちが、水はけの悪い低地のこの一帯に住み着くようになったのが発端だった。

居留地を足がかりとして、西域の利権を確保しようとする桂子さんの国、東部列強諸国、それに対抗する西域の思惑が居留地を覆う中、南玉壁は政治的空白であると同時に障壁ともなり、各国が手を出せない緩衝地帯として機能しはじめた。

政治的干渉から逃れたこの地は、いきおい「闇」の集積地となった。時は戦争の影がいや増していた頃だ。程なくして、南玉壁は戦時に戦闘薬として用いられた強化誘引剤《ハイ・ポジション》の一大取引地となった。

街は活況を呈し、同時に、強化誘引剤《ハイ・ポジション》の乱用や、限度を超えた抽出により廃人となった者もあふれた。利権に付随する様々な闇取引の温床となり、南玉壁の悪名を世界に知らしめることとなった。

非合法かつ治外法権の地であることをことさらに主張するのが、南玉壁のたたずまいだ。建物から遠く降ろされたからこそ、闇の中に浮かぶその威容が明らかとなっていた。

一見すると巨大で堅固な建造物に見える。だが、近づくにつれ、一つの大きな建物ではなく、折り重なるように建てられた矮小なビル群の集合体であることがわかる。互いを支えとして寄り添いあい、外へ外へと、内側の建物を覆い隠すかのように広げられていった究極の違法建築群だ。その姿は、巨大でありながら脆《もろ》くいびつで、この隔絶された地域の特殊性を象徴するようだった。

冷たい視線を受けながら、近くの入口から中に入る。採光も、居住性も考慮されていない建物の内部は薄暗く、すえた匂いと黴臭《かびくさ》さがいっそう強まる。きちんとした供給が保たれているのかと疑うほど、むき出しの水道の配管が天井一面を覆っていた。

巨大な鼠《ねずみ》が我が物顔で足元を横切り、二人は暗い建物の中へと、さらに足を踏み出した。

◇

南玉壁での聞き込みは、思った以上に難航した。

もともと他の地域から隔絶された場所であり、住民たちは概して排他的である。そんな場所に異国からの訪問者が勝手もわからずにふらふらと闖入してきたのだ。騙《だま》し騙されあいを日常とする、したたかで狡猾《こうかつ》な住民たちから、まともな答えが返ってくるはずも無い。尋ね人の写真すら持っていないのだから尚更だ。

尋ねても冷淡な薄笑いを浮かべ答えようとしない者。親しげに語りかけ、違法抽出された強化誘引剤《ハイ・ポジション》を売りつけようとする者。マスターと離れた隙に、腕を引かれ強引にどこかへ連れ去られそうになるのも一度や二度ではなかった。この地には、人身売買を行う地下組織もあると聞いていた。そのため、常に神経を張り詰めさせての聞き込みとなり、精神的な消耗の度合いも激しかった。

南玉壁独特の建築様式も、二人の消耗に拍車をかけた。ビル群は、緩やかな斜面を為した台地上に建っており、隣同士の建物を行き来するために無理矢理通路や階段がつけられているため、三階にいるつもりがいつの間にか七階にいたり、突然行き止まりだったりと、慣れぬ人間には戸惑うことばかりだった。その上、奥に入ると滅多に太陽の光すら差し込まず、次第に時間や方向の感覚が磨耗していってしまうのだ。

成果の上がらぬまま、一日が終わろうとしていた。通訳し通しだったマスターの表情にも疲労の色がありありと見えた。

「マスター、今日はもう終わりにしましょう」

半ば強引に、桂子さんはその日の探索を終了した。昼食も食べずにいたので、二人とも空腹だった。南玉壁を出て、比較的きちんとしたたたずまいの食堂の前を通る。聞き込みの最中、少しはまともに受け答えをしてくれた女主人が、「まだいたのかい？」とでも言いたげな表情でこちらを見ていた。マスターが声をかけると、彼女は鷹揚《おうよう》に頷いた。

縁の欠けたお椀《わん》の中身は、こんなところでこんな味が、と驚くほど上質なスープの平打ち麺《めん》だった。立ち上る湯気に桂子さんが笑顔を見せると、女主人はおもしろそうに笑った。

先ほどから店の中を窺っていた少年がいる。意を決したように近づいてきて、マスターの袖を引っ張り、何事かを耳打ちした。マスターが眼を丸くする。

「この子、知ってるんだって。探してる人」

急いで食事を終え、少年と店を出る。背後で女主人が何事かを呟いた。

「おばさん何て言ってたの？」

「え？　ああ、見かけない子だねってさ」

男の子に案内され足を踏み入れたのは、南玉壁中心部の「封囲」と赤字で書かれた区域だった。壁や天井は、いたる所で崩落が始まっていた。耐用年数を超えているものの、周囲を建物が囲んでいるために撤去することもできぬ危険区域であるようだ。人が住んでいない空間には明かりも灯らず、足音が拡大して響いた。

ある部屋の前で少年は立ち止まり、ライトで照らして中を指さす。少年、マスター、桂子さんの順で中に入る。その瞬間ライトは消え、周囲は暗闇に満たされた。

「ちょっと、どういう……」

マスターが声を上げるのと、外に向かって走る足音がして扉が閉まるのは同時だった。

そして鍵がかかる音。少年が、扉の外で何かを言って走り去る。それきり、廊下は静寂に満たされた。コトバの一部は桂子さんにもわかった。「ごめんね」と少年は言ったのだ。

「あの子は、誰かに頼まれたみたいですね。ごめんね、の後は何て言ってたんですか？」

「二日経ったら出してあげるよって……」

あと二日。それでは脇坂さんを探し出すタイムリミットは過ぎてしまう。偶然にしては出来すぎだ。七日という期限を知る者、そしてそれを阻止しようとする者がいるのだ。

ライトは、先立って歩くあの子に預けてしまっていた。おそらくはそれも指示されていたのだろう。明かりを灯す手段は何もなかった。二人して手探りで周囲を探ってみる。

セメント壁に囲まれた室内は、遺棄された場所だけに、何もなかった。入口の対面に小さな窓があるのがわかる。窓枠だけとなったその空間には、鉄格子がはめ込まれていた。かつては外の光を取り込む本来の窓としての役割を果たしていたであろうが、覆いかぶさるようにして隣の建物が建てられたらしく、手を伸ばしても隣の建物の外壁が迫るばかりだった。

扉に耳を押し当てて外の気配を探るが、立入禁止の場所だけに人が通る気配はない。

しばらく二人で、扉に体当たりしたり、壁を蹴《け》ってみたりしたが、粗雑な造りとはいえ、人の力でどうにかなるようなものではなかった。

なす術も無く、壁に寄りかかって座り込む。時間だけが容赦なく過ぎていく。闇の中で、思いは脇坂さんへと至る。あの日、桂子さんは彼に尋ねた。どうして写真家という道に進んだのかと。彼は、どんな人生を歩んできても、自分は写真家になっていた、写真家にしかなれなかった、と答えた。

それは、彼が残した写真からも痛いほどに理解することができた。彼の揺らぎや惑い、そしてそれらを超えてなお、自己を律し、奮い立たせようとする意志。脇坂さんの生きようとする姿そのものが写し込まれたような写真だった。

自分のしてしまった軽はずみな行為で、愛する者が失われてしまった。しかもその行為とは、彼の存在証明でもある「写真を撮る」ということだった。だからこそ、彼はあの日桂子さんを撮ることができなかったのだろう。

姿を現さなかったこの三年半。彼は自らに問い続けたのではなかろうか。生きて行く上での赦し、願い、贖《あがな》い、そして希望を。

壁に寄りかかり、コートに包《くる》まって思いにふけっていた桂子さんは、かすかに伝わってくる音に気付き、耳を澄ませた。楽器の音のようだった。

「マスター。この音色って何かしら？」

「何か、弦楽器の音みたいね」

立ち上がり、音が聞こえる方を探る。窓の方から比較的よく聞こえるようだった。隙間に、わずかでも音を伝えるだけの空間があるのかもしれない。

鉄格子に手をかけ、揺さぶってみた。手触りだけで錆びていることがわかる。ネジ止めが少し緩んでいるらしく、ぐらついた。マスターと交代で辛抱強くゆすっていると、やがて鉄格子はセメントをぐずぐずと崩壊させ、窓枠から引き剝がされた。

窓枠をよじ登り、外に向かってゆっくりと足を伸ばす。彼女の足は、セメントのいびつな底に達した。底を蹴ると、部屋の床面とは違うもろいセメントが崩れる気配がした。構造上必要な部分ではないため、それほどの強度はないようだった。ここを突き崩せば下の階に降りることができるかもしれなかった。

マスターが、鉄格子から一本の鉄の棒を取りはずした。それを受け取り、二つの建物に挟まれた空間で、足元のセメントを削り始めた。隣のビルとの隙間は狭く、太り気味のマスターには無理があったため、その作業は桂子さんにしかできなかった。

気の遠くなるような作業だった。どれほどの厚みを持つかわからぬ床に向けて、暗闇で狙《ねら》いも定まらぬままに穿《うが》ち続ける。鉄棒にハンカチを巻きつけて持っていたが、じきにハンカチは擦り切れ、直《じか》に握った手はたちまち皮がむけてしまった。

それでもなお、桂子さんは鉄の棒を振り下ろし続けた。

――あの音は、確かに私を呼んでいた……

時刻はもう夜中を過ぎた頃だろう。弦楽器の音は聞こえなくなった。だが、その音の中に、脇坂さんにつながるものを感じた。

一振りごとに祈りをこめ、掘り続けた。時の感覚すら失いかけていた。マスターが何度も休むように言ったが、耳を貸さなかった。闇の中でわからなかったが、両手からは血が流れていただろう。だがかまわなかった。片腕を失うことに比べればこんな痛みはものの数ではなかった。

崩壊は、一気に訪れた。

鉄の棒が、瓦礫《がれき》の中に思わぬ深さでめり込んだと思った刹那《せつな》、足元が崩れ落ち、桂子さんはセメントの塊と共に滑り落ちた。暗闇の中で底も知れずに落ちて行く恐怖は尋常ならざるものであった。幸い、一階分落ちた場所で落下はとまった。

「桂子ちゃん！　大丈夫？」

驚いたマスターが、お腹をつかえさせながら窮屈な空間を上から降りてくる。恐怖が去ると、桂子さんは右手に鈍痛が走るのを感じた。どうやら着地の際に打ってしまったようで、右手の指は麻痺《まひ》して動かすことができない。

下の階の窓には幸い鉄格子が無かった。まずマスターが窓から部屋に入り、桂子さんを引っ張りあげた。その部屋もやはり無人の廃墟となっており、二人はやっと外へと抜け出すことができた。

久々に外の光を見る。辺りはすでに夕闇に包まれていた。閉じ込められてまる一日が経っているようだ。

今夜、月の中天とともに、脇坂さんは失われる。

◇

二人はひとまず、昨日の食堂に避難した。昨夜と同じ格好の上、泥だらけで現れた二人を見て何かを察したのか、女主人は驚く客たちを尻目に、奥の部屋へと上げてくれた。

「どうやら折れてはいないみたい。ひびがはいっちゃったかな」

マスターが右手に添え木をして包帯を巻いてくれた。ずっと鉄の棒を握り続けていた掌は両方とも皮が剝《む》け、惨憺《さんたん》たる有様だった。ぼろぼろになった桂子さんにどう声をかけようかと、マスターが躊躇しているのがわかる。「もうやめなさい」。彼がそう言うであろうことがわかっていたから、桂子さんは顔を上げない。顔を見たら、自分の心がくじけてしまうだろうこともわかっていた。

もう、脇坂さんへの澪引きは得られないのだろうか。あきらめと共にそう思った時、彼女は気付いた。昨夜と同じ弦楽器の音が聞こえていることに。

「マスター、また聞こえる。あの音が、私を呼んでいる」

桂子さんは、女主人にお礼を言うのも忘れ、外に飛び出した。マスターが慌てて後をついてくる。

「あぶないっ！　桂子ちゃん！」

マスターに押され、仰向《あおむ》けに転がった桂子さんの視界に一瞬、屋上の人影が映った。

――あれは……

顔のすぐ横を何かがかすめ、地面を震わす鈍い音がした。それは数個の煉瓦《れんが》だった。屋上から投げ落とされれば充分に殺傷能力を持った凶器となり得るものだ。

「マスター！」

桂子さんを押しのけたマスターが、頭を押さえてうずくまっていた。食堂の女主人が気付いて駆け寄り、抱きかかえた。後頭部に煉瓦があたったらしく、血が流れるのが見える。女主人と一緒に支えようとするのを、マスターが制した。

「桂子ちゃん。まだ音が聞こえてるんでしょ？　早く行きなさい」

「でも……」

躊躇する桂子さんの声をさえぎって、マスターが続けた。

「目的を見失っちゃ駄目よ。あんたのはじめての人生の選択なんだから」

思ってもいない言葉に、桂子さんはとまどった。

「統監から頼まれてるの。あんたのことを。だから、行きなさい！」

女主人が、「私にまかせて早く行きな」とでもいうように、桂子さんの背中を叩いた。まるで園田さんに背中をどやしつけられているようだった。

◇

もう迷わなかった。桂子さんは光のない階段へと足を踏み出す。幸いまだ音は続いていた。壁に手を添えて一歩ずつ上ってゆく。その一歩が脇坂さんにつながるのかは、今はまだわからない。だが、自分が自らの意志で、人生の選択をしていることを感じていた。未だつながらぬ想い。途切れかけたつながりを辿り、一歩一歩進んでゆく。ただ上へ、上へと。

音は、立入禁止区域の最上階の一室から漏れ聞こえていた。扉を持たぬ入口から、なめるように光が揺れ動く。

部屋の中には、一人の老人が座っていた。坐仏を思わせる半跏趺坐《はんかふざ》で、焚《た》き火《び》を前に古い楽器を爪弾いていた。気配に顔を上げるしぐさで、老人が視力を失っていることを知る。

「すみません。何事かを話しかけられたが、桂子さんは理解できなかった。言葉がわからないんです」

思わず謝ると、老人の顔に意外そうな表情が浮かんだ。

「おや、遠《と》つ国《くに》からの旅人でしょうか？」

「私の国の言葉が……？」

「あの戦争の頃には、私もあなたの国におりましたからね。どうぞ、火の傍にお寄りなさい」

いざなわれるように、老人の傍らに座った。焚き火にくべられた木の爆《は》ぜる音と暖かさが、つかの間の安らぎを与える。

「奏楽を、続けていただけますか？」

老人は深く皺の刻まれた顔に穏やかな笑みを浮かべ、再び楽器を構えた。遠い記憶を呼び覚まそうとするように、老人は音を紡いだ。

決して饒舌《じようぜつ》ではない訥々《とつとつ》とした奏楽だった。だが、老人の昔語りを膝に抱かれて聞くような優しい、そして「受け継がれしもの」を繋いでゆく音《ね》の色だった。老人が、楽器と一体になって音を紡ぎ出しているようにすら思えた。

過去より繋がる音の縁《えにし》の中に、脇坂さんの息吹を感じ取ることができた。

「澪引き……」

思わずそう口にする。確かに今、自分は彼に繋がっているのだ。三年以上の空白の時を経て、未だ姿も見ず声も聞こえない。それでも桂子さんは今確かに、導かれるようにここにいる。

音を紡ぐ手が止まった。

「遠《と》つ国《くに》の娘さんが、このような地にいらっしゃることを不思議に思っておりましたが、何かに導きを受けておられるようですな」

桂子さんは、すべてを話した。今夜、月の中天までに彼を見つけなければ、永遠に自分の前から失われてしまうということも。

「こんな言い方は変ですが、この楽器から伝わってくる音が、その方につながっているように感じるのです」

「娘さん。不思議なことではありませんよ。古奏器の音《ね》の色には、その古奏器を手にした人々の想いが受け継がれているのですから。昨夜から、久しぶりに弾く気になったのも、そのせいだったんですなあ」

古奏器を愛おしげになで、弦を爪弾く。一つ一つの音が、時と距離とを超えて桂子さんの心に響いた。

「この古奏器の、以前の持ち主について、ご存知ありませんか？」

「申し訳ありませんな。三年前に手に入れたのですが、以前の持ち主についてはまったく知らないのです」

「そうですか……」

桂子さんは、気落ちを隠せず溜息をついた。

「ああ、そうでした。一つだけ知っていることがあります。これは、対となって造られた二台のうちの一台ということでした」

「もう一台の行方はわかりますか？」

老人は申し訳なさそうに首を振るばかりだった。

「ですが、行方を探ることはできるかもしれませんな。今、知り合いの子を呼びますからしばらくお待ちを」

「呼ぶ」と言いながら、老人は立ち上がる気配もなく、曲を弾きだした。

しばらくして、音に呼ばれたように、一人の少女がやってきた。長い黒髪を頭の後ろで二つに分けて丸く結っている。黒目がちの瞳を瞬かせて、彼女は桂子さんを見つめた。

「この子は、古奏器の共鳴士としてはまだまだ見習いですが、音を見極める能力においては並々ならぬものがあります。あなたを、もう一台の古奏器へと導くことができるかも知れません」

共鳴士、それは音を伝え、音を導く、科学の進歩と共に潰《つい》えた技術を持つ者だ。桂子さんの住む国ではとうに途絶えた能力が、居留地では今も脈々と受け継がれていることに驚き、この地の奥深さを知る。

少女に支えられ、老人は階段を上り、屋上へ桂子さんを導いた。高さの微妙に違う建物の集合体である南玉壁は、上から見るといびつな大地のように周囲に広がり、おびただしい数の電映用のアンテナが、立ち枯れた木々のように林立していた。

屋上の縁石に腰掛けた老人は、再び古奏器を構え、少女に何かを告げた。少女は桂子さんを見つめ、ゆっくりと頷く。

「遠《と》つ国《くに》からの旅人よ。あなたの想いをこの音《ね》の色に乗せなさい。この子が捜してくれるでしょう」

老人は、その盲《めしい》た眼で、過《あやま》たず月を見上げた。

◇

タクシーの運転手に文句を言われながらも、少女は窓を開け放ち、夜の気配に耳を澄ましていた。南玉壁の老人は、今も屋上で古奏器を爪弾いているのであろう。少女はその音に反応するもう一台の古奏器の「共鳴」を見極めようと耳に両手をあて、夜空に意識を集中していた。

曲がり角ごとに少女は的確な指示を出し、タクシーは走り続ける。居留地の中心に向かっているようだ。「不訪滅灯」とも形容される高層ビル群が、幻灯のように前方に浮かび上がる。

ダウンタウンと中心街とを隔てる運河を渡り、少女はタクシーを止めた。

周囲は、昼間以上の明るさに包まれていた。きらびやかで清潔な装飾光でデコレーションされた高級店が建ち並ぶ一帯だ。少女が指差したのは、そうした中の一軒「緑香双樹《ロッカ・ソージュ》」という店だった。外観からは、何の店かの判断はできなかったが、黒服を着た衛士が入口を固めている様子から見ると、店の格は窺い知れた。

一晩で、桂子さんは居留地の光と影の両側面を見たことになる。先ほどの場所とのあまりの落差に、半信半疑の眼差しを思わず少女に向けてしまった。少女はそれでも力強く頷き、再び店を指差した。

タクシーの運転手に帰りの分のお金も渡し、少女にも渡そうとしたが、彼女は首を振って受け取ろうとしなかった。そうして、紙幣を持った桂子さんの手を押し返すようにして握った。

「ガ・ン・バ・レ」

少女は、強い瞳でそう言い残し、タクシーで去っていった。

店内に入ろうとすると、黒服を着た衛士が桂子さんを制し、胡散臭《うさんくさ》げに全身を眺めまわす。無理もなかった。昨日から着たままの服は土まみれになり、腕には添え木と包帯というでたちなのだ。タクシーに乗せてもらえたことが不思議な程だった。

あせる気持ちを抑え、すぐ近くの、言葉が通じそうなブティックに入った。腕の添え木はどうしようもなかったので、半袖のフォーマルな黒のワンピースと薄手のコート、それにあわせて低めのヒールの靴を買い求める。一式着替えてしまうと、化粧室を借りて惨憺たる有様だった化粧を直した。

再び緑香双樹《ロッカ・ソージュ》の前に立つと、衛士は掌を返したようににこやかに笑い、彼女を迎え入れた。右手の包帯を隠すために、コートは預けず中に入る。

独特の匂いが漂ってくる。「上品な腐敗臭」とも形容される、甘く、奥底に麝香《じゃこう》のごときゆらぎを「魅せる」匂い。それは、桂子さんが浄化センターで嗅《か》ぎなれた匂いでもあった。

「強化誘引剤《ハイ・ポジション》……」

桂子さんの国においては医療用・研究用としてしか流通していない非合法抽出薬だ。その匂いにより、「緑香双樹《ロッカ・ソージュ》」が、PURE・TRADであることがわかった。

PURE・TRADは、アルコールを提供する「茶廊《サロン》」と、ハンドルマスターの奏楽でスパイラルする「ゾーン」、そして高級会員専用のクローズドの空間「廓《ク・ル・ワ》」で構成されている。

この手の店は桂子さんの国にもあり、何度か足を踏み入れたことはある。違うのは、この地では、ゾーンでの「滾《たぎ》り」の助長のためにアルコールに強化誘引剤《ハイ・ポジション》が含入されるということだ。

最下層エリアである南玉壁の地下工場で抽出、精製された強化誘引剤《ハイ・ポジション》が、最上層のこのエリアで消費される。桂子さんは先ほどの思いを打ち消した。自分が見たのはこの地の光と影ではなく、影の両側面なのだと。

◇

給仕人は小指の第二関節を器用に折り曲げて、饗台《きようだい》に磁杯を置いた。統調師による正式な抑共鳴をなされていないであろう緑色の液体が、不気味な波紋を起こしていた。桂子さんは基調の判断がつかず、片言の居留地公用語で「何が中に？」と給仕人に尋ねたが、彼は表情を曇らせただけで答えようとはしない。どうやらそうした問いはここでは無粋なことのようだった。

給仕人は、波紋の静まるのを、まるで太古の遺跡で発掘された陶片をつなぎ合わせるかのような表情で見届けると、長尾の服を優雅に翻して踵を返した。

西域様の壁時計の竜尾は既に乾坤《けんこん》を示していた。月の中天まであと三時間だ。焦りをごまかすように、桂子さんはようやく静まった手元の液体を口に含んだ。口の中で、抗うような抵抗を示すのはいつものこと、瞬時に残留思念が桂子さんの意識に応じて等質化した。血管を内側から押し広げながら全身に行き渡るような、アルコールとは異質な高揚感にゆっくりと浸る。

桂子さん自身には、強化誘引剤《ハイ・ポジション》はあまり機能しない。過去、人体実験とも言える管理局での検査の中で大量に投与されたため、すっかり抗体が出来上がってしまっていたのだ。

◇

ゾーンでの「滾り」が始まる気配を見せた。桂子さんは、中途半端な酩酊《めいてい》を覚え、ふらつく足取りでゾーンに向かった。ちょうど、客賓《マロード》の熱狂的な歓声でハンドルマスターが迎えられたところだった。

奥まった高殿に姿を見せたハンドルマスターは、全身をすっぽりとフェザールで覆い、姿を定かにはしなかった。だが、そのたたずまい、鷹揚ともとれる身のこなし、効果を見極めた観客へのアピール。すべてが彼のただならぬ様を示していた。

静かな熱狂を携えたゾーンが、彼の掌の動きで、ふっと静まる。風がやんだ瞬間のような静寂が、ほんの一瞬すべてを支配した。

その奏楽は、始まりを持たなかった。より正確に言うならば、未知なるハンドリングでありながら、アペリティフも無しに、ダイレクトに桂子さんに迫った。ふと気付くと、桂子さんは上り詰めてゆく「滾り」の中枢に立たされ、周囲の客賓《マロード》と共に、ゾーンのスパイラルに身を委《ゆだ》ねていたのだ。

収縮と拡散を交互に繰り返すドット・クランプの基奏軸が客賓《マロード》を翻弄し、かと思うと、時折ブリーチ・インされる低いストリーム・グリッドが足元を掬《すく》うかに見せてしっかりと包み込む。

それらを従えてメロディアスな主奏律が舞うように、渦巻くように、鋭角に無限運動を続けるように、ハンドルマスターの手によって紡ぎ出される。

彼のハンドリングする奏楽は、ウェルメイドであり同時に「犯罪的《クリミナル》」でもあった。ゾーンの「滾り」は、じきに最高潮に達した。

ハンドルマスターが、一つの楽器を取り出した。桂子さんの鼓動が高まる。それは紛れも無く古奏器だった。客賓《マロード》たちがざわめく。通常、ハンドリングに古奏器が使われることなど無かったし、無骨で古風な楽器のたたずまいは、「滾り」をいや増すための舞台装置であるとはとても思えなかったのだろう。

聴覚厭感《ちょうかくえんかん》を引き起こしながらループし、脳の一部がこそげ取られるような「奪取感《ダッシュ》」を伴うタンギング・ノイズがゾーンを満たす中、ハンドルマスターがおもむろに、古奏器の弦を爪弾いた。

音《ね》の色が、滑らかにゾーンに響く。饒舌ではない、だが、音がおろそかではないのは眼に見えるようにわかる。古奏器が背負ってきた長い時間と、人々の歴史によって醸成された音だった。

客賓《マロード》たちは、いつしかスパイラルを止めていた。誰もが棒立ちになって身じろぎ一つしない。だが、それでもわかるのだ、ゾーンの「滾り」は続いている、いやむしろ高まっているということを。

桂子さんは別の意味で身動きができなかった。その音《ね》の色の中に、確かに脇坂さんに繋がるものを感じていたからだ。

「澪引き……」

古奏器は、聴く者の想いによって彩りを変じる。今の桂子さんにとっては歓喜の調べであり、貫くように求めるものへと向かう心の響きそのものだった。

それぞれに想いを響かせている客賓《マロード》たちと共に、音《ね》の色に身を任せた。涙が流れるのがわかった。まだ自分は、求める誰かを想って泣くことができる、そのことが愛おしくてたまらなかった。

桂子さんにはわかっていた。フェザールで顔を覆っているが、古奏器を持つハンドルマスターが、自分をじっと見つめていることを。

◇

奏楽が終わり、呆然としている桂子さんの元に、一人の衛士がやってきた。堅牢な鎧戸によって隔てられた、迎賓《ゲイヒン》専用の廓《ク・ル・ワ》に招じられる。

ゾーンとは明らかに違う調度と採光により、豪奢《ごうしゃ》な奥行きを持たされた空間は、上質な強化誘引剤《ハイ・ポジション》の匂いに満たされていた。

奥まった場所のソファに、先ほどのハンドルマスターが、桂子さんを待ち受けるように座っていた。

「すばらしい奏楽でした」

桂子さんは気持ちを正直に伝えた。言葉が通じるか、との疑問は持たなかった。フェザールの下に隠された人物の見当はついていたからだ。

「たどり着くとは。驚いたネ」

聞き覚えのある声。待つ間もなく、フェザールがはずされ、頭の半分だけを剃り上げた特異な風貌《ふうぼう》が現れる。

「思ったネ。どうなるかと。南玉壁に行った時は」

出会いの日と同じく、その表情は試すようでもあったし、面白がっているようでもあった。

「もしかして、ずっと私の行動を？」

「追尾《サテライト》してたネ。見届け人だからネ。私は」

「では、私たちが閉じ込められたのもご存知だったんですか？」

彼は、当然のように頷いた。

「できないからネ。手伝うことは。見届け人は。何があってもネ。キミが切り拓くものだからネ。キミの澪引きは」

「あの、私たちを閉じ込めたのは？　そして南玉壁の屋上から煉瓦を落としたのは……」

彼は答えない。だが、彼はそれが答えになることを知っているようだった。

「急ごう。最後の澪引きの地に」

◇

車から降ろされた場所は、南玉壁の猥雑《わいざつ》さからも、中心街の喧騒《けんそう》からも離れ、夜の静けさに包まれていた。

この島のどこにこんな静謐な空間があったのだろうかと疑うほどだ。四方をぐるりと山に囲まれ、周囲と隔絶された中に独自の景観が造りだされていた。

背後には、寺院の本殿とも、領主の居城とも思える風格を備えた建物が鎮座していた。庭を隔てた彼方に、離れの建物が三つ。それぞれ、西域様特有の返しのついた二枚屋根を持ち、朱、白、緑、藍《あい》に塗り分けられていた。

庭は、西域の作法に則《のっと》った造作の広大なものだった。泉を中心とした庭を一望することができた。要所に配置されたかがり火が広さを示す。泉は、地中深くに源を発するのか、夜気との温度差によりけぶるような霧を周囲に湧き立たせていた。泉の中央の木橋だけが、小島のように浮かんでいた。

「中にいるよ。あの白い建物の。この鍵でネ。開くことができる。あいつをネ」

桂子さんは、半信半疑で鍵を受け取り、男の顔を見つめた。瞳は黒いサングラスで隠され、意図は窺い知れなかった。

「行くんだネ。早く。刻が近いよ」

言葉に押されるようにして、あやふやな気持ちを抱えて足を踏み出す。こんなに簡単なことなのか？　そう思いながら。

だが、男の言うように、躊躇している時間は無かった。月は彼女の思いなど斟酌せず、少しずつ夜空の高みへ昇っていた。

桂子さんはまっすぐに歩いた。敷き詰められた緑砂の上を、丈低く刈りそろえられた踏竹の笹葉《ささば》の上を、そして泉に架けられた橋の上を。脇坂さんのいるであろう場所を見据えて。ただ、その場所だけを目指して。

白い建物はまだまだ先にあった。振り返り、緑砂の上に残された自分の足跡を見て呆然とする。まっすぐに歩いていたはずが、その航跡は途中から大きく右へと曲がっていた。緑砂が蠕動《ぜんどう》し、足跡を隠そうとするようにかき消した。

信じられない気持ちで、再び歩き出す。まっすぐに。だが無駄だった。どうしてもたどり着けないのだ。あの「三号室」が隠されていたように、目の前にある建物は桂子さんを寄せ付けようとしない。

空を見上げると、月がいびつな紡錘形を成していた。ようやく理解した、この空間が誰かの手によって謀られていることを。まるで夜の「町」に入った時のように。

桂子さんは靴を脱ぎ、素足になって緑砂の上に立つ。鋭敏な感覚をさらに研ぎ澄ませる。広がる意識の中で、自身を取り囲む何かを感じた。透明でありながら見通しのきかぬいくつものベールで彼女を包み、空間を歪めていた。

——その源は……

背後を振り返る。本殿の高楼の上に、フェザールで顔を覆った人影が浮かぶ。脇坂さんの陰族をまとめる人物だろうか。その謀りに抗うように、再び一歩を踏み出す。悪夢の中でもがくような、遅々として進まぬ自らの足を叱咤しながら、呪縛を解こうとする。

ふと、心にメロディーが浮かぶ。古奏器の響きだ。もしかすると、南玉壁のあの老人が、今も桂子さんのために弾いてくれているのかもしれなかった。すっと、心に一陣の涼風が吹き渡った。

一つ深呼吸する。もう抗わなかった。飛翔《ひしょう》する鳥のように心を大きく広げる。呪縛を破ろうとするのではなく、呪縛そのものを包み込もうとするかのように。それが、外から仕掛けられたものではなく、自身の内にある様々な枷《かせ》を具現化し、増幅したものであることに気付いたからだ。

「信じるんだ。脇坂さんへの澪引きを」

迷いも、戸惑いも、逡巡《しゅんじゅん》も未だある。超越するのではなく、それを含めて脇坂さんを想う気持ちへとぶつければいいのだ。

桂子さんは、今、確実に脇坂さんにつながる道を歩いていた。まっすぐに。

不意に、もう一つの、行く手を遮る強い意志を感じた。

その刃《やいば》は、過たず桂子さんの心臓に向けられていたが、こちらの方が一瞬、気付くのが早かった。突っ込むように駆け寄ってきた女性の腕をつかむ。その手には短剣が握られていた。

腕をつかんだまま必死に抗うが、右手の負傷により思うように力が入らない。倒れ込んだ桂子さんに折り重なるように、女性も倒れた。

熱湯を浴びせられたような熱い痛みと、身体の深奥に氷柱を貫かれたような悪寒が生じる。服ごしに短剣が太股《ふともも》に突き刺さっていた。見る間に緑砂に黒い染みが広がる。

立ち上がった女性が、桂子さんを見下ろす。

三号室の女性だった。

桂子さんは確信した。南玉壁で煉瓦を落とした人影は、やはり彼女だったのだと。そしておそらく、少年に閉じ込めさせたのも。でもいったい何故？

女性は、桂子さんに恨みや怒りを向けている風でもなく、静かな笑みすら湛えていた。手には、いつの間にか新たな短剣が握られていた。

「これもお役目。どうぞ、お恨みなさいませんよう」

折り目正しい口調で告げ、再び剣先を向けてきた。

立ち向かうべく武器を探す。足に刺さる短剣しかなかった。抜けば一気に出血するのは眼に見えていたが、躊躇している暇はない。激痛と、おののくような悪寒と闘いながら、短剣を抜き取り、震える足で立ち上がる。血に染まった刃を相手に向ける。月明かりに刃がぬめるように光を放った。

高楼に立つ人物が、低く、それでいてその場に響き渡る声で女性を制した。

女性は短剣をしまうと、桂子さんに歩み寄り、励ますように肩を抱いた。

「流された血が、あなたの『身削ぎ』となりました。どうぞ、よき澪引きを、得られますように」

一礼をして、彼女は歩み去った。まるで、何かの役目を果たしたとでもいうように。

桂子さんは力を失い、再び砂の上に頽《くずお》れた。

あの男も、高楼の上のフェザールの人物も、静かに見守り続けていた。いまだ桂子さんは、澪引きの途上にあるのだ。止めどない流血に、心臓の鼓動が直に脳に響くようだった。その響きが、桂子さんの内なる海を呼び覚ました。

「海が、近い……」

痛みのため、ともすれば混濁しそうな意識で這い進みながら、桂子さんは自己の内なる海に支配されていた。

ふと、「町」の触手を感じた。機会あるごとに、彼女を消滅の道連れにしようと画策していた「町」が、今また、「消滅残余物」である桂子さんを取り込むべく、触手を伸ばしている。

――こんな時に……

絶望的な気分で唇を噛み締めた。珪化した感覚器との結節点をより所として、「町」が桂子さんの意識に侵入しようとする。やり過ごすためには、意識を硬い殻の中に押しとどめて、決して「町」には触れさせぬという意志を見せることが必要だった。

この地の謀りに抗うために意識を広げた状況では、それもままならない。ようやく摑みかけた澪引きを失うわけにはいかなかった。覚悟を決めて一歩を踏み出す。「町」との接触により「汚染」の蓄積が高まることは自明であったが、今はしかたがなかった。広がった無防備な意識の上に、「町」の触手がゆっくりと触れた。「町」特有の氷のような触感を予想し、身構えていた桂子さんは、やがて不思議な感覚に支配された。まるで平明な水の上を重力に左右されずに浮かび歩くような、「支えられた」感覚だった。

その源がどこであるかを、桂子さんは驚きと共に理解していた。古奏器の音《ね》の色だ。彼女の耳には、南玉壁の老人の爪弾く、古奏器の音がはっきりと届いていた。

抗い、遠ざけ続けてきた「町」の意志。それがどれだけ強大で揺るぎ無いかは、身をもって経験し、嫌というほど知っていた。だが、古奏器の音《ね》の色に心を乗せることで、「町」は桂子さんに手出しをすることができないようだった。もちろん、「町」が彼女を取り込むために謀る感覚なのかもしれなかった。だが、もしかすると、「町」は、時間も場所も超えることができる音の前では、力を失ってしまうのかもしれない。

古奏器の音《ね》の色は、手にしてきた者の想いが時を超えて響くのだという。今、彼女を支えてくれているのは、かつて脇坂さんと心を通じあった誰かの想いだろうか。

迷いも、恐れもなく、桂子さんは歩いた。一歩ごとに太股からは血が噴き出したが、不思議に痛みは遠のいていた。扉の前に立つ。震える手が何度も鍵を取り落としそうになったが、やっとの思いで扉を開けた。

張り詰めた意識の糸が切れ、そのまま扉にもたれるように倒れこんだ。遠のく意識の中で、桂子さんは暖かな気配に抱きかかえられるのを感じていた。それは、紛れも無く、あの日と同じ感覚だった。

「汝、澪引きを成就せし者なり」

桂子さんを見届ける声が、遠くでかすかに響いた。

◇

「それでは、個別報告事項その他ございませんでしょうか」

司会を担当する斎藤氏が出席者を見渡し、桂子さんは片手を挙げた。立ち上がり、スカーフの結び目に手をやって、報告を始めた。

「二年前から取り組んでおります、生体反応研究所との共同事業につきまして、途中経過となりますが、報告させていただきます。まず、初めての報告となりますが、消滅順化に抗って、消滅時の情報を外部へと提供した事例が報告されておりました。研究所では、この提供情報に基づき、情報の解析および次回消滅回避への援用可能性の検討を行い、本年二月より、新たなプロジェクトとして始動させます」

出席者の間に、ざわめきが広がった。

「ちょっと待ちたまえ、何故今までそうした動きを黙っていたのかね」

新統監となった前畑氏が、己の把握していない案件が塵《ちり》一つでもあるのは罷《まか》りならぬとでも言うように、桂子さんの説明を遮る。

「それが何か？」

桂子さんは、しごく真面目な顔で、簡潔に切り返す。前畑統監は、一瞬虚をつかれたような表情で口ごもり、怒りをあからさまにして眼をむいた。

「それが何か？　だと。報告もせずに専横だと言っているんだよ。君はいつからそんなに偉くなったのかね」

「その件につきましては、前統監より特別委任を受けております。委任事項が統監退任後も継承されることは、事業統括委員会によって確認済みです。よって報告は差し控えさせていただきます」

淀みなく、まるであらかじめ想定していたかのような答弁だった。新統監の神経を逆撫でするようなもの言いに、会議室内に居心地の悪い空気が流れた。

「なにを、失礼な、この——が！」

前畑統監は顔を赤くして、汚染者に対する蔑称である「あの言葉」を使い、桂子さんに詰め寄る。場の空気が凍りついた。だが、彼女はひるむ様子もみせずに対峙し、正面から彼を見据える。その瞳には、静かな強さがあった。

「よろしいんですか？　そんなに近寄られても」

桂子さんは不意に表情を切り替え、口元に笑みを浮かべた。

「汚染されますわよ」

静かではあるが揺るぎ無い自信を持った桂子さんの姿に、誰もが気圧された。彼女は笑みを残したまま、前畑氏に一歩近づく。

彼の顔が、「汚染」という言葉で、面白いように青ざめ、ゆがんだ。桂子さんはクスッと笑って、さらに一歩を踏み出す。前畑氏はおびえた表情で一歩、また一歩と後退し、へたり込むように統監席に座ってしまった。

「報告は、以上でございます」

桂子さんは皆に向き直り、スカーフの結び目に手をやって、深くお辞儀をした。

◇

前統監の入院する「浄化センター」の特別室には、先客がいた。

「園田さんも、お見舞いですか？」

「はは、統監とは腐れ縁だからねぇ。くたばっちまう前に会っとこうって思ってさ」

身もふたもない言い方だが、いっそ豪快に言い放つことで、その時を少しでも先延ばしようとする園田さんなりの優しさだとわかる。それに、どんなに周りが取り繕っても、統監自身が、自らの命の終焉を自覚しているのだから。

「今日は、何事だね」

すべてを達観した統監の穏やかな声が、桂子さんの心を締めつける。だが、おくびにも出さなかった。

「来月から、あの子の『受け入れ』をしなければなりませんから、今日はその準備でこちらにまいりました」

「そうか、消滅からもうすぐ四年。あの子も、もう七歳になるのか」

統監は、感慨深げだった。

「ええ、ようやく新しい理論の研究に着手することができます」

桂子さんの声に、統監はふと気付いたというように顔を向ける。白濁した瞳が、見えないながらもまっすぐに彼女を見据えた。

「気のせいではないな。雰囲気が変わったのは。何があった？」

統監が手を伸ばす。彼女はその手をそっと握った。乾いた肌の感覚。程なく死へと導かれゆく者の匂いがした。たった一人、桂子さんを守り続けてくれた手だった。込み上げる想いを抑え、その掌を両手で包み込んだ。

「いいえ、何も、特別なことは……」

だが統監は何かを感じ取ったのだろう。「そうか」とだけ言って笑っているようだった。もちろん、汚染の進んだ統監の表情からは、もはや笑みを読み取ることはできなかったが。

「桂子。もうこの仕事を辞めてはどうか。お前は充分に役目を果たした。これ以上、『町』の汚染にさらされる必要はない。お前さえよければ、私の最後の仕事として、国務院に進言するが」

統監は上級官庁の名を口にしたが、桂子さんは淡い笑いを浮かべただけで首を振った。

「私のような存在を二度と作らないためにも、消滅の連鎖を断ち切るためにも、生きていきます。最期のその日まで」

その想いは昔と変わらなかった。だが、かつてつきまとっていた、悲壮な自らの運命への諦めや、定めに従う使命感のようなものは薄れていた。代わりに、自ら選びとった道を歩いて行こうという意志がこめられていた。

「もし、我々がどんなにあがいても町の消滅はとどめようがないとしたら、それでもお前は町の消滅と闘うつもりなのか？　汚染によって、自らの命すら磨り減ってしまっても」

統監は重ねて問う。枕元に座る園田さんが、何かを見定めるような眼で桂子さんを見つめた。

「たとえ明日失われるとしても、その瞬間まで自分の為すべき事をして、生き続けようと思います。望みは、きっと誰かがつなげてくれると思っています。それに……」

桂子さんは穏やかな笑みを浮かべ、続けた。

「もしかすると、私たちにとって消滅者は『町の巻き添えとなって失われた人々』ですが、『町』にとってみれば、平和で心穏やかな世界へと導いているつもりなのかもしれませんね。ですから、私たちが消滅に抗おうとする動きさえ理解できないのかも。最近、そう思うようになりました。私はそんな『町』と共に生きて行こうと思っています」

「そうか……」

「統監がいつもおっしゃっていた、『町を侮るな。だが、町を恐れるな』という言葉、今になってようやくわかったような気がします」

園田さんがそっと椅子を立ち、桂子さんの後ろに立つ。いつものように背中を叩かれるかと思ったが、今日は優しく肩に手が置かれた。

「あの女の子が、ここまで大きくなるとはねえ。あんたが統監の代わりに、これからの管理局を引っ張っていかなきゃならないんだよ」

その言葉には、桂子さんを守り、励ます思いがこめられていた。

「あの、統監。風待ち亭のご主人への連絡は……」

桂子さんはためらうように語尾を濁す。

「いや、必要ない。お互いいつか突然ということは覚悟しての人生であるから」

白濁した統監の瞳は、壁の絵に向けられていた。和宏さんが描いた、青白い月に照らされた月ヶ瀬の風景に。今日はその絵が何故か、穏やかな光に包まれているように見えるのは、気のせいだったろうか。

◇

冴え渡って晴れた冬空は、触れれば硬質な音が響きそうだった。中高層のビルによって切り取られた首都の空を見上げる。サングラスで暗く閉ざされながらも、もう一つの感覚で大きな青空を感じていた。

こうして日常に戻ると、居留地で起こった一連の出来事は幻想だったように思えてくる。

居留地で刺され、意識を失った桂子さんは、目覚めると浄化センターに搬送されていた。刺された傷も、腕の骨折も確かに自らの痛みとして残っていた。だが、傷が癒《い》えた今となっては、まるで何も無かったように、変わらぬ日常が流れていた。部屋に隠していた脇坂さんの腕すら忽然《こつぜん》と消えていたのだ。

変わらぬ日常の中で、こうして歩く自分がいる。

──それでも、きっと……

この空の下、同じ世界に、貫くような強い想いで互いに求める相手が存在している。どんなに離れていようと、海の中の見えない航路によって導かれるように結ばれている。信じていれば、生きていける。そう思った。

桂子さんは公園に立つ。春はまだ遠い。だが、この凍てつく冬のその先に必ず訪れる春の息吹を感じることができた。光に眼を細め、芝生の上をまっすぐに歩く。最初に出会ったあの場所へと。

そこにテントはなかった。だが、片腕の男性が桂子さんに向けてカメラを構え、ファインダーをのぞいていた。

もう桂子さんは逃げなかった。逃げる必要はない。今の一瞬を切り取る彼の存在そのものに身をゆだね、飛翔する鳥のように大きく心をひろげた。

今の一瞬を生きるのだ。たとえ明日、失われようとも。

# エピソード6　隔絶の光跡《しるべ》

「ゾーン」は佳境を迎えた。

週末の夜。ＰＵＲＥ・ＴＲＡＤ「風化帝都《フーカ・テート》」は、一夜の享楽を求める着飾った客賓《マロード》たちで賑わっていた。

ジャンル特化されていない、初回《いちげん》でも敷居の高くないＰ／Ｔだけに、首都見物でやって来た「おのぼりさん」も多い。現に勇治も、バイト相手の「奥さん」にせがまれてやって来たものの、ここを訪れたのは三度目だった。

高殿に立つハンドルマスターも、客賓《マロード》たちが、ハンドリングの技術云々よりも、ゾーンという場の雰囲気と、お手軽な「滾り《たぎ》」を求めていることはわかっているので、高度な技術を「魅せる」こともなく、最近の流行りや往年の名曲の耳触《みみあ》たりのいい部分を「継ぎ接ぎ《コラージュ》」するだけでお茶を濁していた。それでも客賓《マロード》たちは、文句を言うどころか、自らの興奮によって「滾り」をいや増し、より激しいスパイラルに身を投じていた。

迎えたラスト・ハイタイド。うねりが、本来のハンドリングによるものか、客賓《マロード》の熱狂によるものかの区別もつかなくなるほど、ゾーンの「滾り」は最高潮に達していた。

最初は、違和感というほども無い、かすかな音質の変調だった。スピーカーの故障とも思えるブート音が低音域に留まる。新たな奏曲へのコネクト音というわけではなく、まったく違うビット数のそれは、次第に基奏音を凌駕《りょうが》し、やがて奏楽そのものを駆逐した。

いつしかその不自然な音の羅列がゾーンを大音量で満たし、我が物顔で正当性を主張するようになっていた。

気がつけば、高殿にハンドルマスターの姿は無く、店の従業員や衛士も消え失せていた。客賓《マロード》たちだけが身じろぎ一つせず、ゾーンに立ち尽くして取り残されている。連れてきていた「奥さん」は、穏やかな笑みを浮かべ、何かに取り付かれたように一点を見つめていた。

「ちょっと！　どうしたんだよ」

肩をつかんで揺さぶってみるが、何の反応もない。周囲の客賓《マロード》たちも一様に微笑《ほほえ》んだまま、それぞれにあらぬ方向を見上げていた。

勇治は意味不明な音に苛《さいな》まれながら周囲を見渡した。ゾーンを見下ろす位置にある、高級会員「迎賓《ヴィヒン》」専用の「廓《ク・ル・ワ》」のガラス越しに、こちらをじっと見つめる人影がある。

一人は濃いサングラスをかけていて、表情は読み取れない。もう一人の勇治と同年代と思《おぼ》しき女性は、まるで観察するように勇治の挙動を見つめていた。

「え、もしかして、まさか！」

棒立ちになった客賓《マロード》たちをかき分け、勇治は廓《ク・ル・ワ》へと近づく。

「サカガミ！　俺《おれ》だよ。勇治だよ！」

声を張り上げるが、分厚いガラスで隔てられた廓《ク・ル・ワ》に届くはずもなかった。だが、口の動きで呼ばれていることに気付いたのだろう。彼女の表情が少し動いた。隣のサングラスの女性に何かを告げる。頷《うなず》き交わした二人は、立ち上がって背を向けた。

慌てて後を追おうとした。ゾーンと廓《ク・ル・ワ》は完璧《かんぺき》に閉ざされ、行き来はできない。勇治は店の外に出て、廓《ク・ル・ワ》の出口へ先回りしようとした。だがその足は、回廊に立ちはだかる二人の衛士にさえぎられた。

強行突破しようとしたが、右に立つ衛士が難なく勇治の右腕を取った。舞うような動作で一瞬のうちに背後を取られ、たちまち羽交い締めにされた。左の衛士が口に布を押し付けてくる。

薄れゆく意識の中で、勇治はつぶやいていた。

——由佳……、首都に来ていたのか……

◇

彼女を表現するには、孤高という言葉しか思い当たらない。

由佳と勇治は六年前、地方都市の高校に同じ学年で入学した。由佳は、様々な意味で目立つ少女だった。

一つにはその美しさから。

高校生の十五歳から十八歳という年齢は、女性の美が最も微妙に揺れ動く時期だ。だが彼女が身にまとうのは、全く対極な、ぶれの無い定まった美しさだった。

静かながら深みを湛えた強い瞳。大輪の華の蕾《つぼみ》を思わせる、意志を秘めた凛々《りり》しい唇。完璧な構図で描かれた絵画が、完全さ故に人を息詰まるような不安に陥れるように、由佳は教師にとっても、また同級生にとっても対峙《たいじ》しづらい存在だったろう。

そしてもう一つは、その知性だ。

他を寄せ付けぬ圧倒的な成績で由佳は学年トップを維持し続けた。受験勉強の結果、というわけではなく、まったく別の大きな目的のもとに行っている学習が、たまたま成績という形で表れているという、何か「余技」のような印象を与えるのだった。その証拠に彼女は、大学受験のための模試は一切受けることはなかった。

文化祭にも、球技大会にも、バス旅行にも参加しようとはせず、進路指導のための親子三者面談も、「必要ありませんから」と、自らの意志を通す。

勇治はクラスも違い、由佳とは話したこともなかった。もっとも、その時期の若者にありがちな半ば無自覚な悪意と、あからさまな性的な噂《うわさ》や妄想といった類《たぐい》のものは周囲から伝わってきていたが。

勇治自身、成績の面では比べるべくもなかったが、容姿については、由佳と比べて遜《そん》色《しょく》のない部分があった。

隠し撮りのように撮られた写真が、地元情報誌の男子高校生ランキングに掲載され、読者投票の結果、二位になった(一位の男子の学校ぐるみの組織票がなければ一位だったと周囲からは言われたが、勇治にはどうでもよかった)こともある。ちなみに、由佳もこのコンテストの女子バージョンに当然掲載されるはずだったが、事前に察知した彼女が、肖像権の侵害と主張して差し止めたといういきさつがある。

そんなわけで、接点は持ち得なかったが、勇治自身、由佳の存在は気になっていた。

由佳は、壁を作るわけでも、頭がいいからといって周囲を馬鹿《ばか》にするわけでもなかった。だが、決して周囲と積極的な交流を持とうとはしなかった。「私は先に行かなくちゃならないけど、あなた達はそこで楽しんでいてね」とでもいうように。

彼女の目指す場所は、誰にもわからない。

由佳の「彼氏」になった勇治にとっても。

◇

「ヨコヤマ君。ちょっと、いいかな？」

始まりは一年の秋だった。放課後の校門で、由佳が呼び止める。待ち伏せされて告白されたり、プレゼントを渡されたりするのは日常茶飯事だったが、相手が相手だけに今回は驚かされた。

「サカガミ……。何？」

それでも平静を装って問い返すと、由佳はそれ以上の平静な瞳を向けてきた。

「頼みたいことがあって。ここじゃ何だから、お茶でも飲みながら、いいかな？」

誘いの言葉でありながら、異議を差し挟む余地などなかった。由佳が歩き出し、勇治も慌てて後を追った。

駅近くの裏通りにあるカフェに入り、奥まった席に座る。

「頼みたいことって、俺に？」

テーブルに肘《ひじ》をつき、組み合わせた指の上に軽くあごをのせた格好で、由佳は小さく頷く。

「私と付き合ってくれないかな？」

背もたれに片肘を載せて斜めに座っていた勇治は、椅子《いす》からずり落ちそうになった。

「へ？」

「正確に言うと、私と付き合っているということにしてくれないかな、という提案なんだけど」

真意を測りかねて、勇治は返事をすることができずにいた。

「私は一人でいるといろいろと男性とのトラブルに巻き込まれてしまうの。私もそんなに暇じゃないから、不必要な男女のいざこざは避けたいの。そのためには恋人とみなされる相手がいた方が都合がいいからね」

一緒に歩いたわずかな時間でも感じた彼女の目立ち方に、「トラブル」のめぼしはついた。

「だからって、何で俺に頼むんだ？　今まで話したこともなかったのに」

「夜のアルバイト、してるくらいだから、女性には慣れてるでしょう？」

「お前、どうしてそれ……」

「調べたの」

事もなげに言って鞄《かばん》から取り出したのは、「横山勇治氏に関する調査」と書かれた興信所のものらしい報告書だった。

「調査の範囲では、バイトは例のコンテスト上位入賞者の隠れた既得権益になっていて、歴代入賞者に引き継がれている。ヨコヤマ君は三人の女性とお付き合いして、何がしかの報酬を得ているのね。一人は三十三歳の貴金属チェーン店の若き女性社長。二人目は二十八歳、海外単身赴任中の大手企業のサラリーマンの奥さん。三人目は……」

呆然《ぼうぜん》としている勇治を尻目《しりめ》に、由佳は報告書を読み上げた。ご丁寧に写真まで同封されており、勇治が「奥さん」の一人とホテルに入る場面が写されていた。

「そんなバイトをしてるくらいだから、私に気持ちが傾くこともないだろうし、ゲームみたいに楽しんでもらえると思ったんだけど」

「なあ、サカガミ。お前さあ、仮にも同級生を興信所に調べさせるか？　フッウ」

弱みを握られた形となり、勇治は力なく抗弁した。

「あ、誤解しないで。調べたのは弱みを握るとか脅迫するとかそんな意図ではなくって、私にとって都合のいい相手なのかどうかを知るためだけで、それ以上の興味はないから」

「何だよ、それ」

単なる利用価値だけで見られて、複雑な心境だった。

「確かに変なお願いよね。それにあなたにとって何のメリットもない。バイトしてるからお金にも困ってないだろうしね。それでどうだろう？　まがりなりにも恋人として、時には関係を持つ、というのはどうかな。もっとも、あなたにとって性的な魅力が私にあると仮定しての話だけれど」

「あのさ、言ってる意味がよくわからないんだけど」

「つまり、報酬代わりに、時には私を自由にしてもいいよってこと」

勇治はカップを置いて由佳をまじまじと見つめてしまった。

「俺が言うのはおかしいだろうけどさ、それだけ綺麗《きれい》なんだからもう少し自分を大事にしろよな」

「大丈夫。私はそんなことで自分が穢《けが》れるなんて思っていないから」

由佳が眼を細めて笑う。確かに、どんな性的な侮辱や陵辱を受けたとしても、由佳自身が「穢された」という意識を持たぬ限り、彼女は決して穢れないように思えた。彼女にとっての「穢れ」とは、もっと別の次元にあるのだろう。

「どう、受けてくれる？」

テーブルに軽く両手を組んで、由佳は返事を待っていた。有能な営業マンにお勧め商品を勧誘されている気分になる。

「オッケー、わかったよ。ゲームとしてサカガミと付き合うってのも面白そうだ。だけどさっきの関係を持つってのは無しだぜ。純粋なゲームとして、お前と付き合わせてもらうよ」

お好きに、というように由佳は茶器を手にして静かに笑った。

◇

二人が付き合いだしたというニュースは、たちまち学校中に知れ渡った。もともと目立つ存在であったから、噂は相乗的に膨れ上がる。並んでいるだけで遠巻きな注目を浴び、かえって逆効果じゃないかと思うほどだったが、しばらくするとそれも沈静化した。

それ以降、勇治の「必要性」は、もっぱら校外で発揮されることになった。勇治は由佳に求められるままに行動を共にした。

進学校であったから、放課後会うのはもっぱら市立図書館や、一般にも開放されている地元の大学図書館だった。

「図書館って、安全なように見えて、結構そういう目的の人が多いんだよね」

ため息交じりの由佳の言葉どおり、彼女が死角になった本棚に立つと、「何読んでるの？」と寄ってくる男が引きもきらず、そのたびに勇治の出動となった。

由佳が図書館で開くのは、受験勉強とはまったく関係のない書物ばかりだった。物理や数学関連の本が多かったが、時には音楽理論の本や、他の図書館から取り寄せた古文書の場合もあった。どんな目的の下に由佳がそうした本を開くのかは皆目わからなかった。

図書館以外で由佳が同行を求めるのは、どこかのお墓で「何か」を探して歩き回る行為であったり、学会での研究発表を傍聴することであったりと、読む本と同様、関連性はつかめなかった。

高校生には不相応なPURE・TRADに足を運ぶこともあった。とはいっても由佳はゾーンでスパイラルするわけではなかった。最後部の壁にもたれて、ハンドルマスターの動きを注意深く観察し、音の構成を測るように眼を閉じて立っているだけで、楽しもうという気はないようだった。

大学の研究室に話を聞きに行く、ということもあった。勇治は図書館や食堂で時間をつぶすのだが、再度訪れる時には、由佳から同席を求められることがあった。

そんな場合は、まず間違いなく相手の教授は男性で、表情には出さずとも、勇治の存在を煙たがっているのがわかった。

「男性教授の場合、後から必ず食事の誘いがあって、困るんだよね」

話を聞き終えて、二人で廊下を歩いていると、由佳が乾いた声で呟《つぶや》く。「やっぱりな」と思ってしまう。この依頼を持ちかけられた時には、少し自意識過剰なんじゃないかとも思っていた。だが、外を歩けば必ずねっとりとした視線にさらされる実態を目のあたりにし、こうして頻繁に勇治の「必要性」が生じてくると、人並み外れて美しく生まれてくるのも苦労が多いものだな、と思ってしまう。

◇

二人の「ゲーム」は、二年生、三年生と特段の齟齬《そご》も軋轢《あつれき》もなく過ぎていった。週に何度か、昼休みに由佳が訪れ、「今日、いいかな？」とだけ言う。勇治は、周囲の注目を受けながら「ああ、いいよ」と応じる。そうして放課後、望まれるままに彼女に付き合う。

「ヨコヤマ君を彼氏に選んで正解だったね」

勇治自身、彼女が求める役割に自分は適任だったと思う。

普通の高校生ならば、由佳と長時間接していれば性的な衝動も頭をもたげてくるだろうが、夜のバイトをしている勇治には余裕があった。今さら「彼女」を作る気もなかったので、実害もない。もちろん彼女のような美しい子の彼氏とみなされるのに悪い気はしない。

「なんだか俺は、サカガミの彼氏って言うよりマネージャーみたいだな」

「いつもありがとう。マネージャーさん」

勇治のぼやきに、由佳もそう言って屈託なく笑う。大人びた表情に幼さが垣間見《かいまみ》え、心を動かされてしまう。

由佳と過ごすうち、自分が複雑な感情に囚《とら》われだしていることに気付かされる。それが求められている役割から逸脱していることは、充分に承知していた。

普段の由佳は、笑っている顔をほとんど見せない。何処《いずこ》へかと進みゆく意志と、知らぬ間に消えてしまいそうなはかなさとを秘めた、静かで、それでいて力強い表情。その表情が、何かの拍子に和らぐことがある。まるで、厚い雲の狭間から一瞬だけ太陽の光が差し込むような鮮やかさで。

その瞬間を自分のものにしたくて、由佳と一緒にいるような気がしていた。

一年半、一緒にいるうち、勇治も多少は彼女の感情を動かす術《すべ》を学んだ。だが、笑顔を見た後、以前より自分がもっと孤独で、遠く離れた場所にいるように感じられた。由佳の心は「ここ」にはなかった。目の前にいながら、由佳は隔てられた遠い場所にいた。

いつものように図書館の席で向かい合って座っていると、勇治の携帯電話が振動した。夜のバイトの相手からだった。

「悪い、サカガミ。行かなきゃ」

由佳は本に視線を落としたまま、わかってるよ、というように頷く。

「彼女として、少しは嫉妬《しっと》してもいいんだぜ？」

冗談めかして言うと、由佳は手にしたペンをくるくると回しながら勇治を見つめる。

「ね、ヨコヤマ君はどうして夜のバイトを続けているの？　お金のため？　それともやっぱりセックスの魅力なの？」

由佳の口からセックスという言葉が出て勇治は慌てた。周囲の視線が集まるが、彼女は動じる様子もない。

「そうだなあ。強いて言えば、演じるのがおもしろいってとこかなあ」

「演じる？」

「相手によって、求めるものは違うし、お金をもらう以上は、精一杯相手に合わせた男を演じてあげたいってのはあるな」

由佳は興味深そうに、勇治の「演じる」様を頭の中でシミュレートしているようだった。そして、なにげなくたずねた。

「ねえ、ヨコヤマ君は、好きな人とかいないの？」

プライベートなことなどめったに聞いてこない、というより興味を持っていないであろう由佳にしては珍しいことだった。

「いたらこんなことやってるわけないだろ？　サカガミはどうなんだよ。好きな奴、つくる気にならないのか？」

「そんな気があったら、こんな風に付き合ってもらう必要もないでしょう？」

「じゃあ、手っ取り早く俺を本物の彼氏にしないか？」

由佳は、いつもの冗談話のように聞き流したが、やがて勇治の言葉があながち冗談ばかりではないことを理解し、真顔になった。

「ヨコヤマ君は、私の彼氏を演じることに興味がなくなってしまったの？」

「そうじゃないよ、というより……」

勇治は、由佳がどんな反応をするだろうかと思いながら、続ける。

「『演じる』だけじゃ飽き足りなくなった、ってところかな」

「ヨコヤマ君なら、そんなこと言い出さないだろうと思って信頼していたんだけど」

失望を露《あらわ》にした由佳は、「少し外の空気吸ってくる」と言って席を立った。勇治は一人取り残される。手持ち無沙汰《ぶさた》になってしまい、由佳が開いたままの本を手にする。他の地域の図書館から取り寄せた本だった。

ところどころ頁が抜け落ち、補修の跡があった。もしやと思い本の見返しを開く。やはり「管理局検閲済」の文字があった。いわゆる「汚染除去資料」というわけだ。

由佳が付箋《ふせん》をつけた頁があった。開いて、読むともなく文字を追うと、そこに忌まわしい「月ヶ瀬」の文字を見つけた。検閲漏れの頁だ。

町の消滅が起こって二週間後、学校は強制的に休みとなり、統一供出日に合わせて、勇治を含めて誰もが、家の中にある「月ヶ瀬」やその他の汚染対象の文字を探し出し、市役所の指定場所に供出したのだ。消滅から半年を経過すると、その文字からは強烈な汚染が生じると教えられていた。

思わず投げ捨てるように本を遠ざけた。いつのまにか戻っていた由佳が、その動きを立ったまま静かに見下ろしていた。

「サカガミ。お前、この本危ないよ」

「何が？」

「何がって、お前が調べてる頁、汚染されてるじゃないか。早く返してこいよ」

由佳は、変に醒《さ》めた表情だった。

「今日はもういいよ。ありがとう」

そっけなく言って、由佳は帰り支度をはじめた。長い付き合いだから、彼女が静かに怒っているのがわかった。

「サカガミ、俺まだ時間あるから送って……」

「結構です。さようなら」

背中を向けた由佳は、一度も振り返らずに去っていった。

勇治は、後ろ姿を見送り、なすすべもなくその場に立ちつくしていた。

◇

あの日以来、由佳は勇治の前に姿を現さなかった。授業が終わり、勇治が様子を見に行く頃には、すでに教室にはいなかった。電話やメールをしても反応がないことは、今までの経験でわかっている。放課後に由佳に付き合うこともなくなり、勇治は目的も無く街をぶらついていた。

足が止まったのは、由佳から奇妙な提案を受けたカフェの前だった。観葉植物ごしに、同じ高校の女子が数人お茶を飲んでいるのが見える。その中に美奈の姿があった。確か彼女は由佳と同じ中学だったはずだ。

勇治は少し躊躇《ちゅうちょ》した後、店に入り、驚いた表情で固まっている美奈に声をかけた。

「なあ、美奈。聞いていいか？」

他の女子が聞き耳を立てるのは眼に見えていたので、美奈を連れて隅の席に座る。彼女は、勇治に正面から見つめられ、落ち着きをなくしてストローでいつまでもカフェ・ラテをかき混ぜていた。

「サカガミと、中学一緒だったよな。あいつって、昔からあんな風？」

美奈の手が止まる。怒ったように頰《ほお》をふくらませているのは、どんな顔をすればいいのかわからないからなのだろう。

「あんな風って……、どんな風？」

「ん、だから、誰にも打ち解けないで、一人なのかなって思ってさ」

美奈の表情が、痛みを訴えるように曇った。

「潤のことがなければね……」

「潤」という存在を、勇治が知っているという前提で発せられた言葉だった。

「潤って、誰？」

勇治の反応を推し量るように眼が細められる。やがて、小さく溜息をついて美奈があきれたように言った。

「もしかして、何も聞いてないの？　彼氏なのに」

勇治は、仕方がねえだろ、と表情で告げて続きを促す。

「由佳の幼なじみ。ううん、幼なじみって言葉だけじゃ伝えられないぐらいの強い繋《つな》がりを持ってた。由佳も頭がいいけど、潤はそれ以上だった。って言うより、まるっきり私たちとは違う世界の住人だった。生きていたら、絶対世界を動かす人間になっていたと思う」

「生きていたらって……、そいつ、死んじまったのか？」

美奈は周囲を窺《うかが》い、店員がこちらを見ていないのを確認してから、ぎりぎり聞こえるほどのかすかな声を出した。

「失われたの。消滅で」

勇治は「潤」のことが自分に伝わってこなかった理由を理解した。町の消滅に関わるものだったからだ。消滅に関することは、穢れとして口にしないというのが、社会の暗黙のルールだった。

「その、潤って奴と由佳は、付き合ってたのか？」

中空を睨《にら》むようにして考えていた美奈は、苦笑いをして首を振った。

「付き合うとか、そんな単純な言葉では表せない強い関係。信頼と、お互いに高めあおうとする意志……、うまく表現できないよ。実際あの二人を見てないなら。誰にも入り込めない。絶対にね。だからごめんね、正直言って、彼が失われたからって、由佳が他の人と付き合うようになるなんて、そんなこと絶対にないって思ってたから……」

彼女は、あなたは由佳のことがどれだけわかっているの？　と問いたげだった。言われずとも、勇治自身の中に渦巻いていた疑問だった。俺は由佳のことがどれだけわかっているんだ、と。

「町の消滅……か」

言い慣れぬ言葉、そして無意識のうちに忌避してきた言葉を口にして、勇治は慄然《りつぜん》とした。由佳の静かな瞳の奥に潜む闇《やみ》に触れた気がして、思わず身震いする。

美奈に礼を言い、勇治は店を出て走り出した。

放課後の市立図書館で、ようやく由佳を見つけた。例によって、由佳目当ての中年男性が隣の席を占め、無視にもめげずに何かを話しかけていた。

「どけよ」

相手はあっけに取られていた。勇治はぎりぎりまで顔を近づけ、押し殺した声で言った。

「こいつの彼氏だよ。どけよ」

剣幕に押され、男は慌てて席を立った。由佳は黙って見ていたが、男が去ると小さく首を振り、手元の本に視線を落とす。

勇治は、小さな椅子に長身を持て余すように深く座り、背もたれに肩を預けて天井を見つめた。二人とも何も言わない。静かな空調の音だけが無機的に聞こえた。

「こないだは、悪かった」

謝罪を受け、由佳はちらりと勇治を見たが、再び視線を戻す。

「聞いたよ。美奈から。潤って奴のこと」

触れるだけで埃《ほこり》がたちそうな古文書の文字を追っていた由佳の指が、文章の区切りで止まった。

「サカガミ、お前もしかして……」

「外で話そう」

言葉をさえぎった由佳は、先立って歩き出した。

図書館に隣接する公園の池のほとりで、彼女は足をとめた。水面を見つめ、視線を合わせようとはしない。

「サカガミが今調べているのって、もしかして消滅のことじゃないのか？」

ゆっくりと、由佳が勇治の方を向いた。そこには、何の表情もなかった。

「無理して自分に思い込ませてるんじゃないのか？　自分が消滅をどうにかしなきゃって。こんな言い方したくないけど、いくらお前が消滅のこと調べたって、戻ってくるわけじゃないだろう？」

勇治の言葉は、触れてはならないものに触れてしまったようだ。由佳の瞳に激しい光が宿った。

「あなたにはわからないわ。私がどんな思いで……」

「わからないね、俺には」

勇治は、皆まで言わせなかった。

「忘れろ、なんて俺には言えないさ。だけどこれだけ身近にいて、サカガミが肩肘はった生き方してるのを見てるとつらいんだよ。お前の人生はお前のためのものだろう？　いい加減こっちの世界に帰ってこいよ」

いつも考えていたことが思わず口をついてしまった。

「なに？　こっちの世界って？」

言葉に詰まる。なおも問いたげな由佳の視線を受ける。

「……だからさ、だてに長く一緒にいるわけじゃないんだぜ。目の前にいるのにお前の心がここにないってのはわかるんだよ。そのままお前こっちに帰ってこれなくなるぞ。俺は子どもの頃、病気で『こっちの世界』に戻ってこれなくなりそうになったことがある。だから、今ここに自分が『いる』ってだけでも大事なことなんだって思ってる。お前のこと、好きとか嫌いとかじゃない。ただ、こっちの世界に帰ってきて、自分のために生きてほしいだけなんだよ」

水鳥がいっせいに池から飛び立ち、夕日が水面に光をちりばめた。

「あなたが支えてくれるの？」

澄んだ瞳が夕日を映して、勇治を見つめる。光の縁取りが由佳の美しさを一層はかなく際立たせていた。

「あの消滅からずっと、潤のいない世界に自分が生きていく意味なんてないって思ってた。だからかろうじて、潤を奪った町に復讐《ふくしゅう》することに、自分がこの世界にいる意味を見つけ出そうとしていた。私の心は、潤しか動かすことはできないんだよ。それでもあなたは私を見ていることができるの？」

「今までずっとそうしてきただろう」

帰りのバスの中で、由佳はずっと黙っていた。だがその沈黙は、いつもの大人びたものではなく、迷いやとまどいを含んだ、同い年の女の子のものであるように思えた。

「さっきの話だけど」

由佳が、窓にもたれたまま呟く。ガラスに映った由佳の顔が、バスの振動に合わせて揺れていた。

「あなたが、私の心を動かせる人になったら、その時は考えてもいいわ」

ガラス越しに視線を向ける由佳を、勇治もまたガラス越しに見つめた。

「俺は俳優になって、世界中の人間の心を動かすって夢があるからな。由佳一人の心を動かすのなんて、わけはないさ」

「なあに、それ」

冗談と受け取ったのか、由佳は肩を揺らして笑った。その動きが伝わる。今、由佳がここにいる、小さく、それでいて確かな感覚だった。

先にバスを降りた由佳は、手を振って微《かす》かに笑った。

◇

月曜日から、由佳は学校に来なくなった。

由佳の姿を見ないまま、夏休みが訪れた。進学校であるから、夏休みとはいっても毎日補習授業があるのだが、由佳は姿を見せなかった。もっとも、彼女は受験のための行事というものにはまったく興味を示さなかったので、勇治もあまり気にはしていなかったが、連絡はまったく途絶えてしまった。

彼女の住むマンションにも行ってみた。母親と二人で暮らす母子家庭だと聞いたことがある。父親は某会社社長で、母親はその愛人であると、もっぱらの噂だった。

オートロックの玄関で部屋の番号を押してみるが、何の返事もない。勇治は、監視カメラをじっと見上げる。その向こうに、由佳はいるのだろうか？　手ごたえのつかめぬもどかしさは、今の二人の関係をそのまま表しているようでもあった。

由佳の姿を見ないまま、夏が過ぎていった。彼女が学校に来ないことは、生徒たちの格好の噂の的となったが、誰も面と向かって勇治に聞いてくることはなかった。

高校三年生の夏は、慌ただしく過ぎていき、勇治も受験勉強に本腰を入れざるを得なかった。図書館に行っては、つい彼女の姿を探してしまう。由佳のいない世界で、勇治は問い続けていた。

——由佳、お前はまだ「この世界」にいるのか？

◇

「あれ……、あれってサカガミ？」

由佳が学校に姿を見せなくなって、三ヶ月近く経《た》った頃だった。遅刻ぎりぎりの朝、偶然見かけた彼女は、フォーマルな私服姿だった。まっすぐに前を向いて歩く姿には声をかけづらく、勇治は自然に尾行する形になってしまった。

由佳は、私鉄の駅で切符を買って改札を通ってしまった。しばらく考えて、勇治も適当な場所までの切符を買い、後に続いた。

由佳は上りホームに立ち、この地方の中心都市に向かう特急列車に乗った。後ろの車両から姿を確認しながらも、勇治は決して近づけぬ壁のようなものを、今まで以上に感じていた。

特急列車は、終点の頭端式《とうたんしき》ホームへと滑り込んだ。乗客たちが一斉に改札を目指して歩き出す。勇治は、由佳を見失わぬように歩くため、周囲への注意が届かず、何度もぶつかり、数人の足を踏んだ。

途中駅までの切符しか買っていなかったため、乗り越しの精算をしなければならなかった。焦《じ》れる思いで精算機の列に並び、改札を抜ける。由佳の姿は雑踏の中に消えていた。

しばらく周囲を意味も無く徘徊《はいかい》してみたが、見つかるはずもない。駅前の巨大なサインボードの前で、途方にくれて立ち尽くした。

背後からいきなり腕を摑《つか》まれた。振りほどこうとして勇治は身を硬直させた。青少年育成担当の官憲だ。

「何をしている。学校は？」

「いや、ちょっと……」

うまい言い訳はとっさに思いつかない。

「はぐれないでって言ったでしょう？」

「え？」

突然横から声が割り込む。由佳だった。彼女は、勇治の反応など気にもせず官憲に向き直り、書類を差し出した。

「お仕事ご苦労様です。この書類にありますように、本日こちらより出頭依頼を受け、向かっているところです。ご不明な点がございましたら、学校へ確認いただけますか？」

大人びた物腰に、官憲はそれ以上追及することなく、二人の学生証から識別ＩＤを確認し、放免した。

「行くよ、ヨコヤマ君」

由佳は勇治の手を取って急いで歩き出した。引っ張られるまま後をついていくしかない。

角を曲がり、由佳はさりげない動作で背後を確認した。手を離し、一連の流れるような動作に定められた結点とでもいうように、自然に勇治を見つめた。

「危なかったね」

「あ……、ありがとう。助かったよ」

「ん。いいよ、別に。じゃあ、私急ぐから」

本当に「何でもないこと」だったかのように、彼女は立ち去ろうとする。勇治は慌てて行く手を阻んだ。

「待ってくれよ。サカガミ……」

由佳は足を止め、勇治の顔を見つめた。迷惑そうでも、とまどっているというのでもない、とらえどころのない静かな表情だ。勇治は自分のペースを取り戻せずにいた。

「急に学校に来なくなったから、心配してたんだぜ。一応、彼氏としてな。今日はそんな格好で、いったいどこに行くんだ」

「ごめんなさい。今から人と会う用事があるし、それにこれ以上は知らないほうがいいと思うから」

「ついてくるな、とは言わないんだな」

「そのつもりなら、最初からあなたを振り切ってるよ。ある人に言われたの。一つの選択が誰かの一生を左右し得るなら、その可能性を摘み取ってはいけないって」

「ある人って、潤って奴か？」

由佳がわずかに眉根《まゆね》を寄せたが、肯定も否定もしなかった。

「今から向かう場所ってのは、サカガミの一生を左右するような場所なのか？」

彼女は頷いた。気負いも悲壮さも感じられぬ自然さで。

◇

「研究所」という行先表示のバスに乗り、終点でバスを降りる。

高い塀と、その上に凶暴な姿を見せる幾重もの鉄条網で、研究所の建物は、すぐにわかった。正面には二重の門があり、いかめしく官憲が睨みをきかせる。背後の壁には「管理局生体反応研究所西部分室」の文字があった。

「サカガミ。ここって、もしかして」

「そう、管理局。どうする、やっぱり帰る？」

「でも、お前なんで管理局なんかに」

「ごめんなさい。あまり時間が無いの。後はあなた自身が決めて」

そう言って、勇治への興味は失ったかのように、門へと歩き出した。一片の迷いも無い足取りだ。勇治は、窓の無い威圧的な建物に怯《ひる》む心を抑え、後を追った。

案内された部屋は、会議用のテーブルと四脚の折りたたみ椅子が置いてあるだけの、簡素な部屋だった。表から見たとおり、建物には窓は一つもなく、この部屋も例外ではなかった。

不自然なほどに白く塗られた壁には、二つの時計が並んでいた。同じ形だが、同一の時計ではなかった。右の時計には短針しかなく、左の時計には逆に長針しかない。二つの針を組み合わせて初めて、十時五分という現在の時間を知ることができるが、それぞれは、まるで互いに無関係とでもいうように時を刻んでいた。

扉がノックされ、黒いスーツを着た女性が姿を現した。彼女は薄いサングラスをかけていた。首に巻いたミントグリーンのスカーフに手をやり、くぐもった咳払《せきばら》いをする。表情はほとんど変わることはない。勇治の持っている管理局員のイメージそのままの、感情の起伏の少ない人間のようだ。

由佳が立ち上がり、お辞儀をする。

「本日はお時間をいただきましてありがとうございます。坂上由佳と申します」

サングラスの女性は、白瀬と名乗った。

「消滅の解明につながる事であれば、我々は時間も労力も惜しむことはありません。こちらこそ、ご連絡いただきありがとうございます。早速ですが、ご友人から送られてきたという手紙を拝見させていただけますか？」

「その前に、確認ですが、この建物への『町』の影響は？」

由佳の質問に、白瀬さんの動きが虚をつかれたように止まった。

「大丈夫です。二重の防護壁によって護《まも》られています」

頷いた由佳は、バッグの中から、年月を経た様子の紙の束を取り出した。掌《てのひら》の中に収めるようにして、そっと机の上に置く。その仕草から、彼女にとってそれが大切なものであることがわかる。

「三ヶ月前、私の手元に届いた友人からの手紙です。友人は、月ヶ瀬の消滅で失われました」

白瀬さんは、無表情な面持ちを変えずに手紙を見つめ、機械的な動作で由佳へと視線を戻す。

「三ヶ月前ということは、町が消滅してから二年も経って、この手紙が届いた、ということでしょうか？」

「ええ。こんな形で」

由佳が次にバッグの中から取り出したのは、小包だった。外国から届いたらしく、異国の文字で宛名が記されていた。中身は薄汚れたガラス瓶だ。

「友人は、おそらく消滅の直前に、こうして瓶に入れて手紙を川に流したのだと思います。時を経て、瓶は海を渡り、西域の浜辺へと打ち上げられました。幸運にも、親切な方に拾われて、私の手元に届いたのです」

今時ロマンチックなことする奴だな、と思って勇治は小さく鼻を鳴らした。だが白瀬さんは、納得したとでも言うように深く頷いた。

「『町』の干渉を排除するためには、その方法しかなかった、ということでしょうね」

「ええ、おそらく彼は、『町』に抗《あらが》ってこの文章を書かなければならなかったのだと思います。『町』が直接住民の思考を制御する以上、通常の伝達方法では、『町』は消滅の秘密を漏らすことを許さないはずですから」

想像もしていなかった言葉が次々と出てきて、勇治はわけがわからず、由佳の横顔をぼんやりと見つめた。置き去りにするように、二人の会話は続いた。

「手紙を、拝見してもよろしいでしょうか？」

「どうぞ。ご覧ください」

しばらく黙って手紙の文字を見つめていた白瀬さんは、何かを確かめるように紙の上に指を這《は》わせる。勇治はやはり内容が気になり、テーブルに頬杖《ほおづえ》をついたまま、手紙へ視線を泳がせた。

数字とアルファベットが、一見何の規則性も持たずに、延々と並んでいるだけだった。

「なんだよ……、その手紙」

思わず非難するような口調になってしまった。由佳は勇治を一瞥《いちべつ》しただけで、再び白瀬さんに向き直った。

「おそらく彼は、『町』に見破られないために、いくつもの複雑なステップを同時に踏むようにして、この手紙を書いたのだと思います。町の消滅を伝える文章を頭に浮かべただけで、『町』に封じられてしまうわけですから」

「その作業は、言葉にして言うのは簡単ですが、非常に難しいことのように思えますが」

テーブルの上で腕を組んだ由佳は、壁を見つめて遠い表情をした。昔を思い出すように。

「彼はよく、日常会話を暗号化して楽しんでいました。一種の脳のトレーニングだと言って。一つの文章をある一定の規則性の下に数値化し、もう一つの文章をまったく別の規則性によって数値化する。その二つの数値を足し合わせて、また別の規則性で抽出するという単純な暗号化のシステムです。……もっとも、それは単なる遊びではなく、将来の実用性を考慮しての訓練でもあったんですが」

「と、言われますと？」

「彼の行動は、すべて今にとどまらぬ十年後、二十年後の自分のあるべき姿を見据えていました。彼は、おそらく十年後には、学術的な研究権威の中枢にその身を置いていたはずです。その際の自己の理論の防衛、情報漏洩《ろうえい》対策のためには、早くから暗号化の理論を身につけておいたほうがよいと」

黙って聞いていた、というより聞かざるをえなかった勇治は、ただ呆然とするばかりだった。白瀬さんも表情を変えることはなかったが、小さな溜息が、思いを代弁するように漏らされた。

「彼は、二年前というと高校一年生ですか？　ずいぶん大人びた……、というより浮世離れした考え方をする方ですね」

浮世離れ、という言葉に我が意を得たのか、由佳が薄い笑みを浮かべた。

「彼の能力自体が浮世離れしていましたから、仕方のないことかもしれません。……手紙の内容に戻ります。解析するにあたって必要とされるのは、彼と私に共有化された規則コード。および共通認識としての〝鍵《かぎ》〟の文です。幸い、彼の残した規則コードは、すべてのパターンが私に預けられていました。後は二人だけの『パスワード』とも言える〝鍵〟の文です。これは簡単です。私と彼が諳《そら》んじるほどに愛読していたキリエの『モノローグ』しか考えられませんから」

「『モノローグ』ですか？　あの……」

「はい。『傾倒した遊離の先端に浮遊する鋭利な柱状化は時として風化を英断する……』で始まる諧謔《かいぎやく》と偏倚《へんい》な妄執に満ちたコトバの愉悦。そのキリエの詩を数値化して介在させ、私は規則コードを順列化して組み合わせていきました。後は単純な機械的操作となります。何度目かの試行により、言語としてのパターンを持つ配列が浮かび上がってきました。ですが……」

　由佳は白瀬さんに視線を合わせ、続けた。

「肝心な部分は、意味不明の文字列に変換されていました。まるで検閲がなされたように……」

　言葉が途切れる。白瀬さんも話さない。沈黙が訪れると、壁の時計が待ち構えていたように存在を主張し、ぬちぬちと粘液質な音を響かせた。

　白瀬さんが、その音を遠ざけようとするように、静かに声を発した。

「つまり『町』は、彼の暗号すらも読み取って干渉していたということですか？」

「その通りです。『町』に気取られぬよう、彼は、まさに一発勝負で『手紙』を書かなければならなかったし、当然『逆解析』することもできません。彼自身も成功しているかどうか判断できないまま、私の元に届けられたのです。結果は恐れていた通り、『町』は、暗号化の三重の障壁すらやすやすとかい潜《くぐ》り、彼の言葉を封じたのです」

　再び訪れた沈黙に、勇治の唾《つば》を飲む音が大きく響いた。「町」と潤、そして由佳との、息詰まるような静かで熾烈《しれつ》な闘いを想像し、あらためて、「町」に関わることの恐怖を感じる。それにも増して、せっかく届いた手紙がまったくの無駄だったことへの由佳の落胆を思った。

　由佳は、そんな勇治を斟酌《しんしゃく》することなく、淡々と話を進めた。

「『町』の干渉を百パーセント排除できたと確信できなかったのでしょう。彼はもうひとつの手段を取りました。といっても、暗号を複雑化するだけでは、結局のところ不安は消えません。ですから、まったく別の形でのアプローチを試みたんです」

取り出されたもう一つの手紙。今度のそれは横書きで、五線譜を思わせる横罫《よこけい》の上に散らされた、先程よりもっと無秩序な配列だった。しかもそこには勇治の見知らぬ記号が並んでいた。

新たな「手紙」を受け取った白瀬さんは、サングラスの奥で表情を見せないままだ。

「これは、楽譜でしょうか？　古奏器の奏律コードのようにも見えますが、それにしては見慣れない配列のようですね」

「その通りです。古奏器のコードに彼の独自コードを組み合わせたものです。彼は、汎用鍵《キイ》としての規則コードによる暗号化だけでは『町』の影響を完全に遮断できるとは思っていなかったようです。そこで利用したのが、固有鍵《キイ》としての古奏器の奏律コードです。ご存知の通り、古奏器は、俗に『音の色《ね》』と呼ばれる、古奏器個体ごとに異なる、経年蓄積された『音波《おとなみ》』を持っています。それ故古奏器は聴く者によって音を違えることができるのです」

白瀬さんが、確かめるようにゆっくりと頷いた。

「古奏器の音《ね》の色を、『町』に読み取られぬための固有鍵《キイ》として用いた、ということですね」

「はい。音によって人を制御することや、人に想いを伝えるということは、彼の主要な研究テーマでした。私は、彼の理論の実験台となっていましたから、彼の持つ古奏器の音波《おとなみ》に対応する私の『反応値《リフレクト》』は、すべて残されていました。正確に言うならば、それは『値』という確固としたものではなく、音が導く情動を二次元平面上に素描化したものです。ですから、一音が一つの言葉を表すのではなく、また音の連なりが文章へと転じるというわけでもありません。点描された一つ一つの点が、個々としては独立していながら、全体として眺めれば有機的に機能し、作用しあって、一つの絵を完成させるように、彼の奏曲は私に明確なメッセージを残していました。私自身の反応が、固有の『鍵《キイ》』となることで、『町』の介入を防ぐことができたのです」

勇治には理解できない由佳の説明はさらに続いた。そうして導き出されたもの。それは、まさしく「手紙」だった。

「解読には、三ヶ月かかりました」

三ヶ月、それは由佳が学校に来なくなってからの期間と一致していた。由佳は、解読した文章を書き取った紙を広げた。

由佳へ

この手紙を　果たして君は手にすることができるのだろうか　もしそれが可能であるとしても君がきちんと解読してくれるのだろうか　それでも僕は　おそらく数年後にこの手紙に出会うであろう　未来の君にむかって　わずかな可能性にかけて書いている

今は三月の終わり　そうおそらく三日後に　僕やこの町の人々は失われてしまう不思議な感覚だ　恐怖はない　まったくね　僕も　姉も　両親も　そして町の人々すべてが淡々と　消滅のその時を迎えようとしている

心残りはある　それはすべての人たちに　だけど誰もそれを　表情にも　言葉にも　文章にも表すことを許されていない　消滅に関することを伝えようとしたとたん「町」は敏感に察し　僕からその力を失わせてしまう

だけどこんなところで　例の「遊び」が役に立つなんて思ってもいなかった　こうしてまわりくどいやり方ではあれ　君に本当の気持ちを告げられるのだからね

本論に入ろう

知ってのとおり　僕は特別な耳を持っている　だからこそ町の消滅に抗う手段を発見することができたんだ　それは音だ

考えてみると二月ほど前から　僕はその「音」の兆候に気づいていたことになる　今思えばその時から対処していれば　もしかしたら僕は　町の人々を消滅から逃すことができたのかもしれない　でもそれは結果論でしかないね

「町」は人々を音によりその支配下に置く　町に起こる雑多なすべての音の中に「町」はその音を潜ませている　人々を制御し　誘導し　従わせる音だ　ゆっくりゆっくりと　その音は町を覆い　気がつけば濃い霧のように行く手を阻んでいたんだ

なんだか笑ってしまうね　音によって人を制御する術を研究していた僕が　逆に音によって取り込まれてしまうなんてね　だけどもしかするとこれは「町」の僕への挑戦かもしれないね　そうだとしたら受けて立とうと思ったんだ

僕は　自分の研究の集大成として　残り少ない日々を　「町」に対抗するための音づくりに費やすことにした　もちろん「町」の影響下にある僕には　物理的にも時間的にも　その音を完成させることは不可能だ　だから僕は「音の種」だけをつくる　「町」の影響下で僕にできるのはそれぐらいだ　今後長い年月をかけて「音

の醸造」が必要なんだ

「音の種」は僕の部屋にディスクで残しておく　「音の醸造」には管理局の力が必要だ　だがたとえ管理局であっても「町」に気付かれないままに　そんな音をつくることができるのかはわからない　それでも今の僕は可能性にかけるしかない

由佳　僕は今　君にこの文章を解読してほしいと思う反面　同じくらいに　君が解読できないことを望んでいる　解読してしまえば　君が新たな消滅の阻止のために人生を費やしてしまうだろうことが容易に想像できてしまうから　それは君の人生を左右しうる選択になるんだろうね

由佳「町」との闘いは　想像以上に長く　苦しい道のりになるかもしれない　決して「町」を侮ってはいけない　だが「町」を恐れることはない　「町」は心を自由に飛ばす者には決して怖い存在ではない

僕は失われる　そして町の人々も　だけど人々の想いまでが失われるわけではない　明日へと望みを繋げていくために　残りの日々を僕たちは精一杯生き続ける

由佳　君にもう一度逢いたかった

由佳の声が途絶えた。瞳からは、一筋の涙が流れている。白瀬さんが静かに言った。

「ありがとうございます。こうして、話をしに来ていただいたことにとても感謝しています。彼の作った音の種は、管理局で回収し、今後の消滅研究の貴重な礎とさせていただきます」

由佳はハンカチで涙を拭《ぬぐ》い、白瀬さんに向き直った。

「白瀬さん。お願いがあるんです。彼の音の種を回収し、音を醸造するためのプロジェクトに、私も参加させていただくことはできませんか？」

勇治は驚いて彼女の横顔を見つめる。真剣な表情だ。すでに勇治の存在は、意識の外にあるようだった。

「由佳さん。あなたは非常に聡明な方ですから、私が忠告しなくても管理局で働くということのリスクについてはわかっていることと思います。生半可な気持ちでは、町の消滅に関わることはできません。『感情抑制』を得るための訓練、常につきまとう汚染の恐怖。周囲からの無理解による疎外感……。それでもあなたは、彼の遺志を継ぐ気持ちに変わりはありませんか？」

「ええ。ありません」

由佳の返事には、一片の迷いも含まれていなかった。

「もし、逆の立場だったら。失われたのが私だったら、やっぱり潤は同じことを言うと思うんです」

静かで、それでいて強い意志を貫く由佳の瞳。勇治にはその意味が今日はじめてわかった。

「彼は、『町』との孤独な闘いを、たった一人で続けていたんです。彼は、消滅のその日にも、私に電話をかけてきました。どんなに伝えたかっただろう。どんなに志半ばで失われてしまうのがつらかっただろう。わかってあげられなかった、支えてあげることもできなかった自分が悔しいんです。そんな、町の消滅なんかに私たちの繋がりが負けてしまったことが……。それが悔しくってたまらないんです」

由佳の気持ちを推し量るように聞いていた白瀬さんは、その想いの深さを読み取ったようだ。

「分かりました。今は、まだ『町』の動きが活発ですから、彼が残したディスクの回収は困難です。いずれ、彼の音の種を『町』から取り出すことができたなら、その時にはまた由佳さん、あなたにお手伝いをしていただくことになるでしょう」

◇

研究所を辞した由佳と勇治は、しばらく無言で歩き続けた。

今の由佳にかけるべき言葉は何も見つからなかった。打ちのめされたような気分だ。それを察したのだろう、彼女の方から切り出す。

「あの、図書館で潤のことを話した日。家に帰ったら手紙が届いていたの」

遠く、踏切の警報が響くのを、勇治はうつろな気持ちで聞いていた。

「あの日、ヨコヤマ君に言った言葉は嘘《うそ》じゃない。潤が失われて二年が経って、私の心が揺れていたのは確かだから。あなたの言う『こっちの世界』に戻る時期かなって。でも、この手紙を受け取ってしまったら……」

由佳は胸に手をあてた。潤の手紙は、彼女の心そのものに届けられたのだ。

「私はやっぱり、失われてもまだ潤と繋がっているし、彼以外の人には心は動かされない」

簡潔な事実のみを告げようと心がけるかのような口調に、勇治はかえって打ちのめされた。結局のところ、自分は由佳の人生において何の役回りも果たせないということに残酷なまでに気付かされ、思わず足が止まった。由佳も立ち止まり、勇治に向き合う。

「お前はやっぱりこれからも、潤って奴のために生きていくのか？」

由佳はただ、静かな眼差しを向けるばかりだ。

「私は、彼の果たせなかった想いを、繋げていかなくちゃならないの」

由佳は再び歩き出した。勇治は立ち止まったまま、見送るしかなかった。もう由佳は振り返らない。これから続く「町」との、孤独で、静かな闘いを、たった一人で続けていく後ろ姿だ。その華奢《きゃしゃ》な身体に、眼に見えぬ枷《かせ》がはめられているような気がした。

◇

目覚めると、自分のアパートだった。勇治はきちんとベッドに寝ていた。半身を起こし、しばらくぼんやりと再びの睡魔と覚醒との間をさまよう。

高校の頃を思い出す長い夢が、まるでそれを昨日のことのように思い起こさせた。

昨夜のことを思い出し、何とはなしに両手を見つめ、全身の感覚を確かめる。何も異常はなかった。怪我《けが》もなかったし、荷物も、財布も物色された形跡はない。

携帯電話には、着信とメールが数件。いずれも昨夜一緒だった「奥さん」からだった。メールを開いてみる。知らないうちに勇治が帰ってしまっていたと怒った内容だ。どうやら、ゾーンで起こった不思議な現象については理解していないようだ。すぐに謝りの電話をかけなければ関係修復はできそうもなかった。だが、勇治はまったく別のことを考えていた。

◇

数日後、勇治はあるビルの正面に立っていた。

首都のオフィス街の一画。二十階建てほどのガラス張りのビルには、正面玄関と思われるものは無く、一階から最上階まで、のっぺりとしたガラスの壁面が、無表情に侵入を阻むようだった。

周囲を見渡しても、入居する企業を示す看板は無い。ぐるりと一周してみるが、裏側もまったく同じつくりだった。

側面に、小さな入口がある。いかにも従業員専用の通用口といった風情だ。とても二十階建てのビルの正面玄関とは思えない。

入口の前に二人の人物が立っている。単なるガードマンだと思っていたが、よく見ると彼らは官憲、しかも左腕の黄色い三本線の徽章《きしょう》は、指紋からの識別ＩＤ徴収権限を持つことを意味していた。探られて痛い腹があるわけではないが、ＩＤ徴収は国民誰もが忌避したいところだ。

奇妙なビルがある、という噂は聞いたことがあった。小さな入口を持つだけで、会社の看板も無く、中で誰かが働いている姿も見えない不思議なビル。そして、そこに入居するのは管理局であると。

単なる都市伝説だとたかをくっていたが、こうして目の当たりにしてみると、いかにも信憑性《しんぴょうせい》のある噂に思えた。

官憲に気取られぬよう、散歩しているふりをしながら周囲を見渡す。裏通り側に、道路を挟んで五階建てのビルがあった。一階に花屋と不動産会社。二階から上は法律事務所や小さなオフィスが入っている典型的な雑居ビルだ。

人が二人も乗ればいっぱいになりそうなエレベーターで最上階に昇ってみる。人気《ひとけ》もなくひっそりとした廊下を歩くと、突き当たりの窓からは向かいのビルが見えた。

総ガラス張りなので、内部の様子を見通すことができた。天井に蛍光灯の列が並び、事務机と情報端末が並ぶ様は、ありふれたオフィスの風景だった。だが、しばらく眺めるうち、様子のおかしさに気付いた。

いくら待っても、働く人物が姿を現すことがなかったのだ。煌々《こうこう》と照らす蛍光灯の下、誰もいないオフィスが、その階だけではなく、上の階にも下の階にも連なっているようだった。

もう一つの噂。それは、この無人のオフィスは、真実の姿ではなく、内側から映し出された映像であるというものだ。内部にはまったく別のオフィスが存在するのである、と。

◇

「待つしかない、か」

勇治は、近所のコンビニでおにぎりとサンドイッチを買い、どこか食べる場所をと考え、地下鉄の駅から歩いてくる途中に公園があったことを思い出した。

公園とはいっても、遊具も何も無い、芝生が敷き詰められただけの空間だった。勇治は公園の中央に座り込んで、一人の昼食を食べる。

時折吹く風は、まだ少し冬の名残を留《とど》めていたが、風がやむと陽光が柔らかな暖かさで包んでくれた。勇治は食べ終えると、芝生の上に寝転んだ。

風に長く引き伸ばされた薄雲が、空を千々に切り分けていた。

「高いな……空が」

思わず呟いてしまう。迷いなく晴れた空の高さが、自分のちっぽけさを嫌でも感じさせた。

高校三年の秋、由佳は高校を退学し、勇治の前から姿を消した。あれから三年半、あの日の後ろ姿はいつも心の片隅にあった。

もし由佳に会えたとして、自分はいったいどうするつもりなのだろうか。おそらく彼女は管理局に入り、消滅の阻止という目標に向けて着実に歩み続けている。今の自分を由佳はどう思うだろう。目的もなく、勉強せずとも合格できた首都の私立大学に入ったものの、勉強も怠りがちで留年してしまった。「俳優になって世界中を感動させてやる」などと大見得を切ったものの、その努力もおざなりだ。モデル事務所に所属してはいるが、首都に出てきてわかったのだ。自分程度の容貌《ようぼう》の男は、首都には腐るほどいるということに。そして、横一線から一歩前に抜け出るためには、何らかの特別な努力や運、そしてきっかけが必要なのだと。

ストーンウォッシュの革のコートを脱ぐと、意味もなく逆立ちをした。世界が逆転する。逆立ちなんて久しぶりだった。自分のちっぽけさを打ち消すように、勇治は世界を自らの手で支えた。

逆さまになった世界に、ぐにゃりと「歪《ゆが》み」が生じた。実際はそう感じたというだけだ。だが勇治は、「圧」であり「刺」であり「迫」でもある、言いようのない力を感じた。思わず逆立ちの手が緩み、その場に倒れ込んでしまった。

「カメラ？」

あらぬ方向をきょろきょろと見渡した勇治は、芝生の上に腹ばうようにして、勇治にカメラのレンズを向ける一人の男に気付いた。

「なんだ。逆立ちはもう終わりか？　体力がないな」

そう言いながらも、男はシャッターを切り続ける。

「一応モデルもやってるんで、勝手に写真撮られると困るんですけど」

「はは、自分のやってることに『一応』ってつけるようじゃ、たいしたことないな」

軽くいなされてしまい、勇治はぐっと詰まった。ようやく手をとめた男は、芝生の上に胡坐《あぐら》をかき、膝《ひざ》の上にカメラを置いた。

「なかなかいい顔だった。自分の存在の小ささを嘆きつつ、何かをあきらめることもできない。でも向かうべき方向が見つからない。そんな表情だったな」

無精ひげの男に、心の内側を見透かされてしまったようで、勇治は思わず芝生の上に正座してしまった。

「なんでわかるんですか？」

「馬鹿だな。そんな風に言っておきゃあ、たいていの若い奴は自分の身にあてはめて納得するんだよ」

「あっ、ひどいなぁ」

男の瞳に笑みが浮かぶ。どうやら悪い人間ではなさそうだ。無精ひげ同様に伸びた前髪を、左手で無造作にかきあげる。その時になって、ようやく勇治は気付いた。男に右腕が無いことを。

写真を撮っている男からは、片腕だけの不自由さを微塵《みじん》も感じることはなかったからだ。

多分彼は、腕が何本だろうと、「それが俺だ」と自分の写真を撮り続けるのだろう。うまく言えないが、それがプロというものなのだ。勇治は漠然とそう思い、自分にはない貫くような何かを持っている男をうらやましく思った。

勇治のそんな思いを斟酌する様子もなく、男はのんきな口調で言った。

「まあ、モデル代がわりに、お茶でもおごってやるよ、ついてきな」

立ち上がった男は、芝草を払いもせずにカメラを肩に担いで歩き出した。

◇

連れて行かれたのは、公園沿いの雑居ビルの二階にある「リトルフィールド」というカフェだった。

「あら、脇坂さんったら、可愛《かわい》い子を連れてきてくれたわね」

女性的な喋《しゃべ》り方をする小太りの中年男性が、ころころとした笑顔で迎えてくれた。

「何でも好きなもの飲みな」

「ちょっと脇坂さん。自分の代金もずっとつけにしておいて、偉そうにおごるつもりなの？」

脇坂と呼ばれた男は、意に介する風もなくメニューを一渡り眺めた。

「そうだな、せっかくだから、大人の味の濾過茶《エスプレッソ》でも用意してやってくれよ、マスター」

さっさと注文を決めて勇治からメニューを取り上げた。

マスターが、「遠慮せずに高いの頼むわねぇ」と文句を言いながらも、いそいそと準備をはじめる。丸い硝子《ガラス》の中で噴蒸された茶葉が錆色《さびいろ》の湯気を立て、濃厚な茶のエキスが一滴ずつ茶器に注がれた。

西域北部の寒冷地帯で好まれるお茶の飲み方だ。もともと、日光照度の低い彼《か》の地では、このやり方でしか茶葉の成分を抽出できないという事情によるものであったが、今では茶葉本来の味を求める嗜好派《しこうは》に広く好まれ、一般化していた。

初体験の濾過茶《エスプレッソ》の小さな茶器を傾け、慣れた様子を装って口に含む。濃厚な茶葉そのものの味わい、といえば聞こえはいいが、むせ返るような発酵臭と土の匂《にお》いが口内に充満し、鼻腔《びこう》へと抜けた。堪《たま》らず顔をしかめ、吐き出すこともできずにいると、脇坂さんに背中を叩《たた》かれ、飲み込んでしまった。

「どうだ。うまいだろう？」

「ええ、くせになりそうです」

　顔をしかめてやせ我慢する勇治にマスターが噴き出し、つられて脇坂さん、最後には勇治も笑い出した。

「もしかして、この店に飾ってある写真って……」

「そう、脇坂さんが撮ったの。飾ってるっていうより、お金払う代わりに置いていくんだから、飾るだけの価値があるんだって自分に言い聞かせておかなきゃ、割に合わないじゃない」

　とは言いつつもマスターは気に入っている様子だった。勇治は立ち上がり、正面から鑑賞する。いずれもモノクロの風景写真だった。朝日の当たる首都のビル群、路地裏の雑然とした風景、人気の無い地下通路、そしてそびえ立つ高射砲塔。

　何一つ変わった風景はなく、特異なアングルというわけでもない。身の回りにいくらでもある首都の風景だった。

　それでもなお、勇治は感じることができた。切り取られた風景の奥に広がる匂いや音、風の調べのようなものすらも。街の息吹をそのままに切り取っていながら、確かな脇坂さんの想いが刻まれていた。

　一人の人物も写ってはいなかったが、行きかう人々の姿や、彼らの様々な想いの揺らぎすら見える気がした。

「人を撮った写真はないんですか？」

自分がどんな風に撮られたのかが気になった。

「まだ俺はリハビリ中だからな。人ってのは撮るとなるとなかなか神経すり減らすんだよ」

「じゃあ、俺はリハビリの材料だったんですか」

「ああ、もってこいの素材だった」

ほめられているのか、けなされているのかわからなかった。

脇坂さんは、問われるままに自身のことを語ってくれた。彼は、テント生活をしながら世界中を旅して、写真を撮っているそうだ。窓から見下ろすと確かに、公園の隅に彼のテントがあった。

脇坂さんは、茶器を置き、左手だけで、物慣れた風に煙草《タバコ》に火をつけた。

「ところで青年。そっちこそこんなオフィス街で何してたんだ？　若い奴が遊ぶ場所なんかないぜ。まさか逆立ちの練習しに来たってわけでもあるまいし」

「こんなオフィス街でテント張ってキャンプしてる人に言われたくないわよねえ」

茶器を下げにきたマスターが茶化す。勇治は少し笑って真顔になった。なんだかこの脇坂さんという人物が、よくつかめないながらも信頼できるような気がしたからだ。

「実は、管理局を探していたんです。この先にあるビルが管理局だって噂を聞いて」

「管理局？」

脇坂さんは、煙草をもみ消して眉をひそめる。その単語は日常会話には決して上らない。当然の反応だった。

勇治は、由佳のことを話した。あの日以来、姿を消した由佳との不思議な再会。そしておそらく彼女は管理局にいるのだ、ということを。

「このあたりに、管理局があるって噂、聞いたことはないですか？」

「知らないわねえ」

グラスを磨くマスターは気のない返事だった。

「俺は旅の途中だからな。この辺のことは何もわからないよ」

脇坂さんは、二杯目の濾過茶《エスプレッソ》を慣れた様子で飲み干した。

二人に礼を言ってリトルフィールドを辞し、管理局と思しき建物をそれとなく見張った。夜まで待ったが、由佳が出てくる気配はない。相変わらずビルの小さな出入口には官憲が睨みを利かせていたので、近づくことは叶《かな》わなかった。

十時まで待ち、勇治は今日の張り込みをあきらめた。夜になってぐっと冷え込んできて、風邪をひきそうだった。

地下鉄の駅へと戻る道すがら、勇治は再び公園に立ち寄った。まばらに置かれた街路灯の光が地面を丸く切り取る。人工的な憩いの空間であることをことさらに演出するようだ。

片隅に、薄汚れた一人用のテントがひっそりと立っていた。中で光が時折揺らめく。

「脇坂さん。いますか」

「おお、青年。まだいたのか。どうだ、見つかったか？」

脇坂さんが頭だけをのぞかせる。勇治は首を振った。

「そうか。まあ、狭いところだが、お茶でも飲んでいくか？」

「いや、これからもう一箇所、行く場所があるんで」

「こんな夜中にどこに行くんだ？」

「この前会った場所に、もう一度行ってみます」

◇

風化帝都《フーカ・テート》は、前回訪れた時と変わらず、若者たちで賑わっていた。

茶廊《サロン》で、勇治には珍しく「合法粉薬《パウダー》」入りの甘いお酒を頼む。濾過茶《エスプレッソ》の苦味がまだ舌に残っていたので、打ち消したかったのだ。

赤い液体を手にして、茶廊《サロン》を見渡す。天井近くに配された燭光《しょっこう》が、洞窟状《どうくつじょう》に粗造された天井の鉱石に反射し、フロアの客賓《マロード》たちをぼんやりと浮かび上がらせていた。

流行りの服と髪形の、清潔な若者たちがさざめいていた。いつか訪れる死や老いを先延ばしにして、享楽的に「今」そのものに興じる若者たちを、勇治は醒めた眼でみつめていた。他人事のように考えてしまうのは、勇治の幼い頃の体験によるものが大きかった。

勇治は、先天性の神経系の接続障害を持って生まれた。つまりは、普通に生活していて、数時間あるいは数日というレベルで、意識がブラックアウトしてしまう難病だった。

この病気の厄介なところは、周囲からはまったく症状がわからないということだった。患者自身は、ブラックアウト中も周囲からみれば滞りのない日常を過ごし、受け答えも正常なのであるから。勇治の病気が発覚したのも、小学校二年生の夏休みの絵日記で、意識が「飛んで」しまった三日間の頁を白紙で出してしまったことによるものだった。

意識形成が行われる前に治療しなければ、意識が「飛ぶ」時間は飛躍的に長期化する。記録では四十二歳から八年間のブラックアウトというものまである。

この病気の苦しさは、当人にしかわからない。例えばブラックアウトの期間が三日間だった場合、「気がつけば三日が経っていた」というものではなく、その三日間の「無」を感じ続けなければならないのだ。もちろん意識はないから何かを「感じる」わけではない。だが、いつ終わるとも知れぬ「無」の中にただ、ただ、自分そのものが「ある」のだ。

それは言うならば、直截《ちょくせつ》に死につながる恐怖だった。完治し、再発の恐れがなくなった今となっては、両親とも笑い話にできる。だが、今でも勇治は、自分の手を太陽に透かして、そこに生命が宿っていることを不思議に思ってしまうのだ。あの時感じた「無」の恐怖。自分が止まってしまっても時は止まらないのだという途方も無い無力感は、今も心に引きずって生きていた。

サブサイド・パウダー入りのお酒と、各所で焚《た》かれたパミール・オイルの甘い香り。合法薬物《ナチユラル》による底の浅い酩酊《めいてい》が頭の芯《しん》の周辺をぼやけさせた。

——そういえば……

一つ思い出したことがあった。前回、周囲の客賓《マロード》が動きを止めてしまった時、合法薬物《ナチユラル》とは別種の匂いを感じたように思ったのだ。あれはいったい何だったのだろうか。

茶廊《サロン》の床に敷き詰められた緑砂が、行きかう客賓《マロード》たちの足跡を蠕動《ぜんどう》によって消し去る。グラスを片手に、その様を飽きもせず眺めていると、滑らかな質感の頭尾服を着た衛士が背後に近づき、勇治だけに聞こえるように言った。

「迎賓《ゲイヒン》がお待ちでございます。廓《クルワ》までおいでくださいませ」

黙って衛士を睨みつける。先日勇治を羽交い締めにして意識を失わせた男だった。

「待ち合わせは、していないけどな」

距離を保って対峙し、勇治はそう告げた。精一杯の虚勢だった。

「ご案内いたします」

勇治の思惑など意に介さず、衛士は背を向けて廓《ク・ル・ワ》へと歩き出す。少しの躊躇の後、勇治はその後を追った。

　高級会員である迎賓《ゲイヒン》専用の廓《ク・ル・ワ》は、一般の客賓《マロード》とは厳格に隔てられており、勇治は衛士に護られたいかめしい鎧戸《よろいど》から、廓《ク・ル・ワ》へと導かれた。

　前に立つ衛士は、先導と監視とを兼ねていた。勇治に最低限の敬意を払いつつも、どんな行動にも即座に対応できるような警戒態勢は持続されていた。うかつな動きをすれば先日の二の舞だろう。

　廓《ク・ル・ワ》にはいくつかの「離れ」があり、中空に浮かぶように位置する。ゾーンから見るとそれは、いかにも特権を持った者に見下されているようで、気持ちのいいものではなかった。

　その空間は、分厚い調光ガラスで隔てられ、静謐《せいひつ》な空気に満たされていた。薄暗く、足元だけを照らす照明の中で、一人の人物が待っていた。黒のきっちりとしたスーツに身を包み、下からの照明に、黒いストッキングに包まれた形の良い脚だけが浮かぶ。

「ひさしぶりね。ヨコヤマ君」

◇

「どうして俺が探してるってわかったんだ？」

目の前に、探し求めた相手が座っている。深く沈みこむ上等な質感のソファが、勇治を不安にさせた。照明が届かず由佳の表情がわからないことが、不安を増幅させる。

「結果として私に会えれば、過程はあまり重要ではないでしょう？　おそらくあなたが聞きたいことは次の二点ね。一つ、先日この店で起こった出来事について。二つ、それに私が関わっているのか。それで大丈夫でしょうか？」

事務的な言葉が連ねられる。久しぶりに会ったことには、何の感慨も感じてはいない口ぶりだった。

「一番聞きたいことが抜けてるよ」

ようやく自分のペースを取り戻した勇治は、ソファの上で脚を組み替えた。由佳は続きを待つように、何も言わない。

「どうして高校の頃、何も言わずに姿を消したのかってことだよ」

「ごめんなさい、私はそんな感情に支配されている時間はないの。早速用件に入らせてもらいます」

感情の起伏を抑え込んだ、表情の無い声。管理局に入ったことで、感情抑制の技術を学んだのだろう。勇治の言葉はすべて彼女に届かず滑り落ちていくようであった。

「まず前回、この場所であなたが体験した現象についてです。このPURE・TRAD『風化帝都《フーカ・テート》』では、定期的に管理局による実証実験が行われています。前回の実験は、強化誘引剤《ハイ・ポジション》と消滅誘導音によって擬似的な『町』の『消滅順化』状況を作り出し、その中での人々の行動パターンを類型化する、というものでした」

「そんなことで勝手に実験台に使うなよ」

「上級官庁および店舗側の許可は得ておりますので、『勝手』という表現には該当しません」

「そうじゃなくって、知らずに実験台になった奴らはどうなんだよ。強化誘引剤《ハイ・ポジション》って、許可されてない危ないクスリだろ？　中毒になったらどうするんだよ」

由佳の形のよい指のシルエットが、眼下のゾーンに集う若者たちを指差した。

「ね、ヨコヤマ君。下を見て」

間もなくスパイラルの時間だ。茶廊《サロン》から移動してきた若者たちが、ゆるやかなグルーミングに身をゆだねていた。

「いなくなっても、大した社会的な損失にはつながらない。そう思わない？」

あまりの物言いに、どう反論しようかと口を開きかけると、由佳は冗談よ、とでも言うように嗤《わら》った。

「まあ、表現が極端だったけれど、大丈夫。管理局が使っているのは裏取引されているような精製度の低い誘引剤ではないから、一度や二度の使用で中毒症状に陥ることはありません」

「相変わらず利用価値だけで人を判断するんだな。確かにここに集まってる奴らは遊ぶことばっかり考えてて、大した奴らじゃない。俺も含めてな。だけどあいつらだって、いなくなったり病気になったりしたら悲しむ奴らはいっぱいいるんだぜ。そんなことは考えないのかよ」

「例えば、百人を犠牲にすることで、一万人の命を救うことができるのであれば、私はその百人の犠牲を生み出すのに躊躇はしません」

目的のためならば手段を選ばない、昔と同じ由佳がそこにいた。

「相変わらずだな、お前」

「相変わらずね、ヨコヤマ君も」

こんな反目も、高校時代と同じだった。そう思うと、笑う場所ではないのについ笑ってしまった。

「ヨコヤマ君。あなたのことを調べさせてもらったの。前回の実験で一人だけ消滅順化状態に陥らなかった理由について」

報告書を取り出し、由佳は組んだ形の良い脚の上でめくった。

「あなたは幼い頃に病気の治療をしているのね。先天性の神経接続障害。百万人に一人の難病。治療のために大量の強化誘引剤が使用された。それにより後天的な消滅耐性を得た……」

淀《よど》みない説明を、勇治は溜息をつきながら遮った。

「相変わらず勝手に人のこと調べるなよ。それって俺のトラウマなんだぜ」

「今回あなたに守秘義務が生じる内容を告げたのは、私の知り合いだということとは関係ないの。あなたが幼少時の強化誘引剤の使用によって後天的な消滅耐性を得たのであれば、管理局はあまり興味はないの。私たちが探しているのは、先天的に消滅耐性を持って生まれた遺伝子だからね。だから、次回からはもし私たちの実験日とあなたの来店が重なる場合は、入店をお断りする可能性がありますのでそのつもりで」

由佳は、自分の役目だといわんばかりに事務的な説明を終えると、口調を親しみのこもったものに切り替えた。

「さて、仕事の話はこれで終わり、久しぶりの再会を祝って乾杯しましょう」

廓《ク・ル・ワ》の中が明るくなる。昔と同じ、美しい顔立ちの由佳がそこにいた。静かな笑みを浮かべて。

◇

「最後に会ってから、もう三年半も経つんだね。ヨコヤマ君は、性格もだけど、見た目もあんまり変わってないね」

グラスを口に運び、少しいたずらっぽい視線を投げかけてくる。性格は相変わらずのようだったが、その容貌は、きっかり三年半分の進化を遂げていた。

時による熟成は、彼女の美しさをさらに別の次元に進化させていた。揺るぎなく、何者にも疑義を抱かせずに、滑らかに心の深奥へと入り込んでくる。それは圧倒的であり、危うさを超越した「美」そのものだった。

未《いま》だとまどう勇治を尻目に、由佳はグラスを空けた。高校以来なので彼女とお酒を飲むのは初めてのことだった。それが奇妙に感じられた。

由佳は「ね、覚えてる？　高校の頃」と、思い出話を始める。高校時代、常に前へ、前へと進もうとしていた彼女は、当然のように「思い出話」とは無縁だった。嫌悪していたといってもいい。そんな彼女が、高校時代の教師や友人たちの思い出を目の前で語る。

あいまいに頷きながらも、勇治はそれが、巧妙にいくつかの点を回避しようとしているのに気付いていた。

「なあ、サカガミ。お前は今も潤って奴のことを想ってて、そいつのために管理局で働いているのか？　もう帰ってこないのに」

由佳は寂しげな笑顔を浮かべ、ゆっくりと首を振った。

「その話はよしましょう。今日は」

生硬な抗弁を予想していた勇治は、拍子抜けしてしまった。その表情は「わかっているよ、自分でも」とでも言いたげだった。もしかすると由佳も、消滅から六年近い時を経て、町の消滅を客観的に見られるようになったのかもしれなかった。

その夜、彼女は饒舌《じょうぜつ》だった。昔、二人が「恋人」だった頃のエピソード、特に言い寄ってきた男と、勇治による撃退話は枚挙にいとまがなく、尽きることはなかった。

「考えてみれば、私ってずいぶん勝手なお願いをヨコヤマ君にしていたのね」

「考えてみればって……、考えなくても勝手な話だろう？」

勇治が呆《あき》れた声を出し、由佳は「そうだよね」と真顔で頷き、顔を見合わせ噴きだす。グラスを空けながら勇治は思う。あの頃を笑い話にできるほどに、由佳も、そして自分も年月を重ね、変化しているのかもしれないと。それは成長だろうか？　勇治にはわからなかった。

◇

日付が変わる頃、風化帝都《フーカ・テート》を出た二人は、私鉄駅へと向かう坂道をゆっくりと歩いていた。

「あれから三年半……か」

何かのきっかけをつかもうとするように、由佳が意味ありげに呟く。

裏通りの路面は、踏みつけられたビラや煙草の吸殻が、宿命的な斑紋《はんもん》のような縁取りを施していた。街灯や極彩色のネオンが、二人の影をさまざまに移ろわせる。

後ろを歩いていた由佳のヒールの音が止まる。振り返ると、彼女はうつむいて、自らの影をみつめていた。

「ヨコヤマ君。図書館であなたが私に言った言葉。まだ覚えてる？」

勇治は一瞬言葉に詰まる。顔を上げた由佳が、うるんだ瞳を瞬かせた。

「忘れるわけがないだろう」

「今も、その気持ちに変わりはない？」

「ああ。もちろん」

勇治は、自分の声がかすれているのがわかった。

「何だか、消滅の阻止って、肩肘張って生きていくのにも疲れちゃった。ヨコヤマ君。私を楽にしてよ」

「楽にって、どういう……」

「女性の言葉の裏ぐらい読み取って」

由佳の手がそっと触れた。冷たくしなやかな指先が勇治の指に絡む。思っていたよりもずっと小さな手が掌の中にあった。握りしめると、その手は力なく従順だった。

坂道の向かう先に、一軒のホテルが控えめなネオンで空室を示していた。由佳をうかがうと、彼女は小さく頷いた。

幸い、一部屋だけが空いていた。

部屋に入り、コートを脱いだ彼女は、ぎこちなく両手を組み、落ち着かぬ様子で視線を合わせずうつむいていた。その姿がひどく幼く見えて、勇治は愛《いと》おしくてならなかった。

抱きしめると、一瞬のぎこちない抵抗を示し、やがて柔らかく崩れるように彼女は身を任せてきた。静かな表情で眼を閉じた彼女は、勇治の動きに従順に応じた。勇治は、まるで幻を抱くように感じながら、由佳と交わった。

高校時代から、幾人もの人妻を相手に夜のバイトをしてきただけに、セックスの快楽におぼれる時期はとうに過ぎていた。その勇治ですら我を忘れるほどの、すさまじい快楽の波が続けざまに襲う。それでいて、不思議に射精にいたる絶頂には達しない、もどかしくも甘美な時が持続した。

何かがおかしいと思いながらも、勇治は動きを止めることができなかった。いつもと違うのは、それがバイトだからではなく、好きな相手だからなんだ。そう言い聞かせている自分がいた。

由佳は、顔をゆがめて苦しげだった。眼をつぶって眉根を寄せて首を振り、乾いた溜息を漏らす。彼女もまた、同じように快感の波に翻弄《ほんろう》されているのだろうか？　そうは見えなかった。それでも彼女は一途《いちず》だった。勇治にではなく、まったく別の目的のために捧げられた一途さに感じられた。

肉体としての高まりとは相反して、感情が冷めてゆく。その刹那《せつな》、冷静になった意識に違和感が生じる。かすかに漂う、巧妙に隠されたその匂いは……。

――ハイ・ポジション！

「由佳、起きろ！　なんだかおかしい！」

勇治は動きを止め、彼女の肩を揺さぶった。

「お願い、やめないで」

身を離そうとする勇治を押しとどめるように、由佳が抱きついてくる。そこに彼女自身の意思はなかった。ゆっくりと眼を開けた彼女は、穏やかな微笑みを浮かべてあらぬ方向を見つめていた。

まるで、あの日のゾーンの客賓《マロード》たちのように。

気がつけば、スピーカーから流れていた静かな音楽は、いつの間にかまったく違う、「音楽ではないもの」に変じていた。知らぬまに巧妙にすり替わり、人を強制的に導くそれは、やはりあの日のゾーンで勇治が聞いた音だった。

「実験失敗です。被験者を回収します」

音が途絶え、スピーカーから硬質な女性の声が響く。外からは開かないはずの扉から、白衣を着た数人の人物が部屋へと侵入してきた。無骨な防毒マスクで顔を覆っているため、男女の区別はつかない。彼らは、勇治には一瞥もくれることなく、裸の由佳をシーツで包んで外へと搬送した。

ベッドの上で呆然としていると、一人の女性が現れた。きっちりとしたスーツを着て首にスカーフを巻き、サングラスをしている。彼女には見覚えがあった。高校生の時、「研究所」で由佳と勇治に応対した女性だった。やはり由佳は、彼女と行動を共にしていたのだ。

「何だよこれ、説明しろよ」

「説明しますから、服を着てください」

冷静な声で言われると急に恥ずかしくなり、ちらばった服をかき集めて布団の中でもぞもぞと服を着た。

「今からあなたにお話しすることは、国防三種に該当する事項です。守秘義務と漏洩時のペナルティが生じますからそのつもりでお聞きください。よろしいですか？」

仕方なく頷く勇治を確認して、彼女は説明を開始した。

「高純度の強化誘引剤《ハイ・ポジション》が、『黄泉《よみ》』と呼ばれる離脱感を生じさせることはご存知でしょうか。今では『分離』という医療的技術として一般化し、『自己同一性障害』の治療へと応用されている理論です。私たちは、分離者間の感覚共有が消滅の情報伝達に役立つことに着目し、分離因子を持たない個体における分離可能性を探っています。その一環として、高純度強化誘引剤《ハイ・ポジション》と誘引音を使用しての性交渉による『黄泉』を再現する実験を行っているのです」

「じゃあ、あいつは最初からそれが目的で、俺と？」

「はい。消滅耐性であるあなたをこの部屋へと迎えるべく、準備をしていました」

由佳がホテルのそばであんなことを言い出した理由、この一部屋しか空いていなかった理由に思い当たる。すべては周到に用意されていたのだ。

「でも、あいつは、俺の消滅耐性は後天的なものだから管理局も興味はないって……」

「そう言わなければ、あなたはここには来なかったでしょう？　先天的にしろ、後天的にしろ、この実験には、消滅耐性の存在が不可欠なのです」

冷静な声で返される。まんまと引っかかってしまった自分の無知を責められているようで、返す言葉もなかった。

「あなたに意識しない形で性交渉を行っていただかなければ、意識浮遊後の分離定着が成功せず、彼女の意識は混濁したまま定着してしまいますから」

「あいつ、もしこの実験が『成功』してたらどうなったんですか」

「それは、お伝えすることができません。それに、お知りにならない方が賢明かと思います」

簡潔な言葉が、より一層明確に、由佳のやろうとしていたことを伝えていた。他人だけではなく、自分の身体さえも利用価値でしか考えていないのだ。

彼女は遠い場所にいた。距離としての遠さではない。分厚い透明な壁にさえぎられ、姿は見えるのに決してつかめない。音も声も届かない異世界にいるような遠さだった。

◇

「失恋でもしたって顔だぜ」

無理やり押しかけた一人用テントの中では、茶葉を煮つめるケトルが小さなストーブにかけられ、狭い空間を暖めていた。

由佳に騙《だま》されて以来、勇治は大学にも行かず、夜のバイトもせず、アパートに閉《と》じ籠《こも》っていた。

騙されたことがショックなのではない。自分が由佳にとって、そんな存在でしかあり得ないということに、どうしようもない憤りを覚えたのだ。

どこにも行きたくなかった。誰にも会いたくなかった。ベッドの上でひたすら煩悶《はんもん》と鬱屈《うっくつ》とを繰り返しながら寝返りを打つ日々が続いた。ようやく勇治が外に出る気になったのは、脇坂さんに会いたくなったからだった。

「失恋か。そんなとこかなぁ。いや、失恋にすらならないのかな」

弱った声を上げる勇治に、脇坂さんはお茶を注《つ》いでくれた。温かな茶器を手にして、勇治は少し救われたような気になって、立ち上る湯気を見つめた。

「まあ、骨は折れたほうがかえって丈夫になるって言うからな。若いうちにいっぱい失恋でも挫折《ざせつ》でも骨折でもしておくがいいさ」

「脇坂さん。俺、一応女性経験豊富なつもりだったけど、何で好きになった奴とは分かり合えないんだろう？」

「人と人とが分かり合えるわけがないだろう」

呆れたような声が、即座に返ってくる。

「そんな、身もふたも無いじゃないですか。もうちょっと親切に相談に乗ってくださいよ」

脇坂さんは、勇治を見つめて穏やかに笑っていた。勇治は一人っ子だったが、兄がいたらこんな風なんだろうか、とふと思ってしまう。

「確かなことなんか何もないんだ、人と人の間には。たとえ好きになった者同士でもな。いや、分かり合いたい相手ほど、より多くを求めてしまい、結果、分かり合えない部分はより一層増えていくもんだ」

「じゃあ、どうすりゃいいんですか？」

「信じ合える部分、求め合える部分を見つけることだよ。それが一つでもあるならば、何があっても心が離れることはない」

自分と由佳を思う。二人の間には、信じ合えるものも、求め合えるものも、何もなかった。

「脇坂さんは、そんな相手と出逢ったんですか」

「もちろん」

断言して澄まし顔の脇坂さんを疑わしくも思ったが、確かめようもなかった。

彼は問わず語りに、旅して回った世界のことを話してくれた。多くは、この国よりもずっと貧しい人々の暮らす国や、今も民族間の紛争が絶えない地域だった。

「おれは明日死んでもおかしくない場所にばっかり行ってるからな。だからこそ、明日失われてもいいように、今日精一杯求める相手と求め合いたい。そう思って毎日を生きているんだ」

脇坂さんの煙草の煙が、ゆっくりと渦巻きながら立ち上った。勇治は膝を抱えて、煙の向こうに広がる、まだ見ぬ遠い世界を思った。テントに吊《つ》るされたランプが、風に揺れていた。

「脇坂さん」

外から呼ぶ声に、彼は出ていった。勇治は、聞くともなく二人の会話を聞いていた。ほんの二言三言で、二人の心が寄り添っているのがわかる。脇坂さんの恋人なのだろう。

不意に、女性の声を最近聞いたように感じ、勇治はテントから顔を出した。脇坂さんに寄り添うように立つ女性は、仕事帰りらしくスーツ姿で、首にスカーフを巻いていた。

「え！　管理局の……白瀬さん、だっけ？」

まさか勇治がテントの中にいるとは思っていなかったのだろう。彼女は一瞬虚をつかれたような表情を見せたが、すぐに柔らかな笑顔でお辞儀をした。

「横山さん、でしたね。先日はご迷惑をおかけいたしました」

「いや……」

返事のしようもなく、勇治は口ごもった。それよりも、彼女の雰囲気ががらりと変わっているのに戸惑ってしまう。

感情抑制をして、表情を押し殺した仕事中の姿からは想像もつかないほど、白瀬さんは柔らかな表情で、成熟した女性ならではの魅力をたたえていた。

話が終わってテントに戻ってきた脇坂さんに、さっそく食ってかかる。

「脇坂さん、ひどいな。管理局なんて知らないって言ったくせに」

彼は悪びれた様子もなく笑って、お茶のおかわりを注いでくれた。

「まあ、俺にも守秘義務があるからな。ところで青年。明日っから俺はしばらくテントをたたまなくちゃならない」

「どこかまた旅にでるんですか？」

「いや、居留地に戻ってくるんだ。桂子と一緒に」

「え、二人で？」

「ああ。結婚の報告をしてこなきゃいけないからな」

脇坂さんは、珍しく照れた表情を浮かべていた。

◇

勇治の生活は、元に戻った。表面上は、という意味で。嵐《あらし》の波高い海も、奥底には静かな世界が広がっている。そんな類の静けさだった。

大学の授業に出て、友人たちと無駄話で時間をつぶし、所属するモデル事務所から連絡があれば撮影に赴き、「奥さん」からの電話があれば夜のバイトの待ち合わせ場所へ向かう。以前と変わらぬ生活だった。

だが勇治の心は、その間もずっと海の奥底に漂っているようだった。波音も、風の音も、一切が聞こえない場所に。

——由佳、お前はずっと、あんな世界にいるのか？

由佳の、孤独で静かな「町」との闘いは、今も続いているのだ。目の前にいながら、決して触れられぬ透明な壁の向こうにある由佳の心。勇治には手を伸ばすことすら叶わなかった。

由佳のことは、忘れてしまおうと思った。それが難しいとはわかっていながら……。

ある夜、ベッドに仰向《あおむ》けになり、春の兆しを含んだ強い風が窓ガラスを揺らす音を聞きながら、放心して天井を見つめていたときだった。

胸ポケットで電話が振動し、着信を知らせた。何気なく画面を見て、動きが止まる。

何も表示されていなかったからだ。

一つの噂を思い出した。ある種の国家機関は、着信の履歴を残さずに電話をすることが可能なのだと。都市伝説の類であろうと思っていたが、それ以外に考えられない。

勇治に向けて電話をしてくる国家機関……。

「サカガミ、か？」

電話を耳にあて、その名前を口にする。

「……ヨコヤマ君」

想像どおり、由佳からだった。どうやって電話番号がわかったのか。そんなことよりも、由佳の声に何かただならぬものが含まれていることの方が気になった。

「どうした？」

由佳は、しばらく沈黙していた。何事も効率的に済ませようとする彼女にはあまりないことだった。

「ヨコヤマ君……。助けてほしいの」

◇

迎えの車は、正確に十分後にアパートの前に横付けされた。どこかの会社社長が運転手付きで乗っていそうな車だ。そう思っていると、運転席から本当に白い手袋をつけた初老の男性が降りてきて、勇治に深々と頭を下げた。

「ご迷惑をおかけいたしますな」

後部座席に乗り込むと、バックミラーごしに、運転手の男性が人懐っこい笑顔を見せる。いかめしい車とは対照的な態度に拍子抜けするようだったが、車の居心地の悪さは変わらなかった。

「あの、ずいぶん立派な車ですね」

「はい、この車は元々管理局統監専用の送迎車でしたが、現在の統監は、この車をお使いにならないもので、こうしてお客様の送迎に使っているわけでありまして」

自分の息子以上に年下であろう勇治に対しても、丁寧な言葉遣いを崩さない彼は、野下さんといい、ずっと管理局統監の専属運転手をしていたそうだ。

首都高速を抜け、車の向かう先は、勇治の予想したあのビルではなかった。正面に、首都環状防衛ライン二波に位置づけられる高射砲塔が、サーチライトで「203」の数字を照らされ、威圧的にそびえていた。車はその真下で左に曲がる。

やがて、白い巨大な建物が現れた。総合病院だ。広大な敷地の一画に、高い塀で囲まれた無骨な建物があった。警備甲冑《かっちゅう》を装着した特殊官憲が護る門から内部に入った勇治は、白衣を着た無表情な男性に先導されてエレベーターに乗り込む。

「内圧を高めておりますのでご注意を」

上昇しているのか下降しているのか判断のつかないエレベーターの中で、白衣の男性は簡潔にそれだけ注意した。耳を圧迫する感覚に、勇治は唾を飲んだ。

案内されたのは、病院の診察室のようにも、工場のシステム制御室のようにも感じられる空間だった。同じように白衣を着た職員が忙しく立ち働いていた。感情抑制された無表情のなかにも、緊張が感じ取れる。

少し離れた場所に座っていた、白衣を着た由佳が顔を上げた。動揺と戸惑い、そして躊躇。さまざまな感情に襲われ、逡巡《しゅんじゅん》しているのがわかった。

「一体どうしたんだよ」

ただならぬことが起こっているとわかり、つい優しい声を出してしまう。由佳の噛《か》み締めていた唇が小さく開いた。そして、もう我慢できぬというように泣き出した。涙が頬を伝う。

思わず手を差し伸べ、支えようとしたが、由佳はその手をさえぎり、指先で涙をぬぐった。

「ごめんなさい。これは卑怯《ひきょう》だよね。あんなことをした相手に対して涙を見せてお願いするなんて」

由佳はハンカチで涙を拭《ふ》き、冷静を装った顔を勇治に向けた。

「今からあなたにお願いすることは、とても危険な作業を伴うの。だから冷静に判断して、もし嫌ならば正直に言ってほしいの」

ガラスで隔てられた部屋に由佳が視線を向けた。そこには、小学生と思われる少女が、診察台の上に全裸で横たえられていた。

繋げられたいくつものコードが、痛々しい。「実験台」という言葉が勇治の頭に浮かぶ。

「あの子は？」

「あの子は、六年前の町の消滅でただ一人失われなかった、消滅耐性の持ち主なの」

「また何か実験をしていたってわけか？」

声が自然に硬くなった。由佳は一瞬口ごもり、再び唇を噛み締める。そうして気を取り直したように口を開いた。

「簡単に説明します。管理局は数年前から、消滅耐性理論の考え方を大幅に転換しました。つまり、消滅耐性が『町』の影響を排除できるのは、『町』に対して障壁を持っているからではなく、自己の内に『内なる町』を持っていることによる『親和性』によるのではないか、という仮説です。私たちは、その推論に従って、定期的に、あの子の『内なる町』の中に、次の消滅を阻止するための情報を蓄えているの」

町の消滅のことをよく知らない勇治には半分もわからない説明だったが、女の子が、自分と同じように、管理局の理論によって、体《てい》のいい実験台にされているということは理解できた。

「以前、あなたと一緒に管理局に行った時のこと、覚えてる？　潤が作った、消滅に対抗するための音の種。長い間持ち出すことができなかったけど、新しい理論によって、

『町』と彼女の『内なる町』の親和性が最も高まる時を確定して、昨年ようやく、彼女の中に移しかえることができたの。私たちは、彼女の中に音を蓄え、次の消滅にむけての音の醸造を行っていたの。そして今日は第一回目の抽出日だった……」

「何か失敗したってわけか？」

「いわゆる、バグが含まれていたの。あの子の『内なる町』の中で無限にループしながら増殖してゆく音のバグが。このままだとバグが許容値を超えて、彼女の『内なる町』の障壁が決壊し、『町』と同化してしまうの」

「それで、俺を呼んでどうするつもりだったんだ？」

「あの子の『内なる町』に入って、バグを取り除くことができるのは、消滅耐性を持った人だけなの」

「つまり、俺ってことか？」

「……管理局にも消滅耐性はいるの。この前会ったサングラスの女性、覚えてるよね？　彼女は今居留地に行っていて、あの地の宗教的な制約のために、帰ってくるのにどんなに急いでも二日はかかるの。それからではもう間に合わない」

「間に合わないって、どうなるんだよ。この子は？」

迷いに襲われつつ、絞り出すように由佳は言った。

「意識が戻らず、植物状態に……」

勇治は呆然として女の子を見下ろした。不憫《ふびん》さよりも、そんな幼い子ですら実験台に使う由佳への怒りが勝った。

「サカガミ、お前、別にこの子を助けたいってわけじゃないんだろう？　実験を続けたいだけなんだろう？」

勇治はもう言葉をとどめることができなかった。

「この子もそうなんだろう？　この子を助けることでまた実験が続けられて、数万人の命が助かるかも知れないからなんだろう？　利用価値がなくなったら、簡単に切り捨てるんだろう？」

何かを反論しようとした由佳は、口を開きかけ、言いよどんで俯《うつむ》く。

「そうだね。そう思われても仕方がないよね。無理を言ってごめんなさい。何とか私たちだけでやってみます」

釈然としない思いを抱えたまま、部屋を出る。廊下の簡素なソファに、中年の男女が肩を落として座っていた。勇治の姿を見て、力なく頭を下げる。

◇

「あいつ、どうする気かな……」

後部座席で、夜の街の風景が流れてゆくのを見ながら、勇治は呟いた。

「あいつとは、由佳さんのことですか?」

バックミラーごしに、野下さんが勇治を見つめていた。

「野下さん、サカガミのこと知ってるの?」

「ええ、由佳さんのことは、あの子が管理局に入った時から存じあげておりますよ」

昔を懐かしむように、野下さんが眼を細めるのがわかった。

「一途すぎて、時に暴走してしまうこともあるようです。ですが、次の消滅を食い止めたいという思いは誰にも負けないものを持っています」

野下さんの柔らかな声が、勇治の心を揺さぶる。

「俺がやらなかったら、あいつ、どうするつもりなんだろう」

「私には専門的なことはあまりわかりませんが、おそらく、自分で何とかしようとするんでしょうな。あの子はそういう子ですから」

「そう、ですよね。そんな奴なんですよね」

そんな奴なんだ。俺の力なんか必要としないんだ。勇治は自分に言い聞かせた。だからこそ、誰かが支えてやらなきゃならないんじゃないかと思う心を押しとどめるために。

勇治は、ソファに力なく座っていた中年の男女を思い浮かべた。女の子の両親なのだろう。憔悴《しょうすい》した二人の表情が頭を離れない。

「さあ、着きましたよ」

アパートに到着し、後部座席の自動扉が開かれた。勇治は動こうとしなかった。

「どうされました？」

「野下さん……、あのさ」

最後まで言う必要もなかった。

「戻っていただけますか」

勇治が頷くのをミラーで確認すると、野下さんはにっこりと笑って何かのスイッチを押した。それと同時に威嚇的《いかくてき》なサイレンが響き渡り、緑色灯《りょくしょくとう》の光が周囲を緑に染め上げた。

「特務車？」

そう思う暇すらなく、野下さんは狭い路地で躊躇することなくアクセルを全開にした。もっとも、緑の点滅を見ただけで道行く人々は道の端へ飛びのいていた。

大通りに出ると、道行く車が一斉に路肩に避け、道を譲った。その反応は、救急車や消防車が通る際の比ではない。避《よ》けきれなかった車と何度か接触したが、野下さんは気にする風もなく走り続ける。ぶつけられた相手は、衝突時刻と場所を申請し、国家補償を受けることになる。

もよりのランプから高速道路に乗り、さらに速度は上昇した。白い手袋をはめた穏やかな初老の男性が、その風貌からは想像もつかぬすさまじいテクニックで、避け損ねた車をぎりぎりのラインで追い抜いてゆく。夜の首都の光がめくるめくいきおいで後方へと流れ去った。

ランプで高速道路を降りる。車は高速道路の速度そのままに国道を走った。特務車両の進入により、信号は次々に自動的に青に切り替えられる。また数台の避け切れなかった車に接触した。

やがて車は倉庫街に入り、サイレンを消した。ある倉庫の前で、ほとんど直角というように曲がると、野下さんは、スピードを緩めることなく倉庫の閉ざされたシャッターに向けて突っ込んでいった。勇治は、運転席のシートに背後からしがみついて絶叫した。シャッターは、激突する瞬間に車の高さ分ぎりぎりが開かれた。ほっとする間もなくその中には次のシャッターが……。勇治はまたも絶叫していた。

それは、倉庫ではなく、倉庫に擬された地下道路への入口だった。地下へと続くなだらかなスロープをさらに勢いを増して下ってゆく。いくつものゲートが、車が通るぎりぎりで開き、背後で重々しい音を響かせて再び閉じた。

最後に車は、派手なスピンターンで止まった。

「さあ、着きましたよ」

変わらぬ穏やかな声で、野下さんが扉を開けた。降ろされたのは、地下駐車場を思わせる広大な空間だった。

◇

白衣を着た管理局の職員たちが、まさに由佳を診察台に載せ、消滅耐性の女の子と複雑な回線で結ぼうとしていた。再び姿を現した勇治に、由佳は呆然とした表情で診察台の上に起き上がった。

「ほら、バトンタッチだ」

そう言って由佳を抱え上げ、診察台から降ろした。

「やってくれるの？」

「自分から頼んでおいて、やるの？　はないだろう。おまえと違って俺は頭悪いからな。どんなに不利だろうと論理的じゃなかろうと、目の前に死にそうな奴がいたら何も考えずに助けようとしちまうんだよ」

ついぶっきらぼうに言ってしまったが、気持ちは伝わったようだ。由佳は勇治に抱かれた格好のまま、半信半疑の表情だったが、気を取り直したように厳しい顔になる。

「ねえ、ヨコヤマ君。戻ってきてくれたのはうれしいけど、本当にわかっているの？　あなたが消滅耐性を持っているといっても、あの子の『内なる町』に入って安全に戻って来れるとは限らないんだよ。覚悟はできてる？」

「はっきり言って怖いよ。子どもの頃の病気、トラウマだって言ったろ？　またあの『何もない世界』に取り込まれちまわないかと思うと逃げ出したいよ、でもな……」

勇治は、由佳の頭に手を置いて笑った。

「サカガミ、お前がこれから先もこの世界で生き続けようと思って、その世界に俺がいてほしいと思うんなら、全力でやってくれ。俺がお前のそばに戻って来れるように」

由佳が、下を向いたまま小さな声で言った。

「ありがとう」

瞳を潤ませて、由佳はようやく笑った。

「あーあ、こんな時に、こいつキレイだな、なんて思っちまう自分が嫌になっちまったよ」

「馬鹿ね」

由佳が、涙を拭いてそっぽを向いた。決して崩すことのできなかった由佳の心の壁を、ようやく崩すことができた気がした。

◇

あれから一週間がたった。

由佳に連れられて来たその場所は、レコーディング・スタジオを思わせる空間だった。管理局ビル内の施設であったが、上昇しているのか下降しているのかもわからぬエレベーターのせいで、そこが地下なのか、最上階なのか、見当もつかなかった。

「あれは誰なんだ？　管理局の人間じゃないみたいだけど」

管理局職員に指示を出す人物の変わった風体に、勇治は思わず由佳に耳打ちした。

彼女は黙って机の上のサウンド・ディスクを手渡す。ＳＥＫＩＳＯ・ＫＡＩＳＯ（石祖開祖）の『緑香双樹《ロッカ・ソージュ》』。彼が本拠地とする居留地のＰＵＲＥ・ＴＲＡＤの名を冠された、あまりにも有名なディスクだった。

新進気鋭のハンドルマスターであった彼は、ハンドリングに古奏器を取り入れることで、まったく新しい奏楽ジャンルを構築した。「静かなる犯罪《クワイエット・クライム》」とも評される彼の奏楽は、居留地を中心に、全世界でまさに「犯罪的」な勢いで支持を得た。国際的なアワードに軒並みノミネートされたが、彼はすべてを拒否し、今も居留地から気ままとも取れる間隔で、新しい音を配信している。

常にフェザールで顔を隠し、「顔の無い奏楽家」とも呼ばれる人物だ。

「え！　もしかして」

勇治の驚きに、由佳は沈黙のまま頷く。

「音の醸造のために管理局に協力してもらっています。彼は、白瀬さん夫妻の友人なの」

勇治に気付き、白瀬さんが近づいてきた。

「横山さん。今回のことでは、大変ご迷惑をおかけいたしました。おかげで、実験を滞りなく続けることができます」

「白瀬さん。居留地はどうでした」

感情抑制をしているのだろうか。白瀬さんは、勇治の突然の問いにも、表情を変えようとしなかった。

「あの脇坂さんと結婚するんじゃ、白瀬さんも大変だ。不安じゃないの？」

少しおどけて言うと、彼女は、首に巻いたスカーフに手をやり、少しだけ、感情抑制の表情に笑みを加えた。

「不安は、ありません。まったく」

揺るぎないな、とうらやましくなる。どうしてこんなにも求める相手と強く繫がっていることができるのだろうか。

石祖開祖は、女性しか用いない真紅の包衣を着ており、その髪は、身体の中心で線を引いたように右側は剃り上げられ、左側には長く残されていた。左の顔面には薄い化粧すら施されている。異様な風体が圧倒的な存在感をいや増していた。

彼は、ヘッドフォンを片耳に押し当て、音のチェックに余念がない様子だった。

「どうでしょうか。進み具合は？」

由佳が声をかけると、彼はサングラスをはずし、切れ長の眼に笑みを浮かべる。

「大丈夫。壊れてないネ。どうやら」

居留地の人間らしい独特の倒置された話し方だ。

「簡単に説明するね。潤が作った音の種は、ヨコヤマ君のおかげで、無事消滅耐性の女の子の中に再び固定化することができました。私たちはそれをプログラムとして抽出することに成功。プログラムとは、ある種の楽譜のようなものです。私たちは、これから十年以上の年月をかけて、この音を醸造させていきます」

説明されてもさっぱりわからなかったが、勇治が一週間前に行った、消滅耐性の女の子の「内なる町」を通じて「町」に入り、バグによって壊れかけていた二つの「町」の障壁に「鍵をかける」という行為が成功していた、ということは理解できた。

石祖開祖は、勇治が「音」を守ってくれたのだということを知り、立ち上がって固い握手をした。

「入ったんだネ。君が。『町』に。アノ子の中の。聞かせてほしいネ。ぜひ。どんな世界か。彼女の『町』が」

初めて見る、「顔の無い」奏楽家の瞳は、深く、柔らかく、そして鋭かった。彼は、少なからず興奮しているようだ。

「あの子の『内なる町』から『町』へと流出した潤の音のプログラム。ヨコヤマ君が、適当に回収しちゃったから、潤の奏楽プログラムまで入っていたの。それを聴いてすっかり興奮しちゃったみたいで……」

「すばらしいネ。彼の奏曲は。最新の奏楽理論。彼の独創性。可聴空域のみをゾーニングし、『空奏域』を広げる技術。ポリセントリック・システムによる奏楽空間の多様なる変貌。多重解析コードによる循環スパイラル効果……」

勇治にはわからぬ奏楽効果の理論を並べ立て、石祖開祖は肩をすくめた。

「十五歳だったネ。彼がこれを作ったのは。会いたかったネ。彼に、いや……」

石祖開祖は、笑いながら首を振った。

「なかったかもネ。会いたくは。きっとネ。嫉妬《しっと》してるネ。才能に」

それは、同じ「音を追い求める者」としての素直な心情の吐露だったろう。

「ところで。見つかったネ。もう一つ。特別なプログラムが」

彼は一枚のディスクを手にしていた。プログラム・タイトルは『由佳へ』と記されていた。由佳の表情が変わる。

「どんな内容でしたか？」

「聴けないんだ」

石祖開祖は、そう言って肩をすくめた。由佳が、落胆の色を露《あらわ》にする。

「プログラムが壊れている、ということでしょうか？　それとも汚染を受けている？」

「いや……」

ディスク・ケースをくるくると回しながら、彼は思案顔だ。

「足りないネ、何かが。出来上がっているのにネ、九割九分まで。全体が動けなくなっているネ、残りの一つが足りないばっかりに」

石祖開祖が、由佳の瞳を覗《のぞ》き込む。左右の顔が別々の思惑を持っているように、勇治には思えた。

「残してないかな？　彼は。何かキーワードを」

「キーワード？」

「あるんじゃないかな。そう思ってネ。メッセージのようなものが。彼が君に託した」

由佳の瞳が閉じられた。それは、思い出すためではない。胸の奥にしまっていた大切なものを、そっと取り出すためのようだった。

「……これはエピローグであり、プロローグである」

音声認識された由佳の言葉が、自動的にプログラムに取り込まれた。倒されたドミノが分岐し、その先で様々な作用が生じるように、フリーズしていたプログラムが一挙に動き出す。

「開いたよ、扉が」

石祖開祖が由佳を促す。由佳は勇治を見つめ、勇治は頷く。彼女はゆっくりと、ENTERキーを押した。

静かに、静かに、人の鼓動に呼応するように静かに……。潤の奏楽が始まった。

それは、無尽な増殖を続ける豊潤なる生命の雫《しずく》。

陽光に満たされた場所で舞い続ける歓喜の調べ。

そして、貫くように求める者へと飛翔《ひしょう》する強い、強い、想いの奔流。

彼は、生きるんだ、と告げていた。町と共に失われるという運命を甘んじて受けざるをえなかった潤。だからこそ、その奏曲は希望に満ちていた。

隣に立つ由佳の手が、勇治の手に触れ、そっと求めてきた。勇治はその温かなぬくもりを包み、強く握り返した。

◇

出口まで見送ってくれた由佳を誘って、公園まで歩く。忙しいと断られるかと思ったが、意外にも彼女は素直に、「いいよ」と答えた。

「すっかり春だね」

白衣を脱いだ彼女は、薄桃色のニットと、チェック柄の細いプリーツのスカートという姿でいつもより幼く感じられた。まるで、高校の頃に戻ったようだった。

由佳が両手を伸ばして大きく深呼吸した。そうして、勇治に向き直り、頭を下げた。

「ヨコヤマ君。いろいろと、ありがとう」

それ以上何も言わなかった。勇治も何も言わない。これで分かり合えたとは思っていなかった。彼女はこれからも、勇治には理解できない行動や、許せない実験を続けていくだろう。

その度に勇治は、由佳とぶつかり、反目し、絶望するだろう。だが、それらを超えてなお、自分が由佳を強く求めていることも分かっていた。未だ二人の間には、求め合える何かも、信じ合える何かも生まれてはいなかった。それでもいつかは……。

「由佳。俺は、潤っていう奴のことは何も知らない。由佳とそいつがどんな繋がりを持っていて、どんな風にお互いを想っていたのかもな。だけど、そいつのメッセージはしっかりと伝わったぜ、『生きろ』って。誰のためでもない自分のために生きろって。お前もそろそろ、自分のための人生を歩き出してもいいんじゃないか？」

うつむいていた由佳は、空を見上げ、眼を細めた。いくつもの想いが、その顔をよぎるのがわかる。やがて由佳は、定められた帰結のように勇治を見つめた。

「あなたが支えてくれるの？」

昔と同じ言葉を投げかけてくる。

勇治が求めるように、いつか彼女も自分を強く、強く求めてくれるだろうか。その未来を遠く望んで、勇治は言った。

「今の俺では、お前を支えられない。由佳がまだ自分の人生を生きていないように、俺もまだ俺の人生を生きちゃいない。俺にはそれを探す時間が必要なんだ。俺が自分の人生ってやつを見つけたら、その時にまた由佳の前に姿を現すよ。お前を支えるために。それまで、待っていてくれるか？」

由佳は、長い間動かなかった。由佳の美しい面立ちからは、想いを窺い知ることはできない。彼女の髪を風が揺らす。こんな首都の中枢にも、吹く風は過《あやま》たず春の息吹を運んでいた。

勇治は、由佳と向きあい、いつまでも答えを待ち続けた。

◇

「嘘だろ……。昨日までいたのに」

リュックを肩から落とし、呆然として周囲を見渡す。本格的な春を迎え、芝生は蓄えた陽光の分だけ緑を増していた。方向を定めぬ春風が、時折頬に生暖かくあたる。朝の気配が、徐々に昼へと塗り替えられてゆく公園には、人影もない。

さまよう視線は一処《ひとところ》に定まる。リトルフィールドだ。リュックをかついで勇治は店に駆け込んだ。

「ねぇ、おっさん。脇坂さん知らねえ？」

勇治の姿を見て、マスターは一瞬顔をほころばせたが、その言葉を聞いてすねた表情になった。

「もう！　勇治君ったら。おっさんはやめてって言ってるでしょ」

「悪いっ！　マスター。脇坂さんのテントが無いんだけど、まさか……」

「ええ、ついさっき荷物まとめて来たわよ。また旅に出るから最後に何か食わせてって、最後まであつかましい人だったわね」

腕組みをして憤懣《ふんまん》やるかたないといった風だったが、その顔は全然怒っておらず、むしろ寂しげだった。

「そうそう、脇坂さんからあなたにって、これ置いていったわよ」

マスターがカウンターの中から取り出したのは、大きく引き伸ばされた写真だった。

「なんでこんなの置いていくんだよ……」

初めて会った日、勇治が公園で逆立ちをしている時に撮られたものだ。写真を見て、複雑な心境になる。脇坂さんが言った通り、自分の小ささや、進むべき道の見えない苛《いら》立《だ》ちを表すような、ちっぽけな姿だったからだ。

「ああ、勇治君。逆だよ」

「え、逆って、何が？」

「うん。脇坂さんがね、この写真はこう見ろってさ」

マスターが、写真の上下をひっくり返した。逆立ちをしていた勇治があっという間に、地面を支えて立っている姿に変わる。

写真の裏に、脇坂さんの殴り書きの文字が並んでいた。どうやら居留地の文字のようだ。

「マスター、これって何て書いてあるんだろう」

「えーっと、なになに？『一人の愛する者を支え得るならば、星一つを支えるに等しい』ですって、なんだかカッコイイこと書くわね、顔に似合わず」

勇治はその言葉を、嚙みしめるように心の中で繰り返した。ようやく気付いたというように、マスターは勇治をじろじろと眺めまわした。

「……って、勇治君も大きな荷物ね。どこか行くの？」

「で、でさ、脇坂さんどっちに行くって言ってた？」

「え？　えーっと、あっそうだ。暑くなるから北の方に行くかなって言ってたような」

北と聞いた瞬間、勇治はもう店の扉に手をかけていた。

「マスター、またね。じゃなくって、またいつかね！」

「ちょっと！　勇治君ってば、どういう……」

マスターの声を背後に置き去りにして階段を駆け下り、公園の芝生に立った。

どんなに迷惑がられてもいい。脇坂さんについていこう。そして世界を見てこよう。

自分の「小ささ」を思う存分知ってこよう。そこからしか始まらない、そう思ったのだ。

勇治は脇坂さんを追って走り出した。

自分にとっての「プロローグ」を探すために。

# エピソード7　壺中《こちゅう》の希望《のぞみ》

「んじゃあ、ちょっくら行ってくるヨ」

威勢の良い声とは裏腹に、のぞみの心は浮かなかった。

「いってらっしゃい。ああ、今日ぐらい演習日かもしれないから気をつけてね」

「どっからの情報なの？　知ってたら抜き打ちの演習にならないじゃんかァ」

母の弓香《ゆみか》を軽く戒めながら玄関を出て、いつものように自分を切り替える。

のぞみの気持ちを表すように、空はどんよりと低く雲が垂れ込めていた。家の前には、空の色に染められたかのようなダークグレーの車が止まっている。

一応「会社社長」という肩書きを持つくせに自転車通勤を続ける父の信也から「俺を差し置いて車で送迎とはっ！」と揶揄《やゆ》される、三月《みつき》に一度の恒例行事だ。のぞみにしてみれば、できれば代わってほしいところだった。

保護色のように車と同じ色合いのスーツを着た白瀬さんが、大振りなサングラスをしてのぞみを迎える。

「おはようございます。お待たせしました」

「おはようございます。それでは、まいりましょう」

感情のこもらない声で、白瀬さんは扉に手を伝わせながら後部ドアを開け、のぞみを促す。物心つく頃から彼女と接しているが、彼女の視力はここ数年で急速に奪われているようだ。

のぞみの住む都市から首都にある病院まで、車に乗って一時間と少し。だが、のぞみは病院の場所をよく知らない。後部座席は運転席側とは仕切られており、窓には分厚いカーテンがかけられ、外の景色を窺い知ることができなかった。

車は高速道路を降り、一般道へと出たようだ。静かに伝わる振動で、信号ごとに止まるのがわかる。やがて、いくつものゲートらしき箇所を通り抜ける気配がして、車は徐々に下り坂にかかる。

いつものように、車は地下駐車場に止まった。駐車スペースが白線で整然と区画されていながら、車は一台も止まっておらず、また、出口も入口も確認できなかった。ただ、遠くまで黄色い光が続く広大で奇妙な空間だった。

「では、検査終了後、またこの場所にお戻りください」

白瀬さんが、車に手を添えて告げる。そこからは出迎えた職員が先導する。直通のエレベーターに乗り、無表情な男性職員とともに無言の時間を過ごす。上昇しているのか下降しているのかわからぬ閉じた空間で、焦れるように時を待つ。

ようやく開いたエレベーターから降り、病院特有の白い無機質な廊下を歩く。一番奥の扉の前で、のぞみはやっと無表情な職員から解放された。

ホッとすると同時に元気にノックして、返事も待たずに扉から顔をのぞかせる。

「由佳先生！　おはようございます」

「おはよう、のぞみちゃん。元気にしてた？」

白衣を着た由佳先生は、今日は縁なしの眼鏡をかけていた。知的な美しさを湛えた彼女をいっそう聡明に見せる。化粧っけが無いにもかかわらず瑞々《みずみず》しく美しい、のぞみの憧《あこが》れの女性だった。

「さて、それじゃあ検査を始めるよ」

◇

水よりももっと親密で、しっかりとした質感の液体。そんなものに包まれているような安寧から少しずつ水面へ浮上するように、覚醒《かくせい》への道筋を行きつ戻りつしていた。

「……電話して……からしょうがないだろ……」

どこかで聞いたことのある声だ。誰か自分の知り合いだろうか？　のぞみはゆっくりと眼を開けた。

「だからって、どうしてこんな所まで来るの？　仕事中だっていってあるのに。いくら許可証持ってるからって」

抑えた中にも多少の怒りを滲《にじ》ませた由佳先生の声が、相手をたしなめる。

「仕方ないだろ。明日からまた海外ロケでしばらく逢えないんだから」

「はいはい、売れっ子俳優さん。いくらでも可愛い子がよってくるだろうから、私なんか追っかけなくてもいいのにね」

売れっ子俳優？　そういえばテレビで慣れ親しんだ声のような気がする。のぞみは診察台で身を起こし、カーテンの隙間からそっと窺う。

「長倉勇治⁉」

思わず大声をあげ、カーテンを開けてしまった。

長身の男性が先生と向き合って立っていた。ゆっくりと振り向いたその顔は、まさしく長倉勇治その人だった。西域を拠点として各国の映画に出演し、今最も将来を嘱望される若手俳優だ。

ジャケットにTシャツ、チノパンという素っ気ない格好だが、存在感は半端ではない。「見られる」ことを仕事とし、効果的に自らを「魅せる」術を知り尽くした物腰だった。

のぞみを見て彼は顔をほころばせた。射すくめるような強さがふっと消え、柔和な笑顔が現れる。しまったなぁ、というように、由佳先生が顔をしかめるのが、彼の肩ごしに見えた。

「やあ、お嬢さん。見知ってくれているとは光栄だ。おや、その制服は名門慧葉《けいよう》女子高の生徒さんか」

長倉勇治が、のぞみの瞳をのぞきこむ。吸い込まれるような、という使い古された表現どおり、まさにのぞみはその虹彩《こうさい》の中に、引力のような磁場があるのを感じていた。

「は、はじめまして」

思わずどもりながら挨拶《あいさつ》すると、彼は右手を差し出してきた。おずおずと伸ばした手ががっしりとつかまれ、温かな感覚に包まれる。

「検査、大変だろうけど頑張れよ。応援してるぜ」

のぞみは思わず真っ赤になってしまった。右手には、彼の名刺が渡された。

「大事な患者さんまでナンパするのはやめてくれる？」

「おっ！　嫉妬してくれるってことは少しは脈があるのかな？」

「ヨ・コ・ヤ・マ・君！」

横山君と呼ばれた長倉勇治は、舌を出してあわてて退散する。

「ああ、のぞみちゃん。何かあったら連絡してくれよ。相談のるからさ。それから由佳、今夜いつもの『２０３』の塔のところでな！　マスコミに見つかんなよ！」

そう言って、返事もきかず扉を閉めて出て行った。どうやら長い付き合いで、由佳先生の扱いは心得ているようだ。

「すごい。由佳先生、長倉勇治と知り合いなの？」

事務椅子に座った先生は、眉根を寄せて、手にしたペンをくるくると回した。

「知り合いってわけじゃないよ。単に高校の同級生ってだけだから」

本当に迷惑そうでもあり、彼の強引さに負けているフリで自分の気持ちを巧妙に隠しているようでもあったが、とにかく人気俳優を邪険に扱う先生は格好良かった。

「でも、由佳先生、今夜会うんでしょう？」

「ん、まあ、仕事がうまく片付いたらね」

そっけなく言う先生が少し照れているのがわかって、のぞみは思わず笑ってしまった。照れ隠しのように澄まし顔を作っていた先生が、急に真面目《まじめ》な表情に戻る。

「彼ね、のぞみちゃんと同じ病気だったの。だから、あなたのことが気になるみたいね」

「え、そうだったんですか」

有名俳優との意外な接点に、奇妙な連帯感を覚えた。少し身近に感じだした彼と一度話してみたいな、と思う。

彼もやはり、あの風景を見ているのだろうか。

未だ頭の隅に残る、不自然な眠りの断片を抱えたまま地下へのエレベーターに乗り、待機していた車に乗り込んだ。検査の後には決まっておとずれる違和感なので、もう慣れっこになっていた。

◇

のぞみの病気は「後天的神経分断症」と説明されていた。数百万人に一人といわれる難病で、幸いにものぞみは自覚症状の発症前に治療を開始したため、陰性のまま今日に至っている。

意識分断を特徴とするこの病気は、発症確認が困難なため、陰性のままのぞみの年齢まで推移した例は、症例として見つからないということだった。そのため、学会での発表をもくろむ由佳先生の所属する私大医学部が、のぞみの検査を独占的に行っている。治療費がすべて免除される代わりに、こうした厳重な機密保持体制が敷かれているのだと由佳先生から教わっていた。

外部から遮断された車の中で、のぞみはいつもの自問を繰り返す。検査での不自然な眠りに誘発されるように決まって訪れる「あの風景」は何なのだろうと。

夢の中で、のぞみは丘へと続く道路に立っている。丘の中央にそびえるのは、石づくりの古い高射砲塔だった。

幼い頃に訪れた場所かとも思い、アルバムを見返してみたこともある。だが、色あせた写真の中にその風景を見出すことはできなかった。

しかも、その風景は見るたびに移り変わってゆく。夏であれば若葉繁る夏の、冬であれば粉雪舞う冬の装い。どうやら、のぞみが眠りに落ちているまさにその時、その場所の姿のようなのだ。

何年も見ているうちに、家々が少しずつ傷んでくることにも気付いていた。人の姿は無い。住む者もいないまま、その町は少しずつ荒廃しているようだった。

「誰もいない町、か」

小さく呟く。隣に座る白瀬さんがこちらを向いたが、話しかけてくることはなかった。

◇

「ボランティアって、そんなもんじゃねぇだろう」

お上品な級友たちの折り目正しいさざめきを聞きながら、スクールバスの窓にもたれ、聞こえぬように小さく毒づく。

のぞみの通う私立女子高は、宗教的教義を反映した学校の方針により、二ヶ月に一度は老人施設や障害者施設などを訪問するのが慣《なら》わしとなっていた。

のぞみはボランティアが嫌いだった。

世の中には、他者の無償の支援を必要とするさまざまな状況があり、それに対して行動することが推奨される行為であることはわかっている。現に今も級友たちと同等とは言わないまでも、充足感はある。帰り際に自分が担当したお婆ちゃんが名残惜しそうな笑顔で見送ってくれたのを思い出すと、「また行ってあげたいな」とは、思う。

だが、「人の役に立ちたい」と公言してはばからない友人たちには、「それは違うんじゃないの？」と思ってしまう。確かに誰かに感謝されることは嬉《うれ》しいし、心地よい。だが、感謝されることが目的になってしまうのは違うな、と感じてしまうのだ。

まず自らの「こうしたい、こうあるべき」という意志があり、それに基づく行動によって結果的に感謝されるのであればよいが、人に喜ばれることを求めるのは、自分の心地よさのために誰かを利用しているように思えてしまう。

もっとも、その鬱屈した思いは、友人たち同様、目指すべきものが見つからない自分への自己嫌悪が投影されていることも充分に承知していた。いわゆるお嬢様学校と呼ばれる女子高に通う友人たちは、気立てが良く穏やかでつき合いやすい反面、「つきあってらんねえ」と毒づきたくなる、世間知らずな無邪気さがあった。だからこそのぞみは、自らの道を歩んでいる由佳先生に憧れてしまうのだ。

信号待ちの並木道の背後に高射砲塔がそびえる。側面の「２０３」の文字に目が留まった。

「２０３？」

確か検査の日、長倉勇治が由佳先生に告げた待ち合わせ場所が「２０３の塔」だった。そう思うや否や、のぞみは立ち上がり、最前列に座るシスターに声をかけた。

「シスター、すみません。病院が近いので、薬をもらいに行きたいのですが、よろしいでしょうか？」

分厚い瓶底のような眼鏡をかけたシスターが、あらあらという顔をした。彼女ものぞみの通院は知っていたし、学校ではのぞみの化けの皮は剝《は》がれていなかったので、特に疑問も持たずにバスから降ろしてくれた。

「ちょろいもんだ、な」

走り去るバスの中から手を振る同級生たちに、にこやかに手を振りながら、のぞみは小さく舌を出した。

◇

突然サイレンが響き渡る。のぞみも含め道行く人々は一斉に立ち止まり、空を見上げた。サイレンは短く三度鳴り、長く一度鳴った。そして再度、短く三度。

3・1・3。抜き打ちの防空演習だ。走っていた車が一斉に歩道際に寄せて止まり、エンジンをかけたまま人々が飛び出してきた。皆一様に、建物の中へと逃げ込む。

「もう、お母さん。予想外れてるじゃない」

のぞみも、遅れぬようにと追いかけながら、近くのお店に駆け込んだ。演習の際にはすべての建物が受け入れ義務を負っているので、普通の民家でも躊躇する必要はなかったが、やはり見知らぬ誰かの家に上がり込むのは気まずいものだったからだ。

店内には数人の先客がいた。皆少し息をはずませ、やれやれといった表情だ。

通りに面した窓から、のぞみは外を窺う。あの高射砲塔が近くなのだろう。演習弾が、下腹に響く乾いたリズミカルな音で連射された。通路確保の状況を確認するため、迷彩を施された装甲車が通りを疾走してゆく。

やがて、間延びした長いサイレンが鳴り、演習は終了した。人々は安堵《あんど》の表情を浮かべて足早に店を出て行った。のぞみも後に続こうとして、初めてそこがギャラリーであることに気付いた。

すぐそばに飾られた写真には、褐色の肌を持つ赤ん坊が写っていた。民族衣装を着た母親の腕に抱かれた赤ん坊は、始まったばかりの自分の人生をもてあますように生命力に満ちていた。

——なんだろう、これ……

胸の内に思いが湧《わ》き上がる。自らの心をのぞいてみる。

それは静かな、静かな悲しみ、そして怒りだった。無邪気にカメラに手を伸ばす赤ん坊と、たくましい腕で赤ん坊を抱き、笑顔を浮かべる異国の女性。煉瓦《れんが》積みの質素な家を背景に撮られた、何を撮ることを目的としたとも思えぬ写真だった。それでもなお、そこにある何かを伝えようとしているのがわかる。一枚の写真からこれほど訴えかけられたのは、はじめての経験だった。

「御存知ですか？　片腕の写真家を」

時の経過も忘れて立ち尽くしていると、背後に立った女性が控えめに声をかけてきた。係員なのだろう。三本線の裾《すそ》の長い服と、特徴的な語尾のイントネーションから、西域由来の人物であることが窺い知れた。

その写真家のことは、のぞみも知っていた。伝説とも言える戦場カメラマンだ。

彼の撮る写真には、戦争の悲惨さを強調するような風景はまったく現れない。武器も、兵士の行軍も、傷ついた人々も、誰かを失い泣き叫ぶ者も、くずおれた建物も、そして一滴の血も。

それでもなお、彼は「戦場カメラマン」として人々に強く記憶されている。

いつ銃弾が飛び込んでくるかも知れぬ場所にすら、人々の生活、そして日常はある。

彼の写真は、戦争が「日常」となってしまった人々の生活を、そして、戦場であるが故の人々の生命力を切り取るのだ。

のぞみは今まで、「写真なんて誰にでも撮れるじゃない」と思っていた。だが、彼の写真を目の前にして初めて、世界を切り取る才能というものをまざまざと見せ付けられた気がした。

それは、由佳先生や長倉勇治に感じるような、自らの進むべき道を知り、貫くようにそこへ進みゆく者に感じる憧れにつながっていた。

確か数年前に、彼は紛争地帯で流れ弾に当たって亡くなったはずだ。そういえば長倉勇治も、このカメラマンに見出されたのではなかっただろうか?

白い布が風に揺れていた。ギャラリーとバックヤードとを仕切るようにかけられた布だ。何か、を感じたのだと思う。のぞみは、躊躇なくバックヤードに足を踏み入れた。視線は、奥の壁に惹《ひ》きつけられる。一枚の写真が、展示もされず無造作に置かれていた。

「……白瀬さん?」

モノクロの写真には、静かに微笑む、白瀬さんとよく似た女性が写っていた。のぞみが彼女と初めて出会った頃の姿にそっくりだ。その女性は、一枚の絵を背景として写されていた。

「この絵は……」

探し求めるものに出会ってしまった時、人はどのように反応するのだろうか。のぞみは、自らの内へと深く沈潜した。静かに、鼓動が聞こえるほどに静かに。

丘の上の古びた高射砲塔と、町の風景。

女性の背後の絵に描かれていたのは、まさに夢に出てくる風景だった。思ってもいないつながりに、わけがわからなくなる。

ひとまずシスターへの言い訳どおり、病院に向かうことにした。由佳先生なら、この謎《なぞ》を解いてくれるに違いない。

並木道に沿って歩く。清潔で威圧的な建物が次第に近づく。正面に立つと、予想どおり病院だった。患者たちで混み合う総合案内で、由佳先生の名前を告げるが、「そういった名前の医師は存在いたしません」というつれない返事をもらうだけだった。

――ここじゃないのかな？

検査で訪れる、あの静謐な空間とはかけはなれた雑然とした雰囲気に違和感を覚え、再び病院の外に出た。

敷地の一画に、別な建物が建っているのに気付く。別館なのかと思ったが、病院とはつながっていないようで、厳重な壁と鉄条網で隔離されていることがわかった。一定の距離を保ったまま壁に沿って歩くと、いかめしい警備甲冑を着けた官憲が立つ入口が見えた。掲げられた表示を、思わず読み上げる。

「関係者以外立入禁止。管理局……生体反応研究所……」

背中に悪寒が走る。もちろん管理局が「失われた町」に関わる組織であることは知っていた。お嬢様学校に通う今でこそ聞かなくなったが、小学生の頃は意地悪な男子生徒の悪口は、最後は決まって「失われた町」に関わることを蔑《さげす》む「あの言葉」だった。

呆然と立ちすくむのぞみの前に、官憲が立ちふさがる。

「用がないなら帰りなさい。一般の人が近づく場所ではありません」

背の高い官憲は、言葉と威圧的な態度の両方で、のぞみの行く手を阻んだ。

◇

「お父様、お話ししたいことがあります」

父の信也は、ソファの上であぐらをかいたまま倒れこんでいた。周囲には、チラシの裏に書きなぐったメモ書きが散乱している。商売のアイデアと称するそれらが本当に商売に役立っているのかどうかは、のぞみには定かではない。

信也は、起き上がり小法師《こぼし》のように身体を起こし、子どもじみた口調で気色ばんだ。

「こら、のぞみ！　家の中でそんな上品な喋り方するな！　父ちゃんと呼ぶのだ！」

父はいつもお上品を嫌う。それはのぞみも同様だったが、今日は素直に従う気はなかった。テーブルを挟んで向かいに座り、真面目な顔で父を見つめた。娘のこんな態度に一番弱いことを知っての行動だった。

「ごめんなさいお父様。今日は真面目なお話があるの。よろしいでしょうか？」

「う……、うむ」

信也は、叱られた子どものようにかしこまって座り直した。母の弓香もお茶を持って現れる。

「あら、のぞみもいたの。ちょうどよかった。お茶にしましょう」

「お母様もご一緒に、よろしいですか」

「なぁに、改まって。また何かおねだりでもするつもり？」

父親とは対照的に、動じることも無くのぞみの隣に座り、お茶を注ぐ。父より一回りも年下のくせに、よっぽど落ち着いている。

「お父様。私は、『失われた町』と、どんな関係があるのですか？」

お茶を飲む信也の動きが止まる。何気ない風でのぞみを窺うが、真剣な表情に気圧《けお》されたように俯いてしまう。茶器の中に顔がうずまってしまうんじゃないかと思ったほどだ。

のぞみは、お昼に見たものについて、そして検査のたびに夢に現れる風景について、両親に話した。病院の敷地内で見た「管理局」の文字。白瀬さんとあの風景。そして、人の住まぬまま時とともに荒廃してゆく夢の中の町。導き出した結論は、自分と「失われた町」との間に、何らかの関連があるのでは、ということだった。

「なぁ母ちゃん。どうすりゃいいんだ。こんな時は」

信也は、困り果てた声で弓香に助けを求めた。会社経営には関与していないとはいえ、実際のところ、ここ一番の決断の背後には常に弓香の一言があったのだ。

「よろしいんじゃなくて？　そろそろ潮時でしょうから」

悠揚《ゆうよう》とお茶を飲みながら、弓香が決断を下した。それでは、というように表情を切り替え、信也はのぞみに正面から向き合った。

「のぞみ、君は『失われた町』で生まれたんだ。お父さんが、のぞみを発見したんだよ」

聞かされたのは、とっさには信じられないことばかりだった。のぞみが、「消滅耐性」による生き残りだということ。回収員として町に入った信也が、のぞみを発見したこと。そして二人で望んで、のぞみを自分たちの子どもとして引き取ったこと……。

「嘘でしょう？　だって……。だって、アルバムの中にいるじゃない。赤ちゃんの頃の私。それに……、ほら、戸籍だってこの前見せてもらったけど、そんなこと書いてなかったし」

無理に笑いを浮かべ、両親の表情を交互に読む。気弱な笑顔の信也と、恬淡《てんたん》とした弓香、それぞれが、事実をいやが上にも知らしめるようだった。

「すべて、管理局が用意してくれたんだよ。のぞみが他の人と変わらずに生きていけるようにね」

のぞみの中に、さまざまな思いが交錯した。自分が両親の本当の子どもではないこと。忌み嫌われる「失われた町」に関与する人間であること。両親や白瀬さん、そして信頼していた由佳先生までが、自分をだまし続けていたということ。のぞみの人生を根底から覆す事実が、一度にいくつも襲って来たのだ。

「でも、どうして、私を引き取ろうなんて気になったんですか？」

気を取り直して、のぞみは父親に尋ねる。

「のぞみ、消滅回収員に選抜される者に共通の、きちんと条文化されていない条件というものがあるんだ、それは知っているかな？」

のぞみは首を振る。失われた町に関する情報は普段人々の口に上らないので、知る術はなかった。

「失われた町に入って、町の消滅を悲しむ者は、汚染にさらされてしまう。だから、町に入る者は、消滅への思いを上回る悲しみで心が満たされていなければならないんだ」

「お父様の悲しみって？」

信也が口ごもり、弓香が後をうけて話した。

「その当時、私たち夫婦は娘を交通事故で亡くしていたの。三歳の女の子、ちょうど発見されたあなたと同い年の女の子を」

弓香はいつもどおりの冷静な口調だった。

「でも、これだけはわかって。私たちはのぞみを引き取ったけど、それは失った娘の代わりってわけじゃないの。あなたは私たちの本当の娘なのよ」

のぞみは、まったく別のことに気付かされて、確認せずにはおれなかった。

「ねえ、お父様。もしかして、私の病気っていうのは……、それも嘘なの？」

苦しげな表情の信也に、その答えは聞かずともわかった。

「お父様。正直に言ってください」

「そうだ。病気だから検査に行っているんじゃない。のぞみは前回の消滅でただ一人、消滅を逃れた消滅耐性なんだ。だから管理局も、のぞみの情報を必要としているんだ」

「やっぱり、そうなんですね」

のぞみは茶器を手に、静かにお茶を飲んだ。こんな時、ありがちなドラマだったら、泣きながら駆け出して、自分の部屋に鍵をかけて閉じこもってしまうんだろうな。そう思いながら。

だけど実際はそんなものじゃない。

「驚いたかい。驚いたよな」

信也が、おずおずと聞いてくる。

「そうですね。突然のことで、何といったらいいのか……」

他人事のようにつぶやきながら、飲み干したにもかかわらず茶器を傾け続けるのぞみを、両親はいたわるように見守っていた。

◇

「白瀬さんは管理局の人間なんでしょう？　病院の職員じゃなくって」

三ヶ月ぶりの検査日だった。景色の見えぬ車の中で、のぞみは前を向いたまま、硬い声で聞いた。白瀬さんが、サングラスの奥からこちらを見ている気配だったが、のぞみは視線を合わせない。

「私をだまして、こうして実験台にしていたんですね」

つい詰問口調になってしまう。白瀬さんの事務的で感情のこもらぬ姿そのものが、自分を実験台としてしかとらえていない管理局の象徴のように思えた。白瀬さんは弁解しようとしなかった。

病院に着くと、のぞみは何も言わずに由佳先生の部屋に入った。座ったままのぞみを見上げた彼女は、憂い顔でペンをくるくると回した。おそらく両親から、のぞみがすべてを知ったことを知らされているのだろう。何から説明したものか、という表情だ。先生は、しばらく唇を噛み、黙ってのぞみを見つめていたが、やがて眼鏡をはずして椅子を近づけた。

「話さないと、いけないいね」

「はい、全部話してください。正直に。私は今日そのために来たんですから」

先生は痛みに耐えるように胸に手を置き、話し出した。

「ご両親から聞いたとおり、のぞみちゃん、あなたは失われた町、月ヶ瀬で生まれたの。十三年前の消滅の、たった一人の消滅耐性。それがあなたなの」

彼女から聞かされると、それは特別な重みを持ってのぞみを襲った。動揺が収まるのを待って、先生は説明を続けた。

「私たちは、次の消滅に抗うための情報を、あなたの中に保管しているの。ここに定期的に来てもらっているのは、あなたの中にある消滅に関する情報を更新していくためなの」

のぞみの中に隠された「成長する音」の理論。そしてその音を「醸造」することで、次の消滅を回避することができるかも知れないということ。

説明された内容は、難しすぎてわからなかった。だが、自分がまるで実験のための

「容器」か何かのように利用されているということだけは理解できた。

「結果的にはのぞみちゃんを利用する形になったわ。でもわかってほしいの。それが私たち管理局にとっても、のぞみちゃん自身にとっても、一番いい形だったの」

「そんなの勝手に決められても困ります。いくら私が失われた町の生まれだからって、今の私には関係ないし、何も言わずに騙して実験を続ける理由にはならないでしょう？」

先生は、悲しげに眉根を寄せた。

「そう……、ね。私たち管理局は、次の消滅で失われる数万人の人々を救うために、のぞみちゃんを利用している。だからといって、数万人の命と、のぞみちゃんの思いを天秤《てんびん》にかけることはできないわね。どちらもかけがえのないものなんだから」

「先生が私を大事って言ったのは、実験材料だったからでしょう」

彼女は力なく首を振った。いつもの聡明さは影を潜め、弱々しい少女を見るようだ。

「勇治にも昔、怒られたことがある。のぞみちゃんを実験材料にするなって……。言い訳できないね。私がこの管理局で働く以上は、のぞみちゃんを苦しめ続けることになるんだろうね」

先生は否定しなかった。実験材料であるということを。否定してほしかった。由佳先生だけは違うと。

のぞみは、放心したまま立ち上がった。

「私、帰ります。実験台なんてまっぴら」

「……わかったわ。お家まで送ります」

「一人にしてください」

もう場所を隠す必要もないからか、帰りは正面玄関から外に出された。厳《いか》めしい警備
甲冑をつけた官憲に見送られて。

病院から離れ、街の喧騒《けんそう》に身を浸すうち、のぞみは自分がどうしようもなく「独り」

であることを感じはじめていた。一人ではいられない。かといって、自分が消滅に関わ
る人間だなんて誰かに相談できるはずもなかった。

のぞみはポケットから、一枚の名刺を取り出した。

——相手にしてくれるだろうか?

しばらく躊躇しながら眺めていたが、携帯電話の番号が手書きで加えられていること
に勇気付けられ、番号を押す。耳に押し当てた携帯電話から、コール音が鈍く伝わる。

五回目の途中で、相手が出た。

「あの、覚えていますか? 私、由佳先生の部屋で……」

◇

指定された待ち合わせ場所は、首都でも有数の高級ホテルだった。教えられたとおりにフロントで告げると、黒い背広を着た初老のホテルマンが、「お待ちしておりました」と、深く頭を下げた。

最上階の、夜景の見える個室に案内される。思わず見惚《みほ》れてしまうほどの光が眼下に満ちていた。厚いガラスで隔てられ、無音のまま輝き続ける光は、都会の喧騒から切り離された静寂の世界を構築していた。

魅せられたようにガラスにへばりついていると、背後に長身の男性が笑っているのが見えた。彼にエスコートされ、のぞみは椅子に座った。

「あの、長倉さん。こんなお時間いただいてよかったんですか。お仕事お忙しかったんじゃ？」

彼は笑って首を振った。映画の中と同じ、人を惹きつけずにおかない魅力的な笑顔だ。のぞみの好物を聞き、ボーイを呼んで流暢《りゅうちょう》な西域の言葉でオーダーする。

「勇治、でいいよ。のぞみちゃんのことは、由佳からよく聞いてるからね。病気の検査を頑張ってるそうじゃないか。同じ病気だった『先輩』として、一度話をしたかったたんだ」

のぞみは思わず下をむいてしまった。勇治さんも出入りしている以上、あの場所が管理局であることは知っているはずだった。

「勇治さん。私もう、知ってしまったんです。由佳先生が管理局の人間で、私は実験のためにあの場所にいたんだってことを」

彼は、一瞬虚を衝《つ》かれたように眼を瞬《しばたた》かせたが、ややあって静かに頷いた。

「そうか。わかってしまったか。まあ、いつまでも隠せることではないよな」

「勇治さんが言った『203の塔』って言葉で、あの場所がわかっちゃったんです」

のぞみがそう打ち明けると、彼は大げさすぎるほどに慌てた。

「うわっ！　そうか、ヤバイな。また由佳に怒られちゃうよ」

料理が運ばれてきた。西域の伝統料理がアレンジされ、のぞみの舌にもわかりやすいおいしさだった。

「こんな時にも、やっぱりお腹《なか》って空いちゃうんですね。変な感じ」

勇治さんはお酒を飲みながら、そんなのぞみを穏やかに見守るようだった。すっかり打ち解けた気分で、のぞみは食事をしながら、自分の生い立ちを打ち明けた。

「信頼していた由佳先生にも裏切られて、私もう誰を信じていいのかわからない」

彼の沈んだ様子に気がつき、のぞみは慌てて口に手を当てた。彼は由佳先生に好意を寄せているのだ。

「あ、ごめんなさい。由佳先生のこと、ひどく言っちゃって」

「ん……？　ああ、いいんだよ。のぞみちゃんがそう思うのも仕方が無いからね」

勇治さんの浮かない表情は変わらなかった。

「どうかしたんですか？」

彼は、グラスの中の琥珀色《こはくいろ》の液体を揺らしていたが、やがてそれをテーブルに置き、のぞみを見つめた。

「俺も君を騙しているのかもしれないな」

ほとんど初対面の勇治さんにそんなことを言われても、面食らうばかりだ。

「俺は、まだ幼い頃の君と会っている。君の中にある『町』の風景を見ているんだ」

勇治さんは、子どもの頃の病気の治療により、後天的に消滅耐性を得ることになったのだそうだ。そして、のぞみが九歳の時の実験の失敗。その時に、失われるはずだったのぞみの意識を「引っ張りあげた」のが彼なのだという。

「のぞみちゃん。君の中には、あの『失われた町』とそっくり同じ風景が広がっている。俺は九歳の君の中に入って、その『町』を見た。丘の上に高射砲塔がそびえる、町の風景をね」

のぞみは愕然《がくぜん》としてしまった。あの町の風景を彼も見ている。そして、相談しようと思った彼も、のぞみに課せられた実験に手を貸しているのだということを理解して。

「由佳先生は、どうして管理局なんかで働いているんですか？」

ずっと思っていた。由佳先生のように美しく聡明な女性が、何故《なぜ》町の消滅などという「穢《けが》れ」に関わることを一生の仕事にするのだろうかと。

勇治さんはテーブルの上で腕を組み、何かを思い出すような遠い表情になる。やがて席を立ち、窓際から街の夜景を見下ろした。まるで映画の一シーンのようだった。

「由佳は、高校一年生の時に、一人の友人を失っているんだ」

「もしかして、町の消滅で？」

勇治さんは頷いた。振り向いた彼は、窓にもたれ、二人が出会った高校生の頃のことを話してくれた。幼なじみを町の消滅で失い、「町」への復讐《ふくしゅう》だけに生きる意味を見出していた由佳先生。そんな時に出会った勇治さんとの奇妙な関係。二年の時を経て届いた手紙によって揺るぎ無いものとなった由佳先生の決意。

「由佳は、消滅を阻止するための実験なら、誰かを犠牲にすることも厭《いと》わなかった。もちろん自分自身を痛めつけることもね。俺は彼女に何度も騙され、そのたびに手ひどく傷つけられた」

ずっと憧れてきた、明朗で健やかな美しさを持った由佳先生とはかけ離れた姿だった。「町」に深く関わるがゆえの醜い闇を見た気がして、総毛立つほどの身震いに襲われる。

それはすなわち、自らの中にも同じ闇が存在するということに他ならない。

恐怖を察したのか、勇治さんはのぞみに近づき、顔を寄せた。

「のぞみちゃん。急にいろんなことが起こって混乱しているかもしれない。だから、結論を急がないで、ゆっくり考えるんだ」

思わず顔をそむけてしまう。すぐにその理由に気付き、愕然とした。穢れた身体で勇治さんを汚してはいけないと、反射的に避けてしまったのだ。

「こんなの誰にもわかってもらえないよ。自分が——だったなんて」

突きつけられた現実の重さに耐えきれず、消滅に関わるものを蔑む「あの言葉」を口走った。小学生の頃、子どもならではの無邪気な悪意で口にしていたその言葉が、まさか自分に跳ね返ってくるとは思ってもいなかった。

帰りは、勇治さんが家まで送ってくれた。突然の映画俳優の来訪に両親は感動覚めやらぬ様子で、詮索《せんさく》したげだったが、のぞみは相手になる気もなく早々に自分の部屋に入った。

静かに鏡を見つめる。父親にも、母親にも似ていない顔。私はいったい誰なんだろう？　私はいったい……。

見つめるうち、次第に焦点を失い、世界が溶解する。おぼろに浮かぶ自分の輪郭に、「消滅」の二文字が重なる。

◇

北に向かう列車からの風景は、のぞみにとってなじみのないものだった。

春休みの朝の列車は、通勤客と行楽客が入り交じり独特の雰囲気があった。のぞみは窓にもたれ、自分の「生まれ故郷の風景」に思いをはせた。

「失われた町」について、のぞみは何も知らない。もちろんそんな町が過去にいくつも存在することは知っていた。地図帳を開けば、いくつかの頁にある不自然な空白。いずれも、過去の消滅で失われた町の名残だった。

学校で教わったわけではなかったし、誰に聞くこともできなかったが、その空白に禁忌が含まれていることは、子どもであっても充分に感じ取れた。

だが、十三年前に失われた町がどれなのかはわからなかった。由佳先生は「月ヶ瀬」という地名を使ったが、その名前は完璧に抹消されていたので、調べようがなかった。電域でも、検索禁止語彙に指定されていることは間違いなかったし、検索したことが履歴として残ってしまえば査察の対象となることも予想できた。

唯一の手がかりは、父の信也が真実を打ち明けてくれた時に使った「都川」という地名だ。そこに住んで回収の任務についていたと。地図を調べてみると、確かに都川という都市があり、隣にはぽっかりと空白の区域があった。首都から北東に二百キロほど離れた海に程近い都市だった。

のぞみは学校の休みを待ち、両親にだまって家を出た。失われた町「月ヶ瀬」に向かうために。

立て続けに押し寄せた自分の生い立ちや、自分をめぐる人々の関わりというものに翻弄され、何も考えられなくなっていた。心の整理をするために、生まれた場所を見ておきたいと思ったのだ。

列車は大きなターミナル駅に着き、のぞみの座るボックス席の客も入れ替わった。隣には中年男性が、向かい合う席には男の子と女の子が座った。どうやら、三人は家族のようだった。

目の前に座る二人の子どもは、姉と弟だろうか。お姉さんの方は、のぞみより数歳年下、中学一年生くらい。男の子は小学校高学年といったところか。

一人っ子ののぞみには、姉と弟という関係はよくわからなかったが、傍目《はため》にみても二人はとても仲が良かった。

自分のことを「一人っ子」と考えて、思わず寂しい笑みが洩《も》れる。「失われた町」でたった一人残ったのぞみは、兄弟がいたかどうかすらわからないのだから。

見るとも無く二人を見るうち、あることに気付いた。数分に一回、二人の手や身体の動きが、まったく同じ瞬間があるのだ。動作の同調《シンクロ》だ。

――この子たち、「分離」したんだ……

普通の分離者ならばすぐにわかるが、性別が違い、しかも明らかに年齢も違う分離者など見たことが無かった。

「一つ食べませんか？」

あんまりまじまじと見ていたからだろうか、斜め前に座る女の子が、のぞみに蜜柑《みかん》を勧めてきた。思いを見透かされたようで戸惑いながらも、お礼を言って受け取る。四人で一緒に蜜柑の皮を剝《む》いていると、なんだか家族の一員になってしまったようでおかしかった。

二人の子どもは、どちらもお父さんに「ひびき」と呼ばれていた。男の子のひびきと、女の子のひびき。

蜜柑は形は悪かったが、甘くておいしかった。そう言うと、隣に座る父親らしき男性は、眼を細めてのぞみに話しかけてきた。

「一人旅かな？　どこに行くの？」

「あ、都川まで」

男性は、おや？　という表情になる。

「私たちも、都川に行くんですよ」

のぞみは控えめに頷いた。「失われた町」に隣接する都市に行くことを詮索されても困ると思ったからだ。だが心配するまでも無く、会話は男の子の大きな声に妨げられた。

「お姉ちゃん！　トランプしようよ」

返事を待たずに、男の子はカードを配りだした。自分に、父親に、そしてのぞみにと一枚ずつ。

「四人でするんじゃないの？」

お姉さんにはカードを渡さないので、不思議に思ってたずねた。

「私たち、お互いの持ってるカードが全部わかっちゃうから、勝負にならないんだ」

女の子が、つまらなさそうに言った。

二人のひびきが交互に加わり、三人でのトランプは続いた。ゲームに興じてくると、二人の同調《シンクロ》の頻度が高まり、周囲の乗客も、ひびきの分離を知ることとなった。ちらちらと窺う視線がいたたまれなかったが、二人のひびきも父親も、気にする様子もなかった。

分離者は、ただでさえ好奇心や、柔らかな差別の対象となってしまうために、共に行動することはほとんどない。もともと分離とは、「自己同一性障害」の治療として処方されることが大半である。自己の中に複数の人格が発達し、折り合いが付かなくなったからこそ分離を選択するのだ。分離した個体同士が好き好んで一緒にいるはずもなかった。

列車は大きな高架駅に着き、「五分停車します」とアナウンスが入った。二人のひびきはお小遣いをもらって、ホームの売店に走った。手をつないで店まで走り、仲良さげにお菓子を選ぶ後ろ姿は微笑ましかった。

「仲がいいんですね」

思わずそう口にする。言外に「分離者なのに」という意を含ませてのことだ。

「そうだね。あの子たちは、ある目的のために、自分たちで分離を選択した。父親の私が止めるのもきかないで」

男性は、二人の分離を隠す様子もなかった。あまりに自然な言葉に、のぞみはそれ以上聞くことができなかった。

◇

都川の駅は、地方の小都市らしく、駅前には商店や背の低いビルが建ち並んでいた。

三人の家族とは、そこでお別れした。

「私たちは、丘の上のペンションに泊まっています。もしかしたら、また会えるかもしれないね」

「バイバイ、のぞみお姉ちゃん」

二人のひびきが、同調《シンクロ》しながら手を振る。のぞみは笑って手を振り返した。姿が見えなくなってから、荷物を持って歩き出す。数歩も行かぬうちに、あることに気付いた。

あの子たち、どうして私の名前を？

振り返ったが、すでに家族の姿はなかった。

駅前の「すずらん通り」と名づけられた通りは、どの都市にもありそうな雑多な商店が連なったアーケードだった。

やがて商店街は途切れ、かまわず先に歩くと、堤防が壁のように立ちはだかっていた。堤防を登ると、この地の地名にもなっている都川が広がる。海に程近い川は、ゆったりとした川幅を持ち、流れを感じさせなかった。地図で確認したとおり、この川を上流へ遡《さかのぼ》れば、失われた町「月ヶ瀬」が見えてくるはずだった。

行ってどうしようという目的があるわけではない。だから、目の前の「この先、汚染により侵入できません」という看板と柵《さく》を見て、それ以上先に進むつもりはなかった。柵は簡素なつくりで、いくらでも乗り越えられそうだった。汚染という事実が見えない障壁となって人々を遠ざけるため、厳重な柵など必要ないのだろう。

柵の向こうには、「消滅緩衝地帯」として家を撤去された空間があり、その背後に失われた町が広がっていた。消滅から十三年が過ぎ、人の住まぬまま放置された町は、少しずつ自然の侵食に蝕《むしば》まれ、町としての痕跡《こんせき》を消し去ろうとしていた。

――私は、この町で生まれたんだ――

実感がわかないままに、心の中でつぶやいてみる。

その途端、なにかがのぞみを襲う。それは薄いベールのようにのぞみを包み込んだ。

――あ、これって……

初めての感覚ではなかった。管理局の検査で意識が戻る瞬間訪れる、水よりももっと親密なものに包まれる感覚。それと同じだった。

周囲をうかがい、誰もいないのを確かめて、柵を越えた。

不思議と、町を恐れる気持ちは薄らいでいた。のぞみは、町の中心に向かって歩き出した。

三歳までこの町で暮らしていたといわれても、記憶に繋がるものは何もなかった。家々の表札は外され、信号の地名表示も撤去され、この地が「月ヶ瀬」であるという痕跡を残すものは皆無だった。のぞみの父親が遂行していた回収員という仕事の成果だ。町の名前、町の記憶をすべて消し去ることで、次の消滅を少しでも遅らせるために。

町は、当然のように静けさに満ちていた。黙して語らぬ家々が並ぶ。時折吹く風が堆《たい》積《せき》した落ち葉を舞い立たせ、アスファルトを押しのけて勢いを増した雑草を揺らす。いくつかの古い家は崩壊の兆しを見せ、近寄るのをためらわせた。

やがてのぞみは、町の目抜き通りと思われる大きな通りに出た。中央に立ち、どちらへ行こうかと見渡して、動きを止める。

「高射砲塔……」

道の向かいゆく先に小高い丘があり、時代を経た石積みの高射砲塔が頂上に立ってい た。町を守る象徴であり、町を睥睨《へいげい》する威圧的な姿でもあった。検査のたびごとに訪れる情景の中に、のぞみは今まさに立っていた。

自分と「失われた町」がつながっていることを、いやが上にも自覚させられた。

「私は、この町で、生まれた……んだ」

再びつぶやく。自分の運命を、その言葉によって受け入れようとするかのように。

◇

夜が訪れようとしていた。

のぞみは、未だに町の中にいた。なぜか思考する力が著しく低下したまま、時を失い、丘の麓《ふもと》にぼんやりと立ち尽くしていたのだ。

初めて理解した。のぞみを包むもの。透明な幾層ものベールで取り囲むようにして、考える力を奪うものが、「町」の意識であることを。

町への恐怖の薄らぎ。それこそが「町」の謀《たばか》りだった。水は時に温かく、柔らかに人を包み込むが、また時には津波のように人を襲い、激しく圧することもできるのだ。

「のぞみさん！　戻ってきなさい！」

自分を呼ぶ激しい声に、のぞみは意思と動きを取り戻した。まだぼんやりとした頭で声の方を見ると、白瀬さんが立っていた。一番会いたくない相手だった。

「戻ってきなさい。これ以上いると危ない」

いつも通りの、のぞみの気持ちなど斟酌しようともせぬ、冷徹な声だ。

「戻ったらどうせまた私を実験につかうんでしょう？　そんなのまっぴら」

のぞみは走り出した。眼の不自由な白瀬さんであれば簡単に振り切ることができる。だが、予想に反して、白瀬さんはまるで眼が見えるように軽快に走り、のぞみに迫った。彼女は裸足《はだし》だった。

「触らないで！」

つかまれた右手を振りほどこうと邪険に手を払うと、その直前に白瀬さんは手を離し、のぞみの動きが止まった瞬間を見計らうかのように、また右手をつかむ。まるで動きすべてを把握しているかのような正確さだ。のぞみは少し怖くなった。

「あれを見なさい」

右手をつかんだまま、白瀬さんが顔を上げる。不承不承、のぞみも視線の先の空を見上げた。

月が、楕円《だえん》にゆがんだいびつな形で光を放っていた。青白い光を放つその姿は、まるで闇を誘い出すかのように不気味であった。

「町の中であの『月』が見えるのは数年ぶりのことです。あなたの侵入によって『町』の意識が活性化している証《あかし》です」

「でも、私は消滅耐性だから大丈夫でしょう。だから放っておいてください」

逃れようとしたが、彼女は離してくれなかった。

「まだ、『町』はあなたを単なる侵入者としてしか認識していません。ですが、あなたが消滅耐性であると知ったら『町』は一気に牙《きば》を剝きます。『町』が本気になったら、あなたの意識ごともっていかれますよ。『町』を侮ってはいけません。あなたの中には、次の消滅を阻止するための貴重な情報が含まれていることは、説明してあるはずです」

「そんな、私は道具じゃないんだから……」

「ごめんなさい。これ以上は危険だから、強制手段を取ります」

一瞬で後ろから羽交い締めにされ、口と鼻が布で覆われた。何かの薬物の匂いがして、のぞみは意識を失った。

◇

柔らかな布団の感触が心地よい。うっすらと瞳を開けると、天井の木目が波紋のように歪んで広がり、やがて視界が定まる。

枕元《まくらもと》に座る男性が、穏やかな表情で、のぞみを見つめていた。

「あの、ここはどこですか？」

男性は、にっこりと笑った。邪気の無い、無垢《むく》な笑顔だった。こんなふうに笑うことができる大人を、のぞみは見たことがなかった。

周囲を見渡す。どこかの宿泊施設の一室のようだ。

「私、どうしてここにいるんでしょうか。白瀬さんは？」

彼は困ったような笑顔を浮かべ、頭をかきながら立ち上がった。待ってて、というようなしぐさを見せて、部屋から出て行く。

しばらくして、軽快な足音が階段を上ってくるのが聞こえた。

「あ、気がついた？　よかった」

足音通りの、快活な印象の中年女性だった。

茜と名乗った女性は、短く切り揃《そろ》えた髪の下で瞳を瞬かせて、のぞみを覗き込んだ。

感慨深げに首を振る。

「あの子がこんなに大きくなるなんてねぇ」

昔会ったことがあるような口ぶりだった。

「あの、私のことを知っているんですか？」

彼女は、秘密を打ち明けるような表情を浮かべた。

「私は十三年前に都川にやってきて、このペンション『風待ち亭』で働くようになったんだ」

「十三年前って」

「そう。月ヶ瀬の町が消滅した年。私は消滅回収員だったの」

もっと話を聞きたかったが、茜さんは起き上がったのぞみを再び寝かしつけ、布団をかけた。

「まだ、町に入った後遺症が残ってるから、もう一眠りしなさい。おいしいご飯を用意しておくね。ご両親にも連絡しておいたから、明日にでも会えるよ。白瀬さんも後で様子を見に来るよ」

「はい」

確かに、起き上がるとまだ頭がふらつく。のぞみは素直に従った。両親や白瀬さんに会うのは気が重かったが、それも一眠りしてからのことだ。

◇

再び目覚めると、階下で聞きなれた声がする。母の弓香だ。二階へとやって来る気配に、のぞみはあわてて毛布にもぐりこんだ。

「のぞみ」

長年接してきた「母と娘」であるから、その声だけで表情はわかる。怒ってもいなければ、笑ってもいない。動じることのない淡々とした様子だ。まるで、今回のことなど大したことではないというような。のぞみはかなりむっとした。

「自分のお小遣いで来たの？　言ってくれれば電車賃くらいあげたのに」

一大決心でここまでやってきたのを、まるで旅行か何かだと思っているようだった。かっとなって毛布を跳ね飛ばして起き上がった。

「何よ！　お母さん。私の気も知らないで！」

そこにはやはり、思ったとおりの様子の弓香がいて、驚いた風もなく眼をしばたたかせた。

「あら、結構元気そうね。様子見に来ることもなかったかしら」

その動じなさは、父親の気の弱さと反比例していて、日常生活では頼りがいがあるのだが、こんな時には、反発心を煽《あお》るだけだ。

自分の存在が軽んじられているように感じて、声を荒らげた。

「お母さんがそんな平気な顔してるのは、私が本当の子どもじゃないからでしょう？　でなきゃもっと心配してくれるよね。私を騙して管理局の実験に手を貸していたのも、何とも思っていないんでしょう？」

母をなじるうち、自らの言葉に興奮を煽られ、自分をとどめることができなくなっていた。

「私はこれから——として一生を生きていかなきゃならないんだからね。将来やりたいこともできないし、恋人も結婚も、すべてあきらめなきゃならないんだよ。そんな風に気楽にいわないで。私の気持ちなんて誰にもわからないんだから」

火のつかない煙草をくわえた茜さんが、ニコニコと笑いながら顔を寄せてきた。そうして、何の躊躇もみせず、のぞみの頬を思い切りひっぱたいた。

痛みよりも、初めてそんな風に誰かに叩かれたことが衝撃だった。

「なんだか知らないけどさ」

茜さんは、表情をまったく変えることなく笑ったままだ。

「あんたが今まで自分が本当の子じゃないって気付かなかったってことは、それだけホントの娘として育てられてきたってことでしょう？　感謝こそすれ、恨むことなんかどこにもないじゃない」

のぞみは、頰を押さえたまま、言葉の意味を嚙み締める。

弓香が枕元の椅子に座った。相変わらず、動じた様子はない。

「ねえ、のぞみ。私はね、あなたがどこで生まれようと、どんな生い立ちだろうと、そんなことに興味はないの」

のぞみの頭にポンと手をやる。

「あなたが私の娘だっていうこと。そのことにしか興味がないの」

諭すように言う弓香に、どんな顔をすればいいかわからず、のぞみはうつむいた。

弓香の背後には、白瀬さんが立っていた。彼女は松葉杖をつき、足には痛々しげな包帯が巻かれていた。ぎこちない動きで杖を操り、のぞみに近づく。茜さんがそんな彼女を支えた。

「のぞみさん。『町』に取り込まれなくって、本当に良かった」

心から安堵したような白瀬さんの微笑み。今まで長い間、無表情で感情を失ったかのような彼女に慣れきっていたのぞみは、面食らってしまった。

「白瀬さん。いつもと全然違う。いったいどうしたの？ それにその足……」

白瀬さんが、笑顔の奥に理由を隠そうとしたので、茜さんが代わりに答えた。

「桂子さんは、裸足のまま、アンタをおぶって町から脱出したんだよ。だから傷を負ってしまったんだ」

のぞみにもっと近づこうとして、白瀬さんは松葉杖を置いた。傷が痛むのか、顔をしかめる。のぞみは、半ばあきれた声になってしまった。

「どうして、こんなに毛嫌いしてる私を助けようとするんですか？　いくら実験のためだからって」

つい辛辣《しんらつ》な口調になってしまう。

「私も、あなたと同じ苦しみを知っているから……」

相変わらず濃いサングラス姿だったが、のぞみをいたわり、慈しむ気持ちに満ちているのがわかる。

「同じって……もしかして、白瀬さんも」

「ええ、私は四十三年前に消滅した町『倉辻』の生き残りなんです」

のぞみは、信じられない思いで、白瀬さんを見つめた。

「消滅耐性として生まれてきた以上、私ものぞみさんも、国家の管理から逃れることはできないの。私が身をもって知った、消滅耐性に強いられる人体実験ともいえる検査。逃れられないにしても、せめて真実を知らなければ、少しは幸せに暮らせるかもしれない。だからのぞみさんには、管理局で戸籍も用意して、信也さんたちに本当の両親になってもらって、可能な限り『普通の人間』として生きていってもらえるようにしたの」

白瀬さんは、サングラスをはずした。白濁した瞳がそこにあった。のぞみは思わず眼をそらしそうになった。だが、向き合わねばならないと、もう一人の自分が告げていた。

「私は、消滅耐性としてただ一人失われなかったために、国家の管理下に置かれました。身寄りもなく、汚染に対する保護幕が形成される以前から実験を繰り返されたために、こうして『町』による汚染がすすんでしまったの。私と同じ苦しみをのぞみさんに味わってほしくなかった。結果的に騙すような形にはなってしまったけれど」

白濁した瞳から、涙が一筋流れる。思いがけぬ告白と、それを告げる白瀬さんの優しさに、のぞみはとまどうばかりだった。

「白瀬さ……、桂子さん。どうして今まであんなに冷たかったの？　だから私ずっと桂子さんのこと毛嫌いして……」

壁にもたれてやりとりを聞いていた茜さんが、火のつかない煙草を口に挟んだまま言った。

「お互い消滅耐性だからね。干渉しあって実験に悪影響が出ないように、感情抑制してなけりゃならなかったんだよ。ホントは桂子さんが、一番あんたのことを心配してるんだ。ご両親だってそうだよ。でなきゃあんたのお父さんは……」

茜さんは、不意に口を噤《つぐ》んだ。はじめてのぞみは、父の信也がいない不自然さに気付いた。会社社長として従業員と納期をかかえる身ではあったが、こんな時に真っ先に駆けつけないような父親ではない。

「お父さんは、仕事なの？」

弓香が黙って首を振る。その顔が、疲労と動揺とですっかりやつれていることによう
やく気付く。

「ねえ、お母さん。桂子さん。お父さんはどこにいるの？」

桂子さんは、あえて感情抑制のような硬い表情で告げた。

「あなたを追って、町に入って。汚染を受けて……、意識を失っています」

◇

廃工場の地下には、分厚い壁で覆われた空間が広がっていた。かつて月ヶ瀬が消滅した際に、管理局の都川分室として使用されていた場所なのだという。父の信也はその一室に寝かされていた。

部屋に入ると、背後で静かに二重の扉が閉まり、コンプレッサーのような機械音が低いうなりを生じて高まる。耳の奥に圧力を感じ、のぞみは唾を飲んだ。

「あの日、のぞみが夕方になっても帰ってこなくて、旅行用のバッグもなくなっていたから、お父さん急いで追いかけたんだよ」

相変わらず母の弓香は淡々と話す。だが今は、その奥に隠された、押し殺したような感情に触れることができた。

未だ眼を覚まさぬ父親の枕元に、弓香と並んで座る。ベッドと椅子以外に何も無い、もちろん窓も無いのっぺりとした室内の壁には、二つの時計が並んでいた。一つには短針のみが、もう一つには長針のみがあり、粘着質な音で時を刻んでいた。

背後の扉が開き、桂子さんが姿を現した。感情抑制を行っているのだろう。以前と同じ無表情に戻っていた。スカーフの結び目に手をやり、軽く咳払いをした。

彼女の説明によると、のぞみの侵入によって、「町」の意識が活性化していたため、父の意識はその余波で、「町」自身には気づかれぬままに、取り込まれてしまったのだそうだ。

何だってそんな無鉄砲なことをしちゃったんだろう。のぞみはやれやれと思いながら父の寝顔を見つめた。それを察してか、桂子さんがサングラス越しにのぞみを見つめた。

「のぞみさん。お父様を元に戻すには、あなたの力が必要です」

「私の？　どうすれば父は元に戻れるんですか？」

「消滅耐性は、自分の中に『内なる町』を持っています。『町』と『内なる町』が、互いに干渉しあって力が均衡することで、消滅耐性は汚染を受けないのです。二つの『町』の親和性が高まる時に、あなたの『内なる町』の障壁を一時的に壊して『町』に繋げます。わずかな時間であれば、『町』にも気付かれることはありませんから、お父様を探して、連れ戻してください」

説明された内容は、あまりわからなかった。だが、「二度と受けてやるものか」と思っていた管理局の検査と同じ目に遭うんだ、ということは予想できた。

「お父様が、自力で『町』の障壁を破ることは、おそらく困難です。お父様ののぞみさんへの想いと、のぞみさんのお父様への想いとを合わせなければならないのです」

「もし、それをしなかったら、父はどうなるんですか？」

桂子さんは、のぞみを見つめたまま、しばらく動かなかった。やがて静かに言った。

「ずっとこのまま、意識が戻ることはありません」

コンプレッサーの低いうなりが、部屋を静かに覆った。のぞみは低い溜息をつく。

「わかりました。いつもの検査みたいにすればいいんでしょう？」

いくら何でも、父親を助けにいかないわけにはいかなかった。毛嫌いしているといっても、検査自体に苦痛が伴うわけではない。「実験台」という嫌な思いをあと一回だけ我慢すればすむ話だ。のぞみはそう割り切ることにした。

桂子さんが、否定的に首を振る。

「のぞみさん。今回は、通常検査とは違います。『失われた町』との障壁を一時的にせよ崩すわけですから、お父様の捜索に時間がかかれば、一気に汚染が進行します。汚染が蓄積したら、いつか、私のように……。それでも、『町』へ入る覚悟がありますか?」

穢れとして忌み嫌い続けていた汚染に対する本能的な拒絶が、全身を襲った。桂子さんのサングラスに隠された白濁した瞳を思い出す。汚染を受け続ければ、いつかは自分も……。思わず身震いした。その様子を察して、桂子さんは諭すように言った。

「考える時間はあります。二つの『町』を繋げる準備には、早くとも三日ほどかかります。ゆっくり考えてみてください」

◇

翌朝眼を覚ましたのぞみは、部屋の窓から外を見下ろした。春特有の薄もやがかったような大気が、眼下の町並みをぼやけさせる。中央の丘にそびえる塔のシルエットには見覚えがある。失われた町、月ヶ瀬の高射砲塔だ。

和宏さんという昨日の男性がテラスで何か楽器のようなものを調整していた。つられるようにのぞみもテラスに出た。彼は子どものように無邪気な笑顔を見せて、どうぞ、と椅子を勧めた。

昨夜、ペンションへと送ってもらう車の中で、桂子さんから、彼が喋れないのは「町」による汚染のためだと聞いていた。この地にきて初めて知る生々しい汚染の現状に、のぞみは複雑だった。

「それは、楽器ですか？　聴かせてもらってもいいですか？」

リクエストに、彼は楽器を構えた。異国の古い弦楽器だ。まるで彼のために誂《あつら》えられたように馴染《なじ》んでいた。彼と楽器が互いを信頼し合っているのがわかる。

弦の上で長い指が躍る。柔らかな風が吹き渡るような音に包まれた。音は、豊潤な恵みの雨のように降りかかり、のぞみは音の矢に心地よく貫かれた。自身を内側から柔らかく押し広げられるような浮遊感が生じ、次の瞬間、のぞみは「飛んだ」。

意識は音に乗り、失われた町の中を自在に飛び交った。高射砲塔を上空から俯瞰《ふかん》したのち一気に駆け下り、雑草に覆われた通りを地面すれすれに滑るように進んだ。

そうしてのぞみは聞いたのだ。

くずおれた家々の屋根に降る雨音を。

繁るにまかせ、原初の森への回帰を夢見る木々に吹き渡る風音を。

そして、それらすべての音の裏に潜む「町」の意志を。

和宏さんの心は今も「町」に繫がっており、彼の紡ぎだす音は、聴く者の心までも自在に町へと飛ばすことができるのだ。

音が止《や》み、のぞみもまたテラスへと「戻って」きた。しばらく焦点を失ってぼんやりとしていたが、和宏さんの笑顔を間近に見てようやく我にかえり、精一杯の気持ちをこめて拍手をした。彼は、ありがとうというように、胸に手をあてておお辞儀をした。テラスの木柵にもたれ、のぞみは町を見下ろす。低い屋根の連なる、どこにでもある地方の町だ。そんな何でもない風景の背後に、数万人の失われた人々が存在し、汚染に苦しむ和宏さんや、由佳先生や桂子さんのように、消滅の阻止に奔走する人々が存在する。

そして、消滅など一生縁なく生きていくと思っていた自分が、失われた町に関わる人々の中心にいるということに、恐怖とも戸惑いともつかぬ、捉《とら》え所《どころ》のない感情が渦巻く。

眼下の森の中で音がした。繁みをかき分け誰かが登ってくる。やがてひょこりと顔を出したのは、列車の中で会ったひびき、という男の子だった。誇らしげな顔で、眼下の藪《やぶ》を見下ろしている。少し遅れて登って来たのは、女の子のひびきだった。

だいぶ遅れて、二人の父親が息を切らして登ってきた。

「朝の散歩に出かけたんだけど、茜さんにならったこの道を通るんだってきかなくってね。おかげで、いい運動になったよ」

頭についたくもの巣を払いながら、やれやれというように額の汗を拭った。彼らが泊まる丘の上のペンションとは、風待ち亭のことだったのだ。三人とも、のぞみの姿を見ても特に驚いた風もなく、まるでいるのが当然とでも言うように自然に接してきた。声に気付いて茜さんもやってきた。二人のひびきは、すっかりこのペンションの常連のようで、和宏さんと茜さんにまとわりついて離れなかった。

「さて、じゃあ、今日の訓練をはじめようか」

茜さんに英明さんとよばれるその男性は、手を叩いて、二人のひびきを促す。

「今日は、僕が残る番だね」

男の子のひびきが、そう言って和宏さんの腕を取った。

「じゃあ、私はお父さんと河原だね」

「じゃあ、二十分後、十時三十分からはじめましょう」

英明さんが和宏さんに告げ、女の子のひびきと一緒にテラスを離れようとして振り返った。

「のぞみちゃんもついて来るかい？」

行き先はわからなかったが、のぞみは頷いた。英明さんは、勝手知ったる様子でペンションの車に乗り込んだ。女の子のひびきが助手席に、のぞみは後部座席に座る。峠越えの道路につながる未舗装の小路《こみち》を、車はがたごとと揺れながら進んだ。舗装道路へ出て、都川の市街地へ向けて峠道を下ってゆく。

河川敷の駐車場に車をとめ、三人で河原に降り立った。

「あと何分？」

ひびきが英明さんの腕時計を覗き込む。

「あと三分だね。準備してなさい」

「はぁい」

車のトランクからレジャーシートとスケッチブックを取り出し、ひびきは広げたシートの上で靴を脱いで横になった。胸にスケッチブックを抱くようにして、静かに眼を閉じる。

「あと十秒……、五、四、三、二……、スタート」

英明さんが静かに、「始まり」を告げた。少し離れて様子を見守っていたのぞみには、何の変化も感じられなかった。

ひびきは、身じろぎ一つせずに眼をつぶり、何かに集中している。微細な音すらも聞き逃すまいとするかのようだ。

英明さんは、そんなひびきを真剣なまなざしで見守っていた。のぞみは空を見上げる。月ヶ瀬の町のほうから、ゆっくりと雲が流れてきていた。

動きのなかったひびきが、不意に眼を開き、仰向けのまま、胸のスケッチブックに何かを書き記し、再び眼をつぶる。二十分ほどそうしていただろうか。ひびきは何度か同じ動作を繰り返した。

「ひびき、終わりだよ」

英明さんが告げても、ひびきは大の字になってしばらく動こうとしなかった。極度の集中を繰り返した後の放心状態なのだろう。英明さんが抱え起こし、ポットのお茶を注いでコップを手に持たせた。

「ほら、お茶を飲みなさい」

「その前に、お父さん。答え合わせ」

「ああ、そうだったね」

英明さんは、ズボンのポケットから一枚の紙片を取り出し、ひびきに渡す。彼女は消耗した様子のまま紙に書かれた文字と、スケッチブックに自ら書いた文字を照合する。頁をめくるごとに、表情が曇っていった。

「あ〜、この間より悪くなってるよぉ」

不貞腐《ふてくさ》れたようにスケッチブックを放り投げ、再び大の字になって、ひびきは大げさなため息をついた。

「まあ、『町』の意識にも波があるんだから、いつもいい結果がでるとは限らないよ。ゆっくり地道にやっていかなけりゃ。何しろ……」

英明さんは、空を見上げた。

「先は長い。まだまだだね」

◇

「今のは、何をしていたんですか」

お茶のコップを受け取り、のぞみは疑問を口にした。

「分離者の間に、『呼び合い』という現象が起こることは知っているかい？」

多くを知らぬのぞみは首を振った。英明さんが説明してくれる。

「呼び合い」とは、分離者間に生じる、一種の感覚共有だという。もともとは一つの個体として存在したものを、便宜的に二つの身体へと置き換えたものであるから、意識そのものまで完全に分離することは珍しく、多くは一部「意識の癒着」を持ったまま分離者として生きることになる。

その「癒着」が、俗に言う「呼び合い」が生じる原因で、現れ方は分離者により様々だ。例えば、分離者のどちらかが映画を観て感動し涙を流すと、もう一方も、どんなに離れていても脈絡もなく涙を流すというような、感情を軸にしたものや、ある特定の場所を一方が訪れると、他方も必ず数日内に同じ場所を訪れるというものなど。列車の中で二人のひびきが見せた同調《シンクロ》は、その最たるものだ。

「今やっていたのは、ペンションにいるひびきが伝えようとする言葉を、和宏さんの演奏で一旦《いったん》月ヶ瀬の町へと飛ばしてもらい、どれだけ『町』に妨げられずに、こちらのひびきが正確に受け取ることができるか、という訓練なんだ」

「その訓練って、何のためにやっているんですか？」

「次の消滅の阻止に役立つことができるようにね。今から練習をしているんだ」

英明さんは、特に隠すようなそぶりもなかった。

「自分の子どもを、管理局の実験台に使ってるんですか？」

自身に当てはめて、のぞみの口調は棘《とげ》を含んだものになった。

「そうだね。その通りだ。私は悪い父親だと思うよ」

あっさりと認めた英明さんは、大の字に寝転がったままのひびきを抱き上げた。

ひびきは後部座席に寝かされ、のぞみは助手席に座った。英明さんは運転しながら、ひびきたちが「分離」した理由を話してくれた。

ひびきの母親もまた、「分離者」であった。「町の消滅」のその時にこの世に生を享《う》けるはずだった女の子のひびきは、母親と共に町で失われた。だが、二年後の、もう一人の母親から生まれた男の子のひびきの中に意識を持って現れたのだそうだ。

訓練のご褒美《ほうび》なのか、英明さんはアイスクリームショップに立ち寄った。三段の特製アイスを食べて、ひびきはようやく元気を取り戻した。

「あ、お父さん。ここで降ろして」

丘の麓の四つ角で、ひびきが突然そう言った。

「気分良くなったから、少し運動して帰りたいんだ」

「またあの道で帰るのかい。気をつけていくんだよ」

「のぞみお姉ちゃんも一緒に行かない？」

ひびきの誘いに、のぞみも車を降りた。峠越えの坂道へ車が消えるのを見送って、二人は歩き出した。

「ねえ、ひびきちゃん。どうして私の名前を知ってたの？」

並んで歩きながら、ずっと不思議だったことをぶつけてみる。

「えー、うーん。何となく、わかっちゃったんだ」

はぐらかすように言って、ひびきはスキップまじりで登り坂をリズミカルに歩き始めた。

道は、丘の斜面に広がる一昔前の新興住宅街をまっすぐに貫き、やがて森へと分け入る小路となった。すっかり回復したひびきは、勝手知ったる様子で、道なき道を登ってゆく。のぞみは、見失わないようにするのが精一杯だった。

「ちょっと、ひびきちゃん。待ってよぅ」

思わず情けない声を出すと、ようやくひびきが立ち止まってくれた。大きな段差を、ひびきの手を借りて登ると、のぞみはその場にへたり込んだ。

息を整えていると、今度は上から誰かが降りてくる気配がした。低い木々をかき分けて、男の子のひびきが顔を見せた。

「やっぱりね。こっちから来ると思ってたんだ」

ちょっと得意げな彼は、さっそく姉のひびきに、先程の訓練の答え合わせを要求した。姉の成績があまりよくなかったことに、大いに不満な様子だった。

「真面目にやったのかよ」

「ごめんね。調子よくなかったみたい。次はがんばるよ」

二人は真剣な様子で、訓練の成果を語り合いながら山道を登った。

「ねえ、あんたたち、ホントにそれでいいの？」

ようやくペンションのテラスにたどり着き、のぞみは息をきらしたまま、二人のひびきに問《と》い質《ただ》す。

「それで、って、何が？」

二人とも、きょとんとした顔で、意味がわからないようだった。

「そんなに真剣になって、いったい誰のためにやってるの？　親とか、管理局とかの言いなりになって消滅なんかにいつまでも関わっててもいいのって言ってるの。後悔したって知らないよ」

のぞみは、年上として、消滅に関わる者として、教え諭すような口調になった。騙されちゃいけないよと言ってやるつもりで。

だが、二人のひびきは、逆に哀れむような表情をのぞみに向けた。

「のぞみお姉ちゃんって変だよ。いちいち何のためにとか思いながら自分のやることを決めるの？　自分がそれをやりたいかどうかが大事なんじゃないの？」

二人のひびきは、手をつないで駆けていった。一人取り残されたのぞみは、月ヶ瀬を見下ろし、大きなため息をついた。

◇

ペンションに入ると、火のつかない煙草を咥《くわ》えた茜さんに呼びとめられた。面映《おもは》ゆげな表情なのは、昨日叩いたことを気にしているのだろう。

「昨日は悪かったね」

「いえ、私の方こそ」

「実はね、見てほしいものがあるんだ」

茜さんに肩を抱かれるようにして、のぞみはペンションにつながる離れに案内された。そこは茜さんと和宏さんの住まいで、通された部屋には先客がいた。感情抑制を解いた桂子さんが、柔らかな笑顔でのぞみを迎えてくれた。

部屋には、様々なサイズの絵があった。あるものは額縁に入れて飾られ、あるものは雑然と壁に立てかけられていた。淡いタッチのそれらは、みな同じ作者によるものなのだろう。

「風景画、でもこれって……」

人のいない、荒廃した町並み。そんな風景を、のぞみは最近見た気がした。

「そう。月ヶ瀬の今の風景。和宏はその絵しか描けないんだ。彼の心は、今も『町』に捕まっているの。だから、彼は町に自由に意識を飛ばして、町の風景を見ることができるんだよ」

茜さんは、腕組みをしたまま、大事なものを守るような眼差しで絵を見つめる。

壁には、何点かの写真も飾られていた。ペンションのテラスで撮られたらしい一枚は、一人の老人のポートレートだった。

「茜さん。この人は誰なの？」

「風待ち亭の、私の前のオーナーの中西さん。このペンションが、町で誰かを失って、悲しみを表すことができない人々を受け入れているのは、中西さんの時からの方針なの。私と和宏は、それを受け継いでいるんだ」

老人は、慈しむような柔和な微笑みを浮かべていた。

「なんだか、このペンションへの想いが伝わってくるみたい。この方は、亡くなられたんですか？」

　手にした煙草を灰皿に押し込み、茜さんは頷く。

「ああ。消滅から四年も経った頃かな。中西さんはね、町の消滅で家族すべてを失ったの。私たち二人が手伝って、ようやくペンションも軌道に乗ってきた頃、突然に、ね。この写真はちょうどその十日前に写真家の脇坂さんに撮ってもらったの」

　その写真家の名前は初めて耳にしたが、のぞみには誰なのかがわかっていた。横に飾られたもう一枚の写真は、見知ったものだったからだ。

　町の高射砲塔を描いた絵を背にして、椅子に座り笑顔を向ける女性。あのギャラリーで見た、まだ若い桂子さんを写したものだった。

「脇坂さんって、有名な、片腕の写真家ですよね？」

「そう。桂子さんの旦那《だんな》さんだよ」

　のぞみは驚いて桂子さんを振り返った。

「桂子さん。結婚してたんだ」

　サングラスをした桂子さんは、小さく頷いた。

「確か、その方って、戦争で……」

　思わず語尾を濁す。

「ええ。そうです。内戦の写真を撮りに行って、巻き添えになりました。ですから、結婚していたのはほんの五年ほど。しかも脇坂さんは旅する写真家でしたから、一緒にいられたのはわずかな間でしたけど」

「そうなんですね」

管理局に勤め、しかも消滅耐性である彼女にとっては、自分を愛し、理解してくれる相手に出会えただけでも奇跡のようなことだったろう。その相手が、あっけなく失われてしまったのだ。彼女の嘆き、悲しみはいかばかりだったろう。同じ消滅耐性として、のぞみはつい同情の視線を向けてしまう。

だが、見えない眼で写真を見つめる桂子さんは、静かに満ち足りた表情で、同情の入り込む余地などなかった。二人はどんな風に出会い、短い時間をどんな風に過ごしたのだろう。彼女を見ていると、そこには濃密で凝縮された幸福な日々があったのだろうと思えた。

桂子さんは、中西さんの写真に視線を移した。

「中西さんには、管理局も大変お世話になったのに、きちんとしたお別れもできず……」

「まあ、突然だったからね。でも、桂子さんが脇坂さんと一緒に結婚の報告に来てくれたから、こうして写真も撮ってもらうことができたしね」

茜さんが懐かしむようにフレームをそっと撫《な》でる。穏やかな笑顔を浮かべる中西さんの遺志は、確かに茜さんに受け継がれていた。

◇

「のぞみちゃんに、和宏からプレゼントがあるんだ」

茜さんが、額縁に収められた一枚の絵を差し出した。サイズこそ違え、同じ丘の上の高射砲塔を描いた絵だ。だが、一つだけ大きな違いがあった。その絵には、人が描かれていた。失われた町に立つ三人の人物。

「もしかして、若い頃の桂子さんと茜さんなの？」

「そう。十三年前、町が消滅してまだ間もない頃だよ。そしてもう一人は、誰だと思う？」

塔を見上げている後ろ姿の、おかっぱ頭の女の子。三歳ぐらいだろうか？　十三年前に三歳だとすると……。

「もしかして、私？」

謎をかけるような表情だった茜さんが、笑みを浮かべて頷いた。

禁を犯し、失われた人を求めて和宏さんは町に入った。彼を助けるために、三歳ののぞみが茜さんを町へ導いたのだという。

「のぞみちゃん。あんたは和宏の命の恩人なんだよ」

◇

ゆっくりと視界が開ける。

のぞみは丘へ続く道路に立っている。眼前の丘の頂上にそびえるのは、時代を経た石造りの高射砲塔だ。月は、冷徹で硬質な光を塔の上に落としていた。

検査のときに決まって訪れる風景そのものだった。しばらくぼんやりと塔を見上げていたが、のぞみは不意に、何故ここにいるかを思い出し、頭を振って自分を取り戻した。

そこは、のぞみの「内なる町」だった。あれから三日が経ち、「町」との親和性が高まった時を見計らい、のぞみは自らの「内なる町」へと入った。父の意識を取り戻すためだ。

改めて周囲を見渡す。何度も見た風景であるとはいえ、自らの「内なる町」と認識して眺めるのは初めてのことだった。そこは、数日前にのぞみが入った本物の町と、寸分違《たが》わぬ場所だった。人が住まぬまま年月の経った、広大で荒涼たる風景。そんな世界が自分の内に広がっているということに、のぞみは軽いめまいを感じ、足元がおぼつかなくなる。

視界の焦点がずれ、まっすぐに立っているのに、地軸が揺れ動くかのような不安定な感覚に襲われる。おそらく、管理局の外部操作によって、のぞみの「内なる町」と「町」の障壁を崩す作業が行われているのだろう。

やがて、ぶれていた焦点が合わさる。二つの「町」が重なったのだ。

「タイムリミットは五分」

「町」の意識に感知されることなく、二つの「町」を重ね合わせられるのは三百秒の間だけだ。その間に、父を見つけ出さなければならなかった。

父の姿を追い求め、草に覆われたアスファルトを走る。落ち葉がうずたかく積みあがった脇道《わきみち》に入り、所々で崩壊の始まった家々の軒先を探し歩いた。

狭い町とはいっても、たったの五分で、どこにいるとも知れぬ父親の姿を見つけることは難しかった。いたずらに時が経過していくような錯覚が生じる。時計の粘着質な音が迫るようだった。

「お父さん。どこにいるの？」

思わず苛立った声を発してしまう。余計なことをして、という思いがかすかにあった。もちろん、のぞみのことを心配しての行動であることは理解していた。だが、きちんと後先を考えて行動してくれれば、自分がこんな目にあうこともなかったんだと、ついつい非難めいた考えばかり浮かんでしまう。

タイムリミットが近づいていた。のぞみは探すべき場所の見当がつかず、大通りに戻って父を呼ぶ。

一瞬の悪寒がのぞみを襲う。自分の中を、冷たい透明な何かがすっと通り過ぎた。

――なに、今のは……？

周囲を窺う。何も変わらぬ、失われた町の姿。風はなく、物音一つしない。動きのない大気の背後に、のぞみはじっとこちらを窺う存在を感じた。それは、のぞみがそこに「いる」ということにようやく気づいたというように、ゆっくりと動き出した。

――「町」だ！

眼に見えぬ「町」の触手の先端が、冷たくのぞみを襲う。逃れようと身をよじるうち、見上げた空にあるものに、思わず眼を奪われた。通常の数倍の大きさに膨らんだ、いびつな楕円の月。冴《さ》え冴《ざ》えとしたその光は、冷徹で残酷な「町」の意志そのものだった。

触手の包囲に阻まれ、行き場も、身の置き所も失ったのぞみは、その場にしゃがみこんで頭を抱えた。

――助けて。誰か……

――お姉ちゃん。お父さんを心から信じてる？　でなきゃ、見つからないよ――

不意に声が耳に響く。同調《シンクロ》した二人のひびきの声だ。和宏さんの古奏器の音色に乗って聞こえてくる。

——信じてる？　私は、お父さんを信じてる？

自問するまでもなく、自分は父へのわだかまりを中途半端に残したままにここにいる。

だが、心の奥へと直截に響く和宏さんの音が、のぞみの心を溶かそうとしていた。頑《かたく》なに拒んでいた、消滅に関わること。だがこの地を訪れ、消滅や汚染の穢れや恐怖を超えてなおもそれに立ち向かおうとする人々と接するうち、それは決して不幸でも定めでもないということに気付きはじめていた。

——「町」に心を飛ばすんだよ。恐れなくっていい——

のぞみを励ます聞き覚えのない声。それが和宏さんのものだということは、なぜか確信できていた。

決意を持って頷き、立ち上がる。和宏さんの音に乗り、心を飛ばす。音《ね》は、のぞみと共に一気に駆け上り、上空から町を俯瞰した。「町」の触手は、なぜかのぞみに手を出す気配を見せなかった。

高射砲塔のある丘の麓に、父の信也の姿を見つけた。道端にぼんやりとうずくまっている。

「お父さん」

肩をゆさぶって父の意識を呼び覚まそうとした。顔を上げた信也は、いつもの気弱な笑顔を浮かべたが、のぞみの姿は見えていないようだ。

のぞみは、父の頬を思い切り叩いて叫んだ。

「父ちゃん！　帰るよ！」

◇

眼を覚ますと、すでにのぞみの身体からは、複雑に配線されたコードは外されていた。母の弓香が、いつもの淡々とした表情で枕元に座っていて、普通の朝の目覚めのように「おはよう」と言った。時計を見ると、すでに朝が訪れていた。

「お母さん。お父さんの意識は？」

おそらく一睡もしていないだろう弓香は、静かに首を振った。

まだふらつく足取りを母に支えてもらいながら、隣の診察台に寝かせられた父の信也に寄り添う。枕元には、桂子さんが座っていた。

静かな眠りの中にいるようで、目覚める様子はなかった。

「桂子さん。もしかして、私、失敗しちゃったのかな？」

桂子さんは、感情抑制を思わせる生真面目な表情を口元に浮かべていたが、やがてそれを解いて小さな笑みを浮かべた。

「のぞみさん。お父さんを呼んであげて」

父の耳元に顔を寄せた。どう言おうかとしばらく考えた後、その言葉を口にした。

「お父様、お帰りなさいませ」

ゆっくりと眼が開かれる。信也は、いつもの気弱な笑顔を浮かべた後、子どものように声を張り上げた。

「こら、のぞみ！　お上品な言葉を使うな！　父ちゃんと呼ぶのだ」

のぞみは、父親の首に抱きついた。

「お帰り。父ちゃん！」

◇

親子三人でタクシーに乗り、「ペンション風待ち亭まで」と告げると、運転手は露骨に顔をしかめた。

「あそこには、あんまり行きたくないんだけどねえ」

「すみませんねえ。お願いしますよ」

父の信也が、とても人から社長と呼ばれているとは思えない卑屈な声を出す。もうちょっと堂々としてよね、とのぞみは思ってしまう。

タクシーは中心街を抜け、都川に架かる橋を渡った。丘の中腹に、風待ち亭の白い建物が見えてきた。運転手が再び口を開く。

「あんたたちも、あんな所泊まってると、汚染されちまうよ」

忠告でもするかのような口ぶりに、のぞみはむっとして言い返そうとした。だが、先に口を開いたのは信也だった。

「ここで止めてください」

「へ？　でもまだ……」

「いいから、ここで止めてください！」

礼儀正しくはあるが強硬な信也の言葉に、車は路肩に寄せられた。何事かという表情の運転手を尻目に、信也は料金を突きつけ、車を降りた。のぞみと弓香も、当然のように従った。

信也は静かに、強い意志をこめて言った。

「実態もわからぬまま、憶測や偏見だけで消滅に関わる人々を差別するあなたの心の方が、よっぽど汚染されていますよ」

運転手は、むっとした表情を見せて、荒っぽく車をUターンさせ、去っていった。

「さて、どうしようか？」

信也が、のぞみと弓香に気弱な笑顔を向ける。

そこは、丘の麓の四つ角だった。のぞみは、まかせて、というように先頭をきって歩き出した。

「近道があるんだ」

◇

親子三人で山の中を登ってきたのぞみ達を、茜さんはあきれながらも歓迎してくれた。

信也の顔を見て、茜さんは何かを思い出そうとするようだった。

「どこかでお会いしたような気がするんだけど……」

「いや、じつは私もそんな気がしていて」

「もしかして、月ヶ瀬の回収を一緒にやった、え〜っと、確か……。そう！　信也さんじゃないの？　じゃあ、のぞみちゃんの父親って？」

「え！　もしかして、茜さんか？」

二人は互いに記憶を辿《たど》り、懐かしげに再会を喜んでいた。

「のぞみお姉ちゃん。おかえりなさい」

「のぞみお姉ちゃん。おかえりなさい」

二人のひびきの同調《シンクロ》した声が迎えた。「おかえり」の含む意味は、のぞみにもわかっていた。

「え～っと。あんたたち、アリガトね。助けてくれて」

面と向かってお礼を言うのは照れ臭かったので、つい視線をそらす。二人のひびきは顔を見合わせてくすくすと笑った。

「ねえ、あんたたちさ、列車の中で会った時から私のことわかってたんだよね」

「もちろん」

「もちろん」

同調《シンクロ》したまま、二人は当然というように胸を反らせた。

「のぞみお姉ちゃん。これから、がんばろうね」

のぞみの心の変化を見透かしたように、二人のひびきはそう言った。

◇

夕方になり、桂子さんと共に、由佳先生と長倉勇治がやってきた。

春のはじめにしては暖かな夜だ。

テラスのテーブルに食器が並べられ、全員が集合した。茜さんと和宏さん。桂子さん。由佳先生と勇治さん。英明さんと二人のひびき。そしてのぞみと両親。年齢も、生い立ちもさまざまな人々が、こうしてこの場に集まっている。それぞれに違った立場と思いで「町の消滅」に関わってきた人々だった。

茜さんと和宏さんが、忙しさの中にも充実した表情で次々と料理を運んでくる。のぞみは先程のタクシー運転手の態度を思い返していた。消滅に関わることへの差別と偏見は人々のなかに根強くあり、消えることはない。二人はこの風待ち亭で、失われた人への悲しみを表すことのできぬ人々を受け入れ続けてきた十三年の間に、どれだけ嫌な思いをしてきたのだろうか。

だけど、そんな暗さなどまったく感じさせない茜さんと和宏さんを、のぞみは好ましく思った。

皆が集まった記念に、「初穂の茶」が供され、乾杯した。発酵蒸留でアルコール分を含むお茶に、のぞみはすっかり上気してしまった。

二人のひびきは、長倉勇治とは初対面らしく、サインをせがんだり、写真を撮ったりと、大忙しだった。興奮しているのか、二人の同調《シンクロ》がいつもより高まっているのがおかしかった。

困った笑顔を浮かべてひびき達に付き合う勇治さんを面白そうに見つめながら、由佳先生がのぞみの隣に座った。

「のぞみちゃんがお父さんを『迎え』に行ったんだってね」

「はい。無鉄砲な親を持つと、娘は苦労します」

澄ました顔でのぞみが言うので、由佳先生は、喉《のど》の奥で笑った。

「じゃあ、のぞみちゃんの無鉄砲なのは、お父さん譲りなんじゃないのかな？」

「そうかもしれませんね」

信也は、へこへこしながら英明さんや勇治さんにお酌をしてまわっていた。相変わらずの様子だったが、そんな父親への苛立ちは消えていた。

「あの、由佳先生、いろいろと心配かけてごめんなさい」

由佳先生は笑って首を振った。

「一度にいろんなことを知ってしまったんだからね。仕方がないよ。でものぞみちゃん。ここに来て、消滅や失われた町への考えが少し変わってきたんじゃない？」

のぞみは頷いて、ずっと聞きたかったことをたずねた。

「ねえ、由佳先生。先生は管理局での仕事を選んだことを後悔したりしてないの？」

グラスを手に、ほんのりと頬を赤く染めた由佳先生は、何かを思い出すように遠い表情を見せた。

「確かに、管理局の仕事は、常に町の汚染と隣り合わせだし、周囲からの偏見もあって、続けていくのは大変ね。でも私は、この仕事を選んだことを後悔したことは一度もない」

気負いも迷いもない、自然に発せられた言葉だった。

「先生は大事なお友達を町の消滅で失ったんでしょう？　でも、消滅から十年以上経ったのに、その気持ちだけでこうして長い間やっていけるものなの？」

由佳先生は「ちょっと待ってて」と言って立ち上がり、和宏さんに何か話しかけた。しばらくして戻ってきたその手には、和宏さんの弦楽器が握られていた。

「この楽器は、古奏器というの。元の持ち主は、消滅で失われた私の友人の潤。彼から和宏さんに受け継がれたの。人は失われても、想いはつながってゆく。私は、潤の想いを受け継ぎ、消滅の謎を解明するために管理局に身を置いている。もちろん、迷う時も、苦しい時もあるよ。だけど、想いを支えてくれる人がいるから……」

由佳先生は、面映ゆそうな表情で勇治さんを見つめた。

「のぞみちゃん。ここに集まる人々は、それぞれに町の消滅でかけがえのないものを失っているの。人は時に理不尽に失われて、誰にもそれをとめることはできない。だけど私たちは、失われるその瞬間まであきらめずに精一杯『生きる』ことを考えていきたいと思って、管理局に身を置いているの。もちろん、のぞみちゃんの人生はあなた自身のものだから、消滅耐性として生まれてきたからって消滅に関わる義務はないわ。だけど、和宏さんやひびきちゃん達、そしてのぞみちゃん。あなたたちの力を合わせれば、次の消滅を防ぐことができるかもしれないの。勝手な言い方だけれど、あなたの存在が、私たちの『希望《のぞみ》』なの」

由佳先生は、古奏器を胸に抱き、空を見上げた。春の大気に輪郭をぼやけさせた月が、おぼろな光を大地に届けていた。のぞみは立ち上がり、木柵にもたれた。見下ろす月ヶ瀬は、月明かりを受けて静まっている。

「誰かのために生きるのなんて、まっぴら」

誰にともなく、そう呟く。ボランティア嫌いはあいかわらずだった。だがのぞみは今、自分がどうしてそう思ってしまうのかを理解するようになっていた。

学校で、定期的に訪問する障害者や独居老人向けの施設。そこにいる人々を「不幸な人々」と決め付けて、「幸せ」な自分が「施し」を与えるような感覚が嫌いだったのだ。

町の消滅も同じだった。のぞみは、失われた町に関わる人々を「不幸な人々」と決め付けていた。穢れとして忌み嫌われる消滅や汚染。そんなものに率先して関わろうとする管理局などという存在に、近づくことすらも考えられなかった。

——だけど、ここにいる人たちは……

のぞみは振り返り、テラスに集う人々を見渡す。

抗えぬ運命に時に翻弄されつつも、消滅に関わることを選び取り、歩む人々だ。そこに不幸の影は微塵もなかった。それぞれが、自らの歩むべき道として、失われた人々を想い、彼らの想いを繋げることを使命として生きているのだ。

町の消滅が、放っておけば新たな人々を消滅に巻き込んでしまうことはのぞみも知っていた。誰かがそれに立ち向かわなければならないことも。だけど、その「誰か」が自分でなければならない必然性は、のぞみの中には芽生えていなかった。

――だけど……

のぞみは思う。だけど、それが他人のためではなく、自分のための一歩にすることができるのなら、と。

◇

テラスでは、あるものは椅子に座り、あるものは木柵にもたれ、眼をつぶってそれぞれに音を迎えていた。

坐仏《ざぶつ》を思わせる静やかな微笑みを浮かべた和宏さんの長い指が、ゆっくりと、緩やかな風の流れに任せるように、音を紡ぎだしてゆく。

夜空へと溶け込むような音色が、遠く、近く、人々をやわらかく抱きしめるように包みこんだ。のぞみの中のわだかまりすら消してしまうようだった。

その音色は、単なる「癒《いや》し」ではなかった。人には決して癒されえぬ悲しみや苦しみがあることを知る音だった。それらを抱えたまま、それでも進んでいかなければならないという貫くような意志と想いが託されていた。

古奏器は、人の想いをのせて響くという。時を超えて、人々の想いを紡ぎ、綾《あや》なしてゆく古奏器の音《ね》の色。のぞみはそこに、消滅に関わった無数の人々の影を見た気がした。

のぞみは振り返り、失われた町を見下ろす。月明かりに照らされた無人の町は、もちろん光もなく静まっていて、黙して語ることはなかった。

それでもなお、町の人々の息吹を感じることができる気がした。失われる運命に従いながらも、明日へと望みをつなげようとした人々の息吹を。

人は失われても望みは受け継がれてゆく。決して失われないものもあるのだ。のぞみはそう思った。

古奏器の音《ね》の色に導かれたかのように、町からの風が丘を登り、のぞみの前髪を揺らした。

# エピローグ、そしてプロローグ

「夕方までには帰ってきなさいよ」

姉の声に、潤はわかった、と片手を挙げ、自転車で出発した。

「いよいよ今夜か」

小さな溜息をついて空を見上げる。冬の名残の凍《い》てつくような高空で、潤の吐息は四月というのに、かすかに白く漂った。

今夜、月ヶ瀬は失われる。そのことは、潤や両親はもちろん、町の誰もが知っていた。だが誰も口にしようとはしない。皆、運命として受け入れていた。それが「町」の意志だったからだ。

実際潤も、こうして町の消滅に直面するまでは、町と共に失われた過去の人々を内心馬鹿にしていたのだ。もしそうなっても自分だけは「町」に抗ってみせると。

だが今は理解していた。「町」は、想像すらできないほど強大なる意志で人々を従わせるのだということを。

町の住民以外の人に会った時に、伝えようと何度試みたことだろう。「月ヶ瀬は失われます。管理局に伝えてください」と。でも無駄だった。電話や手紙、メール。他にも考えうるすべての方法で、町の外へこの町の消滅を知らせようとした。だが「町」の意志は、潤の口から声を奪い、文字を記そうとする手から力を奪った。

　圧倒的で、微塵のゆるぎもない「町」の意志。潤は、逃げ出すことも抗うこともできず、組み伏せられるしかなかった。月ヶ瀬の町は、すべてを巻き添えにして、今夜失われるのだ。

　ペダルを踏む足に力をこめる。春まだ浅い朝の町は、清浄な大気に満たされていた。それすらもが、失われるための準備であるかのように。

　町の人々も、いつもと変わらぬ土曜の朝を迎えていた。定年退職風のご主人は、二度と乗ることのない車を洗い、小さな女の子を連れた奥さんは、もう作ることのない明日の食事の材料を買うため、スーパーへ向かっていた。どの顔にも、悲しみの色は添えられていなかった。「町」は、人々が悲しみの表情を浮かべることさえ許さない。

　一軒のお店の前で自転車を止める。レストラン「ロングフィールド」。主人の長野さんの苗字《みょうじ》をそのまま英語にしたという冗談みたいな名前のお店だったが、昔ながらの味を守った老舗《しにせ》で、親子三代にわたって常連という客も少なくなかった。

「準備中」と札が掛けられた窓に近寄り、ノックする。中から、エプロンをつけて腕まくりをした背の高い男性が現れた。

「和宏さん。都川での個展、明日からでしたよね」

和宏は、いつもの穏やかな表情に笑顔をにじませて頷く。潤は、背負ったリュックを下ろすと、中から十枚ほどのサウンド・ディスクを取り出した。

「これ、持ってきたんですけど」

「なんだい？　それ」

「和宏さんの絵に合う音です。展示するときにかけてください」

「そうか。ありがとう。借りておくよ」

続いて潤は、リュックをいびつに膨らませていた古奏器を取り出し、今度は半ば押し付けるように和宏に渡した。

「それからこれ、もらってもらえますか？　今じゃすっかり和宏さんに慣れちゃってるんだから」

「でも、これは潤君にも必要なものだから……」

言いかけて和宏は口ごもる。潤はもうその古奏器を弾くことはできないのだから。

潤は、大人びた表情で穏やかに笑った。

「和宏さんは、『残る』んですね」

静かに和宏が頷く。今夜の消滅の時間に町から離れていれば、消滅から逃れることができる。だが、誰が失われ、誰が残るのか、それすらも「町」により厳然と定められていた。和宏は残るのだ。そのことを、潤は姉から聞いていた。

「せめて僕に、君たち失われる人たちの想いを伝える手段があればいいんだけど。消滅の後は、僕の中の潤君の記憶も、そしてお姉さんの記憶も、『町』に消されてしまうんだろうね」

「姉とは、きちんとお別れできましたか？」

「うん。ただ、お別れって実感があまりわかなくてね」

和宏は、いつもと同じ、穏やかな笑顔を浮かべた。「町」は、人々の悲しい表情すら奪ってしまう。

失われる姉よりも、恋人が失われるのがわかっていながら何もすることができない和宏のほうが、よほどつらいはずだった。

◇

和宏と別れ、再び自転車で走り出す。ディスクと古奏器を渡して、リュックの荷物は一つだけになった。身軽になった潤は、立ち上がってペダルをこぎ、都川の堤防へ登る坂を一気に駆け上った。

登りきると、冷たい風が向かい来て、涙を浮かべて眼を細めた。目の前には、河原の広々とした風景が広がっていた。

堤防の斜面を自転車で一気に駆け下りる。舗装されていない土の上で、自転車は大きくバウンドし、背中のリュックの荷物が、確かな重みを感じさせて揺れ動いた。

河原の半ばほどで自転車をとめ、水際へと歩く。海を控え下流域にあたる川は、広々とした川幅を持ち、風にさざ波を立て足元にひたひたと迫ってくる。

リュックから、最後の荷物を取り出す。

それは、紙の束が入れられた小さなガラス瓶だった。水に浸《つ》かっての長旅にも耐えられるよう、中の紙は何重にも防水を施され、瓶自体も、しっかりと栓をした後、特殊な樹脂でコーティングされていた。

潤は、光に透かすように頭上に瓶をかざし、水際にしゃがんでそっと瓶を手から離した。

数度の浮き沈みの後、瓶は川面《かわも》の風のままにしばらく行きつ戻りつを繰り返した。やがて、行く末を定めたかのように、ゆっくりと流れを下っていった。

——たどり着けるだろうか……

瓶は都川を下り、海を渡るだろう。流れ着く先は、遠く異国の浜であろうか。運良く誰かに拾われて、それが親切な人であれば、由佳のもとに届けられるだろう。何年先になるかはわからないし、彼女のもとに届く可能性も限りなく低かった。

それに、もし由佳の手に渡ったとしても、彼女は瓶の中の「手紙」を解読できないかもしれない。「町」を謀るためには、特殊な表現方法を使うしかなかったからだ。

わずかな可能性でも、賭《か》けるしかなかった。今夜、潤は失われる。だが、だれかが望みを繋げていかなければならないのだ。その想いを、潤は由佳に託した。

川面のさざ波が陽光を千々に切り分けていた。乱反射した光が眩《まぶ》しく、眼を細める。光に包まれた世界で、瓶はゆっくりと遠ざかり、やがて視界から消えていった。それを確認してから、潤はポケットの携帯電話を取り出した。

五回のコールで相手に繋がる。

「おはよう。どうしたの、こんな時間に珍しいね」

由佳の、確かな存在と想いを感じさせる、愛しい声が耳に響いた。潤は自然に声を詰まらせる。

――ボクハコンヤウシナワレル――

その単純な言葉は、やはりどうしても口に出すことができなかった。潤は眼をつぶり、瞳の奥に焼き付けた由佳の姿を思い浮かべる。目の前にいるように取り出すことができながら、透明なガラスに隔てられたかのように、触れることができなかった。

「これから言う言葉を、覚えておいてほしいんだ」

「ん、わかった」

潤の願いに、由佳は間髪を入れずに応じた。二人の会話では、「どうして？」という問い返しは決してなされない。互いに、何らかの想いを持ち、伝えようとしているのだから、その想いは無制限に受け入れる。たとえ言葉の意味が何十年も先にしか理解されないとしても、二人は互いの想いを守り続けるのだ。今までずっとそうだったように。

潤は言葉を発しようと、息を吸いこんだ。「町」が用心深く潤の心を読み、「その言葉」を探る。消滅を告げるものではないことを確認し、声にすることを容認した。確かな意志をこめて、潤は口にした。

「これはエピローグであり、プロローグである」

由佳はしばらく受話器の中で黙っていた。

「由佳？」

「うん。わかった。覚えておくよ」

由佳が、確かな声で応《こた》える。彼女がその言葉の意味を知る日は来るだろうか。来るとしたら、いったいどれだけ先のことになるのだろうか。それでもなお、潤はその言葉を告げなければならなかった。

電話を切り、再び堤防の高みに身を置く。眼下には、低い屋根が連なる月ヶ瀬の町が広がっていた。

自分も、そしてこの町の人々も、今夜失われる。ドラマチックでも、悲壮でもなく、町の穏やかな日常は、今夜すべて失われるのだ。

——だけど、きっと……

人々は失われる。だが、失われた人々の想いは、きっとだれかが受け継いでくれる。

消滅はエピローグではない。ここから何かが始まるのだ。

潤は、高く晴れた空を見上げた。北へと旅立つ鳥が隊列を組み、白き姿を際立たせてまっすぐに飛んでいた。迷いの無いその姿に、潤は自らの想いを重ねた。

◇

統監室は、分厚い汚染防御壁で囲まれた、縦長の狭小な空間だ。

統監の視線の先には、扉の上に据え置かれた楕円の壁時計があった。二つの時計は、一つは短針だけが十時を示し、もう一つは長針だけが、三十五分を示していた。音の刻みが、変に粘着質に室内に響いた。もちろん統監の白濁した眼球はすでに「眼」としての用を為《な》さず、時計は見えてはいない。

統監はしばらく考え事をしていたが、やがて受話器を手にする。交換局につながると、「通信網を開放し、外部遮断を施す事」と告げた。

受話器の中の警告音が鳴り止み、壁面の赤色灯が赤黒く点滅して「通信網開放」を告げた。彼は、ゆっくりと番号を押した。数回の呼び出し音に続いて、相手が出る。

「……私だ。ひさしぶりだね」

統監は穏やかな声を発した。受話器越しにも、相手が驚いているのがわかる。

「何十年ぶりだろう。と言うより、よくここがわかったね」

「私は今、調べようと思えば何でも調べられる立場にいるからね」

「そうなのか。どうやら、すごい仕事をしているようだね」

「我々が『分かれて』からもう六十年が経ったわけだ。早いものだね」

「そうだね。まだ『本体』『分離』『別体』という概念が無い頃だからね」

「我々は、知られざる『分離』第一号というわけだ」

二人は、しばらく近況を知らせ合った。受話器を挟んだ二つの場所で、同じ穏やかな声が、互いの辿ってきた人生の道筋を語る。

しばらくして、統監は、ふと思いついたように尋ねた。

「ところで、今はどこに住んでいるんだい？」

「今は流れ流れて都川という小さな都市の丘の上にペンションを開いているよ。娘夫婦は隣の月ヶ瀬という小さな町に住んでいる。そうそう、孫が生まれたことは話していなかったね。孫はもう二歳になるな」

「月ヶ瀬……」

「どうかしたのかい？」

言葉を途切れさせ、統監は慌てて続けた。

「いや、何でもない。そうか。どうだい、幸せに暮らしているかい？」

「ああ。ようやく安住の地を見つけた、という感じだね。そちらはどうだい？」

統監は、一瞬言葉を詰まらせた。

「しあわせだよ。自分の進むべき道を進んできたからね」

統監の耳に当てた受話器の中で、赤ん坊の泣き声と共に、にぎやかな声が聞こえた。

「娘さん夫婦が来ているのかい？」

「ああ、昼間だけ手伝いに来てくれているんだ。私はもっぱら、孫の世話だよ」

「そうか。家族団らんを邪魔しては悪いな。そろそろ失礼するよ」

「そうかい。ところで、何か用事があったのではないのかい？」

「いや。久しぶりに声がききたかっただけだよ。それでは、またいつか」

「ああ、またいつか」

通話が途切れ、壁面の「通信網開放」を示す赤い点灯が消える。のろのろと受話器を置いた統監は、机に肘をついて頭を抱えた。

そうして、苦悩の内から引きずり出したような、重い声を発した。

「月ヶ瀬……」

◇

伝声管に向けて、統監は告げた。

「白瀬書記官、統監室に来られたし」

時計の音だけが響く部屋で、統監は身じろぎもせず、書記官の来訪を待ち続けた。

「珪化《けいか》」した器官に沿って拡大された意識により、書記官が廊下を歩いてくるのが知覚された。折り目正しい足取りで近づいてくる。扉の前で、いつものようにスカーフの結び目に手をやり、軽く咳払いをしているのさえ見えるようだった。

「白瀬書記官、お呼びにより参りました」

「入室を許可する」

汚染防御の二重扉を開けて、書記官が前に立つ。感情抑制下の無表情ではあったが、その眼差しは、心を許した者への信頼に満ちていた。統監は顔を上げる。裸眼検索時代からの叩き上げである彼の顔面には、汚染による醜い浮腫《ふしゅ》が生じていた。彼はその姿を、白瀬書記官ら限られた人々にしか見せることはなかった。

「消滅地の状況につき、報告を望む」

書記官はためらうように眼を伏せたが、やがて顔を上げ、硬い声で報告した。

「消滅予定地、月ヶ瀬では、何も変わらぬ一日が始まっております。住民たちは、みな静かに、消滅の時を迎えようとしています。悲しみの表情を浮かべることもなく……」

硬い声は、「抑制」のためだけではなく、溢《あふ》れようとする感情を押しとどめるためのものでもあったようだ。

「消滅に抗う動きは、未だ生じざるや？」

書記官が、力なく首を振る。時計の音だけが、消滅に至る容赦なき時の流れを知らしめるように響く。

「何故もっと早く、消滅地の確定が出来なかったのか？　せめて消滅順化の初期の状態なれば、まだ方策はありしものを……」

「申し訳ございません。私達、消滅予知委員会の力不足です。消滅候補地の早期絞り込みには至りませんでした。残念ですが、現在管理局が知り得た情報では、早い段階での予知は非常に困難です」

書記官の表情には、疲労が色濃く表れていた。

統監も、充分に承知していた。管理局消滅予知委員会のメンバーが、ほとんど不眠不休で消滅に対処していたことを。そして、白瀬書記官が、どれだけ消滅の阻止のために奔走してきたかを。

だがそれ故、尚《なお》のこと統監は問いたいのだ。なぜもっと早く、消滅地の確定ができなかったのか、と。

「消滅地の状況につき、更なる観察を続け、次回の消滅阻止へとつなげるべし」

「承知いたしました」

「業務に復帰しなさい」

書記官は、首に結んだスカーフに手をやって、軽く咳払いをして踵《きびす》を返した。二重扉の内側の一枚が静かな振動を伴って開いた。

「桂子」

統監が、書記官の名前を呼ぶ。後ろ姿を見せていた彼女は立ち止まり、向き直って言葉の続きを待った。何かを試みるように口を開きかけた統監は、やがてあきらめたように首を振った。

「統監、どうされました?」

書記官は、感情抑制の遮幕を解き、憂いを含んだ寂しげな表情で、統監を見つめた。信頼する相手への想いに満ちたまなざしだった。統監は、想いを痛いほどに感じ、思わず顔を背けた。

「いや……、何でもない。仕事に戻りなさい」

「承知いたしました」

深くお辞儀をして、書記官は統監室を辞した。彼女の姿が消えてもなお、統監はじっと扉を見つめていた。

◇

再び一人となり、統監室は、時計の粘着質な音に占拠された。

彼は、時の経過を押しとどめようとするかのように、壁の時計をみつめた。二つの時計が十一時を示し、とどめようのない時の流れを具現化するための装置を思わせた。

「あと十二時間……」

自らに確認するように低く呟くと、統監は立ち上がり、自室を出た。

眼が見えないとはいっても、勝手知ったる管理局の中、珪化した器官に沿って意識を広げるまでもなかった。妨げられることなく廊下を歩き、下部階層へ続くエレベーターに乗り込む。常人には上昇しているとも下降しているとも判断のつかぬ謀るような動きで下降してゆく。くぐもった響きを伝えて、エレベーターは地下三階に一旦止まり、許可者照合により下部階層の深みへとさらに降りていった。

下部階層は、管理局の地下深くに作られた、巨大な空洞だ。

二重となった汚染防御壁の扉が開き、内部の暗闇が浮かび上がる。温度差により、対流を起こした空気が一瞬白濁し、足元へと渦を巻いて流れ出た。

そこは保管庫だった。巨大な円筒状の空間は、何重にも層になった壁面に書架を配置し、汚染保存図書が並べられていた。中央は、汚染攪拌《かくはん》のための巨大な空洞になっている。

高濃度汚染区域のため、管理局の中でも、その場所に近づける者は限られていた。普段であれば、かりそめばかりの汚染防護服を着た受刑者たちが汚染書物を配架していたが、今日はその姿も無い。

統監は、螺旋《らせん》階段をゆっくりと下ってゆく。足音が、密閉された保管庫の中に拡大されて響いた。

「封囲」と示された立入禁止のゲートを越えて、保管庫の最下部へと降りる。壁面書架には、年月を経て誰も手をつけずに朽ち果てた古書が並んでいた。

「今夜、月ヶ瀬は失われる」

統監はそう呟く。苦渋と諦《あきら》めに満ちた口調だった。

「なんだい、やっぱりここに来てたのかい？」

モップを持った人物が、ゆっくりと背後から近づいてきた。清掃員の格好をした園田さんだ。

「ずいぶん感傷的になってるようじゃないか、ええ？」

おどけた口調で、園田さんは統監を揶揄する。

「私は、この三十年間、一体何をしてきたのかな」

統監の口から自嘲気味《じちょうぎみ》の声が漏れる。彼の顔面に表情というものを表す余地があれば、そこには苦笑混じりの諦めが浮かべられていただろう。

「今夜の消滅はとどめられない。我々は、失われることがわかっていながら、月ヶ瀬の人々を救うことすらできない。消滅順化の状態にある住民を町から避難させれば、更なる消滅の連鎖により、多くの人々が失われてしまうのだ……」

耐え切れぬように、統監はその場に跪《ひざまず》いた。園田さんは、お腹で統監の頭を抱きとめ、幼子をあやすようにゆっくりと撫でた。統監は、されるに任せていた。

「あんたはよくやったよ。少なくとも、消滅を予知する仕組みの目鼻はついたじゃないか。月ヶ瀬には、犠牲になってもらうしかないさ」

抗えぬ運命を冷徹に言い放つ言葉に、統監は、頑是無い幼子がいやいやをするように首を振った。

「泣いてる場合じゃないだろう。今度の消滅が無理でも、次の消滅を、それが無理ならその次の消滅を防ぐために、望みを繋いでいくのがあんたの仕事なんだよ。いずれあの子に引き継がなきゃいけないんだからね」

園田さんは、巨大な保管庫で空を見上げる。円筒形の保管庫の上空は、暗黒の夜空を思わせて暗く閉ざされ、一筋の光すら差し込もうとはしなかった。

この作品は、二〇〇六年十一月、集英社より刊行されました。

三崎亜記の本

# となり町戦争

ある日、突然に始まった隣接する町同士の戦争。公共事業として戦争が遂行され、見えない戦死者は増え続ける。現代の戦争の狂気を描く傑作。文庫版のみのサイドストーリーを収録。

三崎亜記の本

# バスジャック

いかに美しくバスを乗っ取るか。いかに多くの大衆の支持を獲得できるか。それが問題だ……。バスジャックがブームになった社会を描く表題作ほか、三崎ワールドを堪能できる傑作短編集。

# 集英社文庫　目録（日本文学）

みうらじゅん　とんまつりJAPAN　日本全国とんまな祭りガイド
三木卓　砲撃のあとで
三木卓　はるかな町
三木卓　野鹿のわたる吊橋
三木卓　裸足と貝殻
三木卓　柴笛と地図
三崎亜記　となり町戦争
三崎亜記　バスジャック
三崎亜記　失われた町
水上勉　骨壺の話
水上勉　故郷
水上勉　虚竹の笛　尺八私考
美空ひばり　川の流れのように
三田誠広　いちご同盟
三田誠広　春のソナタ
三田誠広　父親学入門

三田誠広　ワセダ大学小説教室　天気の好い日は小説を書こう
三田誠広　ワセダ大学小説教室　深くておいしい小説の書き方
三田誠広　ワセダ大学小説教室　書く前に読もう超明解文学史
三田誠広　星の王子さまの恋愛論
三田誠広　永遠の放課後
光野桃　ソウルコレクション
皆川博子　薔薇忌
皆川博子　骨笛
皆川博子　ゆめこ縮緬
皆川博子　花闇
皆川博子　総統の子ら(上)(中)(下)
南川泰三　浪速の女ハスラー　玉撞き屋の千代さん
宮内勝典　ぼくは始祖鳥になりたい
宮尾登美子　岩伍覚え書
宮尾登美子　影絵
宮尾登美子　朱夏(上)(下)

宮尾登美子　天涯の花
宮城谷昌光　青雲はるかに(上)(下)
宮子あずさ　看護婦だからできること
宮子あずさ　看護婦だからできることII
宮子あずさ　老親《ろうしん》の看《み》かた、私の老い方
宮子あずさ　ナースな言葉　こっそり教える看護の極意
宮子あずさ　ナース主義！
宮子あずさ　卵の腕まくり　看護婦だからできることIII
宮里洸　幽鬼　人斬り弥介秘録
宮里洸　鬼神　人斬り弥介秘録
宮里洸　沈む町　人斬り弥介秘録
宮里洸　茜雪《あかねゆき》　人斬り弥介秘録
宮里洸　霧隠才蔵　決定版・真田十勇士
宮沢賢治　銀河鉄道の夜
宮沢賢治　注文の多い料理店
宮嶋康彦　さくら路《みち》

## 集英社文庫　目録（日本文学）

宮部みゆき　地下街の雨
宮部みゆき　R.P.G.
宮本　輝　焚火の終わり(上)(下)
宮本昌孝　藩校早春賦
宮本昌孝　夏雲あがれ(上)(下)
宮脇俊三　鉄道旅行のたのしみ
三好　徹　貴族の娘
三好　徹　興亡三国志（全5巻）
三好　徹　妖婦の伝説
武者小路実篤　友情・初恋
村上　龍　だいじょうぶマイ・フレンド
村上　龍　テニスボーイの憂鬱(上)(下)
村上　龍　ニューヨーク・シティ・マラソン
村上　龍　69 sixty nine
村上　龍　村上龍料理小説集
村上　龍　ラッフルズホテル

村上　龍　すべての男は消耗品である
村上　龍　コックサッカーブルース
村上　龍　龍言飛語
村上　龍　エクスタシー
村上　龍　昭和歌謡大全集
村上　龍　KYOKO
村上　龍　はじめての夜　二度目の夜　最後の夜
村上　龍　メランコリア
村上　龍
中田英寿　文体とパスの精度
村上　龍　タナトス
村上　龍　2days 4girls
村松友視　雷蔵好み
村山由佳　天使の卵　エンジェルス・エッグ
村山由佳　BAD KIDS
村山由佳　もう一度デジャ・ヴ
村山由佳　野生の風

村山由佳　きみのためにできること
村山由佳　キスまでの距離　おいしいコーヒーのいれ方Ⅰ
村山由佳　青のフェルマータ
村山由佳　僕らの夏　おいしいコーヒーのいれ方Ⅱ
村山由佳　彼女の朝　おいしいコーヒーのいれ方Ⅲ
村山由佳　翼　cry for the moon
村山由佳　雪の降る音　おいしいコーヒーのいれ方Ⅳ
村山由佳　緑の午後　おいしいコーヒーのいれ方Ⅴ
村山由佳　海を抱く　BAD KIDS
村山由佳　遠い背中　おいしいコーヒーのいれ方Ⅵ
村山由佳　夜明けまで1《ワン》マイル　somebody loves you
村山由佳　坂の途中　おいしいコーヒーのいれ方Ⅶ
村山由佳　優しい秘密　おいしいコーヒーのいれ方Ⅷ
村山由佳　聞きたい言葉　おいしいコーヒーのいれ方Ⅸ
村山由佳　天使の梯子
村山由佳　夢のあとさき　おいしいコーヒーのいれ方Ⅹ

## 集英社文庫　目録（日本文学）

村山由佳　ヘヴンリー・ブルー
村山由佳　蜜蜂色の瞳　おいしいコーヒーのいれ方 Second Season I
群ようこ　トラちゃん
群ようこ　姉の結婚
群ようこ　でも女
群ようこ　トラブルクッキング
群ようこ　働く女
群ようこ　きもの365日
群ようこ　小美代姐《こみよねえ》さん花乱万丈《からんばんじょう》
群ようこ　ひとりの女
室井佑月　血《あか》い花《はな》
室井佑月　作家の花道
室井佑月　ああ～ん、あんあん
室井佑月　ドラゴンフライ
室井佑月　ラブゴーゴー
室井佑月　ラブファイアー

タカコ・H・メロジー　やっぱりイタリア
タカコ・H・メロジー　イタリア 幸福の食卓12か月
タカコ・H・メロジー　マンマとパパとバンビーノ　イタリア式 愛の子育て
望月諒子　神の手
望月諒子　殺人者
望月諒子　呪い人形
本岡類　住宅展示場の魔女
本宮ひろ志　天然まんが家
森詠　オサムの朝《あした》
森詠　那《な》珂《か》川《がわ》青春記
森詠　日に新たなり　続・那珂川青春記
森詠　少年記　オサム14歳
森絵都　永遠の出口
森絵都　ショート・トリップ
森絵都　屋久島ジュウソウ
森鷗外　舞姫

森鷗外　高瀬舟
森博嗣　墜ちていく僕たち
森博嗣　工作少年の日々
森まゆみ　とびはねて町を行く　「谷根千」10人の子育て
森まゆみ　寺暮らし
森まゆみ　その日暮らし
森まゆみ　旅暮らし
森瑤子　情事
森瑤子　嫉妬
森瑤子　傷
森瑤子　カナの結婚
森瑤子　男三昧女三昧
森瑤子　人生の贈り物
森瑤子　森瑤子が遺した愛の美学
森巣博　無境界の人
森巣博　無境界家族《ファミリー》

# 集英社文庫　目録（日本文学）

# 集英社文庫　目録（日本文学）

山本文緒　おひさまのブランケット
山本文緒　シュガーレス・ラヴ
山本文緒　野菜スープに愛をこめて
山本文緒　まぶしくて見えない
山本文緒　落花流水
山本幸久　笑う招き猫
山本幸久　はなうた日和
山本幸久　男は敵、女はもっと敵
唯川恵　さよならをするために
唯川恵　彼女は恋を我慢できない
唯川恵　OL10年やりました
唯川恵　シフォンの風
唯川恵　キスよりもせつなく
唯川恵　ロンリー・コンプレックス
唯川恵　彼の隣りの席
唯川恵　ただそれだけの片想い

唯川恵　孤独で優しい夜
唯川恵　恋人はいつも不在
唯川恵　あなたへの日々
唯川恵　シングル・ブルー
唯川恵　愛しても届かない
唯川恵　イブの憂鬱
唯川恵　めまい
唯川恵　病む月
唯川恵　明日はじめる恋のために
唯川恵　海色の午後
唯川恵　肩ごしの恋人
唯川恵　ベター・ハーフ
唯川恵　今夜 誰のとなりで眠る
唯川恵　愛には少し足りない
唯川恵　彼女の嫌いな彼女
唯川恵　愛に似たもの

夢枕獏　神々の山嶺《いただき》（上）（下）
夢枕獏　慶応四年のハラキリ
夢枕獏　空気枕ぶく先生太平記
夢枕獏　仰天・文壇和歌集
夢枕獏　黒塚 KUROZUKA
夢枕獏　ものいふ髑髏《どくろ》
横森理香　恋愛は少女マンガで教わった
横森理香 漫画・しりあがり寿　横森理香の恋愛指南
横森理香　凍った蜜の月
横森理香　ぼぎちん バブル純愛物語
横森理香　愛の天使アンジー
横山秀夫　第三の時効
吉川トリコ　しゃぼん
吉沢久子　老いをたのしんで生きる方法
吉沢久子　素敵な老いじたく
吉沢久子　老いのさわやかひとり暮らし

集英社文庫

失《うしな》われた町《まち》

2009年11月25日　第1刷　　定価はカバーに表示してあります。

著　者　三崎亜記《みさきあき》

発行者　加藤　潤

発行所　株式会社　集英社
東京都千代田区一ツ橋2-5-10　〒101-8050
電話　03-3230-6095（編集）
03-3230-6393（販売）
03-3230-6080（読者係）

印　刷　凸版印刷株式会社

製　本　加藤製本株式会社

フォーマットデザイン　アリヤマデザインストア　　マークデザイン　居山浩二


ISBN978-4-08-746498-6 C0193